BASTEI
LÜBBE

Taschenbücher aus der Reihe PARK AVENUE
von LORAYNE ASHTON im BASTEI-LÜBBE-Programm:

Lorayne Ashton

PARK
AVENUE
DIE BETROGENEN

Ins Deutsche übertragen
von Richard Wunderer

Roman

BASTEI-LÜBBE-TASCHENBUCH
Allgemeine Reihe
Band 18 053

Erste Auflage: November 1991

© Copyright 1987 by Butterfield Press Inc.
All rights reserved
Deutsche Lizenzausgabe 1991
Bastei-Verlag Gustav H. Lübbe GmbH & Co.,
Bergisch Gladbach
Originaltitel: Deception
Lektorat: Katharina Woicke
Titelfoto: Bastei-Verlag
Umschlaggestaltung: Quadro Grafik, Bensberg
Satz: KCS GmbH, 2110 Buchholz/Hamburg
Druck und Verarbeitung:
Brodard & Taupin, La Flèche, Frankreich
Printed in France
ISBN 3-404-18053-4

Der Preis dieses Bandes versteht sich
einschließlich der gesetzlichen Mehrwertsteuer.

777 Park Avenue

Ein Juwel mitten im Hexenkessel Manhattans. Bewohnt von Reichen, Vornehmen, Mächtigen, Süchtigen. Immer wieder wird das 777 durch Skandale bis in die Grundfesten erschüttert.

ALLISON VAN ALLEN	wacht darüber, daß kein Unwürdiger in die Park Avenue 777 einzieht. Sie ahnt nicht, daß der Einzug der jungen, attraktiven Tochter ihrer besten Freundin für viel Wiebel sorgen wird.
HARMONY,	*der* Popstar der jungen Generation. Sie hat alles, was sich mit Geld kaufen läßt — und nur einen Wunsch: Sie möchte ins 777 einziehen.
ROXANNE FIELDING,	mit dem steinreichen, alten Sam Fielding verheiratet, aber unerfüllt in ihrem Liebesleben. Da kommt ihr der kräftige NICK CASULLO gerade recht ...
ELENA TREKOSIS RADLEY,	Chefredakteurin, bekommt beruflichen Ärger, als ihre frühere verhaßte Kollegin ihre neue Chefin wird. Als ob sie nicht schon genug Ärger hätte — mit ihrem Mann und mit dem Alkohol ...
TARYN TOLLIVER,	eine junge Erbin, die nach New York gekommen war, um eine entsetzliche Schmach zu vergessen. Würde JACK sie trösten können?

SKIP hatte ein schreckliches Geheimnis, das er nicht abschütteln konnte. Ausgerechnet ihn holte sich ›Lady‹ in ihr Etablissement. Sie ahnte nicht, in welche Gefahr sie damit ihre exklusiven Kundinnen brachte . . .

Prolog

New York City steckte mitten in einer Rekordhitzewelle. Die Kriminalitätsrate war hoch, der Trinkwasservorrat niedrig. Die Menschen sprachen kaum von etwas anderem, während sie schlaff ihrer täglichen Routinetätigkeit wie in Zeitlupe nachgingen. Die einzigen Angehörigen der schwitzenden Bevölkerung, die mit voller Kraft arbeiteten, schienen die Techniker für Klimaanlagen zu sein. Ihre Firmenwagen parkten überall in der Stadt in zweiter Spur, während sie Notrufen zu Anlagen folgten, die schneller zusammenbrachen als die Heldinnen in Seifenopern.

An diesem besonderen Augustmorgen ging die Sonne unmöglich hell auf und hing am leeren Himmel wie ein gewaltiger Feuerball. Um sieben Uhr stieg die Temperatur bereits auf dreißig Grad und kletterte noch weiter. Es sollte wieder ein unangenehmer Tag für die New Yorker werden.

Das auf der nordwärts führenden Spur der Park Avenue dahinrollende Auto wirkte wie ein Streifen Sonnenschein. Es erweckte die Aufmerksamkeit von Passanten, riß sie aus ihrer Lethargie. Unermüdliche Jogger gerieten außer Tritt, übelgelaunte Taxifahrer vergaßen, ihre Taxiuhren einzuschalten, und schwitzende Türsteher bliesen einfach zum Spaß in ihre Pfeifen.

Das Auto, das so viel Aufmerksamkeit erregte auf einer Avenue, auf der nur die Touristen auf Rolls-Royces, Jaguars und Limousinen achteten, war ein original 1934er Zwölfzylinder-Packard-Cabrio-Tourenwagen, mit Sicherheit eines der sagenhaftesten Autos, die je gebaut worden waren. Das Chassis, das Dach und sogar die Seitenwände waren in einem leuchtenden Gelborange lackiert. An der Sechzigsten Straße hielt das selbstbewußte Fahrzeug an einem Rotlicht. Ein städtischer Gärtner, der in einem der Einkaufszentren der Park Avenue in einem Beet verdorrter Begonien kniete und einen Sprinkler zu reparieren versuchte, raffte sich hoch und gaffte auf den außergewöhnlichen Wagen.

»Teufel, was für 'ne Karre!« rief er in purer Bewunderung und warf seine rote Baseballmütze in die Luft. Er starrte auf die dunkelgetönten Scheiben, die den Fahrgästen Anonymität sicherten, und murmelte: »Wer, zum Teufel, ist der verdammte reiche Sack?«

Die Ampel sprang um, und der Packard zog davon. In seinem Inneren tippte eine blasse, zarte Hand mit gefährlich langen, in Day-Glo-Farben lackierten Nägeln gegen das teilweise geöffnete Schiebefenster, das den Fahrer vom Fahrgastraum trennte.

»Wechseln Sie auf die rechte Spur, Vito«, befahl der weibliche Fahrgast dem Chauffeur. Er nickte mit seinem rasierten Kopf so heftig, daß seine zahlreichen Ohrringe klimperten. »Und fahren Sie nicht so schnell. Wir sind bald da!«

Die Stimme der Frau klang leicht und musikalisch und betonte wahllos einzelne Wörter, so daß sich ein Effekt einstellte wie bei den Kieksern eines pubertierenden Jungen. Sie stieß ihren Begleiter an. »Bald. Wir sind bald da!« rief sie freudig erregt.

Der Mann unterdrückte ein Gähnen. »Kann für mich nicht bald genug sein.«

»Komm schon, Charlie. Sei kein Spielverderber.«

»Tut mir leid, Harmony, aber es war eine lange Nacht. Was für eine langweilige Party! Hast du eine Ahnung, wie das ist, wenn man von der Ehefrau eines Heavy-Metal-Stars auf der Herrentoilette des Palladium dreieinhalb Stunden festgehalten wird? Sie wollte mich dazu überreden, unter den Contras eine Rock-'n'-Roll-Band zu gründen. Dachte, das würde gute Public Relations geben. Mir stinkt Rock, mir stinkt Roll. Ich will kein Sklave New Yorks sein. Ich will einfach zurück ins Hotel und mich auf ein Möbelstück legen, das sich nicht bewegt.« Er neigte den Kopf zur Seite, blickte aus dem Fenster und zuckte zusammen. »O mein Gott, ist es schon Mittag?«

»Es ist erst kurz nach sieben, Charlie. Ich will nur, daß du es dir ansiehst, und dann fahren wir sofort heim. Ehrlich.«

Charlie stöhnte. »Was ist es denn? Die neueste ›in‹-Bude fürs Frühstück? Ich bin zu müde zum Essen. Es ist mir egal, wie viele Berühmtheiten sich dort versammelt haben, um ihren Diät-Doughnut in entkoffeinierten Kaffee zu tunken. Ich bin der affigen Orte müde und der affigen Leute.« Er kuschelte sich in die Ecke des Sitzes, und seine Lider schlossen sich flatternd. »Ich bin schlicht und einfach müde.«

Harmony betrachtete ihren Liebhaber, Manager und Freund mit unverhohlener Zuneigung. Charlie McCafferty war ein gut-aussehender junger Mann mit einem schön geformten Kopf, kastanienbraunem Haar und symmetrischen Zügen. Seine intelligenten, braunen Augen mit den dichten Wimpern wurden von einer Schildpattbrille abgeschirmt, die gefährlich auf dem Rücken seiner geraden, schmalen Nase balancierte. Sein hervortretendes Kinn wurde von seinem vollen, sinnlichen Mund gemildert.

Charlie stammte aus einer wohlhabenden und distinguierten New Yorker Familie. Er hatte Harvard besucht, und nachdem er summa cum laude promovierte, hatte er seine Eltern, Geschwister und Freunde dadurch geschockt, daß er keine Anwaltskanzlei eröffnete, sondern eine Managementagentur für Rock-'n'-Roll-Talente. Und er hatte sie noch mehr geschockt, als er sich beim Entdecken neuer Sänger und Bands großer Erfolge erfreute. Obwohl Charlie schon vor fünf Jahren promoviert hatte, blieb er noch immer dem Ivy-League-Stil treu. Er kaufte seine Kleidung nach wie vor bei Brooks Brothers — blaue Blazer, graue Flanellhosen, Button-down-Hemden und Strickkrawatten. In der Branche war er bekannt als der ›liebe Spießer‹.

Die Querstraßen glitten vorbei — Dreiundsechzigste, Neunundsechzigste, Zweiundsiebzigste . . . Harmony dachte schon, daß sie irgendwie ihr Ziel verfehlt hatten, und sie wollte dem Chauffeur gerade sagen, er solle umkehren, als sie das Gebäude entdeckte.

»Oh, Vito, dort ist es! Fahren Sie noch über die Ampel und halten Sie dann an der Ecke.«

»Aber, Miss Harmony, das ist genau vor einem Feuerhydranten.«

»Vito«‹ erklärte sie geduldig. »Wenn man einen solchen Wagen fährt, bemerkt niemand, neben was man parkt.«

Vito hupte, bog rechts ab und parkte neben dem Feuerhydranten im Schatten einer der mächtigen Plantanen, die den gesamtem Block von der Park zur Laxington Avenue säumten.

Harmony seufzte befriedigt, lehnte sich über ihren schlummernden Begleiter und preßte ihre Nase gegen das Fenster.

»Charlie, wach auf. Wir sind da.« Harmony stieß ihn aufgeregt gegen die Schulter.

Charlie regte sich und öffnete die Augen. »Was? Wo ist der Coffee Shop?«

»Ich glaube nicht, daß es dort einen Coffee Shop gibt, Charlie, aber ist es nicht großartig?«

Charlie blinzelte und blinzelte und begriff plötzlich, was sie bewunderte. Der graue Baldachin, der den Eingang überdachte, wies das Gebäude als 777 Park Avenue aus.

Charlie, ein gebürtiger New Yorker, erkannte sofort das großartige alte Gebäude. Wie die Beekman Towers und das Dakota, war 777 Park Avenue eines der legendären Apartmenthäuser von Manhattan. Die ursprünglichen Erbauer von 777 hatten eine glückliche Hand bei der Wahl der Architekten gehabt. Der zwanziggeschossige graue Kalksteinbau war imposant und doch schlicht im Stil, und die Gußeisenbalkons und die fein gearbeiteten Giebel verhinderten, daß er zu streng wirkte. Andere Gebäude in diesem exklusiven Häuserblock waren größer, verzierter und vielleicht sogar schöner, aber 777 verströmte eine Aura von Zuversicht und Heiterkeit. Es war ein großartiger Tribut an die Anmut und die Eleganz einer längst vergangenen Ära.

Das Gebäude hatte Charlie stets beeindruckt und gleichzeitig eingeschüchtert. Es kam ihm so vor, als wäre er vor eine majestätische Tante bestellt worden, um wegen kleiner Kinderstreiche getadelt zu werden. Charlie schüttelte die Vorstellung ab, und die grauen Steine des Baus tauchten wieder vor ihm auf.

Es hatte eine Zeit gegeben, in der 777 das absolute Herz der Ostküsten-Gesellschaft darstellte. Hier gaben hinter seiner eleganten Fassade die Reichen und Mächtigen erlesene Parties, auf

denen Stile kreiert, Regierungspolitik entschieden, Geschäfts-
verbindungen geschlossen und Gerüchte zur Kunstform erhoben wurden.

Doch trotz seiner würdigen Fassade war die erlesene Residenz
Schauplatz einiger saftiger Skandale des Jahrhunderts gewesen,
und in den letzten paar Jahren hatten die Exzesse einiger
Bewohner dem Haus ein zusätzliches Maß an Faszination verliehen. Doch Heuchelei stand in 777 ganz oben, und das
Gebäude blieb weiterhin eine feste und beharrliche Bastion
gegen eine Invasion der *nouveaux riches*. Geld allein konnte
nicht den Einzug in die geheiligten Hallen der Privilegierten
erkaufen.

Der Verwaltungsrat wachte über das Gebäude mit dem Eifer
und der Hingabe von Drachen, die eifersüchtig die Tore eines
mittelalterlichen Schlosses verteidigten; doch selbst der Verwaltungsrat von 777 Park Avenue hatte sich den veränderten Zeiten anpassen müssen. In jüngerer Vergangenheit hatte er seine
Regeln etwas gelockert, um hochrangigen Fachkräften und
selbst Angehörigen internationaler Königshäuser die Aufnahme zu ermöglichen, aber er ließ nie Leute aus gewissen
fremden Ländern zu oder solche, die in fragwürdige Geschäfte
verstrickt waren, nur die angesehensten Schauspieler und
Künstler und nie, niemals Rockstars.

Harmony verkündete plötzlich mit vor Aufregung glitzernden Augen: »Genau hier werde ich wohnen!« Charlie drehte
sich um und starrte sie ungläubig an. »Wirklich! Ich habe
gesucht und gesucht und endlich ein Haus gefunden, das mir
paßt. Ich dachte, ich würde es nie finden, aber hier ragt es vor
uns auf wie eine wundervolle Fluchtburg.«

Charlie packte Harmony an den Schultern. Er wollte ihr
schon sagen, daß sie nicht den Hauch einer Hoffnung hatte,
zugelassen zu werden, doch als er ihre arglose Miene sah und
die Erwartung in ihren hellblauen Augen, zögerte er, nicht ganz
sicher, was er sagen sollte.

In ihrer Erscheinung ähnelte Harmony den Leinwandgöttin-
nen der fünfziger Jahre — Brigitte Bardot und Marilyn Monroe;
eine blonde Kindfrau, deren volle, feuchte Lippen die Tempera-

tur jedes chauvinistischen Mannes jener Ära steigen ließ. Aber damit endete die Ähnlichkeit. Harmony war eindeutig ein Produkt der achtziger Jahre und ihrer eigenen Vorstellungskraft. Sie hatte sich selbst erfunden; sie war eine total nach ihren eigenen Vorstellungen fabrizierte Person, und ihr sagenhaftes heißes Rocker-Image setzte den Trend, wie sich weibliche Teenager kleideten und benahmen und wie sie aussahen. Sie ahmten Harmonys zerzauste, gekräuselte und regenbogenfarbigen Haare nach. Sie kopierten ihr bizarres Make-up — vielfarbiges Rouge, purpurner Lippenstift und glitzernde Lidschatten. Sie trugen ein Übermaß an Schmuck, eine Mischung aus Kunstgegenständen christlicher und östlicher Religionen, billigem Glasschmuck und Plastikringen, und manchmal auch etwas Echtes — Perlenschnüre, antike Broschen und Diamantringe. Sie imitierten Harmonys wilde Kleidermode, die völlig frei Leder und Spitze mischte, Rüschen und Nieten, Plastik und Petticoats. Harmony war von *Rolling Stone* beschrieben worden als ›ein Teil Frederick's von Hollywood, ein Teil Heavy Metal und ein Teil jugendlicher Stadtstreicherin‹.

Trotz der Rock-'n'-Roll-Aufmachung war Harmony für Charlie die schönste Frau, die er jemals gesehen hatte. Aber er hatte sie natürlich ohne Make-up und Kleidung gesehen. Wenn ihr Haar nicht gekraust und zerzaust und mit Sprayfarben strähnchenweise eingefärbt war, bildete es eine Wolke hellblonder Locken, die ihr herzförmiges Gesicht mit einem Lichthof umgaben. Ihre Haut war blaß, durchscheinend und von einem rosigen Hauch überzogen.

Harmonys Augen waren das Beeindruckendste an ihr. Sie waren groß, standen weit auseinander und von einem so intensiven Blau, daß sie wie Stücke eines Sommerhimmels aussahen. Ihre Nase war klein und an der Spitze frech ein wenig schief. Ihr Mund war voll, und ihre leicht hervorstehende Oberlippe verstärkte bloß ihre sinnliche Erscheinung.

Auf der Bühne war Harmony ein kicherndes, flirtendes, ____ rühreifes kleines Mädchen, dessen offene Genußsucht ____ Generation‹ paßte. Manchmal floß ihr Bühnenimage ____ kliches Leben über, und Charlie war nie ganz sicher, mit wem er es zu tun hatte — der flockigen Künstlerin oder der intelligenten jungen Frau mit dem eisernen Willen.

In nur zwei kurzen Jahren war Harmony aus der Anonymität zum Gipfel in ihrem Beruf hochgeschossen. Ihre verrückte Erscheinung, ihr ironisch sexueller Stil und ihre klare, leicht nasale Stimme, schufen eine ansprechende Verbindung, die ungewöhnlich genug war, die Zustimmung des Publikums einzufangen, besonders der heranwachsenden Jugend.

Ihre beiden Alben hatten innerhalb von Wochen nach ihrem Erscheinen Platin eingebracht. Sechs Auskoppelungen davon hatten es auf Platz eins geschafft, und die Videos dieser Songs gehörten zu den am meist gesehenen auf dem Musik-Kanal. Nach dem Erfolg ihres ersten Albums *Talk to Me Dirty* war Harmonys gleichnamige Städtetour ausverkauft und brachte ihr Legionen von Fans ein.

Mit einem Wort, Harmony war ein Phänomen in der Musikindustrie.

Die Kritiker waren eine andere Sache. Obwohl einige von ihnen neiderfüllt zugaben, daß Harmony eine gute Stimme und eine gewaltige physische Präsenz auf der Bühne besaß, gefielen sich die meisten von ihnen, verletzende Schlingen zu legen und giftige Pfeile auf die neue Heldin des Rock 'n' Roll abzuschießen. Sie nannten ihre Songs billigen Kitzel, der darauf abzielte, Jugendlichen feuchte Träume zu verschaffen, und was Harmony selbst anging, sagten sie voraus, sie wäre nur eine Eintagsfliege, an die man sich in einem Jahr nicht mehr würde erinnern können. Charlie glaubte nichts, nicht eine Sekunde lang. Sie war ein Chamäleon, und er war zuversichtlich, daß Harmony sich den sich verändernden Zeiten anpassen würde. Und daß sie an der Spitze bleiben würde, so lange sie dort sein wollte.

Trotz ihres Erfolgs wurde Harmony von den Pfeilen der Kritiker sehr stark getroffen, und sie war entschlossen, ihnen zu beweisen, daß sie unrecht hatten. Sie wollte in einem Beruf wachsen, der nicht für Wachsen bekannt war, und in einer Welt der Bestechungen, Drogen und Kurzschlußhandlungen überleben. Obwohl Harmonys New Yorker Konzerte gewaltige

Erfolge gewesen waren und gestern abend die Abschlußparty im Palladium von Berühmtheiten aus allen Bereichen besucht worden war, wußte Charlie, daß Harmony sich genau in diesem Moment verletzbar fühlte, und wählte daher seine Worte sorgfältig.

»Das ist ein hübscher Steinhaufen, Harmony. Aber alt. Uralt. Meinst du nicht, du könntest . . .«

Doch Harmony schien ihn gar nicht zu hören; sie war durch und durch von den Gebäude bezaubert. »Es erinnert mich an ein Haus, das ich als kleines Mädchen gekannt habe.«

»Ja. Meine Eltern haben mich auch ins Smithsonian mitgenommen, aber ich wollte dort nicht wohnen. Sieh mal, Harmony, du würdest dich doch in einem so gesetzten Haus langweilen. Bestimmt ist es voll von steifen alten Knöpfen. Wahrscheinlich sprechen sie nicht einmal im Aufzug miteinander, und du könntest nie bei einem Nachbarn klingeln und dir eine Diät-Cola leihen.«

Harmony lachte. »Du meine Güte, Charlie, das würde ich nie machen.«

»Du hast es im Hotel gemacht.«

»Das ist etwas anderes. Da hatten sie eine Party.« Sie schüttelte den Kopf. »Nein, ich habe mich entschieden. Hier will ich wohnen.«

»Was ist mit dem Trump Tower?«

Sie fuhr mit den Fingerspitzen durch ihre vielfarbigen Löckchen.

»Der ist zu glamourös. Ich will etwas Konservatives.«

»Aber, Harmony, jedermann hat dort ein Apartment — Johnny Carson, Sophia Loren, Judith Krantz . . .«

»Das meine ich ja. Ich will nicht da wohnen, wo alle anderen wohnen. Ich will hier leben.« Sie schob ihre magentarote Unterlippe vor. »Und ich werde hier wohnen!«

»Da ist nur eines.« Charlie zögerte und suchte nach den richtigen Worten.

»Und was, Charlie?«

»Sie könnten dich nicht annehmen. Ich meine den Verwaltungsrat.«

»Warum nicht? Ich kann es mir ganz bestimmt leisten. Du hast immer gesagt, ich sollte ein Apartment kaufen. Das wäre eine gute Investition aus Steuergründen. Außerdem bin ich wirklich der Hotels müde. Ich möchte was Eigenes, das ich mein Heim nennen kann.«

Sinnlos, um den Brei herumzureden, dachte Charlie. Besser, er sagte es ihr gleich.

»In Häusern wie diesem sind Rockstars nicht erwünscht. Sie lassen dich nicht herein.«

Harmony riß die Augen weit auf. »Das sind Vorurteile.«

»Trotzdem, ich glaube, du könntest leichter in den Buckingham Palace einbrechen, als ein Apartment in Sieben-sieben-sieben Park Avenue zu bekommen.«

»Andere haben es geschafft«, sagte sie fröhlich und schob damit seine Bedenken zur Seite.

Charlie versuchte erst gar nicht, mit ihr zu diskutieren. Harmony war starrsinnig und absolut pragmatisch, wenn sie auf Widerstand traf. So lange er sie nun kannte, hatte sie stets durchgehalten und am Ende ihren Willen durchgesetzt. Doch diesmal würde es ihr nicht gelingen. Er wußte, daß ihr die guten Bewohner von 777 nie ihre Türen öffneten. Sie würden sie mit rüden Unterstellungen schmähen und dafür sorgen, daß sie sich wie eine Aussätzige fühlte. Sie würden sie verletzen.

Charlie war entschlossen, Harmony zu schützen, nachdem es ihm nicht gelungen war, sie vor ihren Kritikern zu schützen. Er mußte einen Weg finden, um ihr diese Häßlichkeit zu ersparen. In diesem Moment stieg eine derart mächtige Woge von Liebe in ihm hoch, daß sich seine Augen mit Tränen füllten.

»Aber, Charlie, was ist denn los?«

Er blinzelte rasch seine Tränen weg. »Nichts. Nur das Sonnenlicht. Es ist so verdammt hell hier drinnen.«

Harmony nahm Charlie die Brille ab und legte sie auf die Bar. Dann senkte sie den Kopf und küßte ihn auf die Innenseite des Handgelenks, genau auf den Puls. Charlies Reaktion erfolgte sofort: Er wurde erregt. Harmonys Stimme war heiser, als sie dem Chauffeur befahl: »Vito, schalten Sie das Radio ein und schließen Sie Ihr Fenster.«

Der Chauffeur gehorchte, und der Wagen wurde plötzlich von Harmonys Stimme auf Stereokassette erfüllt. Die Rhythmen ihres ersten Nummer-eins-Songs – des Hits, der sie zum Ruhm katapultiert hatte – klackten aus den Lautsprechern.

> Sprich schmutzig zu mir. Ich hasse das Reine.
> Sag mir all die verbotenen Worte.
> Du weißt, welche ich meine.

Harmony erschauerte wohlig. »Oh, ich höre mich gern selbst.«

Sie drückte einen Knopf, und ein gelborangefarbener Vorhang schnellte vor das Trennglas zwischen den Vordersitzen und dem Fahrgastraum. Danach legte sie ihren Schmuck ab – den Tand und alles andere – und ließ ihn auf die Ablage der Bar fallen. Charlie beobachtete fasziniert die langsamen, ritualisierten Bewegungen einer Stripperin. Empfindungen strömten in Wellen durch seinen Körper. Nachdem sie ihren letzten Ohrring abgelegt hatte, preßte er seine Lippen auf die ihren und zog sie auf den mit weichem Teppich ausgelegten Boden des Autos.

Ohne den Kuß zu unterbrechen, kämpften die beiden mit ihren Kleidern, bis sich einer von Harmonys Petticoats in Charlies halb geöffnetem Reißverschluß verfing. Widerstrebend lösten sie sich voneinander und schafften es seufzend und nach Luft ringend, sich innerhalb von Sekunden all ihrer Kleider zu entledigen.

Harmony legte sich zurück und sang den Text ihres eigenen Songs mit.

> Sprich schmutzig zu mir.
> Ich hasse das Reine.

Charlie kniete sich über Harmony und ließ seine heißen schnellen Atemzüge über ihren nackten Bauch streichen. Er schob seine Hände zwischen ihren Beinen hindurch und streichelte ihre samtigen Hinterbacken, während er gleichzeitig mit seinen Lippen tiefer strich. Sein Mund liebkoste den unteren Teil ihres Bauches, die empfindlichen Stellen an den Innenseiten ihrer weißen Schenkel.

> Sag mit all die verbotenen Worte.
> Du weißt, welche ich meine.

Charlies Lippen berührten das flaumige Dreieck zwischen ihren Beinen, und Harmony hörte auf zu singen. Sie krallte sich an seinen Haaren fest, als wären sie ein Rettungsseil, und stieß ein hohes, scharfes Obligato im Kontrapunkt zu der Melodie ihres Songs aus.

Trotz der Klimaanlage perlten Schweißtropfen auf Harmonys Haut und verliehen ihr einen leuchtenden Schimmer. Charlie schob sich über ihren feuchten Körper hoch, bis sie einander in die Augen sahen. Sie vereinigten sich in einer Woge sinnlicher Empfindungen.

Als sie sich endlich nach Luft ringend voneinander lösten, waren sie von kindlicher Begeisterung über ihren Wagemut erfüllt. Harmony stützte sich mit einem Arm hoch und spähte durch das Seitenfenster auf das imposante Apartmenthaus hinaus. »Da habt ihr es«, flüsterte sie. »*Das* halten wir von euren Regeln.«

Charlie lehnte seinen Kopf gegen den Sitz und fragte sich, ob ihre plötzliche und ungezügelte Lust aufeinander ein Akt der Leidenschaft gewesen war oder ein Akt des Widerstandes gegen das Gebäude und seine Bewohner.

Teil 1

1

Das gelborangefarbene Auto begann, sich in den fließenden Verkehr einzureihen. Fred Duffy, der diensthabende Portier von 777 Park Avenue, murmelte eine Verwünschung und blickte unbehaglich zu der Sprechanlage. Sie hatte kein einziges Mal geklingelt, seit er seinen Dienst angetreten hatte, und er hoffte, daß sie nicht ausgerechnet jetzt klingeln würde. Obwohl er zögerte, seinen Posten zu verlassen, war Fred von dem Wagen fast eine gute Stunde lang fasziniert worden. Er interessierte sich weniger für die Identität seines Besitzers, sondern für Marke und Modell des Fahrzeugs. Fred war ein Fan von alten Autos, und er bildete sich etwas auf seine Fähigkeit ein, fast alles auf Rädern richtig identifizieren zu können. Er hatte die Wahlmöglichkeiten auf zwei eingeschränkt: Es war entweder ein 1933er Duesenberg oder ein 1934er Packard. Jeder davon war ein Sammlerstück.

Fred beschloß, es zu riskieren, bevor das Auto außer Sichtweite geriet. Er zog den Bauch ein und ging rasch an den Randstein. Nur für den Fall, daß sich jemand beschwerte, weil er nicht auf seinem Posten war, blies er leicht in seine Silberpfeife, um so zu tun, als würde er ein Taxi für einen Mieter rufen. Natürlich besaß der graue Baldachin über dem Eingang eine Taxilampe, aber Fred konnte immer behaupten, daß wegen der blendenden Sonne kein Taxifahrer erkannte, ob sie brannte oder nicht.

Es war Freds erster Tag als Portier auf Zeit, und deshalb war er so vorsichtig. Fred war in 777 normalerweise als Wartungsmann beschäftigt, der untersten Position am Totempfahl der Angestellten, doch der August war die Urlaubszeit für die verschiedensten Beschäftigten im Gebäude.

Fred hoffte, den Posten auf Dauer zu bekommen, falls ein Platz frei wurde, aber er wußte auch, daß die Chancen zehn zu eins standen. Die Portiers von 777 Park Avenue sahen mehr aus, als würden sie vom Filmbesetzungsbüro kommen als von einer Stellenvermittlung. Die meisten waren ehemalige Schauspieler Mitte bis Ende zwanzig, groß, gutaussehend und mit gepflegter Sprache.

Fred lag auf allen diesen Gebieten daneben.

Frederick Aloysius Duffy war sechsundfünfzig Jahre alt, ein ehemaliger Matrose mit silbergrauen Haaren und einem eckigen, wettergegerbten Gesicht, das von Sommersprossen überzogen war. Dichte, abstehende Brauen beschatteten seine wäßrig blauen Augen, und seine Nase war flach und breit als Ergebnis von zu vielen Preisboxrunden an Bord. Als Gegengewicht zu seinem unseligen Erscheinungsbild war sein Mund an beiden Ecken nach oben gebogen, was ihm ein ständiges Lächeln verlieh. Fred war einsfünfundsiebzig und massig. Zu wenig Training und zuviel Bier hatten ihn schlaff werden lassen. Seine breiten Schultern sackten hinunter, und ein schlabbriger Bauch hing über seinen Hosenbund.

Fred war sich wohl dessen bewußt, daß er nicht die gleiche beeindruckende Erscheinung in seiner Uniform war wie die anderen Portiers, die seiner Meinung nach alle aussahen ›wie aus der Lade genommen‹. Jedenfalls hatte er angefangen, an seinem Aussehen zu arbeiten. Er war zu Light-Bier übergewechselt. Er trainierte sogar nach einem von Jane Fondas Workout-Tapes.

Fred liebte seine schmucke neue Uniform, und er genoß es, die Mieter zu grüßen, wenn sie das Apartmenthaus betraten oder verließen. Es vermittelte ihm ein Gefühl, wenn auch nur an der Peripherie, so doch zu einer Gesellschaft zu gehören, die seinesgleichen stets verschlossen gewesen war.

Fred erreichte den Randstein etwas außer Atem. Er zog den Schirm seiner grauen Mütze tiefer, um seine Augen zu beschatten, doch gerade, als er sein Ziel erfaßte, wechselte ein Kleintransporter die Spur und versperrte ihm die Sicht.

»Verdammter Hurensohn . . .«

Fred hielt an sich. Er mußte lernen, seine Flucherei einzuschränken. Es wäre nicht gut gewesen, wenn ihm vor einem der Mieter etwas herausgerutscht wäre. Das wäre gar nicht gut gewesen. Murrend hob er ein herumliegendes Bonbonpapier vom Bürgersteig auf, schob es in seine Tasche und eilte zurück auf seinen Posten. Er atmete erleichtert auf, als er sah, daß keine der Apartementnummern aufleuchtete, um einen Anruf anzuzeigen. Verloren blickte er durch die Türen auf den schimmernden Farbstreifen, der auf der Park Avenue davonrollte. Jetzt würde er nie erfahren, ob es ein Duesenberg oder ein Packard oder vielleicht sogar etwas anderes gewesen war.

An dem gestärkten Kragen seines zu engen Hemdes zerrend, fühlte Fred, wie Schweißtropfen an seinen Seiten wie nasse Spinnen hinunterliefen. Er holte ein kleines Probierfläschchen Aramis aus seiner Tasche, entfernte die Kappe und tupfte das Cologne auf die Innenseite seines Jacketts. Dann besprühte er seinen Mund mit Binaca-Spray aus und war bereit, den ersten Mieter des Tages zu grüßen.

Fred machte sich Sorgen wegen Schweiß und schlechtem Mundgeruch. Er konnte es sich nicht leisten, irgendeinem der Mieter zu mißfallen, besonders nicht Allison Van Allen. Effie, eines von Mrs. Van Allens Mädchen, hatte ihm erzählt, ihre Herrin wäre nicht damit einverstanden gewesen, daß er die Rolle des Portiers übernahm, und sie war die mächtigste Person in dem Gebäude. Sie war nicht nur Präsidentin des Verwaltungsrats, sondern sie war auch seit Jahrzehnten eine Bewohnerin von 777, und ihr Wort galt bei Mietern und Angestellten gleichermaßen als Gesetz. Allison Van Allen war die einzige Bewohnerin, von der Fred wußte, daß sie eindeutig gegen ihn war, aber er hatte sich geschworen, sie irgendwie für sich zu gewinnen.

Während er auf den Beginn des Arbeitstages wartete, führte Fred eine für die Arbeitszeit gedachte Übung aus, die er aus einem Taschenbuch-Bestseller mit dem Titel *Fitness-Training am Arbeitsplatz* gelernt hatte. Die Übung, ein garantierter Bauchkiller, begann mit einem tiefen Atemzug, der angehalten wurde, während man *sehr* langsam bis zehn zählte.

Fred sog den Atem ein und überblickte glücklich sein neues Königreich, während er zählte: »Eins . . . zwei . . .«

Sonnenlicht, das durch die breiten, flachen Blätter der Platanen sickerte, verteilte sich auf dem Bürgersteig wie verstreute Goldmünzen. Eine Kehrmaschine rollte vorbei und befreite den Rinnstein von nicht vorhandenen Abfällen. Der für den Außenbereich zuständige Gärtner war eingetroffen und trimmte penibelst die Büsche entlang des Eingangs.

»Drei . . . vier . . .«

Eine säuberliche Kolonne von Lieferwagen hatte sich in der Einfahrt gebildet, die zur Rückseite des Gebäudes führte. Sie brachten frische Blumen, chemisch gereinigte Sachen, gewaschene Wäsche und Päckchen mit Dingen, die in den besseren New Yorker Läden erstanden worden waren. Wagen von Bloomingdal's, Saks Fifth Avenue und Bonwit Teller waren für gewöhnlich zu sehen.

»Fünf . . . sechs . . .«

Eine ansehnliche Armee von Bediensteten marschierte den schmalen Weg zum Dienstboteneingang, als Angestellte aus weniger angesehenen Teilen der Stadt eintrudelten. Hundesitter und Fensterputzer, Masseusen und Friseusen, Putzfrauen, Privatsekretäre, Zofen, einzeln und paarweise, alle strömten in 777 Park Avenue zusammen, um ihre Arbeit und ihre Talente ein paar Privilegierten zur Verfügung zu stellen.

Die Sprechanlage meldete sich.

»Sieben, acht, neun, zehn — puh!« Fred griff nach dem Telefon.

Allison Van Allens Stimme war so kalt wie eisgekühlter Champagner. »Hallo? O ja, Duffy. Ich vergaß, daß Sie vorübergehend den Portier machen.«

Fred schluckte — die anderen Portiers sprach sie immer mit ihren Vornamen an — und seine Worte stockten in seiner Kehle.

»Ja — äh — Mrs. Van Allen.«

»Sie sind außer Atem, Duffy.« Es war mehr eine Anklage als eine Bemerkung. »Also . . .«, erklärte sie, als spräche sie mit einem Kind, »ich erwarte eine sehr wichtige Lieferung von Air France. Der Mann hat die Anweisung erhalten, nicht zum

22

Dienstboteneingang zu gehen, sondern mir mein Päckchen direkt zu bringen. Haben Sie mich verstanden?«

»Natürlich, Mrs. Van Allen.«

»Gut. Und sagen Sie ihm, er soll darauf achten, daß er meine *fraises du bois* nicht drückt.«

»Verzeihung?«

»Meine *fraises du bois!*«

»Ja, Ma'am. Sie wollen, daß sie nicht gedrückt werden.«

»Genau, und rufen Sie mich in dem Moment an, in dem sie eintreffen.«

»Ja, Mrs. Van Allen«, erwiderte er, aber sie hatte bereits aufgelegt.

Fred dachte noch über die seltsame Unterhaltung nach, als er einen Air-France-Wagen in die Einfahrt biegen und vor dem Eingang halten sah. Der Fahrer stieg aus, ein großer, gutaussehender junger Mann in einer blauen Uniform, der eine kleine Holzkiste in der Größe einer Hutschachtel trug.

Fred sagte: »Mrs. Van Allen erwartet Sie schon. Sind das ihre . . .?«

»*Oui, Monsieur.* Gestern abend haben sie noch auf einem kleinen Bauernhof in St. Germain geschlummert. Aber um Mitternacht wurden sie aus ihrer Ruhe gerissen, zum Flughafen Orly gefahren, und, *voilà*, hier sind sie!«

Fred war entgeistert. »Sollten sie denn so weit weg von ihrer Mutter sein?«

Der Mann lachte gutmütig. »Lassen Sie es mich erklären. Die *fraises du bois* sind Walderdbeeren.«

»Sie meinen, sie läßt sich Erdbeeren aus Frankreich schicken?«

»Ah, Monsieur, diese Erdbeeren sind mit keinen anderen auf der Welt zu vergleichen. Diese winzigen, saftigen kleinen Schönheiten sind einzigartig. Ihr Geschmack ist gleichzeitig säuerlich und süß, aber, leider, ihre Saison ist sehr kurz. Wie bei den schönen jungen Frauen müssen wir sie genießen, solange sie ihre volle Herrlichkeit bieten. Aber Sie sind bestimmt neugierig, was?«

Er öffnete den Deckel der Kiste, und Fred spähte hinein. Vier

Holzbehälter, in Stroh verpackt, enthielten die winzigen, tau-bedeckten Früchte, die wie ungeschliffene Rubine schimmerten.

»Vorwärts«, drängte der Mann. »Nehmen Sie eine.«

Fred holte behutsam eine Erdbeere an ihrem Stiel heraus und schob sie sich in den Mund. Er biß hinein, und ihr Saft regte wie kostbarer Wein alle seine Sinne an.

»Mmmm, köstlich.«

Der Mann wackelte mit dem Zeigefinger. »Nein, Monsieur. *C'est délicieux!*«

»Nur aus Neugierde, wieviel kosten diese kleinen Dinger?«

»Der Gesamtpreis für vier Schalen, einschließlich Luftfracht und meiner Zustellgebühr — vierhundertachtundsechzig Dollar und vierundsiebzig Cents.«

»Gott im Himmel! Das ist ungeheuerlich!«

»Nicht so sehr, wenn man so unglaublich reich ist.« Er zuckte die Schultern und steuerte die Reihe der Aufzüge an.

Fred stellte ein paar Berechnungen im Kopf an. »Mal sehen. Vier Schalen, vielleicht dreißig Beeren pro Schale. Das sind etwa vier Eier pro Beere. Verdammt noch mal! Ich hab' gerade eine Vier-Dollar-Beere geschluckt. Also, das ist vielleicht irre!«

Er rief in Allison Van Allens Apartment an.

»Mrs. Van Allen. Fred Duffy hier. Der Bote ist auf dem Weg nach oben mit Ihren Fräh-dü-Boys!«

Allison Van Allen knallte erschaudernd den Hörer auf das Haustelefon. »Hier, Effie, schaffen Sie mir das aus den Augen!«

Das Mädchen, eine nervöse Schwarze, zog das Telefon pflichtschuldigst aus der Dose und wollte zur Tür, um schnell aus der Bibliothek und weg von der schlechten Laune ihrer Arbeitgeberin zu kommen.

»Und, Effie ... « Das Mädchen stockte mitten in einem Schritt. »Der Mann, der meine *fraises du bois* liefert, ist auf dem Weg nach oben. Geben Sie ihm zwanzig Dollar Trinkgeld und bringen Sie die Beeren direkt in die Küche und geben sie sie der Köchin.« Das Mädchen setzte seinen Rückzug fort.

»Hab' kapiert, Miz Van Allen«, stieß das abgehetzte Mädchen hervor, als es zur Tür hinausschlüpfte.

Allison wandte sich, frustriert den Atem ausstoßend, wieder an ihre Nachbarin, Bobbie Jo Bledsoe.

»Oh, oh, da ist aber heute morgen jemand eindeutig mit dem falschen Fuß zuerst aufgestanden«, sagte Bobbie Joe mit einem ausgeprägten texanischen Akzent. »Was ist los, Liebste? Fühlst du dich nicht wohl?«

»Es geht mir bestens.« Allison seufzte. »Aber die Hilfskräfte, die man heutzutage bekommt, sind schrecklich.«

»Ach, Effie ist in Ordnung. Sie hat nur ein paar Watt zu wenig.«

Allison schürzte die Lippen. Sie war nicht amüsiert. »Und dieser Portier, Duffy. Du hast ihn gehört. Der Mann ist unmöglich.«

»Also, wirklich, Allison. Nur weil der arme Mann nicht Französisch spricht. Ha! Ich selbst bin darin sechs- oder achtmal durchgefallen.«

»Er ist völlig unpassend als Portier in Sieben-sieben-sieben.«

»Nun, er ist sicher nicht so niedlich wie die anderen, aber ich finde, du bist zu hart zu Fred. Er ist die beste Wahl, und dann ist da der Sicherheitsfaktor zu bedenken. Er kennt alle Bewohner, und er kennt das Gebäude in- und auswendig. Mike Garvey findet offenbar, daß er den Job ausfüllen kann.«

»Garvey hätte zuerst mit mir Rücksprache halten sollen. Immerhin war ich direkt für seine Einstellung verantwortlich.«

»Kopf hoch, Liebste. Es ist nur für einen Monat, und dann wird Fred wieder Abflüsse reinigen und Messing polieren. Er ist doch nur auf Zeit eingestellt.«

»Und er wird nur auf Zeit bleiben. Oh, ich weiß, worauf er aus ist. Er würde sehr gern ständiger Portier werden. Aber ich sage dir, Bobbie Jo, so lange ich Präsidentin des Verwaltungsrats bin, wird das nie passieren.«

»Du bist heute in einer schlechten Stimmung, nicht wahr? Du solltest dich lieber beruhigen, Liebste, sonst verschaffst du dir wieder... « Bobbie Jo fing Allisons warnende Miene auf. Hastig blickte sie in ihre Kaffeetasse und suchte nach einem anderen Ausdruck. »... Kopfschmerzen.«

»Das wolltest du doch sagen, oder, Bobbie Jo? Wie oft soll ich es dir noch erklären? Ich hatte keinen Schlaganfall. Ich hatte nur eine kleine Schlagadererweiterung, sonst nichts. Hast du verstanden?«

»Das wollte ich auch sagen, Allison – eine leichte Schlagadererweiterung.«

Allison lächelte befriedigt. »Das dachte ich mir.«

Die Schlagadererweiterung, auf die Allison anspielte, war jedoch tatsächlich ein Schlaganfall gewesen. Sie hatte ihn vor einem Jahr erlitten, und obwohl sie mehrere Wochen sofort nach dem Anfall in einem Kurbad verbracht hatte, hatte sie sich nicht wieder voll erholt. Ihr Arzt warnte immer wieder, sie solle langsamer treten und einige der Aufgaben abgeben, die ihre Zeit und ihre physische Kraft beanspruchten; doch im Verlauf ihres Lebens hatte Allison sich so daran gewöhnt, einem Dutzend Komitees vorzustehen, Wohltätigkeitsgalas zu planen und Gastgeberin großer Parties zu spielen, daß sie das einfach nicht aufgeben konnte. Und vor allem konnte sie sich selbst nicht davon abbringen, Verantwortung für Ordnung und guten Ruf in 777 zu tragen.

Zuerst hatte Allison versucht, ihren Gesundheitszustand geheimzuhalten, doch als ihr Energieverlust und ihr müdes Aussehen offensichtlich wurden, versuchte sie, ihre Krankheit als ›nichts Ernstes‹ abzutun – zumindest den Leuten außerhalb ihrer Familie gegenüber, mit Ausnahme von ein oder zwei ihrer engsten Freunde. Unvermeidlich hatte es sich herumgesprochen, doch wenn Allison sich verletzbar fühlte, stritt sie es trotzdem ab, so wie heute.

Allison war gerade von einem wohlverdienten Urlaub in ihrem Haus in Southampton zurückgekehrt. Für gewöhnlich blieb sie bis zum Labor Day, aber als ihr Ex-Mann, Jonathan Hayward, mit dem sie sich erst jüngst versöhnt hatte, eine Rolle in einem Stück in London annahm, hatte sie ihren Urlaub abgekürzt, weil sie sich ohne ihn einsam fühlte. Jetzt, zurück in 777, war sie verstimmt und reizbar, und, schlimmer noch, sie fühlte sich schwächer als seit Monaten. Aber wie üblich wehrte Allison sich gegen die Wahrheit und akzeptierte nicht die Tatsache, daß sie nicht mehr jung war, daß sie nicht mehr das Tempo beibehalten konnte, das jahrzehntelang ihr Leben bestimmt hatte.

Nach ihrem Ausbruch versank Allison in verlegenes Schweigen. Jetzt war der Vorhang gefallen. Das Thema war abgeschlossen. Es wurde zu etwas Unausgesprochenem − zu einer Lüge, mit der man leben mußte, wollten sie Freundinnen bleiben. Keine der Frauen sprach, und jede versank in ihren eigenen Gedanken.

Die Frauen, Allison Van Allen und Bobbie Jo Bledsoe, beide Bewohnerinnen von 777 Park Avenue, waren durch Reichtum und gesellschaftlichen Status mehr als durch alles andere verbunden. In Erscheinung und Persönlichkeit waren sie so unterschiedlich, wie zwei Menschen nur sein konnten.

Obwohl Allison erst knapp über sechzig war, wirkte sie ein Jahrzehnt jünger und war noch immer attraktiv auf eine gesetzte, gebieterische Art. Sie war groß und auf elegante Weise schlank und bewegte sich mit Anmut und einer Selbstsicherheit, die nur über Generationen feiner Abstammung erworben werden konnte. Ihr Haar, von einem leuchtenden Goldblond, fiel bis knapp oberhalb ihrer immer noch festen Kinnlinie. Ihre Haut war mit Hilfe wöchentlicher Besuche in Georgette Klingers Schönheitssalon straff und faltenfrei. Allison hätte man schön nennen können, wären da nicht ihre Augen gewesen. Sie hatten die Farbe von Saphiren und waren genauso hart.

Allisons Stil war der Inbegriff schlichter Eleganz. Ihre Kleidung, ihre Juwelen und Accessoires waren von äußerster Zurückhaltung. Sie folgte niemals Trends, zog die etablierten europäischen Designer den amerikanischen ›Newcomers‹ vor. An diesem Morgen trug Allison ein taubengraues Seidenkleid, das für sie von Hubert de Givenchy entworfen worden war, graue Eidechsenlederschuhe und eine einreihige Kette perfekt gleicher Perlen, die Harry Winston über Jahre hinweg für seine illustre Kundin gesammelt hatte.

Bobbie Jo Bledsoe war das absolute Gegenstück zu ihrer Nachbarin. Sie war eine große, grobknochige Frau mit einem deutlichen Mangel an Geschmack. Sie war hübsch auf puppenhafte Weise − große braune Augen, eine nach oben gebogene

Nase und ein Mund wie ein Amorsbogen. Über ihrem runden Gesicht saßen wilde Locken, die in einem überreifen Erdbeer-blond gefärbt waren. Bobbie Jo glaubte, daß die Farbe ein paar von den mittlerweile sechsundvierzig Jahren wegrasierte.

Bobbie Jo trug ein Sommerkleid von der Stange, das an einer viel jüngeren Frau gut aussehen mochte. Das Baumwollkleid in einem lebhaften Rosa besaß ein eingesetztes Seidenstück mit einem Dschungelmotiv — exotische Blumen in Rot, Grün und Gold blühten inmitten eines schwarzen Blättergewirrs — und schmeichelte keineswegs ihrer bereits matronenhaften Figur. Um den Outfit abzurunden, trug sie rosa Sandalen und zu viel und zu massigen Korallenschmuck.

Bobbie Jo, einziges Kind und verhätschelte Tochter der Bled-soes aus Houston, einer Familie von Ölbaronen, hatte ihr ›Fi-nish‹ in den besten Schulen bekommen, die sie jedoch nicht hat-ten ändern können. Sie war laut geblieben und gesellig, mit einem ansteckenden Lachen und einem zotenhaften Humor. Aber Bobbie Jo besaß auch eine warmherzige Persönlichkeit und eine großzügige Natur, die sie für die meisten Menschen und manchmal sogar für die vornehme Allison Van Allen lie-benswert machten.

Bobbie Jos Mutter, Heather Rae Bledsoe — die bekannte Schönheit, Kunstsammlerin und Gastgeberin — hatte 1980 ein Vierzehn-Zimmer-Apartment in 777 Park Avenue gekauft, aber sie hatte nie Gelegenheit gehabt, es zu benutzen. Sie starb 1983 an Krebs und hinterließ den Besitz Bobbie Jo, die 1985 nach New York zog. Bobbie Jo, die schrille Texanerin, und Allison, die konservative New Yorkerin, hatten einander auf den ersten Blick abgelehnt, doch da sie in den Vorständen derselben Wohl-tätigkeitsbälle und -galas waren, hatten sie einander häufig gesehen. Im Verlauf der Jahre hatten sie ihre Zurückhaltung gelockert.

Allison sprach als erste. Sie stellte ihre Tasse ab und rief plötzlich aus: »Ach, es ist nicht Duffy. Es ist nicht einmal Effie. Alles hat sich verändert, Bobbie Jo. Man bekommt keine anständigen Hilfskräfte mehr. Die Klassengrenzen haben sich völlig aufgelöst. Es gibt keinen Charme mehr, keine Raffinesse, keine Schönheit. Ich habe eine Theorie, daß der Tod des Stils genau am fünfzehnten Oktober neunzehnhundertvierundsechzig stattfand.« Bobbie Jo sah zweifelnd drein. »O ja! Das war der Tag, an dem mein lieber, lieber Cole Porter starb, und die Welt ist seither nicht mehr, was sie einmal war. Sein Tod signalisierte nicht nur das Ende des Elans, sondern auch die Entstehung einer neuen Gesellschaft. Oh, es war eine unblutige Revolution, aber nichtsdestoweniger eine Revolution. Alles wurde auf den Kopf gestellt. Das Häßliche wurde schön; Tugend wurde zum Laster. Man glorifizierte das Banale, entzog unseren künstlerischen Grundlagen die Basis und schaffte völlig die guten Manieren ab. Die Barbaren zerstörten alles, das schön war. Anstelle von Musik gab man uns Rock 'n' Roll. Anstelle von Gemälden gab man uns Pop Art und Op Art. Die Mode wurde von der Carnaby Street diktiert, und eine einfältige Öffentlichkeit kleidete sich in Plastik oder zog sich gar nicht mehr an. *Women's Wear Daily*, *Harper's Bazaar* und *Vogue* blökten alle wie verrückte Propheten und erklärten solche Scheußlichkeiten für schick. Und die Leute schluckten alles mit Haut und Haaren. Davon haben wir uns nie erholt. Wir sind von schlimm zu abscheulich abgesunken. Discos, Drogen und Designer-Jeans. Die Künste befinden sich in einem traurigen Zustand. Alles ist für Massenverbrauch verpackt. Und es ist so verdammt häßlich!«

Bobbie Jo bewegte sich unbehaglich auf ihrem Sitz. Sie stimmte nicht mit Allisons zynischer Sicht des Lebens überein, aber sie hütete sich zu widersprechen, wenn Allison ›in Fahrt‹ war, wie sie die gelegentlichen Ansprachen ihrer älteren Freundin über den Zustand der Welt bezeichnete. Sie machte eine lahme Bemerkung, weil eine von ihr erwartet wurde. »Nun, es stimmt, daß der Service schrecklich ist. Also, erst gestern war ich auf der Bank, und der Kassierer . . . «

»Wir müssen uns immer mit Schönheit umgeben«, unterbrach Allison gedankenvoll. Sie hob die zarte Limoges-Kaffeetasse an, hielt sie hoch und betrachtete sie, als wäre sie ein Talisman.

»Aber wir dürfen nie vergessen, daß Schönheit zerbrechlich

ist. Wir müssen stets danach streben, Schönheit zu schützen. Sie ist so schrecklich zerbrechlich.«

Für einen Moment dachte Bobbie Jo, Allison würde die Tasse in den Kamin schleudern, um ihren Standpunkt zu illustrieren, doch statt dessen fragte Allison: »Möchtest du noch Kaffee, Bobbie Jo?«

»Mmmm, ja. Herzlichen Dank, Allison«, erwiderte Bobbie Jo, dankbar für den Themenwechsel. »Irgend was zu knabbern hier? Ich bin so hungrig, daß ich das nördliche Ende eines nach Süden laufenden Ochsen fressen könnte.«

Allison zuckte zusammen. »Ich lassen uns gleich etwas von der Köchin zurechtmachen.«

Bobbie Jo grunzte und warf fünf Zuckerwürfel in ihren Kaffee. Als sie aufhörte, in der sirupartigen Flüssigkeit herumzurühren, nahm Allison ihren Monolog erneut auf.

»Dieser Raum wurde für mich von Billy Baldwin dekoriert. Er ist ein perfektes Beispiel für das, worüber ich gesprochen habe.«

Allisons Bibliothek war gewaltig. Louis-Treize-Bücherschränke aus Ebenholz und Kupfer bedeckten drei ganze Wände. An der verbleibenden Wand trennten zwei Porträts die Fenster und den Kamin aus weißem Carrara-Marmor, Porträts von einem attraktiven Gentleman und einer schönen Lady, angesehenen Mitgliedern aus Allisons Stammbaum. Die Fenster waren mit Brokat in Preußisch-Blau drapiert, der auch für den Bezug des Louis-Quinze-Sofas und der Sessel verwendet worden war, auf denen sie jetzt saßen. Den Boden bedeckte ein aus dem neunzehnten Jahrhundert stammender Bakhtiar-Teppich; ein großflächiges geometrisches Muster in Beige, Preußisch-Blau und Scharlach. Eine Standuhr mit floralen Intarsien zeigte die verstreichenden Minuten des Tages an.

Der Raum war zu steif, als daß Bobbie Jo sich behaglich gefühlt hätte, aber sie lobte Allison stets und tat dies auch jetzt in ihrem unnachahmlichen Stil.

»Du hast eben haufenweise Geschmack, Liebste.«

Doch Allison fuhr, sich wiederholend, fort: »Schönheit muß erhalten werden! Besonders hier in unserem Gebäude. Wir dürfen unsere Tore nicht wieder für Skandale öffnen. Wir müssen unsere Wacht verstärken. Sieh nur, was hier schon in sieben-sieben-sieben passiert ist.«

Bobbie Jo war verblüfft. »Was meinst du, Allison?«

Allison stand auf und betrachtete Bobbie Jo, als wäre sie schwachsinnig. Sie ging an die riesige Eichentür und schloß sie. »Eines ändert sich nie. Diener lauschen noch immer, und sie tratschen noch immer.« Sie wandte sich zu Bobbie Jo um und sagte mit einem eisigen Lächeln: »Ich spreche über den Kaufmann und das Showgirl, natürlich.«

»Meinst du die Fieldings?« Bobbie Jo teilte nicht Allisons Abneigung gegen das Paar, das vor kurzem in das Gebäude gezogen war. »Oh, Allison, ich glaube nicht, daß Roxanne Fielding jemals ein Showgirl war. Sie sieht nur wie eines aus.« Leise fügte sie hinzu: »Das glückliche Luder.«

»Das ist das gleiche. Diese Haare! Sie sind gefärbt. Die Natur hat niemals einen solchen Rotton erschaffen. Und all dieses Make-up. Sie könnte Chinesin sein unter dieser ganzen Bemalung. Und wie sie sich anzieht — all diese formbetonenden Dinge. Die Männer starren sie an, als wäre sie splitterfasernackt.«

»Sie ist — äh — ziemlich ... spektakulär«, meinte Bobbie Jo mit einem neidischen Unterton.

»Ich bin sicher, sie heiratete Sam Fielding wegen seines Geldes. Immerhin ist sie so viel jünger und so viel größer als er. Da muß es irgendwo einen Liebhaber geben. Komm schon, Bobbie Jo. Sie wohnen auf deiner Etage. Weißt du etwas, was ich nicht weiß?«

»Großer Gott, Liebste, ich spioniere doch nicht hinter meinen Nachbarn her. Soweit mir bekannt ist, sind sie ein glückliches Paar. Mr. Fielding ist oft außer Landes, und sie hält sich für sich. Ich glaube, sie ist eine sehr einsame Frau.«

»Einsam? Eine Frau, die so aussieht? Merke dir meine Worte. Da gibt es irgendwo einen jungen Liebhaber.«

Bobbie Jo grinste. »Ich werde ein Glas gegen die Wand drücken.«

Bobbie Jos Anspielung ignorierend, fuhr Allison fort:

»Glaube mir, wäre ich nicht ausgeschaltet gewesen, wären die beiden nie eingezogen.«

»Du warst zu dem Zeitpunkt im Krankenhaus, nicht wahr, Liebste?«

»Ja, und es war eine unbeschreibliche Zeitverschwendung für nichts weiter als eine leichte Schlagadererweiterung. Bill Radley fungierte zu jener Zeit als Präsident auf Zeit des Verwaltungsrats, und ich bin schlichtweg wütend auf ihn, daß er dieses seltsame Paar in Sieben-sieben-sieben hat einziehen lassen. Er hat mich nicht einmal konsultiert. Hätte er es getan, ich kann dir versichern, daß ich sie glatt abgelehnt hätte.«

Bobbie Jo fragte sich, ob Allison die Fieldings wirklich nicht mochte, oder ob es sie nur störte, daß die beiden nicht ihrer Zustimmung bedurft hatten.

»Du kannst sicher sein, so lange ich hier bin, kommt niemand in dieses Gebäude, wenn seine Empfehlungen nicht makellos sind.« Sie ergriff Bobbie Jos Hand. »Und ich weiß, daß du mich unterstützen wirst, jetzt, da du im Verwaltungsrat bist.«

Bobbie Jo nickte heftig. »Natürlich werde ich das tun, Liebste.«

»Das weiß ich. Wir müssen die Schönheit in unserem Leben bewahren.« Allison gab Bobbie Jo einen Wink, aufzustehen. »Komm, ich lasse uns von der Köchin eine besondere Köstlichkeit bereiten. Crêpes, die leichter als Luft sind, gefüllt mit süßer Sahne und den *fraises du bois*.«

Bobbie Jo strahlte, als sie sich aus ihrem Sessel erhob. *Fraises du bois!* Allison reservierte sie für ihre besonderen Freunde! War sie endlich in Allisons inneren Kreis aufgenommen worden?

Allison ergriff ihre Freundin am Arm und führte sie zur Tür. Plötzlich blieb sie stehen und sagte in entschuldigendem Ton: »Bobbie Jo, würde es dir etwas ausmachen, zu meiner Rechten zu sitzen und nicht mir gegenüber? Meine Augen fangen bei deinem Kleid zu tränen an.«

2

Während die Sonne ihrem unabänderlichen Pfad über den Himmel folgte, glitt ein heller Lichtstreifen durch einen Teil der bestickten Seidenvorhänge, ließ die auf dem K'ang-hsi-Teppich blühenden Pfingstrosen aufleuchten, erweckte den auf der Sung-Dynastie-Urne schwimmenden Fisch und streichelte endlich mit seinem strahlenden Leuchten die nackte Haut des Paares, das in der Mitte des riesigen Bambusbettes schlief.

Die Frau, Roxanne Fielding, war außergewöhnlich schön. Ihre Figur war üppig, mit perfekt geformten Brüsten, einer schmalen Taille und ausladenden Hüften. Sie hatte lange Beine, schlank und exquisit geformt. Dieses ganze Paket an umwerfender Weiblichkeit war in absolut makellose Haut gehüllt. Keine Narbe, keine Sommersprosse und kein Fleckchen verunstaltete Roxannes Haut, die so bräunlich schimmerte, als würde in ihren Adern Honig anstelle von Blut fließen.

Roxannes Haar, eine zerzauste Mähne flammendroter Löckchen, fing Sonnenstrahlen ein und leuchtete, als würde es brennen. Ihr Gesicht war oval, mit einer hohen glatten Stirn, hervorstehenden Wagenknochen und einer glatten Kinnlinie, die zu Ohren mit doppelten Ohrläppchen führte. Ihre Augenbrauen wölbten sich zu einem hohen, natürlichen Bogen, und ihre mandelförmigen Augen wurden von dichten rötlichbraunen Wimpern umrahmt. Ihre aristokratische Nase war schmal und delikat geformt, aber ihr Mund gehörte einem Sinnesmenschen — voll und weit und mit zwei ausgeprägten Schwüngen der Oberlippe.

Der Mann, Nicholas Casullo, war außergewöhnlich attraktiv. Roxannes zweiundzwanzig Jahre alter Liebhaber besaß einen großartigen Körper, und seine schwellenden Muskeln hoben sich in dem Morgenlicht scharf durchgezeichnet ab. Seine Taille war schmal, sein Bauch flach, und seine Hinterbacken waren fest und hatten auf jeder Seite eine kräftige Vertiefung. Seine Schenkel und Waden waren hart und stark ausgeformt und liefen nach unten hin schmal zu. Nicks Brust war mit weichen schwarzen Haaren bedeckt, die in einem sauberen V zu seinem Nabel führten und dann wieder dichter wurden und seinen dicken Penis und seine schweren Hoden umgaben.

Nicks lustvoll gutes Aussehen entsprach der klassischen italienischen Form – gelockte schwarze Haare, olivfarbene Haut und eine römische Nase. Seine Stirn war breit und edel, und seine geschlossenen Augen wurden von dichten, geschwungenen Brauen beschattet. Sein Mund schien nie zu ruhen; sogar im Schlaf zuckten und rieben seine schweren Lippen, möglicherweise in Vorfreude auf Genuß.

Roxanne, von den Sonnenstrahlen aufgestört, bewegte sich und veränderte ihre Haltung, konnte jedoch der Hitze nicht entgehen. Ihre dünnen Lider bebten und öffneten sich langsam. Die hellgrüne Iris war ungewöhnlich groß. Sie drehte den Kopf, sah die Lichtquelle und stand ohne Zögern auf, tappte über den Teppich, riß die Vorhänge zu und stellte die Klimaanlage höher. Sie kehrte an das Fußende des Bettes zurück und beobachtete ihren Liebhaber im Schlaf. »Du bist schön«, flüsterte sie, glitt dann wieder auf das Bett und schob sich an ihn, daß ihre Wange an seinem Rücken ruhte.

Ihre Finger spielten mit der kleinen Haarinsel, die genau über dem Spalt seines Hinterns angesiedelt war. Roxanne wußte, daß sie Nick noch einmal haben mußte, bevor er gehen mußte, weil Sam heimkam. Sie leckte sich über die Lippen und preßte ihren feuchten Mund gegen die Einbuchtung seines Rückgrats. Dann saugte sie an seinem Fleisch, aber nicht hart genug, um ein Mal zu hinterlassen. Nick haßte Male. Eine Speichelspur wie ein feuchtes, durchsichtiges Band hinterlassend, bewegte sie sich nach unten, bis die kleine Haarinsel ihr Kinn streifte.

Nick stöhnte und zog die Beine an.

»Nick, bist du wach?« Ihre Stimme war tief und brüchig.

»Sag du es mir«, murmelte er.

Roxanne schob ihre Hand zwischen Nicks Schenkel und seufzte lustvoll. Nick war sehr wach.

Lachend löste Nick sich von ihr, rollte sich zum anderen Ende des Bettes und bedeckte seinen Schritt mit seinen massigen Händen.

»Nicholas! Komm wieder hierher.«

Er grinste mutwillig. »Ach, willst du was, Roxie?«

»Befriedigung«, schnurrte sie.

»Du bist unersättlich. Ist das das richtige Wort?«

»Das ist das richtige Wort, genau.« Sie schob sich auf ihn zu.

Nick streckte die Hände aus und bedeckte Roxannes Brüste. Ihre großen kupferfarbenen Nippel waren aufgerichtet und warteten auf seine Berührung. Er massierte die glatten Hügel ihres nachgiebigen Fleisches, rieb mit seinen harten Handflächen über die Warzenhöfe und brachte sie vor leidenschaftlichem Verlangen zum Schmerzen. Roxanne warf den Kopf zurück und rang vor Wollust nach Luft.

Plötzlich packte Nick ihren Kopf und drängte sie nach unten. Sie glitt leicht über das Satinlaken, bis sie sich mit seiner Scham auf gleicher Höhe befand. Er hob seine Hüften an und stieß sein pochendes Glied gegen ihre Lippen.

»Mach mich naß, Roxie.«

Roxanne öffnete ihren Mund, und ihr warmer Atem versengte sein empfindliches Fleisch wie ein frisch geschürtes Feuer.

»Das ist es, Roxie-Baby. Oh, yeah, genau das ist es!«

Nick fuhr mit seinen Fingern durch Roxannes leuchtende Locken und genoß ihre oralen Dienste. Gefährlich nahe an seinem Höhepunkt, stöhnte er: «Das reicht, Roxie.« Er schob seine Hände unter ihre Achselhöhlen und zog sie hoch.

Roxanne preßte sich so fest wie möglich an Nick. »Nick, ich brauche dich jetzt. Sofort.«

Nick rollte sich auf sie, und ihre Körper verschmolzen miteinander. Sie sprachen nicht, sondern atmeten sich gegenseitig in den Mund. Ihr Murmeln schien sich genauso miteinander zu verschlingen wie ihre Glieder.

Erneut wurde Roxanne von Nicks Liebesfähigkeit in Erstaunen versetzt. Er schien instinktiv zu wissen, was sie wollte, noch bevor sie es selbst wußte. Er war ganz einfach der beste Liebhaber, den sie je gehabt hatte, und es hatte zahlreiche Männer vor ihm gegeben. Die Kraft ihrer vereinten Körper ließ sich nicht ableugnen. Sie paßten zusammen wie zwei richtige Teile eines Laubsäge-Puzzles.

Roxanne bog sich nach oben, erschauerte, bog sich erneut durch. Nick beeilte sich, ihre Forderungen zu erfüllen, trieb sie auf diesen wundervollen Gipfel der Sinnlichkeit zu, den sie nie mit Worten und nicht einmal in ihrer Erinnerung beschreiben konnte. Während er mit ihr gleichzog, brach ein tiefes, langes Stöhnen aus ihrer Kehle wie ein Vogel, der die Nacht floh. Sie fühlte sich, als wären sie zwei Kometen, die am Himmel kollidierten, und in diesem Moment des köstlichen gemeinsamen Orgasmus dachte sie, nie solch komplette Befriedigung mit einem anderen Mann finden zu können, ihr Ehemann eingeschlossen.

Sie hielten einander als Abschluß ihrer Liebe umarmt, bis ihr Atem wieder normal wurde. Der Wecker — auf 9:30 eingestellt — schrillte.

Nick löste sich von Roxanne und murmelte: »Ein neuer Tag, ein neues Abenteuer.«

Nick stieg aus dem Bett und trat ans Fenster. Er ging auf seinen Fußballen mit einer beinahe femininen Anmut, und seine kraftvollen Wadenmuskeln spannten und entspannten sich bei jedem Schritt. Als er die Vorhänge aufzog, ergoß sich das Sonnenlicht durch das Fenster und überzog seinen Körper mit einem geradezu himmlischen Schein. Erfreut über den hellen Sonnenschein — er haßte Regen — stieß Nick einen ursprünglichen Freudenschrei aus.

»Du bist viel zu schön«, sagte Roxanne mehr zu sich selbst als zu Nick.

»In Ordnung, wenn ich vorher noch dusche, Roxie?«

»Geh nur. Ich mache dir Kaffee.«

»Großartig, aber, bitte, Roxie, nicht diesen löslichen Mist.«

Roxanne warf ihren Kopf zurück und lachte. Es war das vollkehlige Lachen eines Menschen, der völlig glücklich war.

»Keine Sorge, ich habe ihn gestern abend von dem Mädchen vorbereiten lassen. Ich brauche nur den Knopf zu drücken.«

Das Kinn in ihre Hände gestützt, beobachtete Roxanne Nick durch die offene Badezimmertür, wie er sich auf die Rasur vorbereitete. Er untersuchte sein Gesicht sorgfältig im Spiegel und war offensichtlich mit dem zufrieden, was er sah. Er verteilte

Rasierschaum auf seiner Haut, und während er liebevoll sein Gesicht rasierte, übte er eine Reihe verführerischer Macho-Grimassen, mit denen er das in seiner Phantasie existierende weibliche Publikum absolut wild machte.

Nick und Roxanne hatten einander früher in diesem Jahr bei einem Spenden-Telethon von Channel Thirteen, der öffentlichen Fernsehstation, kennengelernt. Bobbie Jo Bledsoe, eine der wenigen Bewohnerinnen, die zu den Fiedlings freundlich war, fragte Roxanne, ob sie eine Schicht an den Telefonen übernehmen wollte, um die eingehenden Spenden aufzuzeichnen. Roxanne, die sich darüber freute, gefragt zu werden, stimmte sofort zu. Immerhin hatte sie keine Pläne, und Sam war in Shanghai auf einer Einkaufsreise.

Roxanne, ein Nachtmensch als Ergebnis ihrer Karriere als Las-Vegas-Showgirl, meldete sich für die Spätschicht. Sie bekam den Abschnitt von Mitternacht bis vier Uhr morgens. Die Telefone waren nicht sehr aktiv, und Roxanne hatte Gelegenheit zu beobachten, wie die einzelnen Künstler ihre Darbietungen für die Wohltätigkeit ablieferten. Sie war überrascht, daß die Parade der Jongleure, Bauchredner, Sänger und Tänzer nicht sehr professionell war. Die neben ihr sitzende Frau erklärte, daß es um diese nächtliche Zeit nur wenige Zuschauer gab und daher der Talentkoordinator für jetzt die schwächeren Talente eingeteilt hatte — Unbekannte, die es wahrscheinlich auch bleiben würden.

Gegen Viertel vor vier verkündete der Moderator: »Die neue singende Sensation — Nick Casullo!« Ein sehr attraktiver junger Mann italienischer Herkunft schlenderte ins Spotlight und erregte augenblicklich die Aufmerksamkeit jeder Frau im Studio — Mitarbeiter, Freiwillige und Publikum.

Er stimmte eine schnelle Version von ›Feelings‹ an, und Roxanne erkannte trotz der Anziehungskraft, daß Nick als Künstler nicht sehr gut war. Durch Gestik, Bewegung und Mimik gelang es ihm, jedes nur denkbare Klischee anzuwenden und zu einer kompletten Verkörperung jedes männlichen Barsängers zu werden, den Roxanne jemals gesehen hatte. Er riß sich mitten im Song die Fliege vom Hals und schleuderte sie am Ende mit einem ›Yeah‹ weg. Aber es war nicht sein Talent, auf das es ankam. Der Sänger besaß einen magnetischen Sex-Appeal, der so stark war, daß Roxanne sicher war, jede der anwesenden Frauen würde genau die gleichen Empfindungen erfahren wie sie. Sie wurde sogar physisch schwach, und ein Gefühl von Fieber tobte durch ihren Körper. Nick hatte sie ebenfalls bemerkt, und als er die Bühne verließ, schenkte er ihr ein sinnliches Lächeln, das ihr sagte, er *wüßte*, was sie dachte, und er wüßte, daß sie wußte, daß er es wußte.

Roxanne stöpselte ihr Telefon ab und folgte Nick in den allgemeinen Umkleideraum, der auf die gleiche Art wie ein Krankenhaussaal abgeteilt war, mit vom Boden bis zur Decke reichenden Vorhängen, die den einzelnen Künstlern Ungestörtheit garantierten. Nick hatte sein Jackett und sein Hemd ausgezogen und lehnte an dem Schminktisch, als würde er sie erwarten.

Roxanne betrat den behelfsmäßigen Raum und zog die Vorhänge hinter sich zu. Sie fielen übereinander her wie zwei Tiere in der Hitze; hier und jetzt hatten sie Sex, in einer stehenden Position, den Schminktisch als Stützen benützend.

Roxanne fand heraus, daß Nick als Kellner in einem nahen Club und Restaurant namens Pastache arbeitete, das als Caterer für eine gesetzte und wohlhabende Mittelschicht tätig war. Nick erzählte Roxanne, daß er das Pastache ausgesucht hatte, weil es dort einen guten Klavierspieler gab, und gelegentlich ließ das Management ihn singen. Nick glaubte heftigst, daß eines baldigen Tages einer der reichen Gäste sein Talent erkannte und anbot, seine Karriere finanziell zu unterstützen.

Roxanne hielt das zwar für einen vergeblichen Traum, wagte jedoch nicht, ihren Zweifel auszusprechen. Nicks Stimme war angenehm genug. Ihre alte Gesangslehrerin hätte ihn vielleicht mit einem C+ bewertet, aber andererseits waren auch viele mit wesentlich weniger an die Spitze gestiegen, und Nick hatte einen Vorteil auf seiner Seite — ein sagenhaftes Aussehen, das jede Frau begeisterte, die ihn sah — ganz gleich, wie alt sie war. Roxanne erkannte, daß dies besser war als mit A zu benotende

Stimmbänder. Das Problem war nur, daß Nick nicht wußte, wie er sein Talent einsetzen konnte. Er wußte nicht, wie er mit einem Publikum spielen sollte. Er wählte beharrlich die falschen Songs, und sein Geschmack war bejammernswert. Er liebte Goldketten, Samtanzüge und blumengemusterte, bis zum Nabel aufgeknöpfte Hemden. Kurz, Nick war ein lebender, atmender Anachronismus.

Dennoch fand Roxanne, daß er Potential besaß, und sie wäre gern dieser gewisse Jemand gewesen, der seine Karriere unterstützte und ihn zu Starruhm katapultierte. Aber was konnte sie tun? Sie hatte kein wirklich eigenes Geld. Alles, was sie hatte, gehörte Sam.

Nicky wischte den Rasierschaum von seinem Gesicht und trat in die Dusche. Durch die Glastüren mit den eingeritzten Lotosblüten beobachtete Roxanne in höchster Faszination, wie er methodisch das Ritual der Waschung seines herrlichen Körpers vollzog. Zuerst wusch er sein Gesicht, dann erzeugte er blubbernde Geräusche, als das Wasser über und in seinen Mund floß. Ab und zu öffnete er die Lippen, fing etwas Wasser auf, gurgelte lautstark und spuckte aus. Dann fuhr er mit dem großen Seifenstück über seine Schultern, an jedem Arm hinunter und wieder zurück zu den Achselhöhlen. Nachdem er sorgfältig seine Brust und seinen Rücken gewaschen hatte, beugte er sich vor und schrubbte die Füße und dann seine Waden und Schenkel. Danach begann er, langsam, behutsam seine Genitalien zu waschen.

Roxanne hatte nie in ihrem Leben einen pornographischen Film gesehen, konnte sich jedoch nichts Erotischeres vorstellen als diesen Anblick. Ein Prickeln setzte sich an den Innenseiten ihrer Schenkel fest. Sie biß sich auf die Unterlippe, schloß die Augen und schüttelte den Kopf. »Mein Gott, ich werde zur Nymphomanin.«

Widerstrebend stieg Roxanne aus dem Bett, ging an ihren Schrank und wählte einen apricotfarbenen Chiffonhausmantel, der an den Säumen reichlich mit im gleichen Ton eingefärbten

Straußenfedern besetzt war. Sie schlüpfte in passende Hausschuhe mit sieben Zentimeter hohen Absätzen und einem Büschel Federn an der Spitze. Danach schlenderte sie den langen Korridor mit all der Anmut und Sicherheit entlang, die sie auf den gigantischen Bühnen von Las Vegas erworben hatte. Im Vorbeigehen an einer Serie von vier gerahmten chinesischen Pergamentrollen aus der Ch'ing-Dynastie, die den Wechsel der Jahreszeiten durch Symbole darstellten, blieb sie, wie so oft, vor dem vierten Blatt der Serie stehen — Winter. Diese rauhe Jahreszeit war dargestellt als untersetzter, weißhaariger alter Mann mit einer Miene, die sie nie identifizieren konnte. Unzufriedenheit? Resignation? Trostlosigkeit? Vielleicht von allem etwas. Jedenfalls erinnerte der alte Mann sie jedesmal an Sam.

Roxanne verspürte plötzlich einen Stich von Reue. Warum tat sie Sam dies an? Er war ein guter Mann, der ihr alles gegeben hatte. Er hatte sie aus dem Dunkel ins Licht geholt. Sie schüttelte ihre Schuldgefühle ab und ging ins Gästebad. Sie putzte sich die Zähne und schminkte sich dann die Lippen mit einem klaren roten Stift. Sorgfältig untersuchte sie sich selbst im Spiegel und forschte nach etwas, das sie nie finden konnte. Sie war die Ehefrau eines reichen Mannes, und sie war schön, und das war alles, was Roxanne sicher wußte.

Sie ging in die Küche und drückte den Schalter an der Kaffeemaschine. Dann setzte sie sich an den Frühstückstisch und steckte sich die erste Zigarette des Tages an. Roxanne sah sich düster um. Selbst die Küche war ein Zeugnis für das Geschäft ihres Mannes. Orientalische Importe. Die Tapeten besaßen ein Muster aus Kirschblüten und Bambusgitterwerk. Die Rattanmöbel stammten aus Hongkong, und selbst die Lampe über dem Frühstückstisch war ein fernöstlicher Vogelkäfig komplett mit einer Porzellannachtigall.

Was mache ich da, fragte Roxanne sich. Sie hatte eine Affäre mit einem Mann, der acht — na schön, zehn — Jahre jünger als sie war. Und sie lebte diese Affäre in ihrer eigenen Wohnung aus. Wenn Sam nun früher heimkam? Nein, das war ausgeschlossen. Sam änderte nie seine Pläne. Sein Leben verlief nach Zeitplan.

Einer der Nachbarn konnte es ihm erzählen. Aber das war höchst unwahrscheinlich. Die meisten sprachen gar nicht mit ihr, ganz zu schweigen von einer Unterhaltung. Außerdem waren Roxanne und Nick vorsichtig. Niemand hatte Nick das Apartment betreten oder verlassen gesehen.

Die Portiers wußten es. Portiers wußten es immer. Das ging schon in Ordnung. Der Himmel wußte, daß sie ihnen genug Trinkgeld für jede Kleinigkeit gab. Das sollte die Kerle ruhig halten. Himmel! Nymphomanin, Ehebrecherin, ›Wiegenräuberin‹, Erpresserin. Was hatte sie ausgelassen? Nur Mord, Brandstiftung und Notzucht.

Krieg dich in den Griff, Mädchen! stoppte Roxanne sich selbst. Du verschaffst dir selbst mehr Schuldgefühle als eine jüdische Nonne. Sie war nicht die erste verheiratete Frau, die eine Affäre mit einem jüngeren Mann hatte, und sie würde nicht die letzte sein. Das würde noch eine Weile so weiterlaufen, sich dann ausbrennen, und das war's dann. Vielleicht trafen sie und Nick sich zu einem letzten Drink. An einem Ort, der für solche Trennungen angemessen war. Im River Café bei Zwielicht. Er würde ihr eine rote Rose mitbringen. Sie würde eine oder zwei Tränen vergießen, und dann würden sie sich trennen. *It was great fun, but it was just one of those things...* Es hat Spaß gemacht, aber es war eben nur eine Affäre.

Roxanne blickte auf. Nick stand in der Tür und trocknete seine Haare mit den Fingern, ein Badetuch um die Taille geschlungen. Ein großer Wassertropfen glitzerte in dem Grübchen an seinem kräftigen, kantigen Kinn. Alle Gedanken an ein Ende der Affäre flohen ihr Bewußtsein, als sie sich von ihrem Stuhl erhob und zu ihm ging. »Der Kaffee ist fertig«, sagte sie, streckte ihre Zunge heraus und leckte den Tropfen von seinem Kinn.

Nick nahm sich eine von Roxannes Zigaretten mit Goldfilter. Er brach den Filter ab, steckte sie an und bemerkte mürrisch: »Du weißt, daß ich Camel rauche, Roxie.«

»Ich kann nicht riskieren, sie in der Wohnung zu haben, Nick.«

Er grinste. »Ich weiß. Wenn das Mädchen keinen Dienst hat, denkst du nie daran, die Aschenbecher zu leeren.«

Nick schenkte sich eine Tasse Kaffee ein, tat Süßstoff hinein und ging an den Kühlschrank, um die Milch zu holen. Als er die Tür öffnete, rief er: »Weißt du Roxie, du solltest lieber was Eßbares auftreiben, wenn dein Alter heute nachmittag heimkommt.«

Der Kühlschrank war leer, abgesehen von einer Flasche Half & Half, einer halben Zitronen-Pie und mehreren Dosen Kaviar. Nick blickte in das Gefrierfach. »Nicht mal eine tiefgekühlte Pizza. Was machst du zum Abendessen?«

»Ich kann nicht kochen. Wir essen meistens auswärts.«

»O ja, habe ich fast vergessen. Das machen reiche Leute zum Abendessen – Reservierungen. Ich sollte es wissen«, fügte er bitter hinzu. »Ich serviere ihnen oft genug. Wohin führt Sam dich denn, wenn ihr ausgeht?«

»In viele Lokale. Ich bin nicht wählerisch, so lange es bloß nicht das Oriental ist.«

»Aber dein Apartment sieht wie ein chinesisches Restaurant aus.«

Roxanne begann zu lachen. »Ich habe es nicht dekoriert.«

»Das ist wirklich komisch. Ich dachte, du magst ... «

»Nicht mal Horoskop-Plätzchen.«

»Woher weißt du dann, was dir die Zukunft bringt?«

Die Worte waren aus Roxannes Mund, bevor sie sie aufhalten konnte. »Ich hoffte, die Zukunft würde mir dich bringen.«

Nick runzelte die Stirn. »Also, Roxie, du weißt, was wir am Anfang ausgemacht haben. Nur Spaß und Spiele. Ich muß an meine Karriere denken. Ich muß am Ball bleiben, sonst schaffe ich es nicht. Und ich muß es schaffen. Ich will es unbedingt.«

Sie strich mit ihren Fingerspitzen über seine Wange. »Ich weiß, Nick, und ich verstehe es.«

Er zog sich von ihr zurück. »Nein, tust du nicht. Niemand versteht das. Du weißt nicht, wie das ist, wenn man sich etwas so unbedingt wünscht, daß man dafür sterben könnte. Du hast alles. Einen reichen Mann, ein großartiges Zuhause – selbst wenn es ein wenig Chinesenkitsch ist –, Limousinen, Nightclubs, Kleider, Juwelen. Was könntest du denn noch wollen?«

Roxanne wagte nicht zu antworten.

»Ich muß jemand sein. Die Charts anführen. Ein ständiger Gast in der Johnny-Carson-Show sein. Leute, die mich um Autogramme bitten. Eingeladen werden zu Hugh Hefners Parties. Ich will das alles.«

»Du hast das Publikum nicht erwähnt. Willst du ihm denn nichts geben?«

»Sicher, sicher doch. Du wirst es schon sehen, Roxie. Meine Zeit wird kommen. Jemand wird mich im Pastache sehen, einer von Bedeutung. Und der wird mir anbieten, meine Karriere zu unterstützen, und dann hebe ich ab wie eine 747. Schnurgerade die Erfolgsleiter hinauf. Hey, vielleicht mache ich sogar einen Film.« Nick nahm eine lächerliche Pose ein — seine Vorstellung, wie ein sexy Filmstar aussehen sollte: Augen auf halbmast, Lippen feucht und geöffnet, geblähte Nasenflügel.

Roxanne fand, daß Nick großartig anzusehen und, dem Foto in seiner Brieftasche nach zu schließen, auch sehr fotogen war. Vielleicht würde mit einigen Sprechkursen und Unterricht in Schauspiel und Bewegung sein Traum nicht jenseits des Möglichen liegen.

Nick schlang seinen Arm um Roxannes Taille. »Was denkst du, Roxie? Ich da oben auf der Kinoleinwand. Italiener sind ›in‹, weißt du — Pacino, DeNiro, Travolta, Stallone und… Casullo!« Seine Augen leuchteten, strahlten. Sein Gesicht war erhitzt. Er sah erregter aus als während ihrer Liebe.

»Warum nicht?« sagte sie mit erzwungener Heiterkeit.

Plötzlich schien sein Ego zusammenzubrechen, und er geriet in Panik. Er packte sie an den Schultern und keuchte: »Ich muß es einfach schaffen, Roxie. Es ist wie ein Feuer, das in mir brennt. Es brennt, oh, wie es brennt, und mit jedem Jahr brennt es etwas heißer. Ich muß es schaffen, weißt du, sonst bleibt am Ende von mir nur ein Häufchen Asche übrig.«

Roxanne drückte Nicks Kopf an ihre Brust, streichelte sein Haar und murmelte singend wie zu einem Kind: »Ich weiß, Baby. Ich weiß.«

Ich muß Geld beschaffen und es Nick geben, entschied Roxanne plötzlich. Ich werde etwas verkaufen. Ein Schmuckstück. Ich kann Sam sagen, ich hätte es verloren. Ich stehle etwas aus dem Apartment. Ich werde sagen, ich hätte es zerbrochen. Irgendwie, auf irgendeine Art besorge ich Geld und rette Nick aus...

Das Wort hallte durch ihre Gedanken wie ein immer wiederkehrendes Echo... aus dem *Dunkel*.

3

Mabelle Tolliver marschierte in ihr Wohnzimmer und schwang einen Federwisch wie eine in die Jahre gekommene Trommelmajorette den Tambourstab. Ihr folgte ein Pulk von zehn Katzen aller Altersstufen, Größen und Rassen, einschließlich Perser-, Himalajakatzen, Burmesen, Abessinier und jener zahmen Kurzhaarkatzen, die gemeinhin als Wald- und Wiesenkatze bekannt waren. Mabelle hatte sie nach Gestalten aus ihren Lieblingsopern benannt, und in diesem Moment miaute jede von ihnen im hohen C, neugierig wegen des plötzlichen Wechsels im Routineablauf ihres täglichen Lebens.

Mabelle Tolliver hatte nie weniger als ein Dutzend Katzen gehalten, bis zum letzten Weihnachten, als der von ihrem Apartment ausströmende Geruch unerträglich geworden war. Auf Allison Van Allens Bitte hatte Rachel Pennypacker, ein Mitglied des Verwaltungsrats, vorgeschlagen — oder besser darauf bestanden — daß Mabell ein anderes Zuhause für die Katzen fand. Die arme Mabelle hatte es aus Angst, gekündigt zu werden, ernsthaft versucht, und sie hatte in der Tat die meisten der Katzen an Nachbarn und örtliche Geschäftsleute verschenkt, aber die kleine Armee war kaum verschwunden, als Mabelles Herz sich für einen neuen Herumstreuner öffnete und dann für noch einen und noch einen. Unfähig, dem erbärmlichen Miauen dieser verlorenen Seelen zu widerstehen, fand Mabelle sich im Handumdrehen wieder mit zehn diversen ›Miezchen‹, einer Familie von Gefährten und Vertrauten.

Das Ende der bizarren Parade bildeten drei junge Leute mit

Mops und Besen, die sie über ihre Schultern gelegt hatten wie Wachssoldaten. Mabelle hatte sie für einen Tag von Lend-a-Hand gemietet, um einmal durch den für gewöhnlich abgeschlossenen Ballsaal ›hindurchzutoben‹.

Die zwei Jungen waren ein Paar gutaussehender, langweiliger WASPs — ›weißer angel-sächsischer Protestanten‹. Sie waren ein schwules Liebespaar, arbeitslose Tänzer namens Claude und Reggie. Das Mädchen, eine lebhafte Schwarze namens Jasmine, war eine arbeitslose Sängerin. Alle drei waren von der exzentrischen Mabelle und ihrer vierbeinigen Entourage bezaubert worden, und während sie auf ihre Instruktionen warteten, beäugten sie ihre surreale Umgebung.

Jasmine flüsterte: »Ich traue einfach meinen Augen nicht.«

Claude bemerkte: »Hey, Toto, ich glaube, wir sind nicht mehr in Kansas.«

Aus dem Mundwinkel heraus fügte Reggie hinzu: »Mach keinen Scheiß, Dorothy.«

Der zweigeschossige Ballsaal ähnelte einer Szenerie aus einem Tennessee-Williams-Stück. Die riesigen Fenster waren mit gazeartigen Vorhängen zugehangen, die im Laufe der Jahre vom Alter fleckig geworden waren und jetzt eine unheimliche Ähnlichkeit mit Schleiern von spanischem Moos hatten. Die Möbel verstärkten den Eindruck von Südstaaten-Dekadenz. Aus Schmiedeeisen hergestellt, prunkten sie mit prächtigen Mustern von Farnen, Weinranken und Efeu. Fünf rotierende Ventilatoren hingen von der Decke, und trotz der Hitze war der Raum unerwartet kühl. In keinem besonderen Muster auf dem rosa Marmorboden verstreut, standen weiße dorische Säulen aus Holz und Gips, die Mabelle vom Besitz ihrer Vorfahren hierher transportiert hatte, als Erinnerung an ihre friedlichen Tage im tiefen Süden.

Die jungen Leute sahen sich betroffen in dem Raum um. Überall lag ein Staubfilm, Spinnweben hingen von jedem Vorsprung und in jedem Winkel, und Stapel vergilbter Zeitungen, manche nahezu so groß wie sie selbst, lagerten auf vergoldeten Ballsaalstühlen. Mabelle sagte mit einer Stimme, die überraschend jung und süß wie Honig klang: »Wie ihr seht, meine

Lieben, kann der Raum schon ein wenig Aufräumen vertragen.«

Die kolossale Untertreibung brachte das Trio dazu, sich synchron umzudrehen und erneut seine Arbeitgeberin anzustarren. Mabelle Tolliver, eine kleine, dicke Frau, sah in dem gewaltigen Ballsaal noch kleiner aus, sie wirkte nicht größer als ein Kind. Sie mußte wohl Ende siebzig sein. Ihr weißes Haar trug sie noch immer in jenem Bubikopf-Schnitt, der von Clara Bow in den Zwanzigern populär gemacht worden war. Ihre Haut war weiß durchschimmernd wie Paraffin, ein Eindruck, der durch reichlich angewendeten Reispuder noch unterstrichen wurde. Ihre Augen waren schmal und glänzend wie Rosinen. Eine Stupsnase und ein Rosenknospenmund vervollständigten ihr kindhaftes Image.

Mabelle warf selten etwas weg, und obwohl sie sich sehr gut neue Kleider hätte leisten können, bevorzugte sie noch immer ihre abgetragenen Gewänder von anno dazumal. An diesem Morgen glänzte sie in einem Partykleid, das für sie von Pierre Balmain für den Plantagen-Ball von 1926 entworfen worden war, der auf dem Familienbesitz stattgefunden hatte. Das Kleid war ärmellos mit einem rechteckigen Halsausschnitt und einer tiefgesetzten Taille. Die lindgrüne Seide war jetzt zu einem schmutzigen Graugrün verblaßt, und die tausend Pailletten, die den Stoff bedeckten, wirkten matt. Mabelles ausgetretene rote Wildlederschuhe mit Fersenriemchen und hohen Absätzen sowie Plateausohlen waren zwei Jahrzehnte jünger als ihr Kleid und waren von Joan Crawford in den Vierzigern populär gemacht worden.

Reggie brach das auffällige Schweigen. »Züchten Sie Katzen, Miss Tolliver?«

»O nein, Honey. Es gibt immer genug Streuner auf der Welt. Sie sind alle kastriert worden. Aber einige versuchen noch immer von Zeit zu Zeit, nach draußen zu gelangen. Nicht wahr, meine Lieben? Also, was lasse ich euch denn zuerst machen?«

Claude fragte: »Was ist mit all diesen Zeitungen, Miss Tolliver?«

Mabelle betrachtete die zahlreichen gewaltigen Stapel, als

sähe sie sie zum ersten Mal. »Oh, die Zeitungen. Nun, ich wollte sie irgendwann einmal lesen. Ich möchte stets mein Abonnement kündigen, aber ich vergesse es immer wieder, und so kommen sie eben weiter. Ich schätze, ich sollte sie wirklich endlich lesen, nur um auf dem laufenden zu sein, aber die Neuigkeiten sind einfach zu deprimierend, und ich fand, ich könnte mit meiner Zeit etwas Besseres anfangen.« Sie stieß den Staubwedel in Richtung Decke. »Ich sage, laßt sie uns wegwerfen!«

Jasmine schlug vor: »Sie können sich die Nachrichten doch immer im Fernsehen ansehen.«

Mabelle runzelte die Stirn. »Ich sehe mir im Fernsehen nicht viel an, ausgenommen ›Masterpiece Theatre‹ und Ringen. Ich kann nie so recht entscheiden, was von beiden das bessere Theater ist.«

Reggie, von einem Fuß auf den anderen tretend, fragte schüchtern: »Wenn Sie mir die Frage erlauben, Miss Tolliver, warum machen Sie sich so viel Mühe? Planen Sie eine Party?«

»Du liebe Güte, nein! Also, in diesem alten Ballsaal hat keine Party mehr stattgefunden seit dem Frühling, in dem meine Schwester Matilda starb. Mal sehen, das war —lieber Himmel — April neunzehnhundertvierundsechzig. Ich dachte, es würde sie aufheitern, versteht ihr. Meine Schwester heiratete einen gesellschaftlichen Aufsteiger aus Savannah, der in der Woche nach ihrer Hochzeit vom Blitz getroffen wurde. Matilda war natürlich untröstlich. Ich drängte sie, zu mir zu kommen und bei mir zu leben. Ich dachte, ich könnte ihr helfen, darüber hinwegzukommen, aber sie hat sich von der Tragödie nie ganz erholt. Und als sich dann ihr fünfzigster Geburtstag näherte, und sie noch immer den Kopf hängenließ, sorgte ich dafür, daß die gesamte Einrichtung aus diesem Saal entfernt wurde, und lud jeden in Frage kommenden Junggesellen in New York ein. Ich habe sogar ein Orchester engagiert. Ich hoffte ernsthaft, meine Schwester würde die Nacht durchtanzen und vielleicht sogar die Liebe finden, aber meine Bemühungen heiterten sie nicht im geringsten auf, und am nächsten Tag brach sie tot im Wintergarten zusammen. Der Doktor sagte, es wäre Herzversagen gewesen, aber ich weiß, daß sie an gebrochenem Herzen starb. Matilda war die einzige noch Lebende von meinen Geschwistern gewesen. Lucien starb, als er noch in seinen Zwanzigern war, bei einem sehr tragischen Unfall. Während eines Polospiels wurde ihm der Kopf eingeschlagen von einem schlecht gezielten Schläger, den ein Mitglied seines eigenen Teams geschwungen hatte.«

Die drei jungen Leute drückten murmelnd ihr Mitgefühl aus, und Mabelle fuhr ermutigt fort: »Nachdem nun mein Bruder und meine Schwester von mir gegangen waren, verschloß ich meine Pforten vor der Gesellschaft, und es gab keine Parties mehr ›Chez Tolliver‹. Seither genieße ich die Gesellschaft von Katzen.« Mabelle blickte nachdenklich drein, bis ihre Überlegungen von den Possen einer der Katzen unterbrochen wurden: »Carmen! Das ist Carmen. Klettere nicht an diesen Vorhängen hinauf! Sie sind mürbe. Also, mal sehen. Wo war ich? Als Antwort auf Ihre Frage, Reggie, nein, ich gebe keine Party. Der Anlaß für dieses Großreinemachen ist noch viel wichtiger. Es geht um ein Familientreffen. Meine Großnichte, Taryn Tolliver, kommt mich besuchen. Wir haben uns noch nie gesehen, wißt ihr. Sie ist das einzige Enkelkind meines Bruders Lucien, und sie hat die ganze Zeit in Tennessee gelebt. Wir haben natürlich miteinander korrespondiert, aber wir haben uns nie kennengelernt. Könnt ihr das glauben? Sie ist jetzt achtzehn, und sie kommt, um sich in den verschiedenen Kunstschulen in New York City einzuschreiben. Sie ist Künstlerin und, soviel ich weiß, schon ziemlich erfolgreich. Taryn ist meine einzige lebende Verwandte. Alle anderen sind ... dahingegangen ... wie man so sagt.«

Mabelle hastete zu dem riesigen Kaminsims aus kunstvoll bearbeitetem rosa Marmor und deutete mit dem Staubwedel auf die verzierten silbernen Urnen, die auf beiden Seiten des Simses aufgestellt waren. Beide waren auf Hochglanz poliert und schienen die einzigen Gegenstände im Raum zu sein, um die sich jemand kümmerte.

»Darf ich euch meine Familie vorstellen.« Sie zeigte mit dem Staubwedel auf die linke Urne. »Lucien.« Dann deutete sie auf die rechte. »Und Matilda.«

Das Trio wechselte untereinander Blicke. Die Geschichte war gleichzeitig traurig und lächerlich, und sie waren nicht sicher, wie sie auf die phantastische kleine Frau reagieren sollten.

»Nun ja«, meinte Jasmine endlich, »wir sollten uns lieber an die Arbeit machen, damit wir alles in Ordnung haben, bevor Ihre Großnichte ankommt.«

»Ich werde etwas Musik für euch junge Leute auflegen. Ich finde immer, daß mit Musik unangenehme Tätigkeiten schneller von der Hand gehen.« Mabelle durchquerte den Raum, öffnete das altmodische Victrola und legte eine 78er-Platte auf. Die Klänge des Musette-Walzers aus *La Bohème* schwebten durch die staubige Luft. Mabelle neigte ihren Kopf auf die Seite und lauschte. »Liebe Güte, Patrice Munsel klingt, als würde sie unter Wasser singen. Ich muß daran denken, eine neue Nadel zu kaufen, bevor Taryn eintrifft. Nun kommt, meine Lieblinge, wir müssen die jungen Leute allein lassen, damit sie ihr Zauberwerk vollbringen können. Komm, Dot, komm mit Mutter. Aida, nicht trödeln. Tosca, Delilah, es ist Zeit für unseren Abgang.«

Und damit machte Mabelle auf ihren Plateauabsätzen kehrt und schwebte aus dem Ballsaal, umgeben von dem Rascheln von Seide, dem Duft von Veilchen und zehn miauenden Katzen.

4

Die französischen Türen öffneten sich, und Elena Trekosis Radley hastete von der Terrasse herein. Sie trug ein großes Baccarat-Kristallglas mit Eis, Tomatensaft und als Garnierung Staudensellerie. Die Absätze ihrer Pappagallo-Schuhe verursachten ein hartes Geräusch auf dem hochglanzpolierten Zypressenboden des Raums. Sie strebte direkt der Bar zu, einem herrlichen Exemplar des Art Deco, für das sie Peggy Guggenheim bei Christie's überboten hatte. Die Bar war aus blondem Holz und

Spiegelglas-Paneelen konstruiert, die Gläser und Flaschen verbargen. Ein kopfüber durch eine stilisierte Wolkenmasse stürzender Engel war in die Paneele eingeätzt, und Elena überlegte, ob dieses Bild irgendwie prophetisch war.

Sie trank ein Drittel des Tomatensafts, holte eine Flasche Stolichnaya hervor und füllte ihr Glas bis zum Rand. Sie fischte in der übergroßen Tasche ihres Galanos-Tageskleides aus mittelmeerblauem Batist und holte eine achtzehn Karat goldene Elsa-Peretti-Pillbox in der Form eines phantasievoll geformten Blattes hervor. Mit dem Daumennagel öffnete Elena die Pillendose und nahm aus ihrem Vorrat eine der hellrosa Pillen heraus, legte sie in ihre zitternde Hand und wollte sie schon hinunterspülen — und hielt an. Vielleicht sollte ich nur eine halbe nehmen, dachte sie. Ich brauche nur ein wenig Energie, keine Explosion.

Elena brach die Pille in der Mitte durch und legte eine Hälfte wieder in die Pillendose. Dann spülte sie die andere Hälfte mit dem Drink hinunter und gab kleine saugende Geräusche wie ein durstiges Kind von sich.

Das bloße Wissen, daß ein strahlender Energieausbruch unterwegs war, ließ Elena leichter atmen. Sie klammerte sich am Rand der Bar fest und sagte zu sich: »Du wirst es überstehen. Du kannst alles überstehen. Du bist eine Überlebenskünstlerin. Du bist . . . «

Plötzlich erblickte Elena sich in dem Spiegel hinter der Bar. Sie hatte vergessen, daß er da war, und für einen Moment — bevor sie Zeit hatte, ihrem Gesicht die Miene von Zuversicht und Autorität zu verleihen — sah sie eine Fremde, eine, die sie nicht erkannte.

Die Frau in dem Spiegel war nicht mehr jung. Ihre olivfarbene Haut sah kränklich aus. Ihr dichtes schwarzes Haar hatte seinen Glanz verloren und wirkte leblos. Und warte — war das nicht ein graues Haar genau oberhalb der rechten Schläfe? Ihre Augen, einst so dunkel und geheimnisvoll, wiesen jetzt einen verängstigten Ausdruck auf, als wären sie von einem lauten Geräusch aufgeschreckt worden. Unzufriedenheit zog ihren Mund in den Ecken nach unten.

Der Wodka und die Tablette begannen mit ihrer kombinierten Wirkung und gaben ihrem Selbstvertrauen einen kleinen Schub.

»Ich bin albern«, sagte sie laut und näherte sich dem Spiegel. Die Fremde wuchs und wuchs und wurde wieder zu ihr selbst. »Albern, albern, Elena.«

Sie schlug den Ton an, den sie bei *Elegance* zur Anwendung brachte, dem Modejournal, dessen Chefredakteurin sie war. Es war diese Ich-mag-lächeln-aber-komm-mir-nicht-in-die-Quere-Stimme. Der vertraute Klang brachte ihr Gesicht automatisch dazu, sich zu verändern. Ihre Augen verloren ihren besorgten Blick, und ihr Mund wurde weicher.

»Das ist viel besser. So bin ich wirklich. Das ist mein wahres Ich — Elena Trekosis Radley.«

Sie griff nach ihrem Glas, trat an die Terrassentür und spähte durch das Gespinst duftiger österreichischer Spitze. Am Frühstückstisch, der von vier großen Magnolienbäumen in Betonbehältern beschattet wurde, saß Elenas seit elf Jahren angetrauter Ehemann — Dr. William Radley.

Er war ein großer, distinguiert aussehender Mann mit dichten silbrigen Haaren. Obwohl er sechsundsechzig Jahre alt war — fünfundzwanzig Jahre älter als Elena — war er noch immer schlank und von vitaler Erscheinung. Seine blauen Augen waren so klar und strahlend wie die eines Jugendlichen, und er trug rund ums Jahr Sonnenbräune zur Schau. Sein Gesicht wies einen harmlosen Ausdruck auf, der ihm gelegentlich Ärger mit seinen weiblichen Patienten eintrug.

Bill, wie ihn alle nannten, galt als die führende Autorität in der Welt auf dem Feld der kosmetischen Chirurgie. Zusammen mit mehreren anderen führenden Schönheitschirurgen hatte er das international anerkannte William-Radley-Rehabilitationszentrum gegründet, eine private Einrichtung, die Gesichts- und andere kosmetische Operationen anbot.

Elena war Bills dritte Frau. Er hatte ein Kind aus jeder dieser früheren Verbindungen, und beide Kinder, mittlerweile erwachsen, waren für Elena ständige Quellen der Irritation, wenn auch aus unterschiedlichen Gründen. Elena verabscheute

Melissa, ihre einundzwanzigjährige Stieftochter, die noch immer zu Hause lebte, zu Elenas Freude jedoch diesen Sommer in Maine mit einem neuen Liebhaber verbrachte — einem alternden Hippie. Melissa war reich und verzogen und war schnell erwachsen worden. Erst letztes Jahr war sie in einer Klinik versteckt worden, um eine häßliche Kokain-Gewöhnung loszuwerden. Es war so eine Erleichterung gewesen, daß das Mädchen weg war. Doch jetzt war Melissa wieder da und erneut Daddys Augapfel. Elena gefiel es gar nicht, sie in dem Apartment zu haben, und Melissa wußte auch viel zu viel für ein Mädchen ihres Alters. Vor allem wußte sie um Elenas Geheimnis.

Rad, Elenas gutaussehender Stiefsohn und Melissas Halbbruder, war Chirurg im Lenox Hill Hospital. Mit seinen fünfunddreißig war er bereits verheiratet und geschieden, jetzt wohnte er allein in seiner eigenen Wohnung in 777 Park Avenue. Elenas und Rads Beziehung stammte direkt aus der griechischen Legende von Phaedra, einer gierigen Frau mit einem alten Ehemann, die sich irrsinnig in ihren Stiefsohn verliebte. Nach seiner Scheidung hatten Rad und Elena auch eine heiße und stürmische Affäre gehabt. Glücklicherweise hatte Bill es nie herausgefunden, aber Melissa wußte es, und deshalb mißtraute Elena ihr um so mehr.

Elena begehrte Rad noch immer geradezu besessen, obwohl sie entschlossen war, ihre abirrenden Emotionen im Zaum zu halten, aber jedesmal, wenn sie einen attraktiven jungen Mann mit einem hübschen Gesicht und einem harten Körper sah, war sie nahe daran, den Schwur zu brechen, ihrem Ehemann treu zu bleiben. Elena liebte Bill für alles, was er war — freundlich, beständig, loyal — aber er konnte ihr nicht geben, was sie am meisten wollte — Jugend —, und da sie das nicht haben konnte, warf sie ihre Energien auf ihre Arbeit. *Elegance* war immer das Wichtigste in ihrem Leben gewesen. In letzter Zeit war es das einzige geworden.

Doch in letzter Zeit lief sogar ihre Arbeit nicht gut. Im Verlauf des vergangenen Jahres hatte ihr Magazin Leser und als Konsequenz daraus Anzeigenkunden verloren. Elena hatte alles getan, was sie nur konnte, um ihr Magazin *au courant* zu halten, aber nichts hatte geklappt. Und um alles noch schlimmer zu machen, hatten die Eigentümer des Magazins den Herausgeber gefeuert und den neuen eingestellt, ohne mit ihr Rücksprache zu halten. Elena sollte sich heute vormittag um zehn mit der neuen Herausgeberin, Dovima Vandevere, treffen.

Als Herausgeberin würde Dovima Vandevere über Elena stehen und bei jeder Entscheidung das letzte Wort haben. Um die Dinge noch weiter zu komplizieren, mochten Elena und Dovima einander nicht. Ihre gegenseitige Abneigung reichte viele Jahre zurück, als sie beide für das *Vogue*-Magazin gearbeitet hatten. Dovima war die Moderedakteurin gewesen, und Elena, ihre Assistentin, wollte Dovimas Posten. Sie hatte ihn dann auch bekommen. Dovima ging zu *Charisma* als Chefredakteurin, und später war Elena zu *Elegance* gewechselt.

Die Magazine und die Frauen wurden zu erbitterten Rivalen. *Elegance* gewann die Leserschaft. *Charisma* wurde von seinen Geldgebern im Stich gelassen, und erneut war Dovima ohne Stellung. Jetzt hatte sie eine Stellung — als Elenas Vorgesetzte!

Es würde keine leichte Beziehung werden. Für einen kurzen Moment schwand Elenas Selbstsicherheit, und sie fühlte sich so schwach, daß sie meinte zusammenzubrechen. Sie nahm die andere Hälfte der Pille, gefolgt von dem aufgemöbelten Tomatensaft. Ihr Selbstvertrauen kehrte blitzartig zurück, und mit einem tiefen Atemzug öffnete sie die Tür und trat auf die Terrasse hinaus.

Bill schob die Post beiseite und blickte auf. Seine Augen wanderten zuerst zu dem Glas, und dann wurde sein Gesicht ausdruckslos, als er den Blick auf seine Frau richtete.

»Es ist viel zu heiß für Frühstück auf der Terrasse, Elena.«

»Ich dachte nicht, daß es schon so früh so heiß werden könnte«, sagte sie und setzte sich. »Außerdem nimmst du nicht gern die Mahlzeiten im Eßzimmer ein, wenn nur wir beide da sind. ›Zu sehr wie *Citizen Kane*‹ sagst du immer. Und die Klimaanlage im Frühstückszimmer ist noch immer ausgefallen.«

»Noch immer? Ich dachte, du hättest schon letzte Woche einen Techniker gerufen.«

»Das habe ich auch, aber offenbar gibt es eine Warteliste. Willst du, daß Sophie unsere Sachen in den Salon bringt?«

»Nein.« Er lockerte seine Krawatte. »Wir sind jetzt schon hier, und ich muß in fünfzehn Minuten zum Flughafen fahren.«

Elena faßte über den Tisch und legte ihre Hand auf die ihres Mannes. »Bill, es tut mir leid, daß ich nicht mit dir nach Genf fliegen kann. Aber bei diesem ganzen Ärger im Verlag kann ich ganz einfach nicht.«

»Es kommt nicht oft vor, daß dein Ehemann gebeten wird, vor dem ›Internationalen Vorstand der plastischen Chirurgen‹ zu sprechen«, sagte Bill halb spöttisch. Er war an Enttäuschungen wie diese gewöhnt.

»Vielleicht kann ich die Dinge in der Redaktion klären und zum Wochenende zu dir stoßen. Ich würde zwar deine Rede verpassen, aber wir hätten trotzdem noch viel Zeit zum Skilaufen und für Besuche bei unseren Freunden.«

»Das hoffe ich. Oona wird schrecklich enttäuscht sein, wenn du es nicht schaffst, nach drüben zu kommen. Sie hat eine Dinnerparty zu deinen Ehren geplant.«

»Ich weiß, Darling. Und ich möchte um keinen Preis Eugene O'Neills Tochter enttäuschen«, sagte sie teils scherzhaft.

»Sie freut sich darauf, dich zu sehen«, sagte Bill leicht frostig.

»Und ich würde mich freuen, sie zu sehen«, erwiderte Elena und nahm noch einen Schluck von ihrem Drink. In dem verzweifelten Wunsch, das Thema zu wechseln, fragte sie: »Etwas Interessantes in der Post?«

»Ich habe eine kurze Nachricht von Melissa erhalten.«

»Ich nehme an, sie möchte, daß du ihr Geld schickst.«

»Wenigstens wissen wir, daß es nicht für Drogen draufgeht.«

»Wofür gibt sie es denn jetzt aus? Für ihren streunenden Freund?«

»Elena«, protestierte Bill.

Melissa nachahmend, schwärmte Elena: »O Daddy, hier oben in Maine ist alles so real!« Sie änderte ihren Tonfall. »Tut mir leid, sie ist deine Tochter, nicht meine. Und wenn du sie unterstützen willst, bis sie in die Wechseljahre kommt, ist mir das recht.«

Er schob ihr eine Ansichtskarte zu. »Von Rad.«

Ironischerweise machte Rad gegenwärtig Urlaub in Griechenland — Elenas Heimat — zusammen mit seiner neuesten Freundin.

Elena griff nach der Karte und drehte sie um. Sie war an sie beide adressiert, lautete jedoch: »Lieber Dad, Cindy und ich haben uns in die griechischen Inseln verliebt. Ich hatte noch nie eine so wundervolle Zeit. Wir haben beide mediterrane Sonnenbräune - und zwar am ganzen Körper. Sei nicht schockiert. Hier sonnt man sich nackt. In Liebe, Rad. P.S.: Das Allerbeste von mir für Elena.«

Elena blickte weg. Es war, als würde eine eiserne Faust ihr Herz umklammern. Sein Allerbestes! Er gab mir sein Allerbestes, und dann nahm er es mir wieder weg. Jetzt bekommt diese kleine Schlampe sein Allerbestes.

Elena schaffte es, sich eine Tasse Kaffee einzuschenken.

»Die Sahne ist vielleicht sauer geworden«, sagte Bill. »Ich habe mir die meine von Sophie geeist servieren lassen.›

Elena ignorierte ihn und gab einen kräftigen Schuß Sahne in ihre Tasse. Sie trank einen Schluck.

»Es ist gut.« Ihre Stimme war hoch und scharf. Mit Abneigung stellte sie fest, daß Bill sich noch immer an seinen selbstverschriebenen Gesundheitsplan hielt — eisgekühlter schwarzer Kaffee, ungebutterter Vollweizentoast, frisches Obst und einfacher Joghurt. Sie dachte unfreundlich, daß noch soviel Diät und Training seine Jugend nicht wiederherstellen würden.

Verlegen wegen ihrer grausamen Gedanken, richtete Elena ihre Augen sorgfältig auf die Gegenstände auf dem Tisch, betrachtete und schätzte sie, als wäre sie auf einer Auktion — die silberne Kaffeekanne mit einer Gasflamme darunter, die zierlichen Spode-Tassen und Untertassen, den Vollweizentoast in dem silbernen Rack, ihr eigenes Platzdeckchen aus belgischem Leinen und den kleinen silbernen Aschenbecher daneben. Sie holte eine Sobranie-Zigarette aus dem Waterford-Kristallbehälter und entzündete sie mit einem Dunhill-Feuerzeug.

Bill sah sie mißbilligend an. Er hatte das Rauchen seiner

Gesundheit zuliebe aufgegeben und sie gedrängt, das gleiche zu tun.

»Ißt du denn gar nichts, Elena?«

»Ich bin nicht hungrig.«

»Du solltest dir etwas nehmen. Du hast abgenommen, und du fängst an, hager auszusehen.«

Elena riß eine Toastscheibe aus dem Halter und butterte sie mit präzisen, verächtlichen Bewegungen.

Sophie, ein blondes Hausmädchen in einer schwarzen Tracht, die ihrer blassen Haut jede Farbe entzog, stand in der Tür. »Möchten Sie jetzt Ihr Frühstück, Mrs. Radley?«

»Ich möchte heute morgen gar nichts, Sophie.«

»Sie könnten mir noch etwas Eis für meinen Kaffee bringen«, sagte Bill und blickte auf Elena. »Vielleicht möchte meine Frau, daß Sie ihren Drink auffüllen.«

Sophie wollte Elenas Glas mit wäßrigem Tomatensaft und Wodka nehmen, doch Elena winkte sie zurück. »Es ist gut, Sophie«, sagte sie schroff.

Nachdem das Mädchen gegangen war, meinte Bill: »Mußt du so scharf sein?«

»Es tut mir leid, Darling. Ich bin heute morgen nervös — das Meeting und alles.«

Bill setzte an, etwas zu sagen, doch Sophie tauchte eilig mit frischen Eiswürfeln auf und bestand darauf, seinen Kaffee so zuzubereiten, wie er ihn wollte, schwarz mit einem Päckchen NutraSweet und eine Zimtstange.

Elena erkannte, daß Sophie für ihren Mann schwärmte, doch praktisch jede Frau, die ihn kennenlernte, war von ihm bezaubert. Viele wollten ihn verführen. Elena bezweifelte, daß es ihr etwas ausmachen würde.

Bill nahm einen Schluck von seinem Kaffee, schenkte Sophie ein strahlendes Lächeln, und sie schwebte, vor sich hinsummend, davon. Er wandte sich wieder an seine Frau: »Elena, warum machst du das? Die Probleme mit diesem Magazin treiben dich zum Wahnsinn. Du brauchst das Geld nicht. Ich bin ein wohlhabender Mann, oder hast du das nicht bemerkt? Komm schon, warum rufst du nicht an und sagst deine Verabredung mit dieser Dovima ab? Es war ohnedies ein schäbiger Trick, den sie mit dir abgezogen haben. Sag ihnen, was sie mit dem Job machen können. Komm mit mir nach Genf. Wir verwandeln die Reise in zweite Flitterwochen.«

Elena war rasch mit der Antwort bei der Hand. »Ich glaube es nicht, Bill, ich glaube es einfach nicht, daß du so etwas auch nur vorschlagen kannst. *Elegance* gehört mir. Mein Blut, mein Schweiß und meine Tränen haben es zu dem gemacht, was es heute ist – das angesehenste Magazin der Welt.«

»Aber es fordert von dir einen Tribut.« Bills Ton deutete seine echte Sorge an.

»Ich würde es nicht sausen lassen, für keinen Preis der Welt. Es stört mich nicht, daß Dovima die neue Herausgeberin ist. Ich werde das Magazin auf meine Weise leiten und ich werde es wieder zurück an die Spitze führen. Es interessiert mich nicht, ob es mich umbringt.«

»Oder unsere Ehe umbringt?« Seine Stimme klang gepreßt und hohl, als würde er aus großer Entfernung zu ihr sprechen.

Elena hatte, von ihrer eigenen Entschlossenheit umhüllt, Bills letzte Bemerkung nicht gehört.

»Ich bin nur melodramatisch, Darling. Nichts wird mich umbringen. Ich bin eine Überlebenskünstlerin.«

Sophie erschien erneut, mit flatternden Wimpern und sich hebenden und senkenden kleinen Brüsten. »Mr. Radley, der Portier hat soeben angerufen. Der Bentley steht bereit, um Sie zum Flughafen zu bringen. Ich habe Ihr Gepäck schon nach unten geschickt.«

»Danke, Sophie. Ich komme gleich.«

»Und, Mrs. Radley, die Firma für die Klimaanlage hat angerufen. Wegen einer Absage haben sie einen Termin frei, nachher kommt ein Techniker.«

»Wenn er eintrifft, zeigen Sie ihm den Frühstücksraum.« Elena drückte ihre Zigarette aus und stand auf. »Ich bringe dich an die Tür, Darling.« Sie glättete gerade die Falten an ihrem Kleid, als sie plötzlich hervorstieß: »Was, zum Teufel, macht dieses Tier auf unserer Terrasse?«

In einem Redwood-Behälter mit roten Dahlien kratzte eine

schlanke schwarze Katze mit intensiv grünen Augen und einem gewaltig aufgeplusterten Schwanz.

»Oh, das ist nur Othello, Ma'am«, erklärte Sophie. »Eine von Miss Tollivers Katzen. Manchmal entwischt er aus ihrem Apartment und stattet uns seinen Besuch ab.«

»Einen Besuch!« kreischte Elena. »Es sieht eher so aus, als würde er die Dahlien als Toilette benützen!«

Sie nahm eine kalte Toastscheibe und warf sie auf die Katze. Die Scheibe traf sie seitlich am Kopf. Die Katze machte einen Buckel und fauchte Elena an.

»Sophie, schaffen Sie dieses Biest hier weg! Sie wissen, daß ich Katzen nicht leiden kann.«

Sophie seufzte, ging zu dem drohend dastehenden Tier und hob es auf. Die Katze wurde sofort friedlich.

»Komm, Othello«, flüsterte sie. »Mrs. Radley weiß unseren Charme nicht zu schätzen.« Sie trug die Katze ins Haus.

Bill legte seinen Arm um die Schultern seiner Frau. »Elena, alles in Ordnung mit dir? Es war doch nur eine Katze.«

Elena lächelte fröhlich. »Natürlich, Darling. Ich hatte mich bloß erschrocken. Das ist alles. Aber ich wünschte wirklich, Mabelle würde ihren Katzenzoo in ihrem Apartment halten.«

Während Elena ihren Mann an die Apartmenttür begleitete, betete sie, er würde sie nicht daran erinnern, daß sie ihn in der Vergangenheit stets nach unten an die Limousine begleitet hatte.

»Ich hoffe, daß sich in der Redaktion alles zu deinen Gunsten erledigt, Elena.«

»Ich werde dafür sorgen. Guten Flug, Darling. Ich weiß, daß deine Rede ein durchschlagender Erfolg wird.«

Er wollte sie auf die Lippen küssen, doch Elena bot ihm ihre Wange. In der Vergangenheit hatten sie sich heftig und wild geliebt. Jetzt zögerte Elena sogar davor, ihren Mann zu berühren. Und er war besorgt. So viel war klar. Er war nie ungeduldig mit ihr. Er hatte alle ihre Launen und ihre Ausbrüche von schlechter Laune ertragen.

»Wenn alles gutgeht, sehe ich dich Ende der Woche, Bill.«

Widerstrebend verließ er Elena. Sie schloß hinter ihm die Tür, lehnte sich dagegen und empfand plötzlich Desorientierung, das Gefühl des Fremdseins in einer so vertrauten Umgebung.

Es schellte, und Elena dachte: Himmel, er hat was vergessen! Sie rief aus dem Korridor: »Schon gut, Sophie. Ich bin hier. Ich gehe hin.« Elena riß die Tür auf. »Also, Darling . . . «

Auf dem Korridor stand der attraktivste junge Mann, den Elena jemals gesehen hatte, und ihre Körpertemperatur stieg sofort wie Quecksilber in einem Thermometer. Der junge Mann war gut über einsachtzig groß, und sein Körperbau war sehr beeindruckend. Er trug eine ausgebleichte Jeans, die so eng war, als wäre er in sie hineingewachsen, und eine passende Weste bedeckte nur teilweise seine nackte Brust. Seine muskulösen Arme schimmerten unter einem dünnen Schweißfilm. Um seine Taille schlang sich ein breiter Ledergürtel mit einer großen polierten Messingschnalle, die das Licht einfing und den Blick auf seine Körpermitte lenkte. Elena vermutete, daß das auch so beabsichtigt war. Er war vielleicht vierundzwanzig, fünfundzwanzig — nicht älter. Sein kastanienbraunes Haar war wild und zerzaust, als wäre es von einer liebenden Hand zerwühlt worden. Seine Augen waren haselnußbraun und ziemlich groß, die Augen einer in der Wildnis lebenden Kreatur.

»Morgen, Lady. Ich komme vom Four Star Air Conditioning Service.« Seine Stimme war tief, fast wie ein Knurren.

Erst jetzt bemerkte Elena seinen Werkzeugkasten. Obwohl sie fand, daß er für die Arbeit unpassend gekleidet war, erwähnte sie es nicht, genau wie sie ihn auch nicht dafür tadelte, daß er nicht den Serviceeingang benutzte. Statt dessen schluckte sie und sagte: »Kommen Sie herein. Ich warte schon lange auf Sie.«

Sie trat zur Seite, um ihn vorbei zu lassen. Er schob sich sehr nahe an ihr vorbei, und sie fing den gesunden Geruch seines frischen Schweißes auf.

»Tut mir leid, Lady. Aber sieht so aus, als hätte jeder in der Stadt was, um das man sich kümmern muß.« Er blieb mitten im Foyer stehen und spannte seine Rückenmuskeln an. Sexuelle Arroganz strahlte wie Elektrizität von ihm aus. Ohne den Kopf zu wenden, fragte er: »Was ist das Problem, Lady?«

Elena starrte auf die Rundung seiner Hinterbacken und wußte, daß dieser Mann die dunklere Seite ihrer sexuellen Phantasien verkörperte.

»Es ist im Frühstücksraum.«

»Zu heiß zum Essen, ha?«

Als sie an ihm vorbeiging, verlagerte er sein Gewicht, so daß sein schwellender Bizeps ihren nackten Arm streifte. Ein feuchter Fleck von seinem Schweiß blieb auf ihrer Haut wie ein öliger Überzug zurück. Sie hielt den Atem an, wagte jedoch nicht stehenzubleiben.

»Folgen Sie mir.«

»Liebend gern ... Lady.«

Sie durchquerten die Küche. Sophie und die Köchin saßen am Ecktisch, bei Kaffee in eine Unterhaltung vertieft. Sie blickten nicht hoch. Elena sah auf ihre Cartier-Uhr. Sie hatte nur zwanzig Minuten, bis sie zur Arbeit mußte, aber zwanzig Minuten konnten ein ganzes Leben sein.

Der Frühstücksraum war, genaugenommen, ein Treibhaus, das auf der weitläufigen Terrasse eingerichtet war. Auf drei Seiten befanden sich Glasscheiben, aber weil die Klimaanlage zusammengebrochen war, hatte Sophie die Jalousien heruntergelassen, und in dem Raum war es dunkel wie in einer Höhle.

Die Luft war heiß, feucht, getränkt mit dem stechenden Duft exotischer Pflanzen, die sich in ein einer obszönen Umarmung aneinander preßten. Das Blätterwerk war so phantastisch üppig wie in einem urzeitlichen Wald. Feuchtigkeit tropfte von den dunkelgrünen Blättern, und Schatten bewegten sich innerhalb von Schatten. Der Raum pulsierte von Leben.

In Elena stieg ein Gefühl von Gefahr hoch, vermischt mit einer träumerischen Begeisterung, die sie umschloß. Sie wußte, daß gleich etwas geschehen würde — etwas Erregendes, etwas Barbarisches, etwas Verbotenes. Endlich wagte sie, ihn anzusehen. Seine Lider waren halb geschlossen, seine Wimpern warfen winzige Schatten auf seine Wangen. Sie trat näher an ihn heran, atmete seinen Geruch ein, kostete ihn. Er stellte seinen Werkzeugkasten ab und tat einen größeren Schritt auf sie zu. Ihre Körper stießen zusammen, und er preßte sein Becken gegen das ihre. Seine ausstrahlende Körperhitze strömte in Elena, bis sie meinte, Lava würde in ihren Adern fließen. Schweißtropfen brachen ihr an den Schläfen aus, verbanden sich, sickerten an ihrem Hals hinunter. Sie ertrank in einem See ihrer eigenen Sinnlichkeit. Sie hob ihren Blick, und er starrte ihr direkt in die Augen. Seine Lippen öffneten sich. Sie fühlte seinen Atem auf ihrem Gesicht brennen. Sie inhalierte, saugte seinen Atem in ihren Mund.

Der Techniker trat von Elena zurück. Er lehnte sich gegen den Stamm eines gewaltigen Gummibaums, legte die Hände hinter seinen Kopf und wartete darauf, daß sie den nächsten Schritt tat.

Er brauchte nicht lange zu warten.

Elena zog an den Säumen seiner Weste, und die Verschlüsse sprangen nacheinander auf. Als seine Brust vollständig nackt war, begann sie, seine Brustwarzen mit ihrer Zunge zu reizen, bis sie so hart waren wie ihre eigenen. Sie leckte seine Brust, genoß seinen salzigen Geschmack, und langsam ließ sie sich auf die Knie sinken. Für einen Moment schmiegte sie sich an ihn in der Parodie einer Gebetshaltung, dann kratzten ihre krallenartigen Fingernägel über seine Bauchmuskeln, bis Elena gegen das Hindernis seines breiten Ledergürtels stieß. Ihre Finger arbeiteten rasch, und als sie den Gürtel aufriß, sackte die schwere Messingschnalle zur Seite und fing einen einzelnen Sonnenstrahl ein, der zu Scherben schimmernden Lichts zerbarst.

Als würde sie von dem Licht angelockt, beugte Elena sich vor. Sie öffnete den Mund und fing das Häkchen seines Reißverschlusses mit ihren kräftigen weißen Zähnen ein und zog es langsam nach unten. Das sirrende Geräusch des sich öffnenden Reißverschlusses wurde von dem scharfen Atemholen des Technikers begleitet.

»Oh, Lady, *Lady*!«

5

Nick Casullos kubanische Absätze verursachten ein lautes klackendes Geräusch auf dem schwarzweißen, schachbrettartig gemusterten Marmor, als er die Lobby durchquerte. Er blieb stehen, um sich selbst in dem vergoldeten Rokoko-Spiegel zu bewundern. Er rückte seine schwarze Schleife zurecht und untersuchte seine perfekten weißen Zähne, dann blickte er über beide Schultern, um sich zu vergewissern, daß er in niemandes Sichtlinie stand, und pflückte einen Stiel Hahnenfuß aus einem der Blumenarrangements in den *bleu de roi* Sèvres-Vasen, die auf der Konsole standen. Er schob die Blüte durch das Knopfloch am Aufschlag seines schwarzen Armani-Seidenanzugs und war zufrieden mit dem zusätzlichen Farbfleck. Hätte Nick den Wert der Vasen gekannt, hätte er vielleicht eine von ihnen anstelle der Blumen genommen. Er spitzte die Lippen, warf sich selbst einen Kuß zu und setzte seinen Weg fort.

Fred Duffy hatte Nick in dem runden Spiegel beobachtet, der über seinem Posten angebracht war.

»Der Kerl hat unruhigere Kugeln als ein Flipperautomat«, murmelte er vor sich hin.

Als Nick erschien, öffnete Fred pflichtschuldigst die Tür.

Nick, Meister des Klischees, bemerkte: »Heiß genug für Sie?«

Fred tippte an den Mützenschirm, antwortete jedoch nicht auf die geistlose Bemerkung. Die Tür schloß sich wieder mit einem angenehmen Zischen, und Fred setzte sich erneut auf seinen hohen Hocker und beobachtete den langsam fließenden Verkehr auf der Park Avenue. Die Sonne war zu einer karmesinroten Kugel geworden, und die Hitze stieg von der Straße in wabernden und kreisenden Wellen hoch und ließ der Verkehr aussehen, als fände er unter Wasser statt.

»Wer, zum Teufel, war das bloß?«

Fred zuckte zusammen, sprang auf und wirbelte herum. Es war Mike Garvey, der Assistent des Verwalters.

»Was sagten Sie, Mr. Garvey?«

»Der italienische Hengst. Wer war das? Wen hier aus dem Haus bespringt er?«

»Vielleicht ist er ein Botenjunge, der was besorgt hat.«

»Das ist kein Junge, und ich kenne die Art von Besorgungen, die der macht. Haben Sie ihn hereinkommen gesehen, Fred?«

»Nein, Mr. Garvey. Und ich habe meinen Posten kein einziges Mal verlassen«, log Fred.

Garvey zuckte die Schultern. »Darum bin ich sicher, daß er die ganze Nacht irgendeine Lady gebürstet hat.«

»Vielleicht ist er mit jemandem verwandt«, warf Fred schwach ein. Er war von Garveys derber Bemerkung überrascht.

»Sie müssen noch viel über Sieben-sieben-sieben lernen, Fred. Hätte einer der Mieter einen Verwandten wie diesen Schleimer, würde er ihn nicht nach oben lassen, schon gar nicht über Nacht einladen. Halten Sie die Augen offen, Fred. Sie werden herausfinden, wer auf seine heiße italienische Salami scharf ist. Ich wette auf dieses gut ausgestattete rothaarige Stück aus achtzehn.«

»Mrs. Fielding?«

»Ja, genau die. Von der würde ich mir auch gern eine Scheibe abschneiden. Warum machen Sie jetzt nicht Ihre Kaffeepause, Fred. Ich löse Sie ab.«

»Danke, Mr. Garvey, aber das geht schon in Ordnung. Jimmy sollte jeden Moment hier sein.«

»Jimmy ist beschäftigt«, erwiderte Garvey knapp. »Verschwinden Sie, Duffy. Ich habe eine Verabredung mit dem Aufzugsmann.«

»Warum bringen Sie ihn nicht in Ihr Büro, Mr. Garvey?«

Der Verwalter deutete mit einem Kopfnicken auf die Lobby. »Zu viele Fernsehschirme«, erwiderte er blinzelnd. »Sie wissen, was ich meine.«

Fred wußte nicht, was Garvey meinte, aber er wollte auch nicht widersprechen, hatte er es doch auf einen Dauerjob als Portier abgesehen.

»Ich komme in fünfzehn Minuten zurück, Mr. Garvey.«

»Lassen Sie sich Zeit, Fred.«

Fred ging rasch in den hinteren Teil des Gebäudes und fuhr mit dem Serviceaufzug ins erste Untergeschoß zu dem Aufenthaltsraum für Angestellte hinunter.

Mike Garvey schob sein Gewicht vorsichtig auf den Hocker und öffnete, Grundsätze des Hauses ignorierend, seine *New Yorker Post* und begann zu lesen.

Garvey war siebenundvierzig Jahre alt, ein schlanker Mann mittlerer Größe, mit rötlichen Haaren, einer wulstigen Stirn und roter Haut. Seine Augen waren klein, braun und verstohlen. Er hielt sie klugerweise hinter getönten Gläsern verborgen. Sein festgeklebtes Lächeln war fleischfressend und zu breit für sein Gesicht.

Äußerlich verströmte Garvey einen lockeren Charme und stellte damit jene Mieter zufrieden, die scharwenzelnde Manieren von Angestellten verlangten. Aber innerlich war er ein verbitterter Mann und hegte ein starkes Ressentiment gegen die — wie er es verächtlich nannte — »upper class«. Es entsprach seiner Überzeugung, daß die Bewohner teuer für seine Dienste zahlen sollten. Eine seiner Lieblingsredewendungen war »Eine Hand wäscht die andere«. Er hielt stets die Hand auf und war dabei, ein wohlhabender Mann zu werden. Doch er verschleuderte nie sein Geld, leistete sich nur den billigsten Alkohol und die billigsten Huren. Seine einzige Extravaganz waren Pferdewetten in Aqueduct, und für gewöhnlich gewann er.

Garvey sah auf seine Timex und fluchte im stillen über die Verspätung des Aufzugspezialisten. Eine Mieterin, eine massige Matrone, stampfte auf dem Zugang mit ihrem molligen schwarzweißen Cocker daher. »Jesus, die Königin der Schweinemenschen!« Garvey eilte an die Tür, um sie zu öffnen.

»Guten Morgen, Miss Pomerance.« Du fette Wachtel.

»Guten Morgen, Mr.Garvey«, zirpte sie. »Es ist schrecklich heiß.«

»Sicher ist es das, Miss Pomerance.« Du solltest abnehmen, du Fettkübel.

»Muß hart sein für das Baby.« Er bückte sich und stupste den Hund unter die Schnauze. Verwöhnter blöder Köter. »Er sieht völlig erledigt aus.«

»Das sind wir beide, Mr. Garvey. Komm, Fluffy. Mama gibt dir gleich ein schönes Vanilleeis, damit du dich abkühlst.«

»Mmm, das klingt fein, nicht wahr, Fluffy?« Einen Löffel für dich und fünf Kilo für sie.

»Es ist einfach zu schrecklich da draußen, Mr. Garvey. Besonders, wenn man ein klein wenig übergewichtig ist. Aber«, beeilte sie sich hinzuzufügen, »ich bin auf Diät.«

»Und sie wirkt auch schon, Miss Pomerance.« Ja, du wiegst nur noch eine Tonne. »Nun, einen schönen Tag, Miss Pomerance. Und dir auch, Fluffy.«

Ganz strahlendes Lächeln, watschelte Miss Pomerance davon, und Garvey kehrte zu seiner Zeitung zurück. Ein Schatten fiel quer über die Tür, und Garvey blickte hoch. Er ließ Sidney Kapper, den Besitzer der Skyward Elevator Company, selbst die Tür aufmachen.

»Wird Zeit, daß Sie auftauchen, Sid. Fred muß jeden Moment zurückkommen.«

»Oh, Duffy hilft aus, nicht wahr!«

»Stimmt. Also, was haben Sie bezüglich der Aufzüge entschieden? Sind wir uns nun einig, oder sind wir uns einig?«

»Werden Sie nicht nervös, Garvey. Wir sind uns einig.«

Sidney Kapper war eine Vogelscheuche von Mann mit fleckiger Haut, vorspringendem Kinn und kleinen gelben Zähnen. Seine Lippen hatten die Farbe von roher Leber, und sein blauschwarzes Toupet sah aus, als wäre es aufgemalt. Kapper trug einen puderblauen Polyesteranzug — ein Spezialangebot von Sears — der verzweifelt eine Reinigung brauchte.

»Und das wird so klappen, Garvey. Sie geben uns den Vertrag, den Aufzug in Ordnung zu bringen. Wir berechnen Ihnen einen Otis-Motor mit allen Zubehörteilen. Aber wir werden die Imitation von dieser Firma in Taiwan nehmen.«

»Aber wenn die Inspektoren kommen ... «

Kapper hob die Hände. »Kein Problem, Garvey. Es ist eine perfekte Kopie, bis hin zum Firmenschild. Ich sage Ihnen, nicht mal Mr. Otis' Mutter könnte den Unterschied feststellen.«

»Und wie hoch ist der Preisunterschied?«

»Süße sechzig Prozent.«

»Die wir uns teilen.«

»Genau in der Mitte.«

»Dann haben Sie den Auftrag. Ich werde gern mit Ihnen Geschäfte machen, Sid. Hey, vielleicht kann ich es so hindrehen, daß einer der anderen Aufzüge ausfällt. Also, verschwinden Sie jetzt von hier, bevor Fred zurückkommt.«

»Weshalb die Eile?«

»Soll ich es Ihnen sagen, Sid? Sie sehen einfach krumm aus.«

Sid bot Garvey die Hand an, doch der Verwalter ignorierte sie und widmete sich wieder seiner Zeitung. Sidney zuckte die Schultern und ging.

Fred kehrte aus der Pause zurück und sah, wie Sidney Kapper das Gebäude verließ. Er runzelte die Stirn und knirschte abfällig mit den Zähnen. Da er den größten Teil seines Erwachsenenlebens in der Gebäudeerhaltung gearbeitet hatte, kannte Fred diesen Kapper vom Aussehen und vom Ruf her. Beides war schlecht.

Fred fragte Garvey so lässig wie möglich: »War das Sidney Kapper?«

»Sie kennen ihn, Fred?« fragte Garvey vorsichtig.

»Dieser Kerl ist die Geißel in der Baubranche. Jeder verklagt den Hurensohn. Er hat mehr Prozesse am Hals als Mitesser auf der Nase.«

»Er hat uns das beste Angebot für den Aufzug gemacht.«

»Sie haben ihm doch nicht den Auftrag gegeben, Mr. Garvey?«

»Wie gesagt, Fred, es war das beste Angebot.«

»Seien Sie nicht überrascht, wenn Sie am Ende ein Laufrad und zwei Hamster bekommen.«

Garvey fauchte: »Sagen Sie mir, wie ich den Laden hier schmeißen soll, Fred?« Dann fügte er in ruhigerem Ton hinzu: »Sehen Sie, Fred, niemand legt Mike Garvey rein . . . höchstens die da in ihr Bett. Hey, vielleicht hat der Spaghetti seine Nudel bei ihr weichkochen lassen.«

Fred folgte Mikes Blick. Elena Trekosis Radley kam energisch auf sie beide zu. Ihre Schultern waren zurückgeworfen und ihr Kopf in einem aggressiven Winkel vorgestreckt, als erwartete sie, von einem Sturm angesprungen zu werden.

»Fred, ich bin schrecklich spät dran«, sagte sie atemlos. »Können Sie mir ein Taxi besorgen?«

»Natürlich, Mrs. Radley«, erwiderte Fred und schaltete die Taxilampe ein.

Elena blickte betroffen auf den stockenden Verkehr auf der Avenue hinaus. »Oh, das klappt niemals. Sehen Sie sich doch diesen Verkehr an. Da brauche ich ja ewig nach Downtown.«

Garvey sagte: »Wenn Sie erlauben, Mrs. Radley. Fred, Ihre Pfeife, wenn ich bitten darf. Ich begleite Sie bis an die Ecke und über die Park Avenue hinüber. Ich bin sicher, mit diesem ohrenzerfetzenden Werkzeug kann ich Ihnen im Handumdrehen ein Taxi besorgen.«

»Danke, Mr. Garvey.«

Garvey blinzelte Fred an, öffnete die Tür und lud Elena durch eine Handbewegung ein, ihm voran in den hellen, funkelnden Sonnenschein hinauszutreten.

Fred stand im Türrahmen und sah zu, wie die beiden den Zugang entlangeilten, wobei er nicht ganz die Gefühle verstand, die sich in ihm regten.

Während der Vormittag vorankroch, wurde Fred von der Sorge gepackt, irgend etwas würde schiefgehen. Obwohl er nicht schlau war, sagte ihm sein Instinkt, das Garveys Verbindung zu Kapper irgendwie eine Bedrohung für das Gebäude, für die Bewohner und für seine Hoffnungen und Träume von der Zukunft darstellte. Die Hitze ließ alles verschwommen erscheinen, und da er etwas zu tun haben mußte, holte er sein Leinentaschentuch hervor und begann, das strahlend saubere Glas der Eingangstür zu polieren. Seine Bemühungen waren vergeblich, und nach einer Weile begriff Fred, daß der Fehler nicht im Glas lag, sondern in der Natur selbst.

6

Es gab keinen Zweifel daran. New York City hatte sich für Harmony zu einem Zuhause entwickelt. Ganz sicher gab es im Big Apple genug Würmer — vor allem Rockkritiker — aber er besaß auch einen glänzenden Schimmer wie keine zweite Stadt auf der Welt. Hier war das Außergewöhnliche die Norm, das Bizarre das Durchschnittliche. Hier war Harmony ein Original, kein Freak. Sie konnte in Clubs gehen und Geschäfte betreten oder einfach durch die Stadt schlendern, ohne sich fehl am Platz zu fühlen. Hier wurde sie zum Arbeiten angeregt. Die Säfte der Kreativität schienen aus einer wundersamen geheimen Quelle unter Manhattan hervorzubrechen und in rasender Geschwindigkeit durch die Straßen zu fließen.

Allegro vivace!

Harmony blickte aus dem Fenster des Plaza Hotels auf diese grüne Oase inmitten einer Betonwüste, bekannt als Central Park. Von ihrem Aussichtspunkt konnte Harmony die Schirme sehen, die wie bunte Pilze von den Wagen der Imbißverkäufer hochsprossen. Fünf Schwarze mit Rastafrisur unterhielten eine begeisterte Menge mit ihren Steeldrums, während Passanten Münzen in einen mit Vogelfedern geschmückten Zylinder warfen. Harmony öffnete das Fenster einen Spalt und lauschte den exotischen Rhythmen und wünschte sich, auch sie könnte etwas zu ihren Talenten beitragen.

Weiter im Norden konnte Harmony gerade noch die ›Tavern on the Green‹ durch das hochsommerlich dichte Blätterwerk hindurch erkennen. Sie blickte finster weg. Das berühmte Restaurant hatte glatt eine Anfrage für ihre Party am Abschlußabend abgelehnt, und Charlie hatte statt dessen im Palladium gebucht.

Harmony schloß das Fenster und kehrte zu der Chaiselongue zurück, auf der sie gesessen hatte. Sie griff nach einem Block und schrieb in kräftigen schwarzen Buchstaben das Wort ›Vorurteil‹. Harmony fand, daß dies ein passendes Thema für einen Song sein konnte.

Harmony wußte alles über Vorurteile. Sie war viel mehr Vorurteilen begegnet, als irgend jemand — selbst Charlie — ahnte, als sie die Welt des Rock 'n' Roll betreten hatte. Tief in Konzentration versunken, kritzelte Harmony ihre Gedanken auf den gelben Block.

Für ihr nächstes Album und die nachfolgenden Tourneen, persönlichen Auftritte und Musikvideos wollte Harmony nicht nur den Inhalt ihrer Songs, sondern auch ihr Image verändern. Sie war überzeugt, daß die einzige Möglichkeit, im Rock 'n' Roll zu überleben, darin bestand, daß die Leute sie ernst nahmen.

In ihrem Herzen wußte Harmony, daß die Kritiker recht hatten, zumindest was ihre Texte anging, aber jetzt war sie entschlossen, wirkliche Themen anzusprechen, die junge Leute betrafen, wie Abtreibung, Selbstmord und Drogen. Harmony glaubte auch, daß die Straße, die sie gewählt hatte, um zum Erfolg zu gelangen, richtig gewesen war. Sie glaubte zutiefst an den alten Ausspruch im Showbusiness — ›Zuerst muß man Aufmerksamkeit erregen‹.

Nun, das hatte sie jetzt getan. Die Frage war, konnte sie die Aufmerksamkeit auch behalten? Konnte sie ihr Image abwerfen und ein neues kreieren, ohne ihre Fans zu verlieren? Oder war sie dazu verdammt, wie so viele Kritiker vorhergesagt hatten, eine Eintagsfliege zu sein?

Harmony, barfuß und in einen Samthausmantel gehüllt, hatte sich von ihrem Rockstar-Image weg verwandelt. Durch das einfache Ritual einer Dusche war aus der abgerissen schicken Harmony, dem international berühmten Rockstar, eine taufrische junge Frau geworden. Ihr hellblondes Haar, aus dem sie die Aufsprühfarben ausgewaschen hatte, war glatt zurückgekämmt. Ohne das grelle Make-up war ihr Gesicht so blaß und zart wie eine Kamee. Von ihrer Verkleidung befreit, war Harmony nicht länger die verrückte Künstlerin, sondern eine smarte, kreative und anspruchsvolle Frau mit der Kraft, alles zu bekommen, was sie wollte. Nachdem sie ihren Gedankenerguß zu Papier gebracht hatte, begann Harmony, mit Rhythmusschemen zu spielen.

»Harmony, hast du einen Moment Zeit?«

»Nur eine Sekunde, Charlie.« Sie kritzelte etwas auf den Block. »Ein neuer Song wird gerade geboren.« Sie klopfte auf die Chaiselongue. »Komm, setz dich zu mir.«

Nach ihrem skandalösen Verhalten im Fahrgastraum des Packard waren Harmony und Charlie ins Plaza zurückgekehrt, hatten zusammen geduscht und sich Frühstück aufs Zimmer bringen lassen. Charlie erklärte danach, er wäre hellwach und bereit zur Arbeit. Umgeben von einer Reihe von Telefonen, hatte er damit begonnen, was Harmony ›seine Nummern schieben‹ nannte.

Harmony beobachtete ihn, wie er den Raum durchquerte. Auch Charlie war barfuß und trug nichts außer seiner Hornbrille, auf seinem Kopf nach oben geschoben. Er hatte den straffen, harten Körper eines Athleten, den er stets in einem Fitneßcenter in Form hielt, ganz gleich, wo sie auf Tournee waren. In der einen Hand trug er einen gelben Block wie den ihren, und in der anderen, was er seinen ›Power Drink‹ nannte – Perrier und Limonensaft.

Harmony fragte: »Also, was geht in deinem Kopf vor, Lee Iacocca?«

Charlie setzte sich neben sie und sagte: »Ich habe mit Matty gesprochen. Wir sehen uns am Freitag Gitarristen an.« Er seufzte schwer. »Ich hasse es, daß Tony geht.«

»Ich auch, Charlie. Aber ich habe ihm ich weiß nicht wie viele Chancen gegeben, und er ist noch immer nicht von dem Zeug los. Ich will niemanden in der Band mit einer Kokainsucht haben, und das war's dann. Ganz abgesehen von moralischen Gesichtspunkten, ganz abgesehen von persönlichen Gefühlen, ich kann einfach das Risiko nicht eingehen. Wenn Tony in Schwierigkeiten gerät – und das wird er – nun, du kannst dir vorstellen, was die Medien daraus machen würden, und ich dulde diese Art von Publicity nicht. Du kannst Tony von mir ausrichten, daß mein Angebot noch immer steht. Wenn er in ein Rehabilitationszentrum geht, werde ich gern für ihn bezahlen, und wenn er in Ordnung ist, finde ich für ihn einen Platz.« Tränen brannten hinter ihren Augenlidern. »Ich hasse das, Charlie. Ich hasse Tony für seine Sucht, und ich hasse mich dafür, daß ich ihn abschiebe. Aber ich kann nichts anderes machen, *ich kann es nicht*.«

Charlie legte seinen Arm um ihre Schultern. »Du machst das Richtige.« In der Hoffnung, sie aufzuheitern, sagte er: »Die Japantournee ist fix. Wir reisen am einundzwanzigsten September nach Tokio ab.«

»So spät? Aber wir sind doch zu den Feiertagen wieder daheim, nicht wahr?«

»Daheim? Wenn du New York meinst, ja, wir kommen am zweiundzwanzigsten November zurück, vier volle Tage vor Thanksgiving. Aber keine Ruhepause für die Erschöpften, meine Liebe. Gleich danach fangen wir mit der Arbeit an dem neuen Album an, und dazwischen eingestreut sind Wohltätigkeitsgalas, persönliche Auftritte und Interviews. Hey, gute Neuigkeiten! Ich habe dich untergebracht in *Live at Five*, *The David Letterman Show* und ... bist du bereit? Gastmoderatorin bei *Saturday Night Live*!«

»*Saturday Night Live*? Oh, Charlie, das ist wundervoll.« Sie umarmte ihn fest und bedeckte sein Gesicht mit kleinen Küssen. Dann löste sie sich plötzlich von ihm. »Oh, Charlie, sie benutzen mich doch nicht, nur damit ich mich lächerlich mache, oder?«

»Nein, Süße, du weißt, daß ich das nie zulassen würde.«

Ihre Miene hellte sich auf. »Vielleicht habe ich bis dahin schon etwas von dem neuen Album fertig.«

»Vielleicht«, erwiderte Charlie vorsichtig. Er war nicht vollständig davon überzeugt, daß Harmony versuchen sollte, ihr Image auch nur um soviel wie einen Armreif zu ändern. Er wußte, daß sie das wollte, aber er glaubte an den alten Spruch, daß man nichts zu reparieren versuchte, das nicht kaputt war.

»Pepsico hat angerufen«, fuhr er fort. »Sie wollen dich für eine Werbung.«

»Großartig. Genau wie Michael Jackson.«

»Nicht so großartig. Es ist für eines ihrer alkoholischen Mixgetränke.«

»Ein alkoholisches Mixgetränk! Also, das ergibt gar keinen

Sinn. Die meisten meiner Fans sind Teenager.« Sie stand auf und begann, auf und ab zu gehen, wobei Ärger ihre Wangen rötete. »Glauben die vielleicht, daß ich Alkohol bei Jugendlichen nur wegen des Geldes anpreise?«

»Reg dich nicht auf, Harmony. Ich habe schon abgelehnt.«

»Na, das will ich auch hoffen. Sonst noch etwas?«

Charlie stand auf und ließ seinen Block auf die Chaise fallen. Er legte seine Hände auf ihre Schultern und küßte ihre Stirn. »Nur noch eines . . . ich liebe dich.«

Harmony fuhr mit ihren Fingern durch Charlies noch feuchte Haare. »Oh, Charlie, es wird ganz großartig werden. Ein ganzer Monat frei. Du und ich und der Big Apple und nichts zu tun.«

»Nicht direkt nichts, Harmony. Du hast dich zu drei Wohltätigkeitskonzerten verpflichtet. Phoenix House am zehnten, die North Shore Animal League am vierzehnten, und das Konzert für die Obdachlosen von New York City am achtzehnten.«

»Das wird eine Kleinigkeit. Ich brauche ja nicht die ganze Show zu tragen. Ich werde nur eine Nummer sein.«

»Trotzdem, das ist eine Menge, Harmony. Glaubst du nicht, ich sollte wenigstens einen von den Terminen absagen?«

»O nein. Ich will sie alle machen. Wirklich. Ich bin verpflichtet, sie zu machen. Ich hatte sehr viel Glück, Charlie. Ich will etwas davon zurückgeben, um sicherzustellen, daß mein Glück anhält. Komm her, Charlie.« Sie stellte ihn vor das Fenster mit dem Ausblick auf den Central Park. »Sieh dir alle diese Leute an.«

»Hmmm, die Straßenräuber sind heute schon zeitig unterwegs.«

»Mach keine Witze. Das dort sind glückliche Menschen, die froh sind, in New York zu leben. Und ich will auch hier leben. Ich will Wurzeln schlagen. Und ich will mein eigenes Zuhause.«

»Seit wann hast du etwas am Plaza auszusetzen?«

»Oh, Charlie, du weißt, was ich meine. Ich will alles selbst dekorieren. Ich will Möbel kaufen und Töpfe und Pfannen. Mops und Besen und Reinigungsmittel.«

»Sieh mal, hier ist es schon schmutzig.«

»Charlie, ich meine es ernst. Ich will mein eigenes Apartment.«

»Es ist dein Geld. Aber du wirst auf eine Menge Widerstand treffen. Die meisten Verwaltungsräte nehmen keine Rockstars auf. Linda und Paul McCartney wurden von mindestens einem halben Dutzend abgewiesen, bevor sie endlich ein Apartment in Manhattan bekamen.«

»Das war wegen ihrer Kinder, und wir haben keine Kinder — zumindest bis jetzt noch nicht.

Charlie ignorierte die Anspielung und fügte hinzu: »Besonders in einem Gebäude wie Sieben-sieben-sieben.«

Sie sagte tonlos: »Genau das will ich.«

»Ich gebe auf. Ich habe versucht, vernünftig mit dir zu sprechen. Du bist nur darauf aus, dir Blessuren einzufangen. Du hast nicht die geringste Hoffnung, dort hineinzukommen.«

»Ich habe einen Plan.«

Er warf die Hände hoch. »Ich will nichts davon hören.«

Charlie verließ das Schlafzimmer und kehrte an seine Telefone zurück. Er fühlte sich schuldig, da er wußte, daß Harmony von ihm enttäuscht war, weil sie nicht unterstützte. Vielleicht hatte er nicht genug Mitgefühl für sie, daß er sich auch ein Heim wünschte mit allem, was dazugehörte, einschließlich Heirat und Kinder. Sie hatte keine engen Familienbande, während er mehr davon hatte, als ihm lieb war, einschließlich Eltern, Großeltern und acht Brüder und Schwestern und ihre Nachkommenschaft. Er wollte gerade zu ihr zurückgehen und sich entschuldigen, als das Telefon klingelte und er rasch wieder in sein ›Nummernschieben‹ verwickelt wurde.

Harmony konnte nicht weiterarbeiten. Sie war nicht nur auf Charlie zornig, sondern auch auf die scheinbar unmögliche Situation, und ihr kreativer Fluß war versiegt. Sie griff nach der neuen Ausgabe von *Town & Country*, die sie in der Lobby gekauft hatte, und blätterte sie ungeduldig durch, bis sie das Magazin mit einem frustrierten Laut quer durch den Raum schleuderte. Sie stand auf und ging zur Tür. Charlie war in mehrere Telefongespräche gleichzeitig verwickelt. Sie drückte die Tür zu, preßte die Lippen entschlossen aufeinander und ging direkt zu ihrem eigenen Telefon. Als sie den Hörer abhob, betete sie im stillen, Charlie möge ihr verzeihen, daß sie ihn hinterging.

Als sich die Hoteltelefonistin meldete, sagte Harmony: »Kann ich bitte die Telefonnummer des Gebäudes Sieben-sieben-sieben Park Avenue haben?«

7

Bobbie Jo Bledsoe saß auf einem Stuhl, der zu zerbrechlich aussah, um ihr Gewicht zu tragen. Von den etwa dreißig Zimmern in Allisons Triplex mochte Bobbie Jo den Frühstücksraum am wenigsten. Er war vollständig in dem zarten und langweiligen Empirestil ausgestattet, der während Napoleons Herrschaft so populär gewesen war. Die Tapete war in Rosa, Elfenbein und Mintgrün gestreift. Die Möbel waren aus Ahornholz und benutzten die Form einer stylisierten Harfe für Stuhllehnen und Tischunterteile, die in dunkleren und helleren Tönen der Farbskala eingefärbt waren.

Für Bobbie Jo war dies kein bequemer Platz für ein Frühstück. Sie bevorzugte schlichte, massige Stühle, kräftig gezimmerte Tische, die sich unter dem Gewicht von herzhaftem Essen bogen — massenhaft Stapel von Pfannkuchen, Tabletts mit blutigen Steaks, Schüsseln mit Rührei, Maisplätzchen und Bratensauce — alles serviert auf schwerem Eßgeschirr mit überdimensionalen Tellern und gewaltigen Henkeltassen, in denen die Gallonen Kaffee Platz fanden, die man brauchte, um einen Tag in Texas zu beginnen.

Direkt, laut und überlebensgroß. So war Bobbie Jo in Houston aufgewachsen. Sie war schnell herangewachsen, wild und extravagant. Sie lebte ihr Leben wie eine 45er-Schallplatte, die mit 78er-Geschwindigkeit abgespielt wurde. Sie war unverschämt reich und sehr hübsch, und obwohl ihr Körper massig war, hatte sich das Fleisch doch an den richtigen Stellen verteilt, und das nicht ohne eine gewisse Attraktivität.

Bobbie Jo war eine der jungen Debütantinnen und Berühmtheiten der Stadt, die sich im Shamrock Hotel und im Troubadour herumtrieben. Sie hatte einen Nerzmantel mit fünfzehn, einen Cadillac mit sechzehn, einen Ehemann mit siebzehn und eine Scheidung mit achtzehn. Es war die erste ihrer sechs in der Öffentlichkeit vielbeachteten Ehen. Zu jedermanns Überraschung hatte Bobbie Jo ständig die Unmengen von goldenen jungen Hengsten abgelehnt, die sie, wo immer sie einherging, umgaben wie zum Leben erwachte Oscar-Statuen. Statt dessen wurde sie von fleischigen Männern angezogen, stets fünfzehn oder zwanzig Jahre älter als sie, typische Blaumänner, Arbeitertypen. Lastwagenfahrer und Ölarbeiter führten die Liste derer an, die zwei Dinge gemeinsam besaßen außer Bobbie Jo. Sie waren immer pleite und immer krummbeinig.

Obwohl ihre Ehen alle Vergangenheit waren, trug Bobbie Jo noch immer alle ihre ›Klunker‹, besonders da sie jeden ihrer Verlobungsringe selbst bezahlt hatte.

Die Diamanten besaßen eine Vielfalt von Schliffen höchster Qualität und rangierten gewichtsmäßig von zwölf bis fünfunddreißig Karat.

Ein Scherz machte die Runde in der New Yorker Café-Society: »Wenn Bobbie Jo sich in der Nase bohrt, verliert jemand irgendwo sein Augenlicht.«

Bobbie Jo hauchte auf ihre Ringe und polierte sie mit ihrer Serviette. Sie saß allein an Allisons Tisch, verlassen von ihrer Gastgeberin, die einen Geschäftsanruf lieber in ihrem Büro als im Frühstücksraum entgegennahm. Die rauhe Texanerin bediente sich selbst mit der letzten *fraises du bois*-Crêpe, Allisons lag noch ungegessen auf dem Teller. Während Bobbie Jo kaute, gab sie kleine mauzende Lustlaute von sich.

Sie hatte gerade den letzten Bissen geschluckt, als Allison zurückkehrte, die Augen hell und leuchtend wie Öltropfen. Ihr Gesicht war so stark durchblutet, daß sie aussah, als habe sie jüngst einen Sonnenbrand erlitten, und sie war völlig außer Atem.

Bobbie Jo erhob sich halb. »Allison, Liebste, du siehst aus, als würdest du jeden Moment in Ohnmacht fallen.«

Allison sank auf einen Stuhl, riß ihre Serviette zu sich heran und begann, sich selbst Luft zuzufächeln, wobei sie die Serviette so schnell um ihr Gesicht kreisen ließ, daß sie einer taumelnden Motte ähnelte.

»Setz dich . . . Bobbie Jo«, keuchte sie. »Ich . . . bin gleich . . . in Ordnung. Sobald ich . . . zu Atem . . . gekommen bin.«

Allison warf die Serviette auf ihre unberührte Crêpe und nahm winzige Schlucke von ihrem Mineralwasser. Bobbie Jo wartete geduldig, ein Auge auf Allison, das andere auf Allisons ungegessene Crêpe gerichtet. Allisons Atmung normalisierte sich.

Sie erklärte: »Ich hatte soeben einen Schock.«

»Ist jemand gestorben? Jemand, der dir nahestand? Ein Freund?«

Allison schoß ihrer Freundin einen vernichtenden Blick zu. »Nein, nichts dergleichen. Es war ein Schock, ja, aber ein wundervoller.«

»Du mußt etwas gewonnen haben, Liebste. Laß mich raten. Die New York State Lottery. Nein, nein, das kann es nicht sein. Du hast mehr Geld als Gott. Mal sehen. Du bist zum Dinner ins Weiße Haus eingeladen worden. Nein, das kann es nicht sein. Du kommst mit Nancy Reagan nicht klar. Warte! Ich habe es. Dieses breite Pferdegrinsen kann nur bedeuten, daß du eine Runde im Bett mit einem . . . nein, mit allen Chippendale-Tänzern gewonnen hast!«

Allison rümpfte die Nase und lächelte dann. »Ich bin im Moment so glücklich, daß mich nicht einmal deine übliche Vulgarität stört.«

»Dann sag schon, sag, sag!«

»Wie du weißt, steht Madison Flaggs Apartment seit seinem vorzeitigen Tod im letzten Jahr leer«, begann Allison.

»Vorzeitig? Ha, ich würde sagen, der Großteil der New Yorker Gesellschaft fand, er wäre sehr rechtzeitig gestorben. Wäre dieses Buch von ihm veröffentlicht worden, hätten wir uns alle mit dem nackten Arsch in die Nesseln gesetzt.«

»Nichtsdestoweniger . . . «, fuhr Allison fort und fragte sich, wie Bobbie Jo von den skandalösen, dem wahren Leben abgekupferten Geschichten erfahren hatte, an denen der berühmte Südstaatenautor geschrieben hatte. Wußte sie, daß eine davon über Allison gehandelt hatte? Allison schwieg für einen Moment, erstarrt bei der Vorstellung, die skurrilen Geschichten könnten Allgemeinwissen werden. Allison selbst hatte nichts von deren Existenz gewußt, bis vor kurzem ihr Sohn, David Hayward, ein Verleger, ihr behutsam von ihnen erzählt hatte. Es war eine von Madisons Geschichten gewesen, anonym zugesandt, die ihren Schlaganfall ausgelöst hatte. Damals hatte sie nicht gewußt, daß sie nicht Madison Flaggs einziges Opfer war. Andere in 777, einschließlich ihrer Freundin Rachel Pennypacker, waren dem Gift von Madisons Feder zum Opfer gefallen. Sie schluckte und fuhr fort: »Die Mitglieder des Verwaltungsrates wollten das Apartment unbedingt verkaufen. Wir hatten viele Angebote. Aber ich — wir — waren natürlich entschlossen zu warten, bis wir den perfekten Bewohner finden.«

»Natürlich«, erwiderte Bobbie Jo automatisch. Sie war sich vollkommen der Tatsache bewußt, daß sie, hätte sie ihr Apartment in 777 nicht geerbt, niemals ihren Einzug durch diese geheiligten Tore hätte erkaufen können.

»Viele Leute, scheint es, haben das Geld, aber sie haben nicht die nötigen Empfehlungen. Aber morgen werde ich ein Gespräch mit jemandem führen, der einfach perfekt ist.«

»Warum mußt du dich denn mit allen diesen Gesprächen belasten?«

»So ist das eben, Bobbie Jo. Als Präsidentin des Verwaltungsrats halte ich es für das beste, wenn ich persönlich die Personen befrage, die als Kandidaten in Frage kommen.«

»Und wenn du meinst, daß sie nicht piekfein genug sind, kommen sie keinen Schritt mehr weiter.«

Allison preßte ihren Mund zu einer dünnen, harten Linie zusammen. »Das erspart allen eine Menge Ärger«, antwortete sie abwehrend.

»Und wer ist nun dieser neueste Bewerber?«

»Ich wollte es dir schon sagen, Bobbie Jo, aber du unterbrichst mich ständig.«

»Ich sage kein Wort mehr.« Allison öffnete ihren Mund, um etwas zu sagen. »Allison, ißt du noch deine Crêpe?«

»Also, nein . . . ich . . .«

Bobbie Jo stach mit ihrer Gabel über den Tisch und spießte Allisons Crêpe auf. »Gut. Ich sage immer, wofür ist Essen da, wenn nicht zum Essen.«

»Wirklich. Bobbie Jo, ich hätte dir von der Köchin noch eine machen lassen können. Also, habe ich jemals Elizabeth Harding-Brown erwähnt, meine Zimmergefährtin im College von Sweet Briar?«

»Von Bostons berühmten Back Bay Harding-Browns? Oft«, erwiderte Bobbie Jo nicht unfreundlich.

»Nun, das am Telefon war ihre Enkelin. Stell dir vor — Beths Enkelin. Ihr Name ist Hillary. Ist das nicht hübsch? Himmel, ich kann mich noch erinnern, als sie geboren wurde. Ich habe ihr einen Löffel aus Sterlingsilber von Tiffany's geschickt.«

»Hört sich nach dem letzten Ding auf der Welt an, was das Kind gebraucht hat«, sagte Bobbie Jo, den Mund voll Crêpe.

»Hillarys Vater war Beths jüngster Sohn, Wesley, und ihre Mutter war die frühere Mary Catharine Fitzpatrick. Erbin aus einer anderen alten Bostoner Familie. Beth schickte mir gelegentlich Bilder von Hillary. Aber sie ging dahin, als das Kind erst dreizehn, vierzehn oder so war, und ich habe den Kontakt zu der Familie verloren. Ich war in Tibet, als Beth starb, und ich konnte nicht an dem Begräbnis teilnehmen.«

»Dann hast du das Kind also nie wirklich kennengelernt?«

»Nein, aber sie kommt morgen zum Tee. Sie ist daran interessiert, hier ein Apartment zu kaufen.«

»Bist du wirklich der Aufgabe als Gastgeberin gewachsen, Liebste?«

»Behandle mich nicht wie einen Invaliden, Bobbie Jo«, mahnte Allison. »Ich spiele doch auch für dich Gastgeberin, oder nicht?« Bobbie Jo verzichtete auf eine Antwort. »Also, alles muß perfekt sein.« Allison griff nach einer Kristallglocke und läutete. Das Mädchen erschien so schnell, daß es hinter der Tür gewartet haben mußte. »Effie, bring mir einen Block und einen Stift.« Das Mädchen eilte davon. »Also, ich plane etwas absolut Köstliches. Zu schade, daß ich die Crêpes schon heute serviert habe.«

Effie kehrte mit einem von Allisons persönlichen Notizblöcken und einem Silberstift zurück. »Danke, Effie. Räumen Sie diese Teller ab und bringen Sie uns frischen Kaffee?« Allison begann zu schreiben. »Ich muß drei Sorten Tee haben — Earl Grey, Darjeeling und vielleicht irgendeinen Kräutertee. Junge Leute scheinen ihn zu bevorzugen. Mal sehen, Kanapees — Hühnchensalat, Sahnekäse und Oliven, Lamm und Brunnenkresse. Fällt dir noch etwas ein, Bobbie Jo?«

»Mir ist Erdnußbutter und eine saure Gurke lieber.«

Allison machte eine finstere Miene und setzte ihre Liste fort. »Und eine hübsche *foie gras*. Ich denke, das sollte reichen. Jetzt etwas Süßes. Ich habe es! Erdbeertörtchen, natürlich mit den restlichen *fraises du bois* gemacht.«

Bobbie Jo leckte sich die Lippen. »Natürlich.« Sie hoffte, daß Allison plante, sie einzuladen, die junge Erbin kennenzulernen.

»Oh, das wird so perfekt sein«, begeisterte sich Allison. »Nur wir beide.«

»Perfekt«, echote Bobbie Jo hohl, während ihr das Gesicht herunterfiel.

»Oh, ich hoffe, sie ist schon rechtzeitig im Haus, um an meiner Dinnerparty teilzunehmen.«

»An deiner was?«

»Oh, habe ich dir nicht davon erzählt?« Bobbie Jo schüttelte den Kopf. »Nun, ich dachte, da ich in diesem Jahr zeitig aus meinem Sommerhaus zurückgekehrt bin, könnte ich Ende des Monats eine wirklich exquisite Dinnerparty für dreißig oder vierzig meiner engsten Freunde geben.«

Stirnrunzelnd wechselte Bobbie Jo das Thema. »Was ist, wenn der Verwaltungsrat mit ihr nicht einverstanden ist?«

»Unsinn. Sie hat bereits meine Zustimmung. Ich werde dafür sorgen, daß sie einzieht. Der Rat schuldet mir einen persönlichen Gefallen, nachdem er erlaubt hat, daß die Fieldings unsere

Schwelle überschreiten. Hillarys Anruf hätte zu keiner günstigeren Zeit kommen können. Ich kann den Anlaß nutzen, sie all den richtigen Leuten vorzustellen. Das ist das mindeste, was ich für Beths Enkelin tun kann.«

Ein leichtes Stocken klang in Bobbie Jos Stimme mit. »Und wer sind denn nun die richtigen Leute, Liebste?«

»Nun, die alte Clique. Wer von ihr an diesem Wochenende in der Stadt ist.«

Allison vergaß völlig Bobbie Jos Anwesenheit und begann mit einer neuen Liste, wobei sie laufend einen Kommentar abgab, während sie die Namen niederschrieb. »William und Pat Buckley sind ein Muß. Hillary wird sie lieben. Sie ist so klug, und er ist so geistreich. Brooke Astor, falls sie sich nicht entschließt, nach Europa zu gehen. Jackie O und Lee, natürlich, falls sie verfügbar sind. Dovima Vandevere und den jungen Mann, den sie gerade aushält. Frank und Barbara Sinatra. Ich überlege, ob ich ihn dazu bringen könnte, eine Kleinigkeit zu singen. Barbara Walters und ihr neuer Ehemann — wie er auch heißt. Happy Rockefeller, Geraldine Stutz, Pat Lawford. Ach, du liebe Güte, ich werde noch ein paar Männer brauchen.«

Bobbie Jo stieß ihren Stuhl zurück und stand auf. »Nun, ich muß jetzt gehen, Allison.«

»Freut mich, daß dir die Erdbeeren geschmeckt haben, Bobbie Jo.«

»*Fraises du bois*«, verbesserte Bobbie Jo.

Allison war so in das Erstellen ihrer Liste vertieft, daß sie nicht bemerkte, wie Bobbie Jo ging.

»Donald Trump und seine reizende Frau Ivana. Ich muß mich mit Donnie gut stellen. Wir wollen doch nicht, daß er Sieben-sieben-sieben kauft und in ein Einkaufszentrum verwandelt, nicht wahr, Bobbie Jo?« Als keine Antwort erfolgte, blickte sie auf. »Bobbie Jo? Also, wo ist sie denn?«

Achselzuckend wandte sie sich wieder ihrer Liste zu. Zehn Minuten vergingen. Allison wollte nach ihrem Kaffee greifen, als sie ohne Vorwarnung ein Schmerz packte und in ihrer Brust wie ein kleiner Feuerwerkskörper explodierte. Ihr Gesicht überzog sich mit Schweiß, und sie atmete schwer, als würde sie eine harte körperliche Arbeit verrichten. Nach Luft ringend senkte Allison unwillkürlich ihren Kopf auf den Tisch. Die hochangesehenen Namen auf dem Notizblock wanden und drehten sich auf dem Papier und schwebten ihr entgegen. Sie schaffte es, die Kristallglocke umzuwerfen, und sie rollte auf die Tischkante zu, klingelte mitten in der Luft und zerschellte auf dem Parkett. Allison versuchte aufzustehen, fiel jedoch über den Tisch. Der Tisch kippte um, und sie glitt langsam, anmutig zu Boden.

8

In dem Moment, in dem Elena ihr Büro beim *Elegance*-Magazin betrat, bemerkte sie, daß etwas fehlte. Ihre Augen überflogen rasch den großzügigen Raum. Mit dem Privatbad und der vollausgestatteten Küche und Bar war Elenas Büro ein Tribut an ihren persönlichen Geschmack. Zwei Wände waren mit poliertem Pecanholz getäfelt und mit Piranesi-Radierungen geschmückt. Die verbleibende Wandzone war in einem warmen Pfirsichton gestrichen, und der Boden bestand aus unpoliertem braunem Marmor; mehrere seltene kaukasische Gebetsteppiche mit geometrischen erdfarbenen Mustern dienten dazu, Bereiche abzugrenzen. Beige Porzellanbehälter mit Bambuspflanzen waren in dem Raum strategisch verteilt. Die indirekte Beleuchtung tauchte jeden, der Elenas Domäne betrat, in schmeichelhaftes Rosa und Bernsteingelb.

Elenas Schreibtisch beherrschte den Raum. Überdimensional und nach den Linien eines Parsons-Tisches hergestellt, besaß er elfenbeinerne Schubladengriffe und war mit Haifischhaut überzogen — eine Tatsache, die von Elenas Verleumdern nicht übersehen wurde.

»Meine Blumen! Meine Blumen fehlen!«

Die braune irdene Vase auf ihrem Schreibtisch war leer. Elena war wütend. Das war es also, was sie von dem neuen Regiment zu erwarten hatte.

Elena wollte gerade nach ihrer Sekretärin klingeln, als sie aus dem angrenzenden Raum hereingehastet kam. Wanda Wojtkiewicz, eine Biererbin aus Milwaukee, gehörte zu jenen wohlhabenden, guterzogenen jungen Frauen, die es zu den niedrig bezahlten sogenannten glamourösen Jobs bei New Yorker Modemagazinen zog. Wanda war wie viele ihrer Kolleginnen bei *Elegance* in der Hoffnung auf sofortigen Schick, ein gewisses Maß an Berühmtheit und letztlich auf einen Ehemann eingestiegen. Was Wanda sich bisher eingehandelt hatte, waren eine Visa Card, ein Magengeschwür und zwei Abtreibungen.

Elena hatte Wanda eingestellt, weil sie, anders als die meisten von ihrem Schlag, als Sekretärin über ausgezeichnete Fähigkeiten verfügte. Sie konnte tatsächlich tippen, stenographieren und eine Nachricht korrekt notieren. Darüber hinaus war sie ein schlichtes und pferdeartiges Mädchen, und das war der Typ Sekretärin, den Elena bevorzugte — tüchtig, aber vor allem schlicht.

»Wanda!« fragte Elena. »Wo sind meine Blumen?«

»Ms. Vandevere hat am Telefon zweimal nach Ihnen gefragt.«

»Zum Teufel mit Ms. Vandevere! Wo sind meine Blumen?« Wanda richtete ihre großen Kuhaugen auf die leere Vase auf Elenas Schreibtisch.

»Nun, ich weiß es nicht, Mrs. Radley. Sieht so aus, als wären sie nicht geliefert worden. Ich werde den Floristen sofort anrufen.«

»Lassen Sie das jetzt. Holen Sie dieses Biest an die Strippe und sagen Sie ihr, daß ich einige wichtige Anrufe zu erledigen habe und daß ich sie in meinem Büro in, sagen wir, zwanzig Minuten treffe.«

Die Sekretärin sah zweifelnd drein. »In Ordnung, Mrs. Radley. Sonst noch etwas?«

»Nein, das ist für jetzt alles.«

Nachdem Wanda gegangen war, schlug Elena mit ihren Fäusten auf die Schreibtischplatte. Wut pochte in ihren Schläfen und explodierte hinter ihren Augen in bunten Lichtblitzen. «Dovima, du stinkendes Miststück! Ich weiß, daß du meine Blumen abbestellt hast.« Dann fing Elena sich rasch und versuchte, sich zu beruhigen. Beherrsche dich, Elena. Laß dich nicht von Dovima umwerfen. Tu so, als hättest du die verdammten Blumen nicht bemerkt.

Erst als Elena ins Bad ging und sich kaltes Wasser ins Gesicht schöpfte, bemerkte sie, daß ihr Lippenstift abgerieben war. Sie wählte ein lebhaftes Rot aus ihrer Sammlung und trug es dick auf. Danach tupfte sie etwas Obsession auf die Innenseite eines jeden Handgelenks und auf den Puls an ihrem Hals.

»So, ich bin bereit, es mit allen aufzunehmen, sogar mit der Dragon Lady.« Elena kicherte bei der Erwähnung des Namens, den Dovima Vandevere von ihren Feinden erhalten hatte und der auf ihr düsteres und leicht orientalisches Erscheinungsbild anspielte.

Wanda klopfte und trat wieder ein. »Miss Vandevere sagt, Sie sollten Ihre Anrufe machen. Aber sie erwartet *Sie* in ihrem Büro in zwanzig Minuten.«

»Ist gut, Wanda.« Dann gibt es also Machtspielchen, nicht wahr?

Elena setzte sich auf ihren Schreibtisch, hielt ein Auge auf die Schildpattuhr neben der leeren Vase und begann, in der Oktober-Ausgabe von *Elegance* zu blättern, die erst in einigen Wochen an die Verkaufsstände kommen würde. Der Schriftzug war in Schwarz über einem Foto gedruckt, das Elena persönlich für das Cover ausgesucht hatte. Es zeigte Thelma Jordan Summerhays — T. J. für ihre vertrauten Freunde —, die Frau des wohlhabenden Industriellen William Jay — W. J. für seine Freunde — Summerhays.

Mrs. Summerhays war im Wohnraum ihres Bucks County-Landhauses inmitten einer Fülle frühamerikanischer Antiquitäten fotografiert worden. Elena war zufrieden mit der porträthaften Art des Fotos. Schön, ja, aber vielleicht nicht gerade ein besonderer Blickfang.

Sie blätterte durch die Ausgabe — beeindruckende Fotos, nachdenkliche Artikel, exquisite Modeteile — jede einzelne Seite mit dem Stempel ihres anspruchsvollen Geschmacks versehen.

Aber diese Ausgabe würde sich wahrscheinlich auch nicht verkaufen.

Im Zeitschriftengeschäft waren die Verkaufszahlen der einzige Maßstab, nach dem Erfolg gemessen wurde. Es gab keine Erwiderungen, keine Erklärungen und keine Entschuldigungen für ein gutgemachtes, aber versagendes Produkt. Die Verkaufszahlen bestimmten alles. Das war die Grundlinie.

Elena blickte auf die Uhr. Es war Zeit, die Höhle des Drachen zu betreten.

Während sie den Korridor entlang ging, war Elena sich der verhaltenen Begrüßung und der heimlichen Blicke ihrer Mitarbeiter bewußt. Die umgehende Emotion kannte sie nur zu gut — Angst. Die Angst, die eigene Position zu verlieren. Für einen Moment wollte sie die Leute um sich versammeln und ihnen versichern, sie brauchten sich keine Sorgen zu machen, doch sie hatte ihnen keine Zuversicht anzubieten.

Am Ende des Korridors wandte Elena sich nach links und ging einen anderen langen Korridor entlang, der zu den Büros der höheren Angestelltenschicht führte — Art Director, Fashion Coordinator, Copy Editor und ... Herausgeberin. Sie fragte sich, wieso deren Türen geschlossen waren, und erkannte dann, daß sie möglicherweise sich nicht ihr und ihrer Demütigung stellen wollten. Elena fühlte sich wie eine Außenseiterin in ihrem eigenen Magazin.

Elena hatte selten das Büro des Herausgebers aufgesucht, da der vorherige Herausgeber, ein erschöpfter Homosexueller, vor ihr Todesangst gehabt hatte und stets in ihr Büro gekommen war. Ihre Hand umschloß den gläsernen Türknauf, während sie ihr Selbstvertrauen sammelte.

Du bist eine Überlebenskünstlerin, Elena, sagte sie sich selbst. Am Ende wirst du den Drachen erschlagen.

Aber was sollte sie als Schwert benützen?

— Elena betrat den Vorraum und hielt den Atem an. Der Raum war völlig nackt und kahl. Die Tapeten, die Vorhänge, die Drucke, die Pflanzen, der Teppich, die Möbel — alles war entfernt worden. Das Büro war völlig leer, abgesehen von einem Schreibtisch und einem Stuhl, die einer jungen Frau gehörten — offenbar Dovimas Sekretärin —, die Elena nie zuvor gesehen hatte. Die junge Frau mit den scharfen Gesichtszügen, die Mitte Zwanzig sein mochte, hatte gekräuselte blonde Haare und eine teuer aussehende Bräune. Sie trug eine grau und weiß gestreifte Blusen-Rock-Kombination, die nach Elenas Wissen aus der Louis-Feraud-Kollektion stammte.

»Sie sind Mrs. Radley?«, erklärte die junge Frau mit einem nasalen Akzent. »Miss Vandevere erwartet Sie bereits.« Sie fügte nicht ›seit einiger Zeit‹ hinzu, aber ihr Ton deutete es an.

Der Drache hatte eine Brut abgelegt.

Die Sekretärin drückte eine Taste an ihrem Intercom. »Mrs. Radley ist hier, Miss Vandevere.«

»Schicken Sie sie herein, Monica.«

Dovimas Stimme drang durch die Wand. Es war die klare, scharfe Stimme einer Redekünstlerin, einer Person, die eher Vorträge hielt, als Gespräche zu führen.

Elena trat ein, schloß die Tür und blieb mit ihrem Rücken dagegen stehen in einer Art von Abwehrhaltung, als wollte sie Dovima nicht raten, sie davonzujagen.

Dovima Vandevere war als Silhouette vor dem Fenster aufgebaut. Wie gewöhnlich rauchte sie eine Zigarette in einer langen Ebenholzspitze. Dovima war eine unattraktive Frau, und sie schien sich große Mühe zu machen, ihre Unattraktivität zu betonen. Ihr schwarzes Haar wies einen Purpurstich vom Färben auf und war zu einem Pagenkopf stilisiert, der so steif von Haarspray war, daß er gelackt wirkte. Ihre hohe Stirn war mit festgekleisterten Löckchen verziert. Ihre Augenbrauen, ebenfalls gefärbt, waren dicht, betonten die kleinen, verhüllten Augen — die Augen eines Reptils, dachte Elena. Eine dünne Hakennase schien auf den mandarinfarbenen Strich ihres Mundes zu zeigen.

Dovima war eine große, eckige und modisch schlanke Frau. Sie war ganz in Schwarz gekleidet, ihr Markenzeichen. Ihr Kleid — schwarze Stickerei auf schwarzer Seide — war orientalisch im Stil mit einem Mandarinkragen, langen Ärmeln und einer nicht sitzenden Taille. Ihr Alter gab allen Rätseln auf und war Gegenstand zahlreicher Diskussionen in Modekreisen — »älter als ein Fossil« war eine häufig gebrauchte Phrase. Elena hatte richtigerweise geschätzt, daß Dovima zweiundsechzig war.

Dovima atmete aus, und Nebel wirbelten um ihr Gesicht. Rauch aus dem Rachen des Drachen. Sie wandte ruckartig den Kopf und zeigte lächelnd die Zähne.

»Nun, lassen Sie sich einmal ansehen«, rief sie mit giftig süßlicher Stimme. »Vom Scheitel bis zur Sohle mit Ihrem Original-Galanos ausgestattet.«

»Hallo, Dovima«, sagte Elena wachsam.

»Bitte, bitte, setzen Sie sich, Elena, damit wir unsere kleine Unterhaltung führen können.«

Dovima zog an der Zigarettenspitze so hastig und heftig, als hätte sie eine Menge zu sagen und würde die Spitze als Korken benützen, um die Dinge noch unter Verschluß zu halten.

Elena setzte sich und bemerkte die frischen Blumen auf Dovimas Schreibtisch. Es war ein Arrangement von Paradiesvögeln, der einzigen Blume, die Elena ernsthaft verabscheute. Sie wünschte sich, sie würden wegfliegen.

Dovima setzte sich ebenfalls und löschte ihre Zigarette in der Vase. »Man hat die Aschenbecher zusammen mit dem anderen Kram weggeräumt.«

Elena sah sich in dem Raum um, der bis auf einen Schreibtisch und mehrere Stühle nackt war. »Umdekorieren, Dovima?«

»Nun, ich mußte es ganz einfach, nicht wahr? Ich kann nicht in einem Büro arbeiten, das wie eine S/M-Lederbar aussieht.«

Elena betrachtete Dovimas gewohnheitsmäßiges Lächeln. Sie vermutete, daß Dovima es am Morgen zusammen mit ihrem Lippenstift aufmalte und es abends wieder entfernte, wenn sie sich das Gesicht wusch.

Dovima holte eine Oktoberausgabe von *Elegance* aus einer Schublade und knallte sie auf ihren Schreibtisch. »Es ist kein Wunder, daß Sie Käufer und Anzeigenkunden verlieren. Diese letzte Ausgabe ist ungefähr so interessant wie ein Hund, wenn er sein Geschäft verrichtet.«

»Also, wirklich, Dovima . . . Was *genau* meinen Sie, ist verkehrt damit?«

»Was *genau*? Das ist eine zweitklassige *Town & Country*. Das

86

ist deprimierend. Und nachdem ich meine Meinung deutlich ausgesprochen habe, stecken wir die Köpfe zusammen und überlegen, wie wir diesen Mist retten können. Und unseren Arsch, denn wenn *Elegance* den Bach runtergeht, wären wir beide arbeitslos, und das würde keiner von uns gefallen.«

Elena fühlte Ärger in sich hochsteigen, obwohl sie Dovimas Direktheit bewunderte.

»Wissen Sie, was das wirkliche Problem mit dem Magazin ist? Sie haben den Namen verwirklicht — Elegance. Aber wen spricht dieses Magazin an? Nur die kleine Schicht gesellschaftlicher Mumien, die Sie ständig fotografieren und auf Ihre Cover bringen. Es ist eine harte Tatsache, daß es nicht genug elegante Menschen gibt, die Ihre Bemühungen unterstützen könnten. Das hat mir auch meine Freundin und Ihre Nachbarin Allison Van Allen gesagt, und ich stimme ihr zu. Das breite ungewaschene Publikum könnte Eleganz nicht einmal erkennen, wenn sie sich ihnen aufs Gesicht setzen würde. Und wahre Eleganz können Sie den Leuten ohnedies nicht verkaufen, weil sie ihnen nicht gefallen würde. Wir müssen Eleganz im Banalen finden. Wir müssen sie erreichbar machen für jede schäbige kleine Verkäuferin, wie zum Beispiel Gloria-Vanderbilt-Jeans. Das ist deren Vorstellung von Eleganz, verstehen Sie. Den Namen von irgend jemand anderem am eigenen Leib zu tragen. Sie haben zu hoch gezielt, Elena.«

Jetzt war Elena wütend. Dovima war zu weit gegangen. »Mit anderen Worten, Sie wollen mein Magazin zu Mist umkrempeln.«

»Genau«, erwiderte Dovima strahlend. »Wir stellen alles auf den Kopf und fangen bei dem Logo an. Lassen Sie diesen albernen Schriftzug sausen und finden Sie eine saft- und kraftvolle Schrift, die man auch noch aus mehr als einem halben Meter Entfernung lesen kann. Was das Cover angeht, schlage ich vor, daß Sie Berühmtheiten zeigen. Keine Gestalten aus der Politik. Einfach junge Menschen der Gegenwart, deren Gesichter die Magazine verkaufen. Schauspieler, Sportler, Rockstars! Die Götter und Göttinnen von heute.« Sie öffnete die Ausgabe. »Sehen Sie sich die Modeseiten an. Düster und langweilig, und die Kleider sind schrecklich. Besorgen Sie sich neue Fotografen, neue Models, neue Kleider. Ich will etwas Aufregung auf den Modeseiten.«

Sie wandte sich einem anderen Abschnitt zu. »Diese Inneneinrichtungen gehören in ein Museum. Das sind keine Räume, in denen man Spaß hat. Hier sind keine Menschen. Ich hasse Fotos von leeren Räumen, und die Layouts haben so viel Pfeffer wie *Popular Mechanics*.« Dovima rollte das Magazin zusammen und warf es in den Papierkorb. »Ich will ein Magazin, das randvoll ist mit spezialisierten Kolumnen, die die Leute so gern lesen. Eine Menge Gerüchte, Interviews und ein monatliches Horoskop.«

»Mit anderen Worten, Sie wollen eine Kombination von *Cosmopolitan*, *People* und *Women's Wear Daily*.«

»Ja, und sogar vermischt mit ein wenig *National Enquirer*. Seien Sie kein Snob, Elena. Diese Magazine verkaufen sich, und nur aus einem einzigen Grund — sie halten sich an den kleinsten gemeinsamen Nenner — das Publikum. Elena, es ist unser Job, das Magazin zu verkaufen. Warten Sie, ich habe auch schon einen Slogan — Eleganz kann man doch kaufen! Merken Sie sich das. Sie haben eine Woche Zeit, um eine aufgemöbelte Novemberausgabe vorzulegen.«

»Eine Woche!« rief Elena aus. »Das ist unmöglich.«

»Das sollte es aber nicht sein. Sie sind eine kluge Frau, Elena. Und Sie arbeiten hart. Wenn Sie Ihren Job behalten wollen, schaffen Sie es. Ich vertraue Ihren Fähigkeiten. Immerhin lasse ich mein Büro neu einrichten, nicht wahr?«

Dovima steckte sich noch eine Zigarette an. Elena kannte das Signal aus alten Zeiten — sie konnte gehen.

Als sie gerade durch die Tür hinausgehen wollte, rief Dovima: »Oh, Elena, lassen Sie sich bis Montag etwas wirklich Spektakuläres einfallen, und ich sorge dafür, daß Ihre frischen Blumen wieder geliefert werden.«

»Danke, aber nein danke, Dovima. Um unserem neuen Image zu entsprechen, werde ich im Supermarkt ein paar Papierrosen kaufen.«

Dovima wieherte.

9

Nachdem Nick gegangen war, legte sich Roxanne hin und verschlief den größten Teil des Tages. Als der Wecker summte, stieg sie aus dem Bett, aber ein Teil von ihr schlief noch immer und träumte. Sie wanderte durch das Apartment, noch immer in den Chiffon-Hausmantel gehüllt, ihre Schritte schwer und unsicher, als würde sie etwas hinter sich herschleppen.

Sie durchforschte methodisch jeden Zentimeter eines jeden Raums auf Anzeichen von Nicks kurzem Aufenthalt. Sie wechselte die Pratesi-Laken auf ihrem Bett und wusch die Laken und Handtücher, die er benützt hatte, zu ängstlich, um sie dem Mädchen zu überlassen. Sie spülte die Tassen und die Aschenbecher, klopfte die Kissen auf der Couch auf, wischte die Fingerabdrücke von der Glasplatte des Beistelltisches und ordnete sogar die Magazine im Ständer.

Wieder zurück im Schlafzimmer, blickte Roxanne unter das Bett, ob etwas aus Nicks Taschen gefallen war. Sie ging ins Bad, Ihr Blick suchte die Kacheln nach Haaren ab. Sorgfältig untersuchte sie den Abfluß auf Spuren von Rasierschaum und Barthaaren. Sie sah nichts, war aber dennoch nicht zufriedengestellt. Sie konnte etwas übersehen haben. Sie zog ihren Hausmantel aus, streifte die Hausschuhe ab, ließ sich auf Hände und Knie nieder und begann, nackt zu schrubben. Als sie fertig war, schimmerte das Bad, als wäre es brandneu.

Das ist lächerlich, tadelte sie sich selbst. Man könnte meinen, ich wollte die Spuren eines Verbrechens verwischen. Nun, ich bin eine Verbrecherin. Ehebruch ist ein Verbrechen. Wenn schon nicht vor den Gerichten, so doch vor den Augen Gottes.

Gottes Augen.

Roxanne lächelte bei der Erinnerung. Es war ein Ausdruck, den ihre Mutter oft gebraucht hatte. Sie preßte ihre Wange gegen die beigen Kacheln, und ihre Lider flatterten. Die Kacheln verschwammen und wurden zu Nebel, und Roxanne stellte sich vor, durch diesen Nebel hindurch ihre Mutter auf der Veranda ihres Holzrahmenhauses stehen zu sehen.

Velmaleen Runion war eine große, grobknochige Frau mit einem hübschen Gesicht und einer leuchtenden kastanienbraunen Mähne, die für gewöhnlich in Lockenwickler aufgedreht war. Eine harte, energische Frau, die meistens Männeroveralls und Arbeitsstiefel trug. Sie mochte etwas verboten ausgesehen haben, aber Velmaleen hatte einen lärmenden Sinn für Humor und Überfluß an Liebe für ihre Tochter, ihr einziges Kind.

»Gottes Augen. Ich habe nie ein so großes, mit Schönheit vollgestopftes Baby gesehen!«

Roxanne Allyn Runion wog knapp über viereinhalb Kilo, als sie am neunten Juni 1954 in General Hospital von Chickasha, Oklahoma, geboren wurde. Ihre Eltern, Yancy und Velmaleen Runion, besaßen und betrieben eine Tankstelle und einen Souvenirstand am U.S.-Highway 277, der nach Oklahoma City führte. Obwohl die größeren Tankstellen die meisten Gäste anzogen, hatten die Runions ihr bescheidenes Auskommen. Mit Kredit und sorgfältiger Planung konnten sie sich sogar einen gewissen Luxus leisten, einschließlich einer Klimaanlage für ihr Haus, ein rosa und weißes Ford Cabrio und eine überdurchschnittliche Erziehung für ihre hübsche Tochter.

Vom ersten Moment an hatten die Runions alle ihre Hoffnungen und Träume auf Roxanne fixiert in der Überzeugung, sie würde eines Tages dem erstickenden Staub und der ausgedörrten Landschaft von Oklahoma entkommen. Roxanne erhielt Unterricht in Klavierspiel, Gesang und Tanz und wurde dazu ermutigt, an allen Extra-Aktivitäten in der Schule teilzunehmen. Obwohl die musikalischen Fähigkeiten des Mädchens beschränkt waren, wurde sie sehr geschickt darin, einen Tambourstab zu wirbeln, und diese eine Begabung öffnete ihr einen Fluchtweg aus Chickasha.

»Gottes Augen! Roxie, du wächst schneller als eine Frühlingssaat Mais!«

Roxanne war und blieb einen Kopf größer als die meisten ihrer Klassenkameradinnen. Sie war außerdem schön und besaß eine natürliche Haltung, die ihren unbeholfenen Mitschülerinnen fehlte. Die Mädchen beneideten sie, und die Jungs waren wild auf sie. Als Ergebnis wurde Roxanne zur Zielscheibe des Spotts während der ganzen High-School. Sie blieb eine Einzelgängerin in einer Zeit, in der sie Freundschaften mit gleichaltrigen Jugendlichen hätte schließen sollen, und hüllte sich in Phantasien von Starruhm.

»Gottes Augen! Wenn du nicht übst, wie man dieses Ding herumwirbelt, wirst du die Meisterschaft nicht gewinnen!«

Roxanne übte. Sie gewann die High-School-Meisterschaft und wurde nach Oklahoma City geschickt, um an den Endkämpfen des gesamten Staates teilzunehmen. Roxanne gewann die Oklahoma-City-Tambourstab-Meisterschaft und wurde von einem der Ölbarone der Stadt angesprochen, der von Roxannes Aussehen, ihrer Haltung und ihrem Talent beeindruckt war. Joe-Bob Ledbetter bot sich als Roxannes Sponsor bei der Wahl der Miss Oklahoma an.

Roxanne kam mit fliegenden Fahnen durch und gewann den Titel. Im folgenden Sommer reisten Roxanne und ihre Eltern nach Atlantic City für die Wahl der Miss America, und obwohl Roxanne hohe Bewertungen in den Wettbewerben im Badeanzug und im Abendkleid sowie in dem Interview erzielte, brachte ihr das Talent des Tambourstabwirbelns einen Nachteil. Diese Kategorie verhinderte, daß sie die begehrte Krone errang. Sie wurde auf dem dritten Platz eingestuft, doch für Yancy und Velmaleen war es eine bittere Enttäuschung. Sie ließen sich nie davon überzeugen, daß die Juroren nicht bestochen waren.

Roxanne kehrte mit ihren Eltern nach Chickasha zurück und dachte über ihre Zukunft nach. Sie wollte nicht aufs College. Sie nutzte einige der Kontakte, die sie während ihrer Herrschaft als Miss Oklahoma geknüpft hatte und ging nach Las Vegas, wo sie einen Job als Showgirl bekam. Ihre Eltern hatten ihre Köpfe in den Wolken und betrachteten Roxannes neue Position in einem unrealistischen Licht. Sie glaubten, Showgirl wäre ein Sprungbrett zu Starruhm. Velmaleens Abschiedsworte waren eine verzweifelte Bitte, die Roxanne nie vergaß.

»Gottes Augen! Roxie, du mußt ein Star werden. Es liegt an dir, uns aus dem Dunkel ans Licht zu holen.«

Roxanne entdeckte bald, daß das Leben als Showgirl in Las Vegas kein glamouröses Fest war, wie sie erwartet hatte. Die Arbeit war hart und anspruchsvoll, die Arbeitszeit lang und die Behandlung herabwürdigend. Die Chefs, die Angestellten und die Kunden bezeichneten gleichermaßen Showgirls als ›Fleisch auf zwei Beinen‹. Roxanne verlor ihre Jungfräulichkeit durch einen krankhaften Spieler, der doppelt so alt war wie sie und sich später wegen seiner Schulden im Casino umbrachte. Ihre Beschränkungen als Sängerin und Tänzerin behinderten sie. Ihr einziger Ausweg schien der zu sein, den viele ihrer Kolleginnen mit schönen Beinen gewählt hatten — sie mußte Geld heiraten. Doch Roxanne schrieb diese Dinge nicht ihren Eltern. Wenn Sie ihre Eltern schon nicht aus dem Dunkel retten konnte, wollte sie ihnen wenigstens ein paar häßliche Wahrheiten über ihr eigenes Leben ersparen.

Ihren Eltern blieben die grausamen Wahrheiten über Roxannes Leben während des nächsten Jahrzehnts erspart, bis sie bei einem bizarren und tragischen Unfall getötet wurden. Velmaleen und Yancy hatten eines Nachmittags auf eine Lieferung Benzin gewartet. Der Fahrer, der mit Kokain und Amphetaminen high war, krachte in ihre Zapfsäulen, und die Explosion des Tankwagens tötete den Fahrer und die Runions. Auch wenn sie all ihre Habe Roxanne hinterließen, so hatten sie schon jahrelang auf Pump gelebt, und nachdem alle Schulden bezahlt waren, blieb Roxanne kaum genug Geld, um ihre Eltern zu begraben.

Roxanne blieb nichts anders übrig, als mit gebrochenem Herzen nach Vegas zurückzukehren und hoffentlich den Traum ihrer Eltern zu verwirklichen. Die Jahre glitten vorüber, und Roxanne blieb im Chorus, und obwohl viele Männer hinter ihr her waren, erfüllte keiner von ihnen sein Eheversprechen. Als ihr dreißigster Geburtstag heranrückte, wurde Roxannes Vertrag nicht erneuert mit der plumpen Erklärung, sie wäre ›einfach nicht frisch genug‹.

In einer letzten Gewaltanstrengung kauften Roxanne und eine Freundin, die wegen Drogenmißbrauchs gefeuert worden war, einen Gebrauchtwagen und fuhren nach L. A. in der irrationalen Hoffnung, zum Film zu kommen. Die einzigen Angebote kamen von Pornofilmherstellern. Roxannes Freundin kapitulierte, und innerhalb eines Jahres starb sie an einer Überdosis Drogen.

Roxanne trieb durch den Unterleib der L. A.-Gesellschaft dem unvermeidlichen Schicksal von Frauen ihres Alters und Standes entgegen. Sie wurde ein Barmädchen und verkaufte ihre Gunst für bare Münze. Roxanne haßte es, eine Nutte zu sein, und sie verabscheute ihre Kunden. Sie hatte erst ein paar Monate als Prostituierte gearbeitet, als Sam Fielding wie der sprichwörtliche weiße Ritter auftauchte.

Sam war nicht wie die anderen Männer. Er war schüchtern und sehr höflich, und sie fühlte sich zu ihm hingezogen. Er führte sie zum Dinner und zu einer Show aus, bevor er sie in sein Hotelzimmer einlud. Der Sex war zärtlich und erregend und für beide befriedigend. Roxanne verbrachte die Nacht mit ihm, und als er ihr am morgen keine Bezahlung anbot, erkannte sie, daß er nicht wußte, daß sie eine Prostituierte war. Das war ihr nur recht. Sam blieb geschäftlich eine Woche in L. A., und Roxanne sah ihn, wann immer er nicht arbeitete. An ihrem letzten gemeinsamen Abend machte Sam ihr einen Heiratsantrag.

Roxanne war geschmeichelt, aber nicht völlig aus dem Häuschen. Das war es, was sie gewollt hatte, obwohl sie nicht wirklich erwartet hatte, daß es passieren würde. Als sie sich ihrer Gefühle klar war, sagte sie ihm wahrheitsgemäß, daß sie ihn sehr mochte, aber nicht liebte. Sobald Sam sagte, das würde ihm reichen, nahm Roxanne dankbar Sams Antrag an in der Überzeugung, daß er gerade im richtigen Zeitpunkt gekommen war, um sie aus dem Dunkel ans Licht zu holen.

Nach ihrer Hochzeit machten sie Flitterwochen in New York City. Sam hatte dort vor kurzem einen Laden eröffnet und beschloß, daß sie da leben sollten. Er kaufte eine Eigentumswohnung in 777 Park Avenue, in der Roxanne zusammen mit Sams sagenhafter Sammlung orientalischer Antiquitäten untergebracht wurde.

Roxanne mochte das Apartmenthaus nicht. Sie wünschte

sich, Sam hätte eine weniger versnobte Umgebung gewählt, vielleicht ein Gebäude mit einem Health Club, der ihr Gelegenheit geboten hätte, Leute ihres Alters kennenzulernen. Aber wie gewöhnlich sagte sie nichts, und während Sam seine geschäftlichen Interessen verfolgte, übernahm Roxanne die Rolle einer schönen — aber alternden — Prinzessin, die in einem Turm aus Elfenbein und Kalkstein gefangen war.

»Gottes Augen! Sam wird jeden Moment zu Hause sein, und ich habe noch nicht einmal begonnen, mich zurechtzumachen.«

Wann immer Sam Fielding nach Hause zurückkehrte, fand er Roxanne stets frisch gebadet, professionell frisiert und zurechtgemacht und bestens gekleidet vor. Roxanne erlaubte ihm nie, sie zu sehen, wenn sie nicht absolut »perfekt wie ein Gemälde« war. Sie glaubte, daß er das von ihr wollte und erwartete als Gegenleistung für das Privileg, seine Frau zu sein.

Die Türklingel ertönte, und sie wußte mit Sicherheit, daß es Sam war. Er hatte nie seine Schlüssel bei sich, und der Portier hätte bei ihr angerufen, wäre es ein anderer gewesen. Sie sah auf die Uhr auf der Schlafzimmerkommode. Es war Viertel nach sechs. Sam war wie immer pünktlich.

Roxanne warf einen letzten Blick auf sich selbst in dem freistehenden chinesischen Cloisonné-Spiegel. Ihr Haar bildete eine üppige Fülle großer, lose liegender Locken und leuchtete in einem reichen samtigen Schimmer. Ihr Make-up zielte auf einen jugendlichen Effekt ab. Sie trug ein Yves-St.-Laurent-Dinnerkleid aus gekräuselter smaragdgrüner Seide, kühl und leicht wie ein Taschentuch. Kragen, Ausschnitt und Manschetten waren mit Rüschen verziert. Es verlief auch eine diagonale Reihe von Rüschen von der Hüfte zum Saum des knielangen Rocks und darum herum. Roxannes einziger Schmuck waren Smaragdohrringe, die Sam ihr zu ihrem ersten Hochzeitstag geschenkt hatte.

Roxanne beugte sich vor und überprüfte ihr Make-up auf Fehler. Sie rümpfte die Nase über die winzigen Krähenfüße und merkte sich vor, die Schönheitschirurgen in New York City im

Hinblick auf eine Augenstraffung zu überprüfen. Sie mußte für Sam perfekt wie ein Gemälde bleiben.

Es klingelte noch einmal, und Roxanne eilte den langen Korridor entlang, vorbei an den vier Jahreszeiten — Winter, Herbst, Sommer, Frühling — und rief heiter: »Ich komme, Sam.«

Trotz ihrer heftigen Beziehung mit Nick Casullo freute Roxanne sich auf das Wiedersehen mit ihrem Mann, auf seine Gesellschaft und die Zeit, die sie füreinander hatten, bevor er wieder abreisen mußte. Roxanne befeuchtete ihre Lippen und verlieh ihrem Gesicht ihren atemlosen Fernsehwerbungs-Ausdruck. Dann öffnete sie die Tür.

Sie umarmten einander lange, ohne etwas zu sagen. Als Roxanne zurücktrat, um ihren Mann zu betrachten, war sie geschockt darüber, daß Sam unverändert aussah. Irgendwie hatte sie erwartet, er wäre gealtert.

Sams Gesicht war stolz und besaß deutlich ausgeprägte Züge. Seine Augen lagen tief und waren weich wie brauner Plüsch. Er besaß einen vollen, sinnlichen Mund, der häufig bebte, wenn er seine junge Frau betrachtete, und das tat er in diesem Moment. Seine vorzeitig weißen Haare wirkten noch weißer gegen seine dunkle tropische Bräune und verliehen ihm eine distinguierte Erscheinung.

Er war ein großer Mann, sogar größer als Roxanne mit ihren höchsten Absätzen. Obwohl er sechzig war, hielt er sich in Form durch tägliches Tennisspielen mit internationalen Partnern. Trotz der Temperatur und der Feuchtigkeit wirkte Sam Fielding wie ein Mann, der niemals schwitzte. Er war makellos bekleidet mit einem kakaofarbenen, in Hongkong maßgeschneiderten Leinenanzug.

»Du siehst fit aus, Sam.«

»Du siehst nach mehr als das aus, Roxanne. Nach viel mehr.«

Er betrachtete sie, als würde er sie zum ersten Mal sehen; als könne er sein Glück nicht fassen.

»Nun, du siehst aus, als wärst du für einen Abend in der Stadt bereit.«

»Ich würde gern ausgehen, Sam. Aber wenn du zu müde bist . . . «

»Falls ich es war, bin ich es jetzt nicht mehr. Bloß dich zu sehen, muntert mich auf. Ich dusche und rasiere mich, und dann stellen wir New York auf den Kopf.«

Er ergriff ihren Arm, und gemeinsam gingen sie in den Wohnraum. Sam versank in dem Sofa.

»Möchtest du einen Drink, Sam?«

»Ja, das Übliche.«

Roxanne ging an die Bar und machte eisgekühlte, sehr trockene Martinis. Sie füllte zwei Kristallgläser, rieb Zitronenschale um die Ränder und stellte sie auf ein lackiertes Tablett, zusammen mit einer kleinen Schale gekühlten Kaviars und Crackers und gesellte sich zu Sam auf dem Sofa.

Sam hob ein Glas. »Worauf sollen wir trinken?«

»Was ist das Gegenteil von Vergessenwerden, Sam?«

Er lächelte. »Was für eine Frage. Mal sehen, das Gegenteil von Vergessenwerden? Ich nehme an, das müßte Aufmerksamkeit sein. Laß uns auf Aufmerksamkeit trinken.« Sie stießen an, und Sam ergriff Roxannes Hand. »Ich nehme an, dieser Toast war deine Art, mir zu sagen, daß ich nicht gerade der aufmerksamste Ehemann der Welt bin.«

Sie setzte zu einem Protest an.

»Nein, Sam, ich . . . «

Er hob die Hand. »Schuldig im Sinne der Anklage. Aber noch ein paar Monate der Unaufmerksamkeit, und ich verspreche dir, dann habe ich das Geschäft so weit unter Kontrolle, daß es sich praktisch von allein führt. Dann werde ich mindestens acht Monate im Jahr hier in New York City bei dir verbringen können.«

»Sam, das wäre wunderbar«, erwiderte Roxanne und vergaß für den Augenblick ihre Verbindung zu Nick.

»Ich möchte, daß du einen herrlichen Abend in der Stadt hast, Roxanne. Ich fürchte nämlich, ich habe eine schlechte Nachricht für dich, und ich habe als Entschuldigung ein kleines Geschenk für dich.«

»Eine Entschuldigung wofür, Sam?«

»Das kommt später.« Er zog aus seinem Jackett eine rechteckige lackierte Schatulle. »Ich bin froh, daß du heute abend dieses Kleid trägst.« Er drückte die Schatulle zärtlich in Roxannes Hand. »Mach es auf«, drängte er.

Roxanne öffnete die Schatulle. Auf schwarzem Samt lag eine Smaragd-Diamant-Brosche in Form eines offenen Krönchens. Fünf Smaragd-Cabochons trugen einen Kranz von sechs Smaragdtropfen, und insgesamt siebzehn Rosenschliff-Diamanten und einhundertvierzehn Old-mine-Diamanten.

Roxanne war sprachlos. Sie starrte ihren Mann an, und Tränen bildeten sich auf ihren Wimpern.

»Es ist ein antikes Stück, Roxanne. Ich habe es in San Francisco gefunden.«

»Sam, ich weiß nicht, was ich sagen soll. Ich verdiene nicht so ein fabelhaftes Geschenk.«

»Natürlich tust du das. Du verdienst alles und noch mehr. Du bist geduldig und verständnisvoll, und jetzt werde ich dir sagen, warum ich es für dich gekauft habe.« Er befeuchtete sich die Lippen. »Ich muß morgen früh wieder abreisen.«

»Oh, Sam, nein.«

»Ich muß, meine Liebe. In London findet eine Verkaufsschau statt, bei der ich dabei sein muß. Laß mich dir die Brosche anstecken.« Er befestigte sie genau unterhalb ihrer Brust.

Roxanne blinzelte ihre Tränen weg und küßte ihren Mann voll auf die Lippen. »Sie ist schön, Sam, aber . . . «

»Ich weiß, daß du nicht gern reist, Roxanne, und ich respektiere das. Ich weiß auch, daß du einsam wirst. Hast du schon in diesem Haus irgend welche Freunde gefunden?«

Roxanne zögerte. Sie wollte sich nicht beklagen, aber sie konnte Sam nicht anlügen. »Nicht wirklich, Sam. Das ist ein ziemlicher kalter Haufen.«

»Sie werden auftauen. Also, was möchte meine schöne Frau heute abend unternehmen? Theater, ein spätes Dinner, Tanzen?«

»Ein Musical, denke ich.«

»Entspricht meiner Stimmung. Und zum Dinner muß ich dich irgendwo vorzeigen können. Wie wäre es mit dem 21 Club?«

»Du weißt immer genau, was ich will, Sam.«

Sam senkte seinen Blick zu seinem Drink und sagte mehr zu sich selbst als zu ihr: »Wirklich?«

10

»Mrs. Radley.«

Elenas Kopf ruckte von ihrem Schreibtisch hoch wie der einer Marionette, an deren Faden gezerrt wurde.

Wanda, ihr Sekretärin, stand in der Tür. »Es ist halb acht, Mrs. Radley. Haben Sie etwas dagegen, wenn ich jetzt gehe? Ich habe eine Verabredung mit . . . äh . . . jemandem.«

Dieser ›Jemand‹ war offensichtlich männlich. Kräftiges Rot überzog Wandas Wangen.

»Gehen Sie nur, Wanda, und genießen Sie den Abend.«

»Danke, Mrs. Radley, bis morgen.«

Elena hatte den ganzen Tag am Schreibtisch verbracht und mit Hilfe einer weiteren Tablette sich der Aufgabe gestellt, die Magazinnummer noch einmal zu überdenken. Sie mixte sich einen starken Wodka Tonic und beschloß, sich ein extravagantes Dinner zu leisten. Immerhin hatte sie den ersten Tag in der Höhle des Drachen überlebt.

Elena zog sich aus, nahm ihren Drink in ihr Privatbad neben dem Büro mit und stand zwanzig Minuten unter der Dusche, bis alle Verspannung aus ihrem schlanken Körper verschwunden war. Sie fönte ihr Haar, so daß es locker um ihre Schultern floß, und trug dann mehr Make-up auf, um jugendlicher zu wirken.

Elena öffnete den Schrank und wühlte sich durch das Dutzend Cocktailkleider, die sie für den Notfall im Büro bereithielt. Endlich wählte sie ein Kleid, das ihr der Designer geschenkt hatte.

Es war eine neue Kreation aus rot-orangefarbenem Taft von Oscar de la Renta, mit einer trägerlosen Corsage und einem kurzen Bauschrock, ähnlich dem Kleid einer Ballerina. Dazu wählte sie eine passende Stola, schwarze Seidenpumps und eine Abendtasche.

Der Rahmen einer Piranesi-Radierung verbarg den kleinen Safe, in dem Elena nicht nur eine Auswahl an Juwelen, sondern auch mehrere Verträge und eintausend Dollar aufbewahrte. Sie zählte drei Einhundert-Dollar-Scheine ab, rollte sie zusammen und steckte sie zwischen ihre Brüste. Danach stellte sie die Schmuckschatulle auf einen Tisch. Seit ihre Stieftochter Melissa Diamantclipse gestohlen hatte, um ihre Kokainsucht zu bezahlen, ließ Elena den Großteil ihres Schmucks im Bürosafe.

Sie entschied sich endlich für eine Rubin-Diamant-Halskette in Platin, legte sie an und betrachtete sich im Spiegel. Die leuchtend roten Steine schmeichelten ihrem dunklen Teint und Haar, und die Halskette sah sagenhaft an Elenas langem, anmutigen Hals aus. Ohrringe, entschied sie, wären *overkill* gewesen.

Sie mixte sich einen neuen Drink und trat an das Fenster, und plötzlich sah sie das Bild ihres Stiefsohns in der dunklen, auf die Park Avenue hinausblickenden Scheibe. Sein hübsches Gesicht und sein harter Körper wirkten so real, daß Elena die Hand ausstreckte, um ihn zu berühren, aber ihre Zärtlichkeit wurde von dem kalten Glas aufgehalten. Elena blinzelte. Nur ihr eigenes Spiegelbild war geblieben. Sie preßte ihre Lippen gegen das Glas und schloß die Augen. »Oh, Rad, *Rad*! Warum bist du nicht hier?«

Sie kehrte an ihren Schreibtisch zurück. Das Cover. Wen, zum Teufel, sollte sie für das Cover nehmen? Plötzlich merkte Elena, daß sie nicht auf dem laufenden war. Was würde die Aufmerksamkeit junger Käufer erregen? Sie kritzelte eine Nachricht für Wanda: »Wer ist ein heißer Tip?«

Es war Zeit zu gehen. Als sie einen Teil des Inhalts der Tagestasche in die Abendtasche umräumte, berührte sie die Pillendose. Impulsiv holte sie noch eine Tablette heraus und schluckte sie ohne Flüssigkeit.

Als Elena ihre Schreibtischlampe ausschaltete, huschten Schatten wie dunkle Kobolde durch den Raum. Sie verschloß die Tür und eilte den Korridor entlang zu den Aufzügen. Die Taftstola strich über den Parkettboden und folgte ihr wie ein bösartiges Flüstern.

An diesem Abend speiste Mabelle im Ballsaal, um die Arbeit bewundern zu können, die diese Reinigungskolonne vollbracht hatte. Wie stets hatte Mabelle sich für das Dinner umgezogen — Abendkleid aus blaßgelbem Satin mit einer Tunika aus gelbem Georgette, gesäumt mit schütter werdenden gelben Marabufedern. Um ihr festliches Erscheinungsbild zu vervollständigen, hatte Mabelle ein juwelenbesetztes Stirnband und ellbogenlange Handschuhe, die schon unzählige Male geflickt worden waren, hinzugefügt. Ihr Gesicht war mit feinem weißen Puder bestäubt, und ihre Rosinen-Augen glitzerten im Widerschein eines Dutzend Kerzen.

Mabelle hatte sich ein typisches Südstaatenessen gegönnt, dessen Zubereitung sie den ganzen Tag gekostet hatte. Sie selbst hatte nur eine kleine Portion gegessen. Der Rest war an die Katzen gegangen. Nachdem sie die Teller sorgfältig gespült hatte, saß Mabelle jetzt in einem Rattan-Pfauenthron direkt vor dem Kamin aus rosa Marmor. Alle zehn Katzen leisteten ihr Gesellschaft. Die schwarze Katze, die sie Othello nannte, lag zusammengerollt in ihrem Schoß, und eine Langhaarkatze namens Carmen ruhte wie ein Pelzkragen auf ihren Schultern. Die rotgetigerten Zwillinge — Turan und Dot — hockten auf den Armstützen des Sessels. Die anderen — einige schlafend, andere sich putzend, hatten sich zu Füßen ihrer Herrin versammelt. Manche schnurrten bei dem Klang von Mabelles beruhigender Stimme.

»Was für eine erstaunliche Verwandlung. Ein Wunder! Genau das ist es, meine Lieblinge. Also, Claude, Reggie und Jasmine haben sich die Finger wundgearbeitet. Sie haben alles gegeben, weit über das normale Maß der Pflichterfüllung hinaus. Ich bin so froh, daß sie ein Trinkgeld angenommen haben.«

Der Ballsaal war wirklich verändert und sah für Gäste bereit aus. Die zerschlissenen Vorhänge waren heruntergenommen worden, und die Fenster blinkten und blitzten. Die schmiedeeisernen Möbel waren gewaschen, die Böden geschrubbt, die Zeitungen weggeschafft worden, Staub und Spinnweben waren verschwunden.

»Vielleicht sollte ich eine Party für Taryn geben.« Mabelle neigte ihren Kopf nach rechts und dann nach links. »Was meinst du, Matilda? Lucien? Vielleicht mag sie keine Parties.

Sie könnte sehr ernst sein, wenn sie nach dir schlägt, Lucien.«
Neuerdings hatte Mabelle begonnen, mit ihrem toten Bruder
und ihrer toten Schwester zu sprechen. Vage war ihr bewußt,
daß diese neueste Absonderlichkeit ein Ergebnis von Einsam-
keit war. Und sie fühlte sich leicht beschämt. »Andererseits
könnte sie einen frivolen Zug haben wie du, Matilda, bevor du
diesen gesellschaftlichen Aufsteiger geheiratet hast. Ich muß
einfach abwarten, nicht wahr?« Sie streichelte Othellos weiches
Fell. »Aber ich würde gern eine Soiree veranstalten wie jene, die
wir erlebten, als wir jung waren. Papa sagte, ihr beide wäret die
beliebtesten jungen Leute im County, und Mama sagte, sie hätte
nicht etwas Vergleichbares gesehen. Nun, jede Party, jeder Ball,
jedes gesellschaftliche Ereignis war stets überlaufen. Niemand
lehnte eine Einladung der Tollivers ab. Ja, ja, sie sind viele Mei-
len weit gefahren, nur um über unsere Veranda oder durch den
Rosengarten zu schlendern. Ach, Lucien, du warst so lebenslu-
stig. Es gab keine junge Lady im ganzen Staat, die sich nicht in
dich verliebt hätte. Und Matilda, du warst so schön. Wie viele
Heiratsanträge hast du in der Nacht des Debütantinnenballs
erhalten? Siebzehn? Wie auch immer, es waren mehr, als ich in
meinem ganzen Leben bekommen habe. Oh, ich war nicht
eifersüchtig, Matilda. Wirklich nicht. Ich war nie eifersüchtig
auf einen von euch. Ihr wart beide so spektakulär, daß die
Leute sich ganz natürlich zu euch hingezogen fühlten. Aber ihr
wart beide auch so gut, so aufmerksam und voll Liebe. Viel zu
gut für diese alte Welt. Himmel, Lucien, erinnerst du dich an
den Abend, an dem Mona Pearl Pangborne und Sugareen
Caldwell deinetwegen ein Duell mit Barbecue-Spießen ausge-
fochten haben? Ich schwöre, Sugareen hat heute noch eine
Narbe. Und die ganze Zeit hast du mit Angela Rawlings im
Obstkeller geschmust.«

Mabelle lachte laut auf. Das Bild ihres Bruders schien vor
ihren Augen zu tanzen. Es waren nur Schatten, das wußte sie.
Nur Schatten der Menschen, die sie geliebt hatte.

»Matilda, erinnerst du dich an die Zeit, als du die uner-
wünschten Avancen von Moon Canfield mit einer Schale frisch
gemachter Erdbeer-Minze-Eiscreme abwehren mußtest? Noch

Jahre danach hat er über Frostbeulen an seinen intimen Körperteilen geklagt.«

Die gezackte Ader eines Blitzes zerriß plötzlich den indigofarbenen Himmel, gefolgt von einem drohenden Donnergrollen, das die Fensterscheiben klirren ließ. Die Katzen machten Buckel und fauchten. Die Langhaarkatze sprang von Mabelles Schultern. Die imaginären Bilder wichen aus dem Saal. Mabelle blinzelte und richtete ihre Augen auf die erregten Katzen.

»Beruhigt euch, meine Lieblinge, das ist nur ein Hitzegewitter. Der Himmel weiß, wir brauchen Regen; vielleicht bringt es etwas Erleichterung.«

Plötzlich brach eine häßliche Angst, die Mabelle in den Tiefen ihrer Gedanken festgekettet hatte, los und schob sich in ihr Bewußtsein.

»Was ist, wenn Taryn mich nicht mag? Wenn sie mich bloß für eine alberne alte Närrin hält, die sich mit Katzen umgibt?« Mabelle preßte ihre Wange gegen das warme Fell von Carmen, die sofort zu schnurren begann. »Bitte, lieber Gott, mach, daß sie mich mag. Sie ist eine einzige Angehörige, die mir geblieben ist.«

Mabelle lehnte sich zurück und starrte zur Decke. Alle fünf Ventilatoren drehten sich und erinnerten sie an die wirbelnden Ballkleider der tanzenden Ladies auf längst vergangenen Parties. Sie konnte die Magnolienblüten riechen und den Planter's Punch schmecken, und wenn sie sehr angestrengt lauschte, hörte sie das Orchester einen Walzer spielen. Mabelle schloß die Augen und lächelte. Es war 1926, der alljährliche Plantagenball. Mabelle war schön und so jung. Der Walzer regte ihre Erinnerung an, und Mabelle bewegte ihre Lippen und versuchte, die passenden Worte zu finden. Ein junger Mann mit glatt angekämmten Haaren und einem gutgeschnittenen Smoking lächelte ihr zu in der Hoffnung, sie würde sein Lächeln erwidern.

Wie hieß er? Teddy? Terry? Tommie? Es spielte keine Rolle. Es war die süße Erinnerung, auf die es ankam.

Mabelle fand die Worte, die sie suchte, und sang sie vor sich

hin: »Wenn . . . der . . . Ball . . . vorüber . . . ist.« Ihre Augen füllten sich mit Tränen, die über ihr Gesicht liefen und durchschei-
nende Spuren auf ihren weißgepuderten Wangen zurückließen.
»Wenn . . . der . . . Morgen . . . kommt . . . Wenn die Tänzer uns
verlassen, wenn die Sterne verblassen . . .« Sie hob Othello
hoch, hielt ihn auf ihren Armen und begann, durch den Raum
zu tanzen. »So manches Herz ist leer. Könntest du sie lesen all,
die verlorenen Träume . . . nach . . . dem . . . Ball . . .«

Der 21 Club, auf der Zweiundfünfzigsten Straße zwischen
Fünfter und Sechster Avenue gelegen, ist vielleicht das bedeu-
tendste Restaurant in New York City. Die Bedeutung stammt
weder von seiner Küche noch von seiner Einrichtung, sondern
eher von seinen Gästen, zu denen im Verlauf der letzten sechs
Jahrzehnte einige der talentiertesten und mächtigsten Leute in
Amerika gehörten. Hohe Firmenchefs, Regierungsvertreter und
Angehörige der höchsten Schichten des Showbusiness machten
das angesehene Etablissement zum favorisierten Außenposten
der Café-Society, und im Laufe der Jahre gehörten zu den
Stammgästen des 21 J. Paul Getty, Ernest Hemingway, Richard
Nixon, John Steinbeck, Helen Gurley Brown, Henry Kissinger
und die Marx Brothers. Gegründet 1921, wurde der Club sofort
ein Ort, an dem sich die ›guten Familien mit etabliertem Reichtum‹ wie die Astors, die Vanderbilts und die Rockefellers, mit
den Mitgliedern der aufsteigenden Gesellschaft mischen konnten − den *nouveaux riches.*

An diesem Abend reihten Sam und Roxanne Fielding sich in
die lange Liste der wohlhabenden und attraktiven Gäste ein, die
von der glorreichen Atmosphäre von Berühmtheit, Macht und
Prestige angezogen wurden, die der 21 bot. Zehn Minuten nach
elf hielt ein granatroter Bentley vor dem Eingang des Patrizier-
hauses, in dem das Restaurant untergebracht war. Ein unifor-
mierter Pförtner öffnete die hintere Tür der Limousine, und
Sam und Roxanne stiegen aus. Donner dröhnte bei ihrer
Ankunft, und Blitze erleuchteten die Straße und die Gebäude so
hell, daß alles wie eine Bühnendekoration wirkte. Eine Gruppe

von Fotografen scharte sich augenblicklich um sie, und obwohl sie die schöne Frau und den distinguierten Mann nicht sofort als erkennbare Berühmtheiten identifizieren konnten, waren sie so von ihrer sagenhaften Erscheinung beeindruckt, daß sie dennoch Fotos machten.

Roxanne drückte einen Theaterzettel von *Les Misérables* an sich und badete im Schein der explodierenden Blitzlichter, die mit dem fernen Wetterleuchten in Konkurrenz traten. Sam, wohl wissend, daß die Fotos nie in irgendeiner Zeitung oder einem Magazin veröffentlicht werden würden, posierte kurz mit seiner Frau, bevor er sie in den berühmten Club führte.

»Sie halten uns für Berühmtheiten«, flüsterte Roxanne.

Sam lächelte.

»Nun, wir sind welche, oder nicht?«

Ein Etablissement wie der 21 besitzt natürlich ein Klassensystem. Die besten Tische befinden sich links von der Tür des Salons in dem Teil, der von Stammgästen die ›21-section‹ genannt wird. Die ›17-section‹ lag nach Osten zu und war von einem witzigen Gast ›Sibirien‹ genannt worden. Andere ›Sibirien‹ lagen im ersten Stock, abseits des Hauptspeisesaals und den hin und her eilenden Kellnern und dem Geplauder der Berühmtheiten. Trotz seines Vermögens und seines Prestiges war Sam Fielding im 21 nicht bekannt, aber er war sich der snobistischen Sitzordnung wohl bewußt und war entschlossen, für Roxannes ersten Besuch einen Tisch in der populären Zone, bekannt als ›der Saloon‹, zu bekommen.

Der würdige Maître d' hôtel näherte sich ihnen, und ein Schatten von Verwirrung flackerte über sein ansonsten undurchdringliches Gesicht. Er hatte das Gefühl, er müsse das Paar kennen, tat es jedoch nicht.

Sam sagte ruhig: »Ich möchte den allerbesten Tisch im Saloon.«

Der Maître d' hôtel nickte. Er wollte nicht den Fehler riskieren, das sagenhafte Paar in eines der verschiedenen Sibirien zu verbannen.

»Sehr wohl, Sir.« Der Maître d' hôtel führte Sam und Roxanne in den berühmten Barraum.

Aus dem Mundwinkel sagte Sam zu Roxanne: »Man kann fast die Macht riechen.«

Ohne sich überhaupt umzusehen, hatte Roxanne bereits mehrere Größen in der Menge ausgemacht, einschließlich George Bush und seine Frau, Diahann Carroll und Vic Damone, C. Z. Guest, Oliver Stone und Linda Ronstadt.

Doch in diesem Moment gab es keine Person im Raum, deren Aufmerksamkeit nicht auf die Neuankömmlinge gerichtet war. Sie waren unbekannt und daher faszinierender als Personen mit hohem Bekanntheitsgrad. Unterhaltungen stockten mitten im Satz, Messer und Gabeln erstarrten mitten in der Luft, und sogar die Hintergrundmusik schien gedämpfter zu spielen, als Sam und Roxanne an ihren Tisch schritten.

Zahlreiche der anderen anwesenden Frauen waren attraktiv, aber in Roxannes Gegenwart konnten sie nicht glänzen. Ihre Freude an dem Abend wurde durch Roxannes Erscheinen beträchtlich gemindert. Die Männer im Raum bewegten nur ihre Augen, die Roxanne folgten, während sie zu dem Tisch schwebte, und noch so viel Räuspern oder Anstupsen ihrer Begleiterinnen konnte ihre Aufmerksamkeit nicht zurückholen. Sie waren unwiderruflich gefangen.

Ein Kellner drehte sich zu rasch um und ließ einen Stapel Teller von seinem Tablett auf den Boden krachen. Der Maître d' hôtel warf dem jungen Mann einen scharfen Blick dafür zu, daß er den Zauber gebrochen hatte.

Sam und Roxanne erhielten einen runden Tisch in der Mitte des Raums, der ihnen den Vorteil bot, jeden sehen und von jedem gesehen werden zu können.

Sam sagte: »Du weißt, daß die Augen eines jeden Mannes und einer jeden Frau hier auf dich gerichtet sind?« Roxanne schüttelte den Kopf. »Du weißt wirklich nicht, wie schön du bist, Roxanne. Vielleicht ist das genau das Schönste an dir.«

Roxanne lächelte befangen, aber sie dachte: Oh, ich weiß es, Sam. Das ist das einzige, was ich weiß, und daran muß ich mich halten. Deshalb habe ich dich geheiratet. Das ist alles, was ich habe.

Von einem anderen Tisch in einer weniger begehrenswerten

Region hatte Elena Radley den Auftritt von Sam und Roxanne mit einem stahlharten und nicht ganz nüchternen Blick betrachtet. Ihre drei Begleiterinnen flossen von Spekulationen über.

»Sie ist absolut köstlich«, bemerkte Veronica Nash genüßlich. Veronica war die Schuhredakteurin bei *Vogue*, eine massige, etwas maskuline Frau, die als ›zweigleisig‹ bekannt war.

Reba Banning, Accessoires-Redakteurin bei *Harper's Bazaar*, kommentierte: »Sie sieht wie eine junge Arlene Dahl aus. Ich bin sicher, ich habe sie schon einmal gesehen, aber ich kann mich auf den Tod nicht erinnern.« Reba war dünn und eckig wie eine Vogelscheuche. Sie wirkte magersüchtig, war es jedoch nicht.

»Ich habe sie auch schon früher gesehen«, gab Tess Hollander, Chef-Copywriter des *Glamour*-Magazins, bekannt. Tess war auf amorphe Weise hübsch. Ihre großen braunen Augen verschwammen hinter dicken Brillengläsern, und sie trug ihr Haar noch immer in der Mitte gescheitelt und seitlich bis zu ihren Schultern hängend in dem Stil, den sie in den Sechzigern getragen hatte, die sie für die beste Zeit ihres Lebens hielt. »Sie ist absolut atemberaubend, und ihr Mann oder Freund wirkt wie ein Diplomat«, stellte Tess fest.

Elena sagte beiläufig: »Sie wohnen in meinem Haus. Sie sind meine Nachbarn.«

Tess rang nach Luft. »Sind sie jemand, den wir kennen sollten?«

Elena warf ihren Kopf zurück und lachte. »Wohl kaum. In Sieben-sieben-sieben ist sie als das Showgirl bekannt. Man mag die beiden nicht besonders.« Dann fuhr Elena fort, ihren Begleiterinnen zu erzählen, was sie an wenigem über ihre Nachbarn wußte, und diesen Mangel an Informationen glich sie durch Anreicherung der Fakten mit ungenauen und oftmals skurrilen Gerüchten aus.

Raubtiere alle drei, entblößten die Frauen ihre Krallen und schlugen sie in Roxanne, teils aus Eifersucht, teils weil es ihre Natur war.

»Jeder sieht, daß dieses Kleid eine billige Kopie des Originals ist.«

»Sie ist viel älter, als sie vorgibt. Wetten, er ist so senil, daß er es nicht bemerkt.«

»Dieses Schmuckstück, das sie sich an die Brust gesteckt hat, sieht aus wie aus einem alten Maria-Montez-Film.«

Elena lehnte sich auf ihrem Stuhl zurück und verschloß sich in sich selbst. Sie hatte die Frauen beim Betreten des 21 getroffen und war erleichtert gewesen, bei jemandem sitzen zu können. Das Trio enger Freundinnen und Trinkgefährtinnen war in der Modebranche bekannt als Patty, Maxime und Godzilla. Bis zum Ausbruch der AIDS-Epidemie hatte jede von ihnen ihre Machtstellung genutzt, um sich junge bereitwillige Bettgefährten unter den vielen verzweifelten männlichen Models zu sichern, die hofften, die Seiten ihre Magazine zu zieren. Jetzt, da sie vorsichtiger sein mußten, waren sie noch derber und bösartiger, und Elena langweilte sich bereits in ihrer Gesellschaft und bei ihren endlosen Geschichten über sexuelle Eroberungen.

Die Redaktionen der Modemagazine waren voll von Frauen in den Dreißigern, die genau wie dieses Trio waren. Unterhalb des sorgfältig polierten Furniers eleganter Kleider, teurer Frisuren und gelangweilter Mienen waren sie ein derber Haufen. Bei der Arbeit und in ihrer Welt wurden sexuelle Anspielungen zu rüder Vulgarität, Spitzen wurden zu engstirnigen verbalen Angriffen, und ihre Intelligenz, sofern sie jemals welche besessen hatten, löste sich auf. Es lag an Unsicherheit, hatte Elena vor längerer Zeit entschieden. Diese Frauen würden nie die Polly Mellens oder gar die Elena Radleys der Modewelt sein. Sie hatten sich nie den nötigen reichen Ehemann gesichert, und keine von ihnen war attraktiv genug, um jetzt noch einen zu finden. Sie würden nie so schön oder so jung wie die Models sein. Jedes wahre Interesse an Mode oder Journalismus (und Elena vermutete, daß drei Viertel der jungen Frauen in den Magazinen keines besaßen) war längst geschwunden. Ihre Jobs waren nur Sprungbretter zum ›Leben im Scheinwerferlicht‹, aber wie sehr sie sich auch bemühten, wie viele Leute sie auch manipulierten und benützten, dieses Scheinwerferlicht würde stets auf andere gerichtet sein, meistens auf eine Frau, die jünger und hübscher als sie war.

Elena hatte ihr Leben ihrem Magazin gewidmet. Sie hatte es zum Erfolg geführt, und bis vor kurzem hatte es in ihrem Dasein keinen Platz für Unsicherheit gegeben. Talent, Schönheit, Reichtum — sie besaß alles. Ausgenommen Jugend.

Ich muß von diesen deprimierenden Giftspritzen weg, dachte Elena verzweifelt und erhob sich unsicher. »Ich muß gehen«, erklärte sie abrupt.

»Gehen? Wohin?« fragte Reba. »Wir haben noch gar nicht gegessen.«

»Ja, bleib zum Essen, Elena«, drängte Tess.

Veronica machte ein finsteres Gesicht. »Setz dich, Elena. Du mußt etwas in den Magen bekommen. Außerdem hast du versprochen, mit uns ins Astarte zu gehen.«

»Astarte?« wiederholte Elena und erinnerte sich, daß ihr das Trio von diesem exklusiven Club für Damen erzählt hatte, der laut ihrer Aussage ›sogar besser als Chippendale's‹ war.

»Vielleicht kann ich euch dort treffen . . . später«, sagte Elena unverbindlich.

Veronica wirkte besänftigt. »Nun gut, dann gebe ich dir ihre Karte, sonst lassen sie dich nie hinein, weil du kein Mitglied bist.« Sie fischte in ihrer Krokohandtasche und holte eine rosa Karte heraus. Sie zeigte die Karte am Tisch herum, und zu Elenas Entsetzen begannen die drei Frauen wie irre Cheerleaders zu intonieren: »Astarte! Astarte! Astarte!«

Ich muß hier raus! Elena warf eine Handvoll Geldscheine auf den Tisch und wankte davon.

In einer wohltätigen Anwandlung ging Elena zu Sams und Roxannes Tisch und stieß dagegen. »Hi, Nachbarn!« Sam wollte aufstehen. »Machen Sie sich nicht meinetwegen die Mühe, sich zu erheben. Also, schön, euch hier zu treffen. Macht euch einen hübschen Tag oder eine hübsche Nacht.« Sie lachte und stolperte davon.

Das Paar blickte ihr nach. »Sam«, flüsterte Roxanne. »Sie war betrunken.«

»Oder high von irgendwas. Oder beides.«

»Sie war nie zuvor freundlich zu uns.« Roxanne war verwirrt.

»Sie war auch jetzt nicht freundlich. Sie hat sich über uns

lustig gemacht. Obwohl ich nicht begreife, welchen Grund sie hat, sich über irgend jemanden lustig zu machen.« Sam wollte rasch das Thema wechseln. »Wie hat dir die Show gefallen?«

»O ja, Sam, wunderbar. Ich habe das Buch nicht gelesen, aber das möchte ich jetzt nachholen. Ganz sicher.«

»*Les Misérables* ist ein sehr langes Buch, Roxanne«, setzte Sam an, aber Roxanne fiel ein: »Ich habe jede Menge Zeit, Sam.«

Sam runzelte die Stirn. »Wollen wir bestellen?«

»Ja, ich verhungere.« Roxanne war für den Themenwechsel dankbar. Sie hatte Sam kein schlechtes Gewissen verschaffen wollen.

Der Kellner erschien mit zwei riesigen Speisekarten. Roxanne stützte die ihre vor ihr auf, und während sie die Karte studierte, dachte sie über Sams Worte nach — »Sie hat sich über uns lustig gemacht.« Ob Elena irgendwie von ihrer Affäre mit Nick erfahren hatte? Aber wie sollte sie? Sie waren so vorsichtig gewesen.

Roxanne sah sich in dem Raum um und war von dem angetan, was sie sah. Die lange gebogene hölzerne Bar war herrlich antik. An den Wänden hingen Zeitungsausschnitte und alte Cartoons, und die Decke war mit Spielzeug geschmückt — miniaturisierte Flugzeuge, Lastwagen und andere Dinge — das dort seit mehr als fünfzig Jahren hing. Jedes Stück war mit der Originalpatina aus Rauch von teuren Zigarren überzogen und von Spritzern exzellenten Champagners befleckt.

Direkt über ihrem Tisch hing ein Flugzeug, ungefähr 1920, aus Balsaholz und Lackpapier. Es besaß einen einzelnen Propeller und ein offenes Cockpit, und es wirkte sehr zerbrechlich, als wäre ihm der Absturz vorherbestimmt. Roxannes Vorstellungskraft malte an die Seite des Flugzeugs: Raus aus dem Dunkel.

Elena fühlte sich wundervoll. Sie hatte eine wundervolle Zeit, und jedermann in dem Lokal schien in einer wundervollen Stimmung zu sein. Sie war im P. J. Clarke's oder sie war zumindest ziemlich sicher, im P. J. Clarke's zu sein. Sie blickte nach links und las die Schrift auf dem Fenster. Die Lippen bewegend, formte sie die Buchstaben, wie sie sie sah – rückwärts: »s'ekralC. J. P.«

Ja, es war P. J. Clarke's, New Yorks berühmter Third-Avenue-Treffpunkt für Literaten und Glitteraten.

Elena sang. Sie hatte seit Jahren nicht mehr gesungen. Aber alle in dem Dorf ihrer Kindheit in Griechenland hatten ihr stets gesagt, sie hätte eine gute Stimme. Eine alte Connie-Francis-Aufnahme von ›Sonntags nie‹ lief in der Jukebox, und sie begleitete die Sängerin auf Griechisch. Leute lächelten ihr zu; sie bewunderten sie. Da war ein junger Mann, der an der Bar stand beziehungsweise eher lehnte. So hübsch, und er starrte ihr direkt in die Augen.

Ich sollte ihn auf einen Drink einladen, überlegte Elena. Das ist völlig akzeptabel heutzutage.

»Kellner! Kellner! Sie sind kein Kellner. Tut mir leid. Ach ja, ich muß beim Bartender bestellen, natürlich.«

Elena kämpfte sich an die Bar vor, und der Bartender lächelte ihr zu. Sein Lächeln schien ihr zu sagen: Ich weiß, wer du bist, und ich bewundere dich. Doch unglücklicherweise war der Bartender ein stämmiger, rotgesichtiger Mann, nicht direkt ihr Typ.

»Was kann ich für Sie tun, Ma'am?«

Wie klug von ihm, sie nicht mit Namen anzusprechen, sondern wie eine zu behandeln, die dazugehörte. Sie bevorzugte das. Zu schade, daß er so untersetzt war.

»Rudy.« Sie *dachte*, daß sein Name Rudy war. »Rudy, ich möchte diesem jungen Mann dort einen Drink spendieren.«

Der Bartender nickte. Er mixte in einem hohen Glas irgendein rotes Zeug und stellte es vor den jungen Mann hin.

Was, um alles auf der Welt, trank er bloß? Eine Bloody Mary? Sicher nicht um diese Uhrzeit. Vielleicht einen Tequila Sunrise? Oder einen gemächlichen, angenehmen Screw?

Der junge Mann hob seinen Drink in ihre Richtung und betrachtete sie über den Rand seines Glases hinweg – genau, wie Rad es immer getan hatte, mit Verlangen in den Augen.

Der Bartender kam zurück und schob Elena das Wechselgeld zu.

»Nehmen Sie es, Lady.«

»Rudy, ich nehme einen . . . ich nehme einen . . . Was hatte ich?«

»Ich heiße Reuben, Lady. Und Sie *hatten* Wodkastingers.« Er beugte sich vor. »Achten Sie darauf, wo die Betonung liegt. Sie *hatten*. Jetzt nehmen Sie Ihr Wechselgeld.«

»Pardon?«

»Ich kann Ihnen nichts mehr servieren, Lady. Sie sind voll. Tun Sie uns beiden einen Gefallen. Nehmen Sie Ihr Wechselgeld — alles — und dann fahren Sie mit einem Taxi nach Hause.«

Beleidigt nahm Elena sich zusammen. »Wissen Sie, wer ich bin?«

»Nein, aber ich weiß, was Sie sind, und ich will keine Szenen.«

Elena warf mit einem verächtlichen Schniefen einen Zwanzig-Dollar-Schein auf die Bar. Normalerweise hätte er mehr bekommen. Aber keine Sorge. Sie wollte sich dem jungen Mann an der Bar vorstellen, und er würde sie irgendwohin bringen, wo Bartenders sich nicht Reuben nannten und nicht so beleidigend waren . . . und so untersetzt.

Elena drängte sich durch die Menge und erreichte das Ende der Bar. Der junge Mann war weg. Sie sah sich hektisch im Lokal um, aber er war nirgendwo zu sehen — er war verschwunden, aufgelöst. War er überhaupt jemals hier gewesen?

Elena trat ins Freie. Der Mond war durch die Wolken gebrochen und tauchte die Stadt in silbernes Licht. Das Wetterleuchten ging weiter, und der Donner grollte wie der leere Magen eines Bettlers, aber noch immer gab es keinen Regen.

Sie wanderte die Dritte Avenue entlang und wünschte sich einen Wolkenbruch. Sie wollte die warmen, schweren Tropfen auf ihrem Körper fühlen. Sie wollte von Regenschleiern wie von einem Kokon umhüllt werden. Als kleines Mädchen in Griechenland hatte sie stets auf Gewitter gewartet, war aus dem Haus gelaufen und, vor Erregung bebend, den Bergen entgegengeeilt. Sie ignorierte die Schreie ihrer Mutter »Komm her, Elena! Komm her!« Sie hatte zeitig gelernt, nicht auf die Bitten ihrer Mutter zu hören, weil sie immer mit Schmerz geendet hatten.

»Komm her.«

Elena blieb stehen. Da war nicht die harte, schneidende Stimme ihrer Mutter, und die Worte kamen auch nicht in Griechisch, und sie waren sanft wie ein Kuß.

Elena drehte sich um und fand sich vor dem gewaltigen Postamt, das sich über einen ganzen Häuserblock von der Vierundfünfzigsten bis zur Fünfundfünfzigsten Straße erstreckte. Zwei Stockwerke hohe Säulen zierten die Fassade. Es erinnerte Elena ans alte Babylon.

»Komm her.«

Im Schatten einer der Säulen stand ein hübscher junger Mann. Ein babylonischer Prinz? Gesicht und Körper wirkten schmerzlich vertraut.

Elena tat ein paar Schritte auf die Säule zu. »Rad?« Noch ein Schritt. »Rad, bist du das wirklich?« Sie streckte die Hand aus, um sein Gesicht mit zitternden Fingern zu berühren, und das war das letzte, woran Elena sich erinnerte.

Teil 2

11

Ein langer, schräger Strahl der Morgensonne fiel durch die Seitenfenster von 777. Staubpartikelchen tanzten in der Halle wie ein winziges Ballett, das von einem Scheinwerfer eingefangen wurde. Fred Duffy beobachtete die Partikelchen und wurde an die Bewohner ›seines‹ Hauses erinnert. Er veränderte leicht seine Haltung, so daß ein Lichtstrahl seine verwitterte Wange berührte und wärmte, und er lächelte zufrieden. Eine Wolke schob sich vor die Sonne, und plötzlich war die Wärme verschwunden.

Fred runzelte die Stirn, ging an die Eingangstür und blickte durch das Glas auf den geparkten Lieferwagen. Den ganzen Morgen über hatte er vermieden, ihn anzusehen, weil jedesmal Ärger wie gewaltiges Sodbrennen in ihm hochstieg. Am Straßenrand parkte verbotenerweise ein schwarzer Lieferwagen mit der seitlich schwer leserlich aufgemalten Schrift: Kapper's Elevator Repair Service.

Offensichtlich hatte der stellvertretende Verwalter Mike Garvey einen Handel mit Sidney Kapper gemacht, und Kappers Männer reparierten den defekten Aufzug auf der linken Seite. Fred schüttelte den Kopf.

»Ein schlechtes Geschäft, das ist es«, murmelte er vor sich hin.

Der Lieferwagen war an diesem Morgen um halb zehn eingetroffen, und die Männer, die dem verbeulten Lieferwagen entstiegen waren, hatten genau dem Typ entsprochen, den Fred erwartete. Beide waren dunkle quirlige kleine Männer, die nach (vorsichtig geschätzt) einer Woche altem Schweiß und ausländischen Zigaretten stanken. Falls etwas schiefgeht, schwor Fred sich, nehme ich den Verwalter und diesen Hurensohn Kapper und schlage ihre Schädel gegeneinander.

Fred sah über seine Schulter. Die Halle war leer. Im August wurde New York City — und vor allem die Park Avenue — nur von jenen bewohnt, die zum Arbeiten gezwungen waren. Alle anderen waren in den Hamptons, in Connecticut oder in Europa.

Fred dachte, er könnte den Zugang hinunter schlendern und sich nur aus Neugierde die Zulassungsnummer des Lieferwagens merken — sehen, ob sie überhaupt aus einem erkennbaren Staat kamen. Er stieß die Türen auf, trat ins Freie und wurde zwischen der drückenden Hitze der Sonne und den dampfenden Hitzewellen, die von dem Beton aufstiegen, gefangen. Um seine Uniform nicht zu verschwitzen, zog Fred sich sofort in das Gebäude und auf seinen Posten zurück.

»Guten Morgen.«

Fred drehte sich um. Die fröhliche Stimme gehörte Taryn Tolliver, Mabelle Tollivers Großnichte. Nach Seife duftend und mit einem strahlenden Lächeln, das einen umbringen konnte, war die junge Frau an diesem Morgen kurz nach sieben eingetroffen. Fred fand, daß sie das Süßeste war, was in New York City Einzug gehalten hatte seit Haagen-Däzs.

Sie war groß und schlank, und ihr Körper war gleichzeitig fraulich und mädchenhaft. Ihre Brüste waren hoch und klein, ihre Taille war winzig und ihr Bauch flach. Ihre Beine waren unbeschreiblich lang, fohlenhaft und fest, und sie ging mit den Zehen leicht nach außen gedreht wie eine Ballettänzerin. Ihr perfekt ovales Gesicht wurde von langen aschblonden Haaren umrahmt, die zarte Strähnchen von der Sonne aufwiesen und von ihrer hohen glatten Stirn gerade zurückgekämmt waren. Sie besaß hervorstehende Wangenknochen und einen sanft geschwungenen Kiefer, der in ein Kinn mit einem leichten Grübchen überging. Ihre großen Rehaugen waren grau und mit Grün und Gold gefleckt. Sie erinnerten Fred an Perlmutt.

Nach den Anhängern an ihrem Gepäck — drei nicht zusammenpassenden und vielbenutzten Stücken — hatte Fred erkannt, daß sie mit dem Nachtflug aus Memphis gekommen war. Das Gepäck und der nächtliche Flug weckten in ihm die Frage nach den Finanzen der jungen Frau, da er wußte, daß ihre Großtante Mabelle Tolliver, ganz gleich, wie schäbig sie sich auch selbst kleidete, eine Menge Geld hatte. Altes Geld. Taryns mögliche Stellung als arme Verwandte minderte nicht den Wert des Mädchens in Freds Augen. Taryn Tolliver war eine echte Schönheit.

Fred zog automatisch seinen Bauch ein und hielt den Atem an. Er tippte sich an die Mütze und erwiderte »Guten Morgen«, aber die Worte kamen mit dem ausgestoßenen Atem herausgeschossen.

Er wurde rot wie ein kandierter Apfel. Fred versuchte, sein Erröten zu kontrollieren, indem er sich auf die Unterlippe biß, aber das brachte sein Gesicht nur dazu, zuerst scharlachrot und dann karmesinrot zu werden.

Taryn, die vielleicht seine Verlegenheit spürte, kam Fred mit einer Unterhaltung zu Hilfe.

»Es ist doch wirklich ein schöner Tag, nicht wahr, Mr. Duffy!« Ihr Akzent war nicht stark, aber er überzog ihre Worte mit geschmolzener Butter.

»Das ist er. Und nennen Sie mich Fred. Das machen alle.« Ausgenommen Allison Van Allen.

Taryn trug einen Sundreß, bestehend aus hellblauen Bandanas mit einem Träger, fast keinem Rückenteil und einem voll schwingenden Rock. Eine übergroße Sonnenbrille war hoch auf ihren Kopf hinaufgeschoben und hielt ihr Haar zurück. Ihre glatte Haut war perfekt zu einem goldenen Schimmer gebräunt.

Sie sagte: »Ich wollte mit Othello spazierengehen.«

Fred bemerkte die Katze erst jetzt. Mabelles schöner schwarzer Kater fühlte sich offensichtlich sehr wohl mit Leine und Geschirr.

Fred lächelte. »Ja, ja, ja, ein Kätzchen an der Leine. Nun ja, warum nicht?«

»Tante Mabelle hat mir erzählt, daß Othello immer die Terrassen der Nachbarn erforscht. Daher dachte ich, bei regelmäßigem Spazierengehen könnte er sich das abgewöhnen.«

»Kann nicht schaden«, stimmte Fred zu, von der Fürsorge des Mädchens gleichzeitig amüsiert und gerührt.

»Meine Tante sagte, in der Nähe gäbe es eine hübsche kleine *cul-de-sac*.«

»Eine kühle was? Tut mir leid, Miss, aber ich verstehe nicht.«

Taryn lachte gutmütig. »Eine Sackgasse, einen kleinen Park.«

»Oh, der Park. Gleich die Straße hinunter. Auf dieser Seite. Sie können es nicht verfehlen.«

»Danke, Fred.« Sie sprach seinen Namen aus, als wäre es ein persönlicher Gefallen.

Fred beobachtete ihren Abgang durch die Glastüren. Er mochte die Art, wie sie mit einer Mischung aus Optimismus und Hochmut ging, als würde der Weg sie garantiert glatt und problemfrei durchs Leben führen.

Jetzt traf ihn die Erkenntnis, weshalb er Taryn so ansprechend fand. Es war nicht nur ihre Schönheit. Sie erinnerte ihn an ein Mädchen, das er in seiner Jugend gekannt hatte. Jeannette war die einzige Liebe seines Lebens gewesen, und er hatte sein Leben lang versucht, sie zu vergessen. Sie hatten sich während des Mardi Gras kennengelernt, als er auf Landgang in New Orleans war, und hatten sich auf der Stelle verliebt. Jeannette hatte Fred angefleht, sie zu heiraten, aber er war gerade erst zwanzig geworden und hatte nur sehr wenig vom Leben gesehen. Der Abenteuergeist hatte Fred zurück auf die See gelockt mit dem Versprechen exotischer Häfen und so vieler anderer Frauen, die er noch lieben konnte.

Aber Fred fand nie wieder Liebe.

Er dachte nicht oft an Jeannette. Er hatte das Vergessen geübt.

»Wir hören jetzt auf.«

Fred wirbelte herum.

Die beiden dunklen kleinen Männer, die für Sidney Kapper arbeiteten, grinsten Fred schwachsinnig an, während sie sich mit ihren verbeulten Werkzeugkästen anstießen.

Fred grollte: »Das nächste Mal benützt ihr den Service-Eingang.«

»Service-Eingang«, wiederholten sie singend wie aus einem Mund. Es war offensichtlich, daß sie nicht wußten, wovon Fred sprach. Er unterdrückte eine Replik und scheuchte sie aus der Tür.

Die Sonne explodierte in einem Schauer goldener Nadeln durch die Kronen der Platanen, die die Park Avenue säumten. Der Bürgersteig wirkte wie ein Streifen gehämmerter Bronze, bis er von Taryns und Othellos Schritten gestört wurde. Sie gingen langsam durch das flimmernde Licht, während beide die Ansichten und Geräusche der exklusiven Straße genossen. Trotz der Hitze waren die breiten, flachen Blätter der Platanen üppig und grün und boten etwas Schatten. Als Taryn und Othello an den Randstein traten, blieben sie schutzsuchend unter einem großen Baum stehen; und Othello begann, mit einem der stacheligen Samenbällchen zu spielen, die Miniaturstachelschweinen ähnelten. Mehrere gutgekleidete Frauen mit Bergdorf-Einkaufstaschen bemerkten die Katze an der Leine und warfen Taryn jene Art mitleidigen Lächelns zu, das Leute geistig Behinderten zeigten.

Othello begann, sich mit den Samenkugeln zu langweilen, und versuchte, den Stamm zu erklettern, doch die sich schälende Borke löste sich unter seinen Krallen, und er landete sofort wieder am Boden. Mit einem verwirrten Ausdruck blickte er zu Taryn hoch.

»Sei nicht entmutigt, Othello. Hast du noch nie davon gehört, daß man es immer wieder versuchen muß, wenn man nicht gleich beim ersten Mal Erfolg hat?« Taryn lächelte dünn. Und das muß ausgerechnet ich sagen, dachte sie.

Taryn befand sich in nachdenklicher Stimmung. Ihr Zusammentreffen mit Tante Mabelle war ein Erfolg gewesen. Sie hatte vor dem Zusammentreffen mit ihrer Großtante etwas Angst empfunden, da ihre Eltern um sie stets solches Aufhebens gemacht hatten.

»Mabelle Tolliver ist eindeutig eine Irre, die schon vor Jahren in eine Anstalt hätte gesteckt werden müssen.«

»In ihrer Wohnung gibt es überall Katzen. Also, sie muß mindestens zweihundert haben. Und die Wohnung stinkt zum Himmel.«

»Sie wird ihr ganzes Geld diesen verdammten Katzen vermachen, die verrückte alte Eule.«

Die Vorurteile ihrer Angehörigen hatten jedoch Taryns Gedanken nicht vergiftet. Der jahrelange Briefwechsel zwischen ihnen beiden hatte die junge Frau davon überzeugt, daß Mabelle zwar sicher exzentrisch, aber auch ein warmherziges, großzügiges und liebevolles menschliches Wesen war.

Und dann endlich bei ihrem ersten Zusammentreffen waren Taryns Ansichten bestätigt worden, und wie. Sie hatte ihre Großtante stets aus der Ferne geliebt, aber diese Ferne war jetzt aufgehoben. Es war, als wären sie sehr enge Freundinnen, die nach einer Trennung ihre Freundschaft ohne Zögern wieder aufnahmen.

Und was die Katzen anging, empfand Taryn sofort Zuneigung zu ihnen, und sie erwiderten diese Gefühle. Katzen waren immer ihre Lieblingstiere gewesen und außerdem ein endlos faszinierendes Objekt für Zeichnungen. Darüber hinaus war Mabelles Apartment peinlichst sauber und roch nicht nach Katzen. Mabelle erklärte mit einem entschuldigenden Lächeln, daß sie, seit sich die Mieter beschwert hatten, die Katzenstreu täglich wechselte. Sie fügte augenzwinkernd hinzu, daß sie bei D'Agostino's jede Woche soviel Katzenstreu bestellte, daß die Botenjungen sich einen Bruch hoben.

Taryn lachte leise, als sie sich bückte und Othellos Rücken streichelte. »Brüche, wie? Na ja, sie sind für einen guten Zweck, nicht wahr, Schätzchen?«

Der Park war nichts anderes als eine kleine grüne Bucht im Block. Eine Messingplakette am Eingang zu dem grünenden Versteck verkündete, daß es in liebendem Gedenken an Bernice Baumgarten von ihrem Ehemann und ihren Kindern gestiftet worden war.

Mabelle, die stets alles über ihre Nachbarn wußte, hatte Taryn eine leicht andere Version erzählt. »Ich habe die alte Dame Baumgarten gekannt, und so leid es mir auch tut, aber ich muß sagen, daß sie eine gemeine und haßerfüllte Frau war. Ich habe schon hier gewohnt, als das Stadthaus Feuer fing und Bernice darin eingeschlossen war. Natürlich vermutete die Polizei Brandstiftung, konnte es jedoch nicht beweisen. Alle haben sie gehaßt. Aber sie haben natürlich all ihr Geld geerbt, und sie richteten den kleinen Park auf dem Grundstück des Stadthauses zu ihren Ehren ein. Soviel ich weiß, hat ihnen diese Geste Millionen von Dollar an Steuern gespart.«

Der Park mochte winzig klein sein, aber er war charmant angelegt. Die drei abgeschlossenen Seiten waren grün und schattig von englischem Efeu. Der Boden war mit mosaikförmig angeordneten Steinen belegt, aus denen auch die Behälter mit den Trauerweiden und den Blumenbeeten bestanden. Es gab ein halbes Dutzend Holzbänke, die alle zum Mittelpunkt des Gartens ausgerichtet waren, einem kunstvollen hexogonalen Brunnen aus weißem Marmor. Aus dem Brunnen erhob sich eine Bronzestatue von Pan, dem Gott des Waldes, der mit dem Kopf, der Brust und den Armen eines Mannes und den Beinen, Hörnern und Ohren einer Ziege dargestellt wurde.

Taryn war überrascht und auch erleichtert, den Park leer vorzufinden. Sie ging zu einer Bank, die von der Statue und Pans selbstzufriedenem Lächeln, das sie unbehaglich an Coy Buchanan erinnerte, weiter entfernt war.

Ganz Memphis wußte von Taryns Affäre mit Coy Buchanan. Aber das spielte für diese engmaschige Gesellschaft keine Rolle, weil Coy Buchanan als *der* Fang der Saison galt. Er war außergewöhnlich attraktiv und besaß eine Südstaaten-Kavalierhaftigkeit, die schon längst aus der Mode gekommen war, und er stammte aus der ältesten, wohlhabendsten und angesehensten Familie in Memphis.

Mit der bemerkenswerten Ausnahme von Onkel Beau war Taryns gesamte Familie von Coys Interesse für die junge Erbin beeindruckt gewesen. Immerhin, so argumentierten sie, war Taryn nicht *wirklich* an einer Karriere auf dem Gebiet der Kunst interessiert, und selbst wenn sie es war, nun, dann war das bedeutungslos im Vergleich zu einem Heiratsantrag des sagenhaften Coy Buchanan.

Coy hatte Taryn bei einem Country-Club-Tanz entdeckt und sie mit einer Hartnäckigkeit verfolgt, die sogar Taryns Familie beeindruckte, deren Meinung über sie durch ihren starrsinnigen Wunsch nach einer Karriere gesunken war.

Taryn war endlich Coys zahlreichen bezaubernden Seiten erlegen, von denen seine Fähigkeiten im Bett nicht die geringste war. Sie ließ sich dermaßen von dem Wirbelwind seiner Werbung packen, daß sie sich kein einziges Mal die alles entscheidende Frage stellte: Liebe ich Coy wirklich? Bevor es ihr bewußt war, wurde das Hochzeitsdatum festgesetzt, und jedermann war glücklich für die schöne und talentierte junge Frau, ausgenommen Onkel Beau.

Bei der Verlobungsparty, die auf dem Familienbesitz stattfand, hatte Onkel Beau ein Geschenk für Taryn, das ihr garantiert wenig Freude bereiten sollte. Zuerst entschuldigte er sich für sein Tun und versicherte ihr, daß es ihm nur um ihre Interessen ging. Danach überreichte ihr Lieblingsonkel ihr eine umfangreiche Liste von Coys gesamten Schulden. Sie waren beträchtlich und schlossen große Beträge ein, die er Spielern in der Stadt schuldete. Es sah so aus, als hätten die hochwohlgeborenen Buchanans nicht mal mehr ›einen Topf zum Hineinpissen‹. Sie hatten auf ihren Namen gelebt und geliehen, und es war ihnen gelungen, ihre Fassade aufrechtzuerhalten, bis ihr blondgelockter Junge Geld heiraten würde. Onkel Beau behauptete, so schön und talentiert Taryn auch war, Coy würde sie nur wegen ihres Geldes heiraten.

Zuerst konnte Taryn es nicht glauben, doch langsam begriff sie die Wahrheit, und sie erkannte, daß sie eine Närrin gewesen war. Sie machte sich auf die Suche nach Coy, um ihn mit der Anschuldigung zu konfrontieren, und fand ihn endlich im Garten zusammen mit einigen Freunden. Er war betrunken. Als sie ihn beiseite nahm, um ihn nach den Schulden zu fragen, war er beleidigt, nicht von Onkel Beaus Anschuldigung, sondern von der Behauptung, daß an seinem Verhalten etwas falsch wäre. Wie konnte denn irgend jemand etwas gegen dieses Arrangement haben? Liebe hatte nichts damit zu tun. Es war einfach eine praktische Lösung für ein lästiges Problem. Sicher, er mochte sie. Sie war hübsch und amüsant und so weiter, aber die Heirat war ein Tauschgeschäft — ihr Geld gegen seinen Namen.

Taryn war entsetzt, weniger über Onkel Beaus Enthüllung als darüber, daß Coy nichts Schlechtes an seinem Tun fand. Verletzt, wütend und verwirrt war sie auf Coy losgegangen. Der nachfolgende erhitzte Streit war von fast allen auf der Party mitangehört worden. Häßliche Vorwürfe flogen hin und her, und der Streit endete erst, als Taryn die Verlobung löste.

Mit Tränen der Scham in den Augen war sie in die fürsorglichen Arme ihres Onkels Beau geflohen. Und so war, um den teuflischen Bann zu brechen, die schöne Südstaaten-Prinzessin auf die verzauberte Insel Manhattan geflohen, auf der alles möglich war, sogar Vergessen.

Taryns Mund verzog sich, als könne sie ihre Erinnerungen schmecken und würde sie bitter finden. Von Emotionen überwältigt, taumelte sie zu der Bank, warf ihre große Strohschultertasche darauf und setzte sich. Othello sprang neben ihr auf die Bank und kuschelte sich an ihr Bein. Plötzlich begann sie lautlos zu weinen. Sie bedeckte ihr Gesicht mit den Händen, um ihre Tränen zu verbergen, doch sie quollen zwischen ihren Fingern hervor und fielen auf die Steine. In einem Versuch, ihr sein Mitgefühl zu zeigen, drückte Othello sich noch enger an sie und leckte Taryns Unterarm, doch seine Aufmerksamkeiten beruhigten sie nicht.

»Kann ich helfen?«

Taryn hob den Kopf und spähte durch ihre Finger auf den jungen Mann, der vor ihr stand. Sie war weniger verlegen als verärgert darüber, daß ihre selbstvergessene Stimmung unterbrochen wurde. Ohne die Finger von ihrem Gesicht zu nehmen, murmelte sie: »Ich bin in Ordnung. Spielen Sie bei einem anderen den Pfadfinder. Ich möchte allein sein.«

»Sie sind zu jung, um Greta Garbo zu sein, und ich bin zu alt, um ein Pfadfinder zu sein.«

Sie schloß ihre Finger, und er war nicht länger zu sehen.

Aber er ging nicht weg.

Taryn spreizte erneut ihre Finger und betrachtete ihn genauer. Er sah ganz bestimmt nicht wie ein Pfadfinder aus. Er war Anfang Zwanzig, schlank, aber kräftig gebaut, und mußte über einsachtzig sein. Er war lässig bekleidet mit einem hellblauen Pullover mit einem Alligator, ausgebleichten Jeans und Leinen-Sneakers. In der einen Hand trug er eine kleine Papiertüte, in der anderen hielt er eine abgegriffene Ausgabe von *The World According to Garp*. Taryn konnte nicht übersehen, wie seine welligen kastanienbraunen Haare im Sonnenschein schimmerten und wie seine hellblauen Augen funkelten. Seine Augenbrauen waren dicht und seine Nase war hübsch geformt. Er hatte ein kräftiges Kinn, und seine Ohren standen ein wenig von seinem Kopf ab. Es gefiel ihr. Dazu kam, daß er hartnäckig war. Offenbar wollte er nicht weggehen, ohne irgendeinen Beweis dafür, daß sie in Ordnung war.

»Sie sind nicht entstellt, oder?« Er lächelte ernst.

»Wie bitte?«

»Ich meine, Sie haben keine Male? Kein Verrückter hat Ihnen Säure ins Gesicht geschüttet, oder?«

»Natürlich nicht.« Taryn lachte und zog ihre Hände zurück. Die Miene des jungen Mannes wechselte rasch von fragend zu erstaunt. »Ich würde sagen, Sie haben einen guten Grund, fröhlich zu sein, anstatt zu weinen.« Als sie nicht antwortete, fügte er hinzu: »Das sollte ein Kompliment sein. Oder haben Sie schon so viele gehört, daß sie für Sie nur noch Klischees sind?«

»Tut mir leid. Ich weiß einfach nie, wie ich reagieren soll«, erwiderte sie, überrascht von ihrer Offenheit.

»Warum versuchen Sie nicht ein schlichtes ›Danke‹?«

»Danke für Ihre Fürsorge«, sagte sie endlich. »Aber mir geht es gut. Wirklich.« Sie begann, in ihrer Tasche zu kramen, als würde sie etwas Wichtiges suchen, und hoffte, daß er den Wink verstand und ging. Er ging auch, aber nicht weit.

Er setzte sich an das andere Ende der Bank, neigte seinen Kopf zu dem schwarzen Fellbündel und bemerkte: »Wollen Sie stricken?«

Othello hob den Kopf und miaute aus Protest darüber, mit einem Wollknäuel verwechselt zu werden.

»Wow. Das ist eine Katze. Ich hasse Katzen.«

Taryn wurde augenblicklich zornig und sagte abweisend: »Offenbar haben Sie und ich nichts gemeinsam.«

Während Taryn ihren Skizzenblock hervorholte, beobachtete sie den Mann aus den Augenwinkeln. Er öffnete sein Buch, las eine oder zwei Zeilen und sagte, ohne den Kopf zu heben: »Ich hatte einfach nie eine Katze. Ich kenne Katzen überhaupt nicht. Ich hatte immer Hunde.«

Taryn lächelte. »Man braucht nur eine zu kennen und liebt automatisch alle Katzen. Sie sind wunderbare Wesen.«

»Ich habe das Musical gesehen«, bemerkte er. »Sie auch?«

»Ob ich *Cats* gesehen habe? Nein, noch nicht. Ich bin erst heute morgen angekommen.«

»Ich wußte, daß Sie von auswärts sind. Lassen Sie mich raten. Sie kommen irgendwo aus dem Süden.«

Taryn lachte. »Sie sind sehr einfühlsam. Ich bin aus Tennessee.«

»Ich komme aus Rhode Island.«

»Das liegt sehr weit auseinander«, erwiderte sie, klappte ihren Skizzenblock auf und begann, mit einem Kohlestift den Brunnen zu zeichnen.

»Und Sie sind Künstlerin?«

»Wiederum sehr einfühlsam.« Lächelnd blickte Taryn auf ihren Block und auf den Brunnen, aber nicht auf den Mann.

Der junge Mann widmete sich wieder seinem Buch. Nach einer Weile stieß er einen lauten frustrierten Seufzer aus, legte das Buch weg und öffnete die Papiertüte. Er holte einen Pappbecher mit frischem Orangensaft heraus und wickelte ein Sandwich aus.

»Möchten Sie die Hälfte eines Truthahnsandwiches?«

»Nein, danke, ich bin nicht hungrig.« Er hob den Saft hoch. »Auch nicht durstig.«

Der Störenfried nahm einen großen Bissen von dem Sandwich, legte es auf die Bank und wandte sich wieder dem Buch zu. Othellos Nase begann zu arbeiten. Er richtete sich in geduckte Haltung auf, als würde er sich an ein Beutetier heranschleichen, und schob sich rasch und lautlos über die Bank, bis er eine Scheibe Truthahnbrust aus dem Sandwich holen konnte.

Taryn und der junge Mann sahen Othellos diebische Aktion zur gleichen Zeit.

»Othello«, schimpfte Taryn, »das ist nicht nett. Er mag dich nicht einmal.«

»Geht schon in Ordnung.« Er lächelte und zeigte weiße Zähne. »Ich glaube ohnedies, daß es Truthahnrollbraten ist.«

»Ich dachte, Tante Mabelle hätte dir bessere Manieren beigebracht«, tadelte sie die Katze.

»Sind Sie da zu Besuch?«

Taryn nickte. »Genaugenommen ist sie meine Großtante. Sie wohnt in Sieben-sieben-sieben«, fügte sie mit einer weitausholenden Geste hinzu.

»Und sie hat zehn Katzen.«

Der junge Mann schlug sich an die Wange. »Zehn! Ist sie da sehr . . . «

»Gutherzig? Ja, und vielleicht ein wenig exzentrisch. Aber sie hat für alle zehn viel Platz in ihrer Wohnung und in ihrem Herzen.

»Zehn«, wiederholte er.

Othello hatte eine Scheibe Truthahn weggeputzt und begann mit der zweiten.

»Ich fürchte, Othello hat Ihr Sandwich aufgegessen.«

»Das spielt keine Rolle. Ich war ohnedies nicht hungrig, und ich kann mir im Panache immer etwas zu essen besorgen. Das ist das Restaurant, in dem ich arbeite.«

»Lassen Sie mich raten. Koch, Kellner, Hilfskellner?«

»Kellner, aber das ist nicht mein richtiger Beruf. Das mache ich nur, um die Rechnungen zu bezahlen, während ich zur Schule gehe. Ich bin Student in Juilliard.«

»Ach, wirklich?« Taryn war beeindruckt. »Was studieren Sie?«

»Komposition. Ich bin auch Konzertpianist«, scherzte er. »Manchmal spielte ich Klavier im Panache.«

Taryn veränderte ihre Haltung, verzichtete auf den Brunnen

und begann, den unverzagten Fremden zu skizzieren, während sie sich unterhielten.

»Ich möchte auf die Kunstschule gehen, wenn ich aufgenommen werde«, meinte sie.

»Dann werden Sie in Sieben-sieben-sieben bleiben? Muß großartig sein, in einem solchen wundervoll alten Gebäude zu wohnen.«

Taryn dachte an Coy und log: »Eigentlich bin ich nur eine arme Verwandte. Ich bin als bezahlte Begleiterin meiner Tante angestellt worden. Ich werde also auch während meiner Ausbildung arbeiten.«

»Das ist großartig. Dann sitzen wir von Anfang an im selben Boot.«

»Was für ein Anfang?« schnappte Taryn. »Es hat keinen Anfang gegeben.«

»Nun, ich meine . . . also, ich habe gehofft, wir könnten uns wiedersehen?«

»Ich sehe keinen Sinn darin, da Sie Katzen nicht mögen?«

»Ich mag die hier. Habe ich nicht mein Mittagessen mit ihr geteilt?«

Taryn lächelte. »Nun ja, das ist ein Anfang.«

Er stand auf und machte eine charmante Verbeugung. »Mein Name ist Jack Devlin.«

»Ich bin Taryn Tolliver.«

»Gefällt mir. Klingt hübsch. Und Ihr Freund hier ist Othello?«

»Richtig. Tante Mabelle hat alle ihre Katzen nach Operngestalten benannt. Es gibt einen Don Giovanni, eine Carmen, eine Julia und eine Menge anderer. Ich kann mich nicht erinnern. Ich fürchte, ich bin keine Opernliebhaberin.«

»Nun, ich schon, und ich möchte sie alle kennenlernen. Und Ihre Tante Mabelle, natürlich. Hören Sie, ich würde Sie gern heimbegleiten, aber es ist fast halb elf, und ich muß zur Arbeit.«

»War nett, mit Ihnen zu plaudern, Jack«, sagte sie und schloß ihren Skizzenblock, damit er nicht sehen konnte, daß sie ihn gezeichnet hatte.

Jack sammelte die Reste seines Sandwiches und den Pappbecher ein und warf alles in einen Abfallkorb. Er drehte sich um und sah Taryn hoffnungsvoll an.

»Könnten wir uns morgen hier treffen? Ich bringe Kaffee und Kuchen mit.«

Taryn streckte ihm die Hand hin. »Wie könnte ich da ablehnen? Selbe Zeit, selber Ort.«

Er hielt ihre Hand einen Moment fest, ehe er sie schüttelte. »Sie werden es nicht vergessen?«

»Nein, ich werde es nicht vergessen.«

Taryn beobachtete ihn, als er davoneilte. Sie wußte, daß sie sich zu ihm hingezogen fühlte, aber sie versprach sich feierlich, er würde nur ein Bekannter bleiben und nicht mehr. Sie hatte die Richtung ihres Lebens verändert, und niemand brachte sie dazu, von ihrem Kurs abzuweichen. Sie wollte ein völlig nach ihren eigenen Vorstellungen gestaltetes Leben führen, und ob sie nun Erfolg hatte oder scheiterte, es würde ganz allein ihre Sache sein.

12

Die Luft in dem ungelüfteten Schlafzimmer war so schwer und bedrückend wie eine feuchte Decke. In ihrem Schlaf streckte Elena ihre Arme aus, um diese Decke wegzustoßen, doch die Luft blieb so stickig wie das Innere einer versiegelten Gruft. Schweiß lief ihr über die Stirn und verharrte auf den Lidern der geschlossenen Augen. Elena öffnete sie blinzelnd und erwachte hustend und keuchend.

Sie setzte sich auf, und für einen kurzen schrecklichen Moment wußte sie nicht, wo sie war. Dann klärte sich ihr Blick, und sie erkannte, daß sie zu Hause war, wohlbehalten in ihrem eigenen Schlafzimmer. In ihrem Kopf pochte es, und ihre Kehle war ausgedörrt. Elena fuhr sich mit der Zunge über die feuchten Lippen, schenkte sich ein Glas Eiswasser aus dem

Krug auf dem Nachttisch ein. Sie schüttelte vier Bufferin aus einem Behälter und spülte sie hinunter. Der Wecker zeigte acht:vierzig. Himmel, sie hatte nicht viel Zeit, um sich zu fangen, ehe sie sich wieder dem Drachen stellen mußte.

Elena schwang sich aus dem Bett und stand auf. Der Fußboden jagte ihr entgegen, und einen Moment dachte sie, in Ohnmacht zu fallen, doch die Empfindung ging rasch vorbei.

»Warum, zum Teufel, habe ich nicht daran gedacht, die Klimaanlage einzuschalten?«

Elena wußte warum.

Sie tappte über den dicken Teppich und schaltete die Aircondition auf volle Kraft. Plötzlich erinnerte sie sich mit erschreckender Klarheit – 21, P. J. Clarke's und der junge Mann in der Dunkelheit, der sie an Rad erinnert hatte.

Oh, mein Gott! Ich habe ihn doch nicht mit nach Hause gebracht? Sie sah sich hektisch nach Anhaltspunkten für eine Antwort um. Elena hatte nackt geschlafen. Kein gutes Zeichen. Ihr Kleid und ihre Unterwäsche lagen auf dem Boden neben dem Bett, und nicht weit davon entfernt ihre Handtasche und ihre Schuhe. Ihre Hand zuckte an ihrem nackten Hals. »Meine Halskette!«

Sie hastete zu dem Schminktisch. Ohne zu wagen, sich selbst im Spiegel zu betrachten, suchte sie in dem Durcheinander von Kosmetika, Lotionen und Cremes. Da war sie! Leuchtend wie ein kleines Feuer, lag die Halskette über einen Tiegel Nachtcreme drapiert.

»Gott sei Dank!«

Elena umspannte die Kante des Schminktisches und holte stoßweise tief Luft. Zitternd stolperte sie zurück zum Bett und warf sich quer drauf. Sie preßte ihr Gesicht in das Kopfkissen und roch. Es duftete nur nach Obsession und ihrem eigenen Körpergeruch. Sie hatte den jungen Mann nicht mit nach Hause genommen – *sie hatte es nicht getan!*

»Nie wieder. Nie.«

Mit einem Seufzer der Erleichterung rollte Elena sich herum und klingelte nach dem Mädchen. Wie gewöhnlich hielt sie ihren Finger auf dem Knopf, bis Sophie erschien.

Elena hatte sich gegen eine im Haus lebende Hilfe gewehrt, weil sie sich dadurch behindert gefühlt hätte, und so ging das Personal, nachdem das Dinner serviert und das Geschirr gespült und weggeräumt war. Vielleicht sollte sie ihre Entscheidung überdenken. Die Anwesenheit von einem oder zwei Dienstboten wäre ein zusätzlicher Sicherheitsfaktor gewesen.

»Sicherheit, große Scheiße! Ich werde es nie wieder machen!«

Trotz allem war Elena froh, daß niemand in dem Apartment gewesen war und gesehen hatte, in welchem Zustand sie letzte Nacht heimgekommen war. Sie hoffte, daß keiner der Nachbarn sie gesehen hatte. Sie konnte mit dem Wissen des Portiers leben. Die Ansichten von Angestellten des Gebäudes spielten für Elena nicht die geringste Rolle.

Sophie erschien und betrachtete Elena unverhohlen mißbilligend. »Guten Morgen, Mrs. Radley«, sagte sie mit einer lauten Stimme, die gepreßt und kieksig klang.

Elena glitt unter die Laken und fauchte: »Worauf starren Sie so?«

»Nun, auf nichts, Madam.«

Sie wollte Elenas Kleider aufheben.

»Lassen Sie das für später. Ich will mein Frühstück. Einen großen Tomatensaft. Vergessen Sie diesmal die Zitrone nicht. Ein Maismuffin, ein weichgekochtes Ei und eine Kanne Kaffee.

Sophie blickte überrascht auf. Elena frühstückte selten.

»Ich bin hungrig. Also, beeilen Sie sich.«

Sobald das Mädchen gegangen war, stand Elena auf, schlüpfte in einen langen Morgenmantel aus nilgrüner Seide und fand den Mut, sich im Spiegel zu betrachten.

»Gott im Himmel! Ich sehe gelbsüchtig aus. Das ist diese Farbe. Sie war nie gut für mich.«

Sie riß sich den Morgenmantel vom Leib und warf ihn zu Boden. Dann kehrte sie an den Schrank zurück und wählte einen rosa Satinmantel, von dem sie wußte, daß er ihrem Teint schmeichelte. Sie betrachtete sich erneut.

»So, das ist schon besser.« Ihre langen dunklen Haare zurückstreichend, lächelte sie tapfer ihrem Spiegelbild zu.

Elena schlüpfte aus ihrem Schlafzimmer und eilte über den Korridor zu Bills Arbeitszimmer. Sie ging hinter die Bar, griff nach einer Flasche Wodka und schob sie unter ihren Morgenmantel. Als sie sich umdrehte, bemerkte sie zwei benützte Gläser auf der Bar.

»Ich muß ihn doch nach Hause mitgebracht haben.«

Der Schock traf sie wie ein Schlag, und sie wäre vielleicht hingefallen, nur daß es da keinen Platz zum Fallen gab. Sie war zwischen der Wand und der Bar eingeklemmt.

Elena stand ein paar Momente nervös und unentschlossen da, noch immer die Wodkaflasche umklammernd, die plötzlich eine Tonne wog. Die leeren Gläser fesselten sie so sicher wie eine Kette. Wie dumm konnte sie denn sein? Sie rannte zurück in das Schlafzimmer und stürzte zu Boden. Sie öffnete ihre Handtasche und leerte sie aus.

Schlüssel, Kreditkarten und Make-uputensilien fielen heraus, aber kein Geld.

»Nicht einen Penny, nicht ein Sou.«

Ihr ganzes Geld war weg. Entweder hatte er es genommen, oder sie hatte es ihm gegeben.

»Es ist nur Geld«, sagte sie sich selbst, aber ihr Ton war nicht überzeugend.

Während sie die Gegenstände wieder in ihre Tasche räumte, bemerkte Elena eine hellrosa Geschäftskarte und erinnerte sich nicht, was sie bedeutete. Neugierig drehte sie sie um. Das Wort ›Astarte‹ war über die Karte gekritzelt. Die Buchstaben sahen so aus, als wären sie mit einem Lippenstift geschrieben worden. Unterhalb des Schriftzuges lautete eine einzelne Zeile: »Ein Privatclub für Frauen, die wissen, was sie wollen‹. Darunter stand die Adresse.

»Hmmm. Sechsundsechzigste Straße. Das ist nicht weit von hier.«

Sie war versucht, die Karte wegzuwerfen, steckte sie jedoch statt dessen zusammen mit den anderen Dingen wieder in ihre Tasche. Sie schob die Flasche Wodka unter das Kopfkissen, als Sophie gerade in das Schlafzimmer mit ihrem Frühstück auf einem großen Silbertablett kam.

»Stellen Sie es auf den Tisch, Sophie, ich bediene mich selbst. Und lassen Sie die Kleider für später liegen.«

Nachdem sich die Tür geschlossen hatte, holte Elena den Wodka hervor und ›veredelte‹ das Glas Tomatensaft. Sie rührte den Drink mit dem Finger um, trank etwas, goß mehr Wodka zu. Dann setzte sie sich und begann, auf dem Muffin herumzukauen.

Ihre Gedanken jagten. Nichts ist passiert. Ich habe ihn für einen Drink heraufgebracht, das ist alles. Wahrscheinlich habe ich das Geld ausgegeben. Ich habe das Geld auf den Kopf gehauen wie ein Matrose auf Landgang.

Sie schlug heftig die Spitze des Eis ab und stürzte sich gierig darauf. Das Essen und der Alkohol erzielten den erwünschten Effekt, und Elena fühlte sich schon besser. Nur eines störte sie — daß sie sich Dovima mit einem Kater stellen mußte.

»Wozu hinfahren? Ich kann zu Hause genausogut arbeiten.«

Nach dem Frühstück duschte Elena und zog eine seidene Geoffrey-Beene-Hose und eine Bluse in der Farbe von Orangensorbet an. Sie füllte ihren Drink auf, bestellte noch eine Kanne Kaffee aus der Küche und zog sich in ihr Büro zum Arbeiten zurück.

Elenas Büro war ein großer, sonnendurchfluteter Raum, der auf die Terrasse hinaus wies, und enthielt einen Schreibtisch, ein Zeichenbrett und alle nötige Ausrüstung, um zu Hause zu arbeiten. Sie öffnete mit einem Papiermesser ein Päckchen vorbedruckter Layout-Folien für die Seiten von *Elegance*. Sie befestigte eine auf ihrem Zeichenbrett, setzte sich und rief in ihrem Büro an.

Wanda meldete sich mit einer qualvoll fröhlichen Stimme. Diese Stimme hatte sie angenommen, nachdem sie in *Cosmopolitan* einen Artikel gelesen hatte mit dem Titel ›Es ist sexy, glücklich zu klingen‹.

»Wanda, hier ist Elena. Ich werde heute zu Hause arbeiten. Rufen Sie bitte in Ms. Vandeveres Büro an und informieren Sie sie.«

»Ach, du liebe Zeit, Mrs. Radley. Ach du liebe Zeit. Sie hat schon dreimal angerufen und nachgefragt, wo Sie sind.«

»Nun, jetzt wissen Sie es.«

Elena legte auf und bemerkte, daß sie während des Gesprächs auf der Layout-Seite gekritzelt hatte. Die dunkle häßliche Gestalt stellte eindeutig Dovima Vandevere dar.

Elena war betroffen. Sie griff nach ihrem Papiermesser und hackte damit auf die abstoßende Skizze ein, bis die Folie in Fetzen von dem Zeichenbrett herunterhing.

Roxanne lag in der Mitte des Bettes und starrte zur Decke. Sam war zu der Verkaufsausstellung nach London abgereist, und erneut war sie allein geblieben in einem Sechzehn-Zimmer-Apartment mit nichts zu tun und zuviel Zeit, in der sie dieses Nichts tun konnte.

Ihr Abend in der Stadt mit Sam war wunderbar gewesen — der Glanz von *Les Misérables*, der Glitzer des 21, und später hatte Sam, als wolle er damit seine Schuldgefühle wegen seiner baldigen Abreise vertreiben, eine unglaubliche Vorstellung im Bett geliefert.

In jüngster Zeit war Roxanne dermaßen in ihre Leidenschaft für Nick verstrickt worden, daß sie fast vergessen hatte, wie schön es mit Sam sein konnte. Sicher, er besaß nicht Nicks anhaltende Kraft, und auch nicht Nicks hellwachen Sinn für sexuelle Kapriolen. Aber wie bei Äpfeln und Apfelsinen war es ein unfairer Vergleich. Sam verströmte eine Zärtlichkeit, bei der Roxanne sich als etwas Besonders fühlte: ein Gefühl, daß er sich selbst nur ihr allein schenkte.

Tief in ihrem Innersten, in dem grundehrlichen Teil von ihr, wußte sie, daß das bei Nick nicht der Fall war. Ja, sie wußte es, aber sie begehrte dennoch den attraktiven jungen Italiener mehr als alles andere auf der Welt, mehr als Ehre, mehr als Ehe und sogar mehr als das Leben selbst.

»Gottes Augen! Ich bin eine sexuelle Sklavin«, murmelte sie, halb betroffen, halb begeistert.

Roxanne streckte ihre langen Beine, zog sie an, rieb ihre Schenkel aneinander. Sie rollte sich herum, das Gesicht in die Kissen gedrückt, und hauchte ein einziges Wort — »Nick!«

Als sie es aussprach, fühlte sie, wie sich in ihrem ganzen Körper Feuer ausbreitete. Sie rieb ihre Haut an den Satinlaken, und ihre Nippel wurden hart. Tiefer unten in dem geheimen Teil ihres Körpers brannte sie in feuchter Hitze. Bilder von Nick stiegen in ihren Gedanken hoch, und so sehr sie sich auch bemühte, sie wurde das Gesicht und den Körper des jungen Mannes nicht los.

»Es ist deine Schuld, Sam. Ich liebe dich, aber ich brauche einen Mann, der Zeit für mich hat.«

Nachdem sie und Sam sich in der letzten Nacht geliebt hatten und er tief eingeschlafen war, glitt Roxanne aus dem Bett, ging in die Küche und rief in Nicks Apartment an. Obwohl es nach vier Uhr morgens war, hatte Nick sich sofort gemeldet und erklärt, daß er sich Tony Martin in einem alten Musical im Nachtprogramm ansah.

»Junge, er war zu seiner Zeit großartig, Roxie. Hast du gewußt, daß er Italiener ist? Sein Name war Martinelli oder so ähnlich, bevor sie verlangt haben, daß er ihn ändert.«

»Sam reist am Morgen ab.«

»So bald?«

Entdeckte sie einen enttäuschten Ton in seiner Stimme? »Ich dachte, du würdest dich freuen. Er bleibt eine Woche in London, vielleicht sogar länger.«

»Ich freue mich, Roxie. Ich dachte nur, du wärest eine Weile beschäftigt, und darum habe ich mir ein paar Sachen vorgenommen.«

»Was zum Beispiel?« Sie war plötzlich mißtrauisch.

»Jetzt werd' nicht nervös, Roxie. Ich habe eine Karriere, weißt du? Ein Freund hat für mich freie Zeit in einem Studio aufgetrieben, damit ich ein Demo mit ein paar richtigen Musikern machen kann. Und ich lasse ein paar neue Fotos machen. Vielleicht ein paar Aufnahmen im Freien. Weißt du, damit ich sie Hollywood-Agenten schicken kann. Ich muß wie ein ernsthafter Künstler auftreten, weißt du, was ich meine? Tony Martin ist nicht ein Star geworden, indem er auf seinem Arsch gehockt hat. Ich habe ein wirklich gutes Gefühl, daß es das Jahr von Nick Casullo wird. Kapiert? In der Zwischenzeit muß ich mir fünf Tage in der Woche die Hacken im Restaurant ablaufen, damit ich die Miete von dieser Rattenfalle bezahlen kann, in der ich wohne. Ich brauche etwas Geld für ein paar neue Arrangements. Ich brauche etwas, das mehr zeitgemäß ist, etwas Rock. Vielleicht sogar etwas Country and Western. Und etwas Heavy Metal. Was meinst du?«

Roxanne konnte sich zwar ›Feelings‹ nicht im Heavy-Metal-Stil vorstellen, aber sie sagte: »Ich bin sicher, du kannst alles schaffen, Nick. Aber versuch bitte, morgen zu mir zu kommen.«

»Ich weiß nicht, Roxie. Ich muß erst sehen, wie mein Tag läuft. Was meinst du, vielleicht sollte ich mir von jemanden für meinen Auftritt ein paar komische Einlagen schreiben lassen. Was meinst du, Roxie? Ein paar hier und da eingestreute Scherze könnten nicht schaden, wie?«

»Warum rufst du nicht Neil Simon an?«

»Hey, ich weiß, daß du einen Scherz machst, Roxie. Aber das ist keine schlechte Idee. Ich frage mich, ob er jemals überlegt hat, einen Nightclub-Auftritt zu schreiben. Vielleicht schicke ich ihm ein Foto.«

»Hör mal, Nick, ich muß aufhören.«

»Sei nicht böse, Roxie. Ich rufe dich morgen an. Tue ich das nicht immer? Wenn die Maus aus dem Haus ist, tanzen die Katzen.«

»Gute Nacht, Nick.« Roxanne legte auf. Sie war auf sich selbst wütend, weil sie ihn angerufen hatte. Das brachte sie in eine verletzliche Position.

Das Telefon klingelte und unterbrach ihre Gedanken, und Roxanne griff danach, bevor das Mädchen abheben konnte.

Mit der Sicherheit einer Hellseherin wußte sie, wer am anderen Ende war.

»Jaaa«, flüsterte sie und dehnte das Wort sinnlich.

»Ist die Luft rein?«

»Oh, Nick. Du rufst endlich an.«

»Ich sagte es doch, Roxie. Ist dein Alter abgehauen?«

»Ja, er ist seit ungefähr einer halben Stunde weg.« Sie biß sich auf die Lippe und versuchte, so beiläufig wie möglich zu klingen. »Ich nehme nicht an, daß du nach der Mittagsschicht zu mir kommen kannst.«

»Du weißt, daß ich komme. Ich sollte hier so um halb drei fertig sein. Aber ich kann nicht lange bleiben, weil ich die Aufnahme um halb fünf habe. Hey, ich muß los. Die haben gerade ein paar Penner an einen meiner Tische gesetzt. Bis später.«

»Nick, warte! Ich... « Aber Nick hatte bereits aufgelegt. »Ich liebe dich«, flüsterte Roxanne in den summenden Hörer.

Bobbie Jo Bledsoe legte den Hörer ihres französischen Achtzehn-Karat-Gold-Telefons auf und seufzte gereizt: »Nun, ich habe es versucht. Niemand kann sagen, ich hätte es nicht versucht. Aber besetzt, besetzt, besetzt. Man könnte meinen, sie haben einen Telefondienst.«

Sie hatte versucht, Roxanne Fielding zu erreichen in der Absicht, sie zum Shopping bei Bloomingdale's einzuladen. Jetzt, da sie auf Allison Van Allen ärgerlich war, verspürte die ungestüme Texanerin das Verlangen nach weiblicher Gesellschaft, und da Roxanne keine Freundinnen zu haben schien, dachte Bobbie Jo, sie könnte die Gelegenheit begrüßen, durch Bloomie's zu schlendern. Später konnten sie vielleicht den Lunch zusammen in einem dieser gemütlichen Tearooms im ersten Stock auf der Lexington Avenue einnehmen.

Sie schwang sich aus ihrem King-Size-Bett. »Sieht so aus, als würde ich mit meinen Kreditkarten allein bleiben.«

Bobbie Jos Schlafzimmer war ein Spiegelbild ihres außergewöhnlichen Geschmacks. Sie hatte sich an Fred Finelli, den Society-Dekorateur, gewandt, damit er ihr Schlafzimmer gestaltete. Finelli, dessen einzigartig exquisiter Geschmack sein Markenzeichen war, hatte gezögert, den Auftrag zu übernehmen. Aber nachdem er sich mit der Ölerbin getroffen hatte, war Finelli so von Bobbie Jos überlebensgroßer Persönlichkeit eingenommen und von ihrem derben Sinn für Humor, daß er zugestimmt hatte, das fette Honorar einzustreichen und ihr Schlafzimmer zu dekorieren — falls sie einverstanden war, nie jemandem zu verraten, daß er den Raum entworfen hatte.

Finelli hatte Bobbie Jo exakt gegeben, was sie wollte, und das Resultat war — um es milde auszudrücken — beeindruckend: Die massigen Möbel waren ›spanisch mediterran‹ und aus dunklem, roh bearbeitetem Holz. Jeder freie Raum an den Wänden war bis zur Decke mit Spiegeln aus Rauchglas bedeckt. Das verwirrte manchmal die Hausmädchen ein wenig, wenn sie den Raum verlassen wollten. Es gab einen schwarzen Schmiedeeisen-Lüster und Wandleuchten, die einer Folterkammer der Inquisition würdig gewesen wären. Ein Spannteppich mit gigantischen roten, gelben und orangefarbenen Blumen erblühte drohend auf dem Boden. An den Fenstern hingen Vorhänge aus spanischer Spitze, die in einem leuchtenden Gelb gefärbt war, und davor baumelten Schnüre aus Glas- und Holzperlen.

Bobbie Jo war mit dem Resultat äußerst zufrieden, und Finelli war zufrieden, daß sie zufrieden war.

Er bemerkte, daß der Raum so aussah, als wäre er von den Sets aller zweitklassigen historischen Kostümdramen, die je gemacht worden waren, zusammengeraubt worden, und es würde ihn überhaupt nicht überraschen, sollte sie Charlton Heston unter ihrem Bett finden.

Bobbie Jo klingelte nach dem Mädchen, damit es die Reste des Frühstücks holte, die aus einem Stapel Pfannkuchen, zwei Schweinekoteletts mit Bratensoße, Hafergrütze und einer halben Gallone mit Zichorien vermischten Kaffees bestanden hatte.

Nachdem sie in ihrer spezialangefertigten Wanne gebadet hatte, kleidete sie sich zum Shopping an, wofür sie wieder einen Sundreß von der Stange wählte. Dieser war aus hellrosa Chambray und reichlich bestickt mit Pennsylvania-Dutch-Symbolen. Sie fügte jede Menge Muschelschmuck hinzu, der eigens für sie in Greenwich Village entworfen worden war. Die großen Muscheln waren mit Saphiren besetzt, die Wassertropfen darstellen sollten. Nachdem sie ein Pucci-Tuch um ihren Kopf gebunden hatte, griff sie noch zu einer roten, straßbesetzten Sonnenbrille.

Nachdem sie ihren Angestellten Anweisungen wegen des Dinners gegeben hatte, verließ Bobbie Jo ihr Apartment und rief den Aufzug. Während sie wartete, dachte sie über ihre jüngste Entfremdung von Allison Van Allen nach. Es stimmte, daß sie nie enge Freunde gewesen waren, aber Bobbie Jo war schrecklich verletzt worden, als sie erkannte, daß Allison nicht beabsichtigte, sie zu ihrer Dinnerparty einzuladen. Bobbie Jo wußte jetzt, daß sie nicht auf Allisons A-Liste stand und auch nie darauf stehen würde.

Zum Teufel mit Allison und ihrer hochgestochenen Art. Ich brauche weder sie noch ihre gottverdammten Dinnerparties.

Bobbie Jo war betroffen von ihrem Bruch mit Allison. Trotz Allisons achtloser Behandlung mochte Bobbie Jo die alte Frau wirklich. Sie erkannte, daß Allison jahrelang eine isolierte Existenz geführt hatte und sich mit Schönheit, Luxus und wohlgewählter Unterhaltung umgab. Nach drei gescheiterten Ehen hatte sie viel Zeit für ihre zahlreichen wohltätigen Verpflichtungen und für ihren Sohn aufgewendet. Jetzt war ihr Sohn verheiratet. Sie hatte sich nie die Zeit genommen, die verstreichenden Jahre zu bedenken. Jetzt jagten sie vorbei mit alarmierender Endgültigkeit. Da Jonathan nicht in der Stadt war, schienen Allisons Ängste an die Oberfläche zu kommen.

Bobbie Jo war einfühlsam genug, um zu wissen, daß ihre ältere Freundin jetzt mit dem Gespenst des Todes lebte, das über ihrem Kopf schwebte. Ihre in sich abgeschlossene Welt war bedroht, nicht nur durch die ›Barbaren‹, sondern auch durch das Leben selbst.

Der Streß hatte sie altern lassen und nutzte langsam ihren Geist ab. Aber viel schlimmer waren die Unberechenbarkeiten ihrer Gesundheit. Bobbie Jo wußte, daß es die Ereignisse in 777 in den letzten Jahren waren, die Allisons Welt zu zerstören drohten. Unvermeidlich hatten sich die Einwohner von 777 Park genau wie die Welt um sie herum verändert. Oh, sie waren noch immer die Elite − wohlhabend und mächtig. Aber nicht mehr so isoliert, wie es die wohlhabende Klasse einst gewesen war. Drogen, Selbstmorde und Skandale hatten nicht nur die Kinder, sondern auch die Eltern betroffen. Allison wollte nicht zugeben, daß Sex, Gier und Sünde kein Vorrecht der unteren Klassen waren.

Der Aufzug kam, und Bobbie Jo war wie immer betroffen über das plötzliche Erscheinen von Albert, dem alten Fahrstuhlführer. Seine leichenhaften Züge und seine ständige Beschäftigung mit Unheil brachten Bobbie Jo stets aus der Fassung.

»Guten Morgen, Albert.«

»Nicht so gut, Miss Bledsoe«, krächzte Albert. »Diese Hitze ist ein Killer. Menschen sterben auf der Straße wie Fliegen. Hoffentlich gehen Sie nicht aus.«

»Ich gehe Shopping, Albert.«

»Da draußen ist es so heiß, daß es Ihnen das Gehirn brät. Hoffentlich haben Sie genug Salz in Ihrem Kreislauf, Miss Bledsoe. Wenn nicht, könnten Sie einfach tot zusammenbrechen.«

»Nun, vielen Dank für die Warnung, Albert, aber ich habe immer Lecksalz neben meinem Bett.«

»Sehr gut, Miss Bledsoe.«

Der Aufzug erreichte gnädig das Erdgeschoß, und Bobbie Jo eilte davon.

Albert rief ihr nach: »Passen Sie auf diese Baustellen auf, Miss Bledsoe. Diese herunterfallenden Steine zerschmettern Ihnen den Schädel wie ein Ei.«

»Jesus«, murmelte Bobbie Jo. »Eine Fahrt mit Albert ist wie ein Ausflug auf den Friedhof.«

Sie bog um die Ecke und sah Fred Duffy auf seinem Posten resolut wie ein alternder Schutzengel stehen. Sie hatte ihn noch nicht in seiner Uniform gesehen und fand, daß er unerwartet gut aussah. Im Näherkommen erkannte Bobbie Jo, daß Freds Hose gar nicht gut paßte. Sie hing sogar in Ziehharmonikafalten herunter, und zum ersten Mal bemerkte sie, daß Fred eine Knochenverformung hatte, bekannt als *genu vara* – O-Beine.

Bobbie Jo lächelte süß vor sich hin und rief seinen Namen, während sie auf ihn zuging.

13

Allison lag im Bett, hochgestützt von einer Vielzahl spitzen-
besetzter Kissen. Ihre Augen waren geschlossen, aber sie schlief
nicht. Sie lauschte auf die beruhigenden Geräusche des Apartments. Sie belauschte die beiden Mädchen, wie sie beim Staub-
wischen auf dem Korridor über Männer und Kleider tratschten.
Sie hörte das drohende Brummen des Staubsaugers irgendwo
über ihr. Sie horchte auf Fetzen eines Songs — die Köchin sang
in einem hohen, tremolierenden Sopran, während sie in der
Küche arbeitete.

Uhren tickten, Türen schlossen sich, Böden knarrten. Mit ihr
oder ohne sie, das Leben ging weiter.

Ein Windstoß blies über die Terrasse und bewegte die Bäume.
Die Zweige eines Baums kratzten am Fenster, als begehrten sie
Einlaß.

Dann traf sie das Entsetzen, und Allison erinnerte sich an
alles — ihren Zusammenbruch, den Arzt, die Warnung.

»Sie hatten sehr viel Glück, daß es nicht wieder ein Schlaganfall war, Allison. Das nächste Mal könnte es einer sein, und
der wäre ernst. Sie sind keine junge Frau mehr, und Sie können
sich einfach nicht überfordern oder sich selbst in Streßsituatio-
nen bringen. Sie haben noch ganz schön viele Jahre vor sich,
Allison, aber nur, wenn Sie auf sich achten.« Er hatte Sorge zeigen wollen, aber seine Stimme war so glatt und eisig gewesen
wie flüssige Luft. »Ich will jetzt, daß Sie ein paar Tage im Bett
bleiben. Verwöhnen Sie sich, lesen Sie ein anspruchsloses Buch,
sehen Sie sich Seifenopern an, nehmen Sie Ihre Mahlzeiten auf
einem Tablett ein. Vor allem aber lassen Sie sich in keine persönlichen Dramen oder Intrigen hineinziehen. Mit anderen
Worten, Sie müssen Ihr gesellschaftliches Leben dämpfen, sonst
werden Sie überhaupt kein Leben haben.«

Allison öffnete ihre Augen, und die kunstvollen Stuckarbei-
ten an der Decke und der hochglanzpolierte Messinglüster
kamen in ihr Blickfeld. Die gegen das einfallende Sonnenlicht
zugezogenen roten Damastvorhänge tauchten den ganzen

Raum in einen rosigen Schimmer. Sie richtete sich auf und sah das Kaminsims aus Mahagoni.

Allisons Augen wanderten zögernd höher, unwillkürlich angezogen von ihrem eigenen Porträt, das von René Bouché gemalt worden war. Es war von ihren Eltern aus Anlaß ihres Debüts in der New Yorker Gesellschaft in Auftrag gegeben worden. Allison stand neben einem vergoldeten Ballsaalstuhl in einem weißen Satinballkleid, das für sie speziell von Mainbocher entworfen worden war. Ihre Miene war nachdenklich, aber selbstzufrieden, als würde sie in diesem Alter erkennen, daß die Welt ihr gehörte, wüßte aber noch nicht ganz, was sie damit tun sollte. Es war ein elegantes Zeugnis von Allisons exquisiter Schönheit, doch es war auch eine unablässige Erinnerung an ihre verlorene Jugend.

Sie wandte sich ab und ihrem Telefon zu. Die schimmernde weiße Schnur erschien ihr wie eine Rettungsleine, aber ihr Sohn, David, war nicht in der Stadt, Jonathan war noch immer in London, und ihre Freundin und Nachbarin Rachel Pennypacker hatte sich für den Monat August in den Hamptons niedergelassen. Sie dachte daran, Bobbie Jo anzurufen, war jedoch nicht sicher, mit deren überschäumender Art fertig werden zu können. Obwohl Allison fähig war, durch Bobbie Jos lautes und schreiendes Äußeres die Frau darunter zu erkennen, konnte sie nicht verhindern, daß sie bei manchen ihrer Manierismen zusammenzuckte. Sie mochte sie, aber nur in kleinen Dosen. »Oh, mein Gott! Hillary! Beths Enkelin kommt heute zum Tee. Was mache ich denn noch hier im Bett? Ich muß mich um alles kümmern.«

Die Muschelgolduhr auf ihrem Nachttisch zeigte ihr, daß es fast Mittag war. Allison stieg aus dem Bett und ging auf und ab in dem Versuch, ihre Gedanken zu organisieren.

»Gütiger Gott! Ich hatte keine Ahnung, daß ich so lange geschlafen habe. Es ist so wenig Zeit, und es gibt noch so viel zu tun.«

Sie zog an dem bestickten Klingelzug, und Sekunden später trat Alma, Allisons Zofe, ein.

Alma trug eine schlichte marineblaue Uniform mit einem

weißen Kragen und weißen Manschetten und auf Allisons Drängen hin auch marineblaue und weiße Laufschuhe. Sie hatte eine kurze und bündige Art, war tüchtig und hatte einen schelmischen Humor, der ihr half, mit Allison auszukommen.

»Ach, du meine Güte, Mrs. Van Allen, Sie sind aufgestanden.«

»Natürlich bin ich aufgestanden«, fauchte Allison. »Ich bin nicht krank. Ich hatte keinen Schlaganfall. Nein, schalten Sie nicht das Licht ein. Ich kann mich noch nicht sehen lassen. Wie konnten Sie mich so lange schlafen lassen, Alma? Heute ist der Tag, an dem Miss Harding-Brown zum Tee kommt.«

»Steht das denn noch auf dem Programm?«

»Natürlich steht das noch auf dem Programm. Nichts hat sich geändert. Das Leben geht weiter!«

Alma starrte ihre Herrin hart an, von der sie noch am Vortag angenommen hatte, sie würde an der Pforte des Todes stehen.

»Sie billigen es nicht, nehme ich an.«

»Es spielt keine Rolle, ob ich es billige oder nicht, Mrs. Van Allen. Sie werden ja doch tun, was Sie wollen.«

»Ich bin kein Einzelfall in dieser Hinsicht«, bemerkte Allison sanft. »Also, ich machte gestern eine Liste an dem Tisch, bevor ich in Ohnmacht fiel.«

Alma zog ein Blatt aus ihrer Tasche und reichte es ihr. »Ist es das, was Sie möchten, Mrs. Van Allen?«

Allison überflog die Liste. »Ja, genau das will ich zum Tee. Geben Sie das der Köchin und sagen Sie ihr, Miss Harding-Brown wird um vier erwartet. Sagen Sie ihr, sie soll die *fraises du bois*-Törtchen nicht zu früh machen. Ich möchte, daß sie warm serviert werden.«

»Warme Törtchen? Bei diesem Wetter, Mrs. Van Allen?«

»Vielleicht haben Sie recht, Alma. Sagen Sie der Köchin, sie soll die Törtchen zuerst machen. Wir essen sie dann kalt. Aber sagen Sie ihr, sie soll sie mit Schlagsahne servieren.«

»Ihr Cholesterinwert wird durch die Decke schießen, Mrs. Van Allen.«

»Bitte, sorgen Sie sich nicht um meinen Cholesterinwert. Ich bewirte nicht jeden Tag die Enkelin meiner Zimmergefährtin vom College.«

Allison trat an das Porträt und berührte ihr Abbild. Das rosige Licht, das den Raum erfüllte, ließ die Linien in Allisons Gesicht verschwinden und verlieh ihrem Haar lebhafte Farbe. Alma, die stets angenommen hatte, das Porträt wäre lediglich eine schmeichelhafte Ehrung einer jungen Erbin, erkannte jetzt, daß ihre Herrin tatsächlich das junge Mädchen auf dem Porträt war.

»Ach so.«

»Was sollte das denn heißen, Alma,«

Alma zuckte die Schultern und lächelte. »Ich habe nicht die geringste Ahnung. Es hat einfach gepaßt.«

»Beth und ich standen uns näher als Schwestern. Ach, was für Eskapaden wir doch miteinander genossen haben, als wir jung und sorgenfrei waren! Habe ich Ihnen jemals erzählt, wie wir wegliefen, um zum Zirkus zu gehen? Wir hatten monatelang in der Turnhalle geübt und waren entschlossen, ein erfolgreicher Hochseilakt zu werden. Dann wollten wir siamesische Zwillinge heiraten, um immer zusammensein zu können.«

Alma lachte. »Ich bekomme neue Hochachtung vor Ihnen, Mrs. Van Allen.«

»Unsere Eltern erwischten uns natürlich, bevor wir den Zirkus überhaupt erreichten. Aber das konnte unsere Phantasien nicht aufhalten. Wir waren entschlossen, uns nicht von dem bevorstehenden Reifungsprozeß trennen zu lassen. Wir lasen irgendwo, daß die Maharadschas in Indien mehr als eine Ehefrau haben könnten, und wir schmiedeten Pläne, dorthin zu gehen. Als das auch nicht klappte, beschlossen wir, Nonnen zu werden. Aber nur, wenn wir im selben Kloster leben könnten. Aber natürlich gab es da ein kleines Problem, insofern als keine von uns katholisch war. Und Konvertieren kam nicht in Betracht. Unsere Familien hätten uns enterbt.«

»Und sind Sie Freundinnen geblieben, Mrs. Van Allen?«

»O ja. Immer. Nach dem College wurden wir vernünftiger, aber es war letztlich das Diktat unserer Herzen, das uns trennte. Wir verliebten uns beide, Beth in ihren Cousin dritten

Grades väterlicherseits, und ich in Jonathan. Beth hatte Glück. Sie brauchte nicht einmal ihre Monogramme zu ändern, wogegen ich die meinen dreimal ändern mußte.«

»Und Sie sind getrennte Wege gegangen?«

»Ja, getrennt, aber doch immer nahe. Wir schrieben einander jede Woche ohne Unterlaß, bis ... bis zu ihrem Tod.« Allison blickte wieder auf ihr Porträt und runzelte die Stirn, als könne sie nicht glauben, wie die Zeit verstrichen war. Dann lächelte sie. »Aber heute werde ich Beths Enkelin gastlich empfangen, und ich kann meine Freude kaum zähmen. Also, wo möchte ich ihr denn begegnen? Nicht in der Bibliothek. Zu bedrückend. Ich denke, im Musikzimmer. Alma, achten Sie darauf, daß es makellos sauber ist. Und wir brauchen frische Blumen.«

»Welche möchten Sie denn, Madam?«

Allison überlegte einen Moment. »Beths Lieblingsblumen waren rosa Nelken. Bestellen Sie Unmengen rosa Nelken und sorgen Sie dafür, daß sie absolut frisch sind.« Allison schlug die Hände an ihr Gesicht. »Ich muß einen fürchterlichen Anblick bieten nach fast vierundzwanzig Stunden im Bett. Mit diesem Aussehen kann ich Hillary nicht gegenübertreten. Sobald Sie die Liste der Köchin übergeben haben, gehen Sie sofort ans Telefon. Rufen Sie bei Caruso's an und bestellen Sie Frank hierher für meine Haare und Antoinette für meine Nägel. Dann rufen Sie bei Georgette Klinger an, damit Olga sich um mein Gesicht kümmert. Akzeptieren Sie kein Nein als Antwort. Es ist ein Notfall. Und wenn Sie damit fertig sind, kommen Sie sofort wieder zu mir zurück. Bitte, beeilen Sie sich, Alma. Es ist keine Sekunde zu verlieren.«

»Ich kümmere mich direkt darum, Mrs. Van Allen.« Alma lief aus dem Zimmer.

Allison stand mitten im Raum und ballte die Fäuste und öffnete sie wieder. Sie fühlte ihre Energie zurückkehren. Alter – Tod – konnten sie nicht überwältigen – nicht, wenn sie dagegen ankämpfte.

Die Küche im Panache war klein und gerammelt vollgeräumt und nicht dafür ausgestattet, so viele Leute zu bedienen, wie jeden Tag zum Lunch kamen. Der ohrenbetäubende Lärm, die erstickende Hitze und die hektischen Aktivitäten verwandelten den Raum für diejenigen, die hier arbeiteten, in eine Abart von Dantes Inferno. Die Köche schrien mit den Kellnern, die wiederum mit den Hilfskellnern schrien, die sich gegenseitig anschrien. Aber irgendwie wurde das Essen doch immer serviert, wobei es ein Minimum an Klagen gab, und der öffentliche Teil des Restaurants bewahrte eine kühle Atmosphäre, frei von Hektik. Dieses kleinere Wunder war den Anstrengungen eines Mannes zu verdanken — Wilhelm Rhinehardt — des tüchtigen deutschen Maître d' hôtel, der, wie die Angestellten sagten, sein Restaurant mit der kompromißlosen Autorität eines SS-Kommandanten führte, der ein Konzentrationslager leitete.

Der August brachte allerdings den Angestellten des Panache willkommene Erleichterung. Viele der Stammgäste hatten die Stadt verlassen; ihre Sommerresidenzen verteilten sich an der Ostküste von Connecticut bis New Jersey. Der Druck, manchmal bis zu hundert Lunches am Tag servieren zu müssen, war von ihnen genommen, aber dafür nistete sich ein anderer, hinterhältigerer Druck im Restaurant ein.

Nick Casullo wollte wieder singen. Der Maître d' hôtel nutzte oft die zusätzliche ›Unterhaltung‹ — die nichts extra kostete. Die Gäste waren stets zu höflich, um sich zu beklagen, aber die Angestellten knirschten während der ganzen Folter mit den Zähnen, vor allem Jack Devlin, der oft der unfreiwillige Begleiter war.

Nick und Jack standen neben den Doppeltüren zur Küche und warteten auf ihre Bestellungen. Nick übernahm, wie üblich, den größten Teil der Unterhaltung. Zwischen Zügen an einer Zigarette sagte er: »Ich möchte mit ›Feelings‹ anfangen.« Er schob Jack seine Noten zu. »Ich möchte es ruhiger in der zweiten Strophe und fast zum Stillstand kommen — genau hier.« Er stieß mit seiner Zigarette auf eine der Notenlinien.

»Ich weiß, ich weiß«, erwiderte Jack. »So singst du es immer. Ich kenne deine Version vorwärts und rückwärts. Würdest du die Zigarette aus meinem Gesicht nehmen? Und wieso rauchst du überhaupt? Das ruiniert deine Stimme.«

Nick, der nichts mit Feinheiten im Sinn hatte, merkte nicht den Sarkasmus. »Nach ›Feelings‹ will ich ›I Can't Take My Eyes Off of You‹ machen, und dann . . . «

»Himmel, Nick, wirst du nie neue Songs lernen? Du singst das gleiche Zeug, seit ich hier zu arbeiten angefangen habe. Das sind jetzt fast drei Jahre.«

»Neue Arrangements kosten Geld.«

»Du kriegst gute Trinkgelder, Nick.«

»Ich habe Ausgaben. Ich muß mich gut anziehen.«

»Du mußt dich nicht so gut anziehen. Du solltest dir lieber was anschaffen, was noch nicht so passé ist.«

»Was meinst du mit passé?«

»Veraltet, Nick.«

»Also, an einem guten Song ist nichts passé. Außerdem bekomme ich neue Arrangements. Werde mein Image ein wenig verändern. Dieses Zeug ist okay für hier. Alle Gäste sind ohnedies vierzig und darüber.« Nick formte einen Rauchring. »Ich habe jemanden, der in meine Karriere investieren wird.«

Jack war skeptisch. Er hatte Nicks Geschichten schon gehört. Er zog die Augen schmal zusammen und fragte: »Wen?«

»Diese reiche Frau, der ich Gesellschaft leiste. Ich habe dir von ihr erzählt, nicht wahr?«

»Oft«, erwiderte Jack. »Aber ich dachte, sie wäre vielleicht nur ein Produkt deiner übereifrigen Phantasie.«

Nick machte ein finsteres Gesicht. »Ich habe keine übereifrige Phantasie.«

»Wie wahr, wie wahr.«

»Hör mal, ich sage die Wahrheit. Ich habe dieses Stück um meinen kleinen Finger gewickelt, ganz zu schweigen von meinem großen Hammer. Sie ist verrückt nach mir. Und reich! Sie hat echte chinesische Gemälde an den Wänden. Und tolle orientalische Statuen überall in der Wohnung. Sieht aus wie ein verdammtes Chinamuseum. Ich war noch nie in meinem Leben in einem so großen Apartment. Muß fünfzehn, sechzehn Zimmer haben. Du solltest das Gebäude sehen, in dem sie wohnt. Man muß Millionär sein, um sich ein Apartment in so einem Haus überhaupt bewerben zu können.«

»Wo wohnt sie denn nun, Nick?« drängte Jack in der Annahme, er würde wie üblich lügen, so daß er gezwungen war, seine Geschichte weiter auszuspinnen.

»Sieben-sieben-sieben Park«, sagte Nick triumphierend. »Also muß sie Kies haben, oder?«

Jack wollte Nick schon von seinem Zusammentreffen mit Taryn erzählen, überlegte es sich aber. Nick nahm an, daß der zerstreute Ausdruck auf seinem Gesicht sein gewohnter Unglaube war.

»Du glaubst mir nicht! Sieh mal, ich kann dir die Eingangshalle beschreiben, die Aufzüge. Zum Teufel, ich spreche sogar den Portier mit Namen an.«

»Und wo ist der Haken, Nick? Ist sie alt, häßlich oder verheiratet? Oder hat sie zehn Katzen?« Er fragte sich, ob Taryns Tante Mabelle einen Hang zu italienischen Hengsten hatte.

Nick zögerte mit der Antwort. Er drückte seine Zigarette auf einer Untertasse aus und platzte heraus: »Sie ist verheiratet, aber sie klebt an mir fest. Ich könne sie im Handumdrehen dazu bringen, sich scheiden zu lassen.« Nick reckte sich zu seiner vollen Größe und stieß den Atem aus. »Sie haut einen um. Nur ein paar Jahre älter als ich. Du wirst schon sehen, irgendwann bringe ich sie hierher, wenn ich auftrete.«

»Hat sie dich schon singen gehört?« fragte Jack vorsichtig.

»Sicher. Sie hält mich für das größte Ereignis seit Sinatra. Weshalb sonst sollte sie in meine Karriere investieren?«

»Klingt nach einer Frau mit einem exquisiten Geschmack.«

»Du sagst es.« Nick grinste. »Ich sage dir, Jack, mit ihrem Geld und meinem Talent kann mich nichts aufhalten.«

»Ausgenommen vielleicht eine Silberkugel.«

»Hä?«

»Schon gut. Gehen wir die Reihenfolge durch, in der du dieses Zeug willst. ›Feelings‹, dann ›I Cant't Take My Eyes Off of You‹, was dann?«

Nick blätterte in seinen Noten. »Wie wärs mit ›People‹, so wie ich es im Swing-Rhythmus singe.«

Jack fragte: »Hast du schon gelernt, den Titel auszusprechen?«

»Was meinst du?«

»Du singst immer ›peep-hole‹.«

»Tue ich nicht.«

»Wie kommst du darauf, daß ich dich bei drei Songs begleiten will? Ich meine, ich werde schließlich nicht dafür bezahlt.«

»Jack, du überraschst mich. Du gewinnst Erfahrung. Eines Tages kannst du allen erzählen, daß du *den* Nick Casullo begleitet hast. Außerdem ist das Geschäft ruhig. Was sollen wir sonst machen, um uns die Zeit zu vertreiben? Keine Sorge, diesmal wird es nicht wie sonst. Ich habe ein paar Tricks im Ärmel.«

»Uh-oh. Was hast du denn vor? Willst du die Hose runterlassen, um Aufmerksamkeit zu erregen?«

Die Klingel in der Küche ertönte und verhinderte einen Streit zwischen den beiden Männern. Sie holten ihre Bestellungen, brachten sie an die entsprechenden Tische und kehrten auf ihren Posten zurück.

Nick beklagte sich: »Warum braucht der Nazi so lang? Er sagte, ich wäre dran, sobald alle bedient sind.«

»Entspann dich, Nick. Er wartet, bis es sich alle gemütlich gemacht haben, damit du einen besseren Empfang bekommst.«

Nick war besänftigt. »Glaubst du?«

Jack überblickte den weitläufigen Raum, der nur halb gefüllt war. Die meisten Gäste waren wohlhabende Leute, die in der Nachbarschaft wohnten — mittelalte Paare und ältere Witwen und Witwer, die normalerweise allein speisten. Es waren ruhige, anspruchslose Gäste, die bescheiden tranken und rauchten und sehr auf ihre Diätvorschriften achteten. Salate, Meeresfrüchte und Fruchtsalate waren die beliebtesten Posten auf der Speisekarte. Die Speisen wurden nie gebraten, und kaum jemand bestellte ein blutiges Steak.

Das Dekor war von einem der schwulen Kellner ›Geriatrie-Moderne‹ genannt worden. Der Effekt war hübsch, wenn auch nicht aufregend. Die Wände und die Decke waren in blassem Grün gestrichen. Die Tischdecken und Vorhänge bestanden aus Chintz mit floralen Mustern in Blau, Grün und Purpur. Weißes Schmiedeeisen diente für die Unterteilungen, und von der Decke hing eine Sammlung unechter Tiffanylampen, Kopien des berühmten Weintrauben-und-Blätter-Designs.

Jack suchte den Raum nach einer Spur des Maître d' hôtel ab. Er entdeckte ihn beim Rauchen hinter einer Zimmerpalme nahe der Plattform, die als Bühne diente. Wilhelm Rhinehardt war ein großer, schlanker Mann, der sich so steif hielt, daß es aussah, als würde er eine Eisenstütze am Rücken tragen. Er hatte ein eckiges Gesicht und weißblonde Haare, die er militärisch kurz trug. Seine Augenbrauen waren so blaß, daß sie scheinbar nicht vorhanden waren. Es gab von den Kellnern in Umlauf gebrachte Gerüchte, daß Wilhelm einst Mitglied der Nazipartei gewesen war; doch das waren nur Gerüchte, da der Mann wahrscheinlich nicht älter als vierzig war.

Wilhelm trat plötzlich an das Mikrofon. Seine eisigen blauen Augen wanderten durch den Raum, bis er fast jedermanns Aufmerksamkeit auf sich gezogen hatte, und dann kündigte er mit einer präzisen knappen Stimme an: »Wir freuen uns, Ihnen zu Ihrer Unterhaltung einen talentierten jungen Mann präsentieren zu können, der zu unseren Angestellten zählt – Mr. Nick Casullo.« Und dann, als würde es ihm erst jetzt einfallen, fügte er hinzu: »Mr. Casullo wird von einem anderen unserer Angestellten begleitet, Mr. Jack Devlin.«

Wilhelm zog sich wieder hinter die Palme zurück und zündete sich noch eine Zigarette an. Unter höflichem Applaus betraten die beiden Männer die Bühne. Jack setzte sich ans Klavier, und Nick lächelte jeder Lady im Publikum zu. Plötzlich riß er sich die Kellnerjacke vom Leib und warf sie auf das Klavier. Darunter trug er eine gutsitzende rote Satinweste, die mit roten Pailletten und Straß besetzt war.

Mein Gott, dachte Jack, er glaubt, er ist in Las Vegas!

Während Jack die komplizierte Einleitung zu ›Feelings‹ spielte, betrachtete er das Publikum. Die Männer konzentrierten sich auf ihr Essen und hätten sich für Nicks Weste nicht weniger interessieren können. Doch die Frauen hatte alle ihr Besteck weggelegt und waren von Nick fasziniert. Nick fühlte sich so geschmeichelt, daß er seinen Einsatz verpaßte, und Jack mußte die Einleitung noch einmal beginnen. Beim zweiten Mal setzte Nick einen halben Takt zu früh ein, und während er sang, ließ er seine Hüften im Takt zur Musik kreisen.

Die Frauen in dem Restaurant waren von dem attraktiven jungen Italiener hypnotisiert, weniger von seiner Stimme als von seiner körperlichen Präsenz, und diejenigen, die noch an Sex dachten, hefteten ihre Augen auf die beachtliche Beule in seiner zu engen Hose.

»Feelings, oo-oo-oo feelings«, sang Nick, und zwar prompt falsch.

Wilhelm murmelte, laut genug, daß Jack es hören konnte: »Gott im Himmel, er hört sich an, als würde er Rasierklingen scheißen!«

Jack hätte am liebsten vor ihm salutiert.

14

Taryn und Mabelle saßen an einem schmiedeeisernen Tisch unter einem enormen weißen Sonnenschirm in einer kühlen Ecke der Terrasse, die Schatten vor der starken Sonne des Nachmittags bot. Sie hatten soeben einen Lunch im Südstaatenstil beendet, zu dem ein gewaltiger Salat, bestehend aus Schalotten, Schinken und Lattich, gehörte, angemacht mit einem Dressing aus Essig, Zucker und heißem Schinkenfett, Eistee mit Minzzweigen und als Dessert Erdbeerkuchen aus Mürbteig.

Ihrem Stil treubleibend, hatte Mabelle ein Ensemble für eine Gartenparty angezogen. Ihr zitronengelbes Kleid, etwa aus 1934, besaß einen Kapuzenkragen und Fledermausärmel. Obwohl der Stoff Stockflecken aufwies, war das Kleid recht ansprechend, genau wie der breite Roßhaarhut, der mit einer mottenzerfressenen Zentifolie dekoriert war und waghalsig schief auf ihrem Kopf saß.

Wie stets waren die Katzen anwesend. Sie saßen in einem

Kreis um den Tisch herum und wirkten wie das gelangweilte Publikum bei einer Freiluftaufführung.

Mabelle nahm einen Schluck Eistee. Ihre schwarzen Augen funkelten, und ihre Haut rötete sich unter der dicken Puderschicht, als sie fragte: »Hat Othello seinen Spaziergang genossen?«

»Er war begeistert, und abgesehen davon, daß er sich an Jacks Truthahnsandwich bediente, hat er sich wie ein perfekter Gentleman benommen«, erwiderte Taryn mit einem Lächeln, als sie an ihren Ausflug früher am Tag dachte.

Othello, der wußte, daß über ihn gesprochen wurde, schlenderte zu dem Tisch und rieb sich an dem Bein seiner Herrin.

»Othello liebt Truthahn ganz einfach. Zu Thanksgiving und Weihnachten ist er im siebten Himmel.« Mabelle nahm einen Schluck Tee und fragte beiläufig: »Sieht dieser Jack Devlin gut aus?«

»Ja«, gab Taryn zu. »Ich habe eine Skizze von ihm gemacht, während wir uns unterhielten. Willst du sie sehen?«

»Natürlich.«

Taryn stand vom Tisch auf. »Ich bin gleich wieder hier. Ich habe meinen Skizzenblock auf dem Tisch in der Halle liegenlassen.«

Mabelle beugte sich vor und streichelte Othellos Kopf.

»Othello, mein kleiner schwarzer Cupido. Was sollte ich nur ohne dich machen?«

Die Katze schnurrte laut als Antwort, und Mabelle schob ihr ein Stückchen Schinken von ihrem Teller zu.

Taryn kehrte zurück, klappte ihren Skizzenblock auf und reichte ihn ihrer Großtante. Dann setzte sie sich und wartete gespannt auf Mabelles Meinung.

Mabelle tastete nach ihrer Lorgnette, die an einem Band um ihren Hals hing, und blickte durch sie hindurch auf Taryns Zeichnung von Jack Devlin. Ihre Augen weiteten sich in unverhohlenem Behagen.

»Er ist sehr hübsch, Taryn. Und er sieht nicht wie ein Mitgiftjäger aus.«

Taryn hob erstaunt den Kopf. Warum hatte Mabelle das

gesagt? Soviel Taryn bekannt war, wußte ihre Großtante nichts von der zerbrochenen Verlobung. »Wie sehen Mitgiftjäger aus, Tante Mabelle?« fragte sie vorsichtig.

»Du wirst lernen, sie am Aussehen zu erkennen. Du wirst es in ihren Augen sehen, noch bevor du weißt, was sie im Herzen tragen. Jetzt erzähl mir von deinem jungen Mann.«

»Er ist nicht mein junger Mann, Tante Mabelle!« rief Taryn.

»Wie du ihn beschrieben hast, klingt es nicht, als wäre er irgend jemandes junger Mann — armes Ding.« Mabelle beobachtete Taryn genau nach ihrer Reaktion. Es gab keine, die sie sehen konnte. »Weiß du, ich mochte immer Komponisten. Ich habe früher oft Leopold Stokowski zu Besuch gehabt, weißt du.«

»Jack ist Kellner.«

»Aber bald wird er Komponist sein. Wann wirst du ihn wiedersehen?«

»Morgen . . . vielleicht«, sagte Taryn leise.

Mabelle winkte ihren Katzen zu, um deren Aufmerksamkeit zu erregen. »Habt ihr das gehört, meine Lieblinge? Unsere Taryn wird Jack Devlin morgen sehen. Wer weiß, was sich daraus entwickeln mag.«

»Nichts wird sich entwickeln, Tante Mabelle. Darauf werde ich achten.«

»Aber ich dachte, du magst ihn.«

»Das tue ich auch, soweit ich ihn kenne. Aber ich werde ihn ganz einfach nicht besser kennenlernen.«

»Oh, oh, bist du aber entschlossen.« Mabelle seufzte.

»Ich bin entschlossen, mich nicht mit irgendeinem Kellner auf etwas einzulassen!«

»Taryn, du überraschst mich. Ich hätte nicht gedacht, daß du ein Snob bist wie der Rest der Familie.«

Taryn errötete. »Bin ich auch nicht, Tante Mabelle. Aber das nächste Mal, wenn ich mich mit jemanden auf etwas einlasse — sofern es ein nächstes Mal gibt — will ich sicher sein, daß er nicht hinter meinem Geld her ist.«

Mabelle winkte mit ihrer Hand vor ihrem geschockten Gesicht. »Liebling, warum sagst du bloß so etwas? Bei deinem

Aussehen und deinem Talent wäre jeder Mann stolz, in deiner Begleitung gesehen zu werden. So darfst du einfach nicht denken. Du wirst sonst jedem Mann gegenüber mißtrauisch, und am Ende wirst du allein sein. Das willst du doch nicht, oder?«

»Ich wäre lieber allein, als für Liebe zu bezahlen«, erwiderte Taryn traurig.

Mabelle stand aus ihrem Stuhl auf, legte ihre Arme um Taryns Schultern und küßte sie aufs Haar. »Mein kleines Mädchen, was ist bloß mit dir passiert?«

Taryn drehte sich herum und preßte ihr Gesicht gegen Mabelles Brust. »Oh, Tante Mabelle, ich schäme mich so«, rief sie aus und preßte eine Hand an ihren Hals, als würde sie an der Wortflut ersticken, die in ihr hochstieg.

Zwischen Schluchzern kam Taryns Geschichte in abgehackten Worten und Sätzen heraus. Mabelle hörte sorgfältig zu, nickte verständnisvoll; denn es hatte auch in ihrer Vergangenheit — wenn auch schon wirklich sehr lange vergangen — Gelegenheiten gegeben, bei denen man ihr nur wegen des Geldes nachgestellt hatte. Als Taryn geredet hatte, sank sie auf dem Stuhl wie eine Stoffpuppe in sich zusammen. Die plötzliche Freisetzung von Emotionen hatte sie erschöpft.

Mabelle kniete sich vor ihre Großnichte und bedeckte ihre zitternden Hände mit ihren eigenen. »Meine liebe Taryn, du mußt aufhören, dich wegen dieser schrecklichen Erfahrung zu peinigen. Du solltest froh sein, daß du diesen wertlosen jungen Mann nicht geheiratet hast. Danke Gott für deinen Onkel Beau, der den Verstand besaß, dir die Wahrheit zu sagen. Und danke Gott, daß du den Verstand hattest, auf ihn zu hören. Mein liebes Mädchen, begreifst du nicht, was das in deinen sehr jungen Jahren für eine Leistung ist? Du hast tatsächlich auf jemanden gehört, der älter ist als du, und du hast von seiner Weisheit profitiert.«

Taryn setzte zu Widerspruch an.

»O ja, das hast du getan. Du hast profitiert. Vergiß deine eingebildete Schande. Das ist nur verletzter Stolz, meine Liebe, und du wirst herausfinden, daß diese Art von Stolz in unserem Leben wenig nutzvoll ist. Du hattest sehr viel Glück, daß du den Lumpen durchschaut hast, bevor du ihn geheiratet hast. Du hast mir gegenüber zugegeben, daß du ihn nicht geliebt hast, also wo ist da der Verlust? Sei statt dessen dankbar für die Erfahrung. Du kannst daraus lernen. Du mußt sogar daraus lernen. Das bedeutet aber nicht, daß du jedem jungen Mann gegenüber mißtrauisch sein sollst, den du kennenlernst. Ich unterstütze deine Geschichte, daß du meine bezahlte Gesellschafterin bist, wenn du das willst. Das ist eine harmlose Lüge, und du meinst offenbar, daß du sie jetzt als Selbstschutz brauchst. Aber du mußt deinen Glauben an dich selbst wiederfinden, Taryn. An deine Schönheit, dein Talent und am meisten an deine inneren Qualitäten. Ich weiß, was du fühlst! Du hast dir die Schuld an dieser Katastrophe gegeben. Aber eine Katastrophe kann nicht von einer einzelnen Person verursacht werden. Viele, viele Leute sind verwickelt, und du mußt ihnen ihr volles Maß an Verantwortung zuschreiben. Du bist schuldlos, meine Liebe. In diesem Melodram hast du nur eine Rolle gespielt, die für dich von deiner Familie geschrieben wurde.« Mabelle betupfte Taryns Augen mit den ›Flügeln‹ ihres Partykleides und schloß: »Jetzt bist du hier bei Tante Mabelle und ihren Katzenfreunden, und wir werden dir helfen, deine verletzten Gefühle zu heilen.«

Taryn schaffte es zu lächeln: »Danke, Tante Mabelle, danke für alles.« Sie umarmte die alte Frau. »Ich bin so froh, daß du mir das gesagt hast. Ich fühle mich so viel besser.«

»Gut.« Mabelles verschwörerisches Lächeln sollte ihre Nichte aufheitern. »Essen wir noch ein Stück Erdbeerkuchen.«

Anstatt direkt zu Roxannes Apartment zu gehen, wie er ursprünglich geplant hatte, machte Nick einen kurzen Umweg. Er ging in ein chinesisches Restaurant mit Straßenverkauf und bestellte zwei Dutzend Horoskop-Plätzchen zum Mitnehmen. Den Karton in seiner Hand schwingend, ging er federnden Schritts die Avenue entlang. Es war ein wundervoller Tag gewesen. Nick betrachtete seinen Gesangsauftritt als gewaltigen Erfolg. Es hatte viel Applaus gegeben, besonders von den alten

Schachteln. Er hatte eine Zugabe bringen wollen, aber der Nazi hatte es verhindert. Nick schwor, nie wieder ein Beck's Bier zu trinken.

Er war schon halb soweit gewesen, dem Maître d' hôtel die Meinung zu sagen, aber er wollte mit seiner Rache warten, bis er ein Star war. Dann sollte der alte Kaiser Wilhelm versuchen, ihm was am Zeug zu flicken. Er würde ihm sagen, er solle mit seinem Hakenkreuz woanders hausieren gehen. Als Nick einen Volkswagen am Straßenrand entdeckte, wirbelte er herum und versetzte ihm einen gemeinen Tritt. Sein kubanischer Absatz schrammte über die hintere Stoßstange und verkratzte den Lack.

»Zum Teufel mit den Deutschen. Sie hätten sie alle in diesen Prozessen hängen sollen.«

Nick klapperte im Weitergehen mit dem Karton mit Horoskop-Plätzchen und fühlte sich sehr selbstzufrieden.

Es waren die kleinen Dinge, mit denen man die Schwalben kriegte. Verdammt, man mußte ihnen keine teuren Juwelen schenken. Sie waren mit viel weniger zufrieden.

›Kleine Aufmerksamkeiten‹, hatte seine Mutter sie stets genannt. »Nicky, du brauchst die Mädchen nicht zu einem Abend auf der Eislaufbahn oder zu einer ganzen Pizza einladen. Eine kleine Aufmerksamkeit ist, was sie wollen — eine Rose, ein Lotterielos. Dann laden sie dich auf die Eislaufbahn ein.«

Mama hatte recht. Natürlich hatte sie Sex nicht erwähnt. Niemand erwähnte ihn im Casullo-Haushalt. Aber zwischen den Männern verstand man sich. Die kleinen Aufmerksamkeiten wäen ihm ins Gesicht geschleudert worden, wären sie nicht ein Vorspiel für dreiundzwanzig dicke, heiße Zentimeter gewesen. Und wenn er den Mädchen erst mal das gab, wurde er sie nicht mehr los. Er bekam noch immer Anrufe von Frauen, die er vor drei, vier Jahren geliebt hatte; Frauen, die ihm alle Arten von Versprechungen machten, ihm bei seiner Karriere zu helfen, Versprechungen, die sie nicht halten konnten oder wollten.

Roxie war anders. Er wußte, daß sie liefern würde. Teufel, er hatte nie eine Frau mit soviel Geld kennengelernt. Sie war fähig, seine Karriere in großem Stil zu unterstützen. Ja, Sir, Roxie hatte wirklich Moneten. Oder zumindest hatte ihr Ehemann welche. Er hatte das überprüft.

Nachdem er Roxanne kennengelernt hatte, war Nick an einen Ort gegangen, den er selten in seinem Leben aufgesucht hatte – in die öffentliche Bücherei. Mit der Hilfe einer verzückten Bibliothekarin führte er ein paar Nachforschungen über Samuel Fieldings Besitz durch. Das *Fortune*-Magazin bezeichnete Sams Geschäft – Fielding Limited – als eines der erfolgreichsten Unternehmen dieser Größe und auf diesem Gebiet in der Welt. Fielding Limited war mehr als achtzehn Millionen Dollar wert. Vielleicht nicht viel nach gegenwärtigem Standard – immerhin hatte Prince angeblich siebzehn Millionen in einem Jahr verdient – aber es war sicher mehr als genug.

Die Bibliothekarin hatte Nick auch zu *Town & Country* gewiesen. Doch offenbar verkehrte Sam Fielding nicht in der richtigen gesellschaftlichen Umgebung. Es gab nur sehr wenige Fotos von ihm, und die schienen mit seinem Beruf in Zusammenhang zu stehen. In einer Ausgabe gab es eine Aufnahme von Fielding, wie er mit Malcolm Forbes vor dem französischen Chateau des letzteren stand. Ein anderes Foto zeigte Sam und Donald Trump bei der Eröffnungszeremonie des Trump Towers. Und wieder in einer anderen Ausgabe war Sam an Bord eines Segelbootes auf dem Lake Michigan abgebildet, zusammen mit Lee Iacocca und Familie und Freunden.

Zuerst hielt Nick es für sonderbar, daß Roxanne auf keinem der Fotos zu sehen war, aber nachdem er die Daten überprüft hatte, begriff er, daß sie alle vor ihrer Heirat mit Sam aufgenommen worden waren.

Es schien keine Fotos von Sam oder Roxanne nach ihrer Hochzeit zu geben.

Nick lachte leise. Roxie war reif zum Pflücken. Er würde seine neuen Arrangements und mehr bekommen: eine neue Garderobe, neue Fotos und noch viel dazu für die nötigen Extras. Vielleicht machte er sogar Anzeigen in *Variety*. Ließ Posters machen. Vielleicht sogar ein Plakat. Publicity war alles, was er brauchte. Er war sicher, daß es lediglich einer massiven Kampagne bedurfte, damit die Leute aufhorchten und Notiz von Nick Casullo nahmen.

Verdammt, vielleicht heiratete er Roxie sogar. Das mußte er dann allerdings geheimhalten. Seinen Fans würde es nicht gefallen, wenn er schon vergeben war. Nein, wenn er es sich noch einmal überlegte, kam eine Heirat nicht in Frage. Noch dazu war sie zu alt für ihn. Sie war mindestens fünfunddreißig, eine guterhaltene Fünfunddreißigjährige, ganz sicher, aber seine Fans würden denken, er könne kein Mädchen in seinem Alter bekommen.

Visionen zuckersüßer Starlets tanzten in Nicks Kopf, als er den Zugang zu 777 Park Avenue entlang schlenderte. Fred Duffy öffnete die Tür; Fred hatte den Gentleman zwar schon gesehen, aber da war der junge Mann jeweils gegangen. Fred stellte die obligatorische Frage: »Wen möchten Sie besuchen?«

Nick wurde ärgerlich. »Sie kennen mich, Mann.«

»Ich habe Sie schon gesehen, aber ich kenne Sie nicht. Also, wen wollen Sie besuchen?«

»Mrs. Fielding. Sagen Sie nur, es ist Mr. Casullo«, erwiderte Nick, seinen Zorn kaum im Zaum haltend.

Während Fred im Apartment der Fieldings anrief, schätzte er Nick ein. Jetzt wußte er, wo der junge Italiener seine Nächte verbracht hatte. Er konnte nicht anders, er war enttäuscht von Mrs. Fielding wegen ihres Mangels an Geschmack und Urteilsvermögen.

Als Roxanne sich meldete, sagte sie, er solle Nick nach oben schicken. »Gehen Sie nur hinauf, Mr. Casullo.«

»Ja! Mr. Casullo. Merken Sie sich das. Das bin ich.«

»Ich werde es versuchen, Sir.«

Nick war gerächt. Er warf den Kopf hoch, wirbelte auf seinen kubanischen Absätzen herum und schlenderte durch die Halle, als gehörte sie ihm. Er bog um die Ecke und drückte den Aufzugsknopf. Die Türen öffneten sich, und seine Augenbrauen schnellten hoch, als der einzige Fahrgast — eine schöne junge Frau — aus dem Aufzug stolperte.

»Ich kann nicht glauben, daß wir es tatsächlich geschafft haben!« stieß Taryn Tolliver erleichtert hervor.

lex, der junge Fahrstuhlführer mit dem blonden guten Aussehen eines kalifornischen Surfers, entschuldigte sich überschwenglich. »Es tut mir leid, Miss. Ich weiß nicht, was mit dem verdammten Ding los ist. Wir haben den Aufzug gerade reparieren lassen.«

»Himmel, wie war er denn vor der Reparatur?«

Nick fragte: »Verzeihung, Miss, aber stimmt etwas nicht mit dem Aufzug?«

»Ich würde an Ihrer Stelle nicht einsteigen. Er blieb zwischen den Stockwerken stehen, und dann ging es holper, holper, holper die ganze Strecke hinunter. Dieser Aufzug sollte als Attraktion auf Coney Island stehen.«

Nick setzte seine ›tiefe und ernsthafte‹ Miene auf, trat einen Schritt näher und sagte in einem heiseren, intimen Ton: »Manchmal ist es ein Vergnügen, zwischen den Stockwerken festzustecken.«

Taryn, die Nick zum ersten Mal richtig zur Kenntnis nahm, mochte nicht, was sie sah. Sie runzelte die Stirn. »Dann fahren Sie damit. Und ich hoffe, daß Sie und der Fahrstuhlführer Vergnügen haben.«

»Ich würde viel lieber mit Ihnen steckenbleiben.«

Taryn konnte es nicht glauben, wie der Fremde sich an sie heranmachte und das noch dazu in der Halle des Hauses ihrer Großtante. Sie warf den Kopf zurück, daß ihre schimmernden blonden Harre flogen, und tat einen Schritt in Richtung Tür.

»Sie können unmöglich hier wohnen.«

»Nick grinste. »Nein, nur zu Besuch.«

»Nun, ich hoffe, er ist kurz«, erwiderte Taryn, während sie an Nick vorbeiging.

Unbeirrt sah Nick zu, wie Taryn wegging, beinahe sabbernd, während er sie offen anstarrte. Er wandte sich an den Fahrstuhlführer. »Wohnt sie hier?«

Alex antwortete, ohne zu überlegen: »Nein, Sir. Sie besucht ihre Tante, Miss Mabelle Tolliver.«

»Ihre Tante, wie?«

»Ich schalte diesen Aufzug ab, Sir. Sie müssen einen der anderen nehmen.«

»Kein Problem.« Nick entschied, daß es Zeit war, sich wieder in der Bücherei zu zeigen.

Als Taryn sich dem Eingang näherte, fragte Fred: »Stimmt etwas nicht, Miss Tolliver?«

»Ich hatte nur gerade die Fahrt meines Lebens in einem Ihrer Aufzüge?«

»Nummer drei?«

»Ich vermute. Der Fahrstuhlführer sagte, er wäre gerade repariert worden. Jemand sollte sein Geld zurückverlangen.«

»Ich werde den Verwalter verständigen.«

»Sagen Sie, Fred, gibt es hier in der Nähe einen Floristen?«

»Ja, Ma'am. Gleich um die Ecke auf der Lexington Avenue.«

»Gut. Meine Tante hat sich ein wenig hingelegt, und ich wollte sie mit ein paar Blumen überraschen, wenn sie aufwacht.«

»Das wird ihr bestimmt gefallen, Miss«, erwiderte Fred, während er der jungen Frau die Tür aufhielt.

Fred kehrte auf seinen Posten zurück und rief sofort den Assistenten des Verwalters an.

Garvey klang, als wäre er aus dem Schlaf gerissen worden.

»Was ist los, Duffy?«

»Aufzug Nummer drei läuft wieder nicht, Mr. Garvey. Sie sollten lieber einen richtigen Mechaniker rufen, der das in Ordnung bringt.«

»Kümmern Sie sich um die Tür, und ich kümmere mich um die Aufzüge«, grollte Garvey und legte auf.

Fred war verärgert. Er fragte sich, ob er etwas zu einem der Mieter sagen sollte, die im Verwaltungsrat waren. Zu schade, daß Allison Van Allen so gegen ihn war. Er war zu nervös, um sie anzusprechen.

Roxanne stand hinter ihrer Wohnungstür und spähte durch den Spion, um Nick zu sehen, wenn er aus dem Aufzug kam. Aus einem Grund, den sie sich selbst nicht erklären konnte, mußte sie Nick beobachten, wenn er nicht mit ihr zusammen war. Das Blut pochte in ihren Schläfen, und ihr Herz hämmerte so laut wie ein Vorschlaghammer. Sie war frisch gebadet, sorgfältig zurechtgemacht, und sie trug ein Nachtgewand aus schwarzem Chiffon und sonst nichts. Roxanne wollte heute mit Nick so verzweifelt ins Bett gehen, daß sie nicht das geringste Risiko einging, daß ihre Absichten nicht klar waren. Ihr ganzer Körper sehnte sich schmerzlich nach ihm, als wäre Nick zu einer Droge geworden, nach der sie süchtig war.

Roxanne wußte, daß Nick eines Tages nicht mehr zu ihr kommen würde. Er würde ihrer überdrüssig werden und eine jüngere Frau für seine sexuellen Zerstreuungen finden. Was wollte sie dann machen, um ihre Dosis zu bekommen? Gab es ein Krankenhaus für Frauen wie sie — wo die Zurückweisung weggeschnitten, das Ego gespannt und das Herz geliftet wurde?

»Wo, zum Teufel, bleibt er?« murmelte sie und trat von einem Fuß auf den anderen. Als sie gerade aufgeben wollte, öffneten sich die Aufzugstüren, und Nick trat auf den Korridor heraus. Sein Gang war beschwingt, und auf seinem Gesicht lag ein Grinsen. Er freute sich ja doch darauf, sie zu sehen. Das war alles, was sie wissen wollte.

Sie schloß das Guckloch und eilte ein Stück von der Tür weg, damit er nicht wußte, wie begierig sie auf seine Ankunft gewartet hatte. Es klingelte. Roxanne faßte sich an die rechte Brust und zwang sich dazu, langsam zur Tür zu gehen. Sie zählte bis zehn, ehe sie öffnete, und versuchte, nonchalant zu wirken.

Nick trat ein, blickte verstohlen über Roxannes Schultern und fragte: »Sind wir allein?«

»Ja. Die Putzfrau war schon hier, und dem Mädchen habe ich für den Rest des Tages frei gegeben.«

»Du hast wenig Personal für so eine große Wohnung.«

»Die meisten Räume bleiben verschlossen, wenn sie nicht benutzt werden.«

Fast gleichzeitig sagten sie: »Ich habe eine Überraschung . . . «
». . . für dich.«

»Meine zuerst!« rief Roxanne. »Meine zuerst.« Ihre Worte schossen aus ihr heraus. »Sam hat mir einen sehr großen

Scheck für Ausgaben im Haushalt zurückgelassen. Also, es gibt so gut wie keine Ausgaben. Und ich werde dir das Geld für neue Arrangements geben.«

»Also, das ist eine hübsche Überraschung.« Nick strahlte vor Freude. Endlich rückte sie mit dem Kies raus.

Roxanne blickte auf den Karton. »Ist das dein Mittagessen?«

»Nein, du bist mein Mittagessen. Das ist meine Überraschung, aber das muß warten, bis ich es richtig anrichten kann.«

Roxanne war enttäuscht. »Willst du mich nicht einmal küssen, Nick?«

»Wo willst du geküßt werden?«

Sie schloß die Augen. »Überrasche mich.«

Nick stellte den Karton ab und kniete sich langsam vor Roxanne hin. Durch den dünnen Stoff konnte er jedes Detail von Roxannes üppigem Körper sehen.

»Heb deine Arme, Roxie«, befahl er.

Als sie gehorchte, teilten sich die Falten ihres Gewandes wie die Schwingen eines Schmetterlings. Nick starrte auf das akkurate Dreieck leuchtend roter Haare vor seinen Augen. Er beugte sich vor, öffnete seine Lippen und blies heißen Atem gegen Roxannes Venushügel. Dann schlang er seine Arme um ihren schlanken Schenkel und preßte sein Gesicht gegen ihren vibrierenden Bauch. Ihre Schamlippen wurden feucht von Nektar, und ihre Klitoris spähte, nach Aufmerksamkeit gierend, heraus.

Roxanne legte ihre Hände auf Nicks Kopf und stöhnte, während seine Zunge rauf und runter glitt, rein und raus. Er bediente sie weiter, bis sie vor sexueller Erregung schwindelig war. Dann hörte er plötzlich auf, und Roxanne seufzte enttäuscht. Nick stand auf. »Ich will einen Drink.«

»Ich habe Champagner eingekühlt.«

»Gut. Du holst ihn, und ich erwarte dich im Bett.«

Während Roxanne den Champagner öffnete, nahm Nick rasch eine Dusche. Als sie das Schlafzimmer erreichte, lag er mitten im Bett und wartete auf sie. Er hatte den Inhalt des Kartons über seiner Scham ausgeleert, so daß seine Genitalien unter einem Haufen Horoskop-Plätzchen verborgen waren.

Roxanne warf ihren Kopf zurück und lachte schallend. »Ich glaube, ich mag Horoskop-Plätzchen doch«, stieß sie atemlos hervor. »Ich habe plötzlich Appetit auf chinesisches Essen.«

Sie nahm einen Schluck aus der Champagnerflasche und reichte sie Nick. Dann warf sie ihre Robe über einen Sessel und trat an das Fußende des Bettes.

»Ich habe Glück. Sieht so aus, als könnte ich mir meine Zukunft aussuchen. Die Weissagungen, die ich nicht mag, werfe ich weg. Die ich mag, behalte ich. Also, wo soll ich anfangen?«

Der Haufen Plätzchen bewegte sich leicht, als Nick eine Erektion bekam.

»Du solltest dich lieber beeilen, Roxie, bevor die Mauern einstürzen.«

Roxanne streckte die Hand aus, wählte ein Plätzchen von dem sich bewegenden Haufen und brach es entzwei. Ein schmaler Papierstreifen entrollte sich wie eine winzige Schlange.

»Lies«, drängte Nick.

Roxanne hielt das Papier ans Licht. »Hier steht ›Ein Narr und sein Geld sind schnell geschiedene Leute‹.«

Sie sahen einander einen Moment an, und Nick sagte: »Sam?«

»Sam«, wiederholte Roxanne, und sie kicherten beide wie ungezogene Kinder.

Roxanne warf das zerbrochene Horoskop-Plätzchen beiseite. Die Stücke landeten nahe der Terrassentür.

»Mach noch eins auf«, sagte Nick. »Mal sehen, was das Schicksal für uns bereithält.«

Er nahm einen langen Zug aus der Flasche und reichte sie Roxanne, die seinem Beispiel folgte. Sie ließ sich auf ihre Fersen zurücksinken und stellte die Flasche zwischen die Beine. Das kalte Glas ließ sie vor Lust erschauern. Sie beugte sich vor und nahm eines der Plätzchen mit ihren Zähnen auf. Sie hielt den Papierstreifen fest, während sie die harten Stücke gebackenen Teiges auf das Bett schüttelte. Nick applaudierte ihr, und der Plätzchenberg bewegte sich erneut, als sein sich verhärtender Schaft durch den Haufen von Süßigkeiten brach und sie auf seinem Unterleib verstreute. Sie rollten über seine Hüften und fielen auf die Laken.

»Was steht darauf, Roxie?«

»Lies du es, Nick.«

Er setzte sich auf, zog den Papierstreifen von ihren Lippen und nahm sich gleichzeitig die Flasche. Er trank einen tiefen Schluck, während er den Zettel las, hustete und versprühte Champagner auf dem ganzen Bett.

»Hey, Roxie, das mußt du hören. ›In Eifersucht liegt mehr Eigenliebe als Liebe‹. Hey, das gefällt mir. Denk daran, wenn du mit mir wegen anderer Frauen nörgelst.«

»Ich bin nicht eifersüchtig«, log Roxanne. Sie schlug sich die Hand vor den Mund und kicherte. »Doch, ich bin es.« Ihre Worte kamen schleppend und verwischten sich ineinander. »Ich möchte noch Champagner.«

»Wirklich?« Er preßt seine Beine fest zusammen, kippte die Flasche und ließ die kalte Flüssigkeit über seine Scham laufen, bis sie sich in einer Pfütze zwischen seinen Schenkeln sammelte. Roxanne senkte ihre Kopf, und ihr Haar fiel vorwärts und bedeckte ihr Gesicht wie ein rötlicher Vorhang.

Nick nahm noch einen Zug aus der fast leeren Flasche und lehnte sich gegen das Kopfkissen. Dann streckte er die Arme aus und hob Roxannes Haare an, damit er zusehen konnte, wie sie den Champagner aufleckte. Als sie mit dem Champagner fertig war, machte sie an seinem geschwollenen Penis weiter.

Während Roxannes Zunge ihn umkreiste, schloß Nick seine Augen und stellte sich vor, mitten auf einem gigantischen Pool zu treiben. Er war nackt, lag auf einem Gummifloß und war von einem Schwarm schöner junger Frauen umgeben, ebenfalls nackt und wild darauf, ihn zu befriedigen; alle wild auf eine Rolle in seinem nächsten Spielfilm. Die feuchten Geräusche, die von Roxannes Tätigkeit erzeugt wurden, stimulierten seine Phantasie noch mehr. Die Frauen kamen näher und näher, den Mund geöffnet, die Lippen schimmernd. Plötzlich fühlte es sich so an, als wäre sein gesamter Körper von Hunderten gieriger Münder bedeckt — kauend, beißend, leckend und saugend an jedem Zentimeter seiner Haut. Berauscht von der oralen Stimulation schrie er ekstatisch auf und kam zum Höhepunkt.

»Roxie, Roxie«, murmelte Nick immer wieder, während er seinen Kopf gegen das Kissen warf. Als er seine Augen öffnete, sah er die Uhr auf dem Nachttisch. »Himmel, Roxie, es ist Viertel vor vier. Ich soll um vier in dem Tonstudio sein.« Er sprang aus dem Bett und begann sich anzuziehen.

»Aber, Nick, ich . . . «

»Ich weiß, Roxie, ich weiß, aber ich kann nicht. Ich muß diese Verabredung einhalten. Mein Freund hat mir das Studio und drei Musiker gratis besorgt. Ich darf nicht zu spät kommen.«

»Kannst du später wiederkommen, Nick?«

»Ich weiß nicht, Roxie. Ich habe eigentlich schon Pläne für später gemacht.«

»Was für Pläne?« schmollte Roxanne.

»Ich habe den Jungs versprochen, daß ich sie auf einen Drink ausführe. Ich meine, das ist das wenigste, was ich tun kann. Immerhin kriege ich ihre Dienste gratis.«

Roxanne legte sich auf das Bett zurück. »Wohin wirst du sie führen?«

»In eines dieser Lokale für kommende Talente wie ›Catch a Rising Star‹.«

»Aha, verstehe«, sagte sie und schob die Unterlippe vor.

»Nein, du verstehst gar nichts. Ich muß das tun. Das ist für meine Karriere.«

»Ich weiß nicht, welchen Sinn es haben soll, wenn du alle diese alten Songs aufnimmst, die du immer singst. Du solltest warten, bis du deine neuen Arrangements hast.« Enttäuschung machte sie verzweifelt.

Er blickte kopfschüttelnd auf sie hinunter. »Roxie, du verstehst einfach nichts von dem Geschäft. Ich muß alles nehmen, was ich bekommen kann.«

»Das ist mir allerdings sehr deutlich klar«, erwiderte sie kalt.

Nick versuchte, Roxanne zu umarmen, aber sie zog sich zurück. »Roxie, nicht. Ich werde die Leute so schnell wie möglich abschütteln. Ich verspreche es. Und dann rufe ich dich an, und wenn du noch immer willst, daß ich herkomme, komme ich her.«

»Ganz gleich, wie spät es ist?«

»Ganz gleich, wie spät es ist.«

Roxanne lächelte. »Vergiß nicht, ich werde aufbleiben und auf dich warten.«

Nick lief ins Bad und kämmte sich rasch durch die Haare. Er verteilte Zahnpasta auf seinem Finger, benutzte den Finger als Bürste und putzte sich die Zähne. Dann hastete er zurück ins Zimmer.

»Komm schon, Roxie, sei nicht böse. Ich sehe dich heute abend. Bring mich jetzt zur Tür.«

Er zog sie aus dem Bett und schleppte sie praktisch durch das Apartment. An der Wohnungstür küßte er sie schnell auf die Wange und sagte: »Wir werden beide eine glückliche Zukunft haben.«

Er öffnete die Tür, trat auf den Korridor hinaus und schloß die Tür hinter sich, bevor es Roxanne bewußt wurde, daß er tatsächlich ging. Langsam kehrte sie in das Schlafzimmer zurück. Der Champagner hatte einen schlechten Geschmack in ihrem Mund hinterlassen, und sie war sexuell unbefriedigt.

»Gottes Augen! Warum lasse ich mich von ihm so behandeln?«

Als sie das Schlafzimmer betrat, trat sie auf etwas Hartes und Scharfes und schrie vor Schmerz auf. Sie blickte auf das zertretene Horoskop-Plätzchen hinunter, griff impulsiv nach dem Zettel und las: »Leidenschaft brennt sich selbst aus«.

Roxanne zerknüllte die ärgerliche Botschaft und warf sie in einen Aschenbecher. Angewidert sah sie sich in dem Schlafzimmer um. Die weißen Porthault-Bettlaken hatten Champagnerflecken, und überall waren Plätzchen und Krümel verstreut.

»Was für ein Schmutz«, rief sie in ihrer besten Bette-Davis-Manier aus.

Resigniert begann sie, das Bett abzuziehen, als sie etwas über die zerknitterten Laken laufen sah. Sie blickte genauer hin und schrie voll Abscheu auf. Horden von Ameisen hatten ihren Weg von der Terrasse hereingefunden. Sie waren über den Bettpfosten auf das Bett geklettert und machten sich über die Reste der Horoskop-Plätzchen her.

Roxanne rannte ins Bad, packte ein Handtuch, preßte es sich auf den Mund und begann zu schreien.

15

Nick war ärgerlich, weil er so lange auf den Aufzug warten mußte. Als endlich einer kam, informierte ihn ein alter Mann, der wie ein Monster aus Michael Jacksons Video *Thriller* aussah, daß die ›Todeskabine‹ außer Betrieb war und daß er ihn nach unten bringen würde. Die Fahrt schien ewig zu dauern, während der Ghoul in blutigen Details jede schauerliche Tragödie schilderte, die sich in 777 abgespielt hatte.

Nick jagte durch die Halle und betete um drei Dinge gleichzeitig — daß er ein Taxi fand, wenig Verkehr war und er es pünktlich zu dem Aufnahmestudio schaffte. Plötzlich erstarrte er, und alle Gedanken an Taxis, Zeit und Verabredungen verpufften aus seinem Kopf.

An dem Pult des Pförtners stand im Profil die wahrscheinlich schönste junge Frau, die Nick je gesehen hatte. Sie war klein, kompakt gebaut und elegant gekleidet. Sie trug ein beigefarbenes Leinenkostüm mit einer weißen Bluse, und ihre Handschuhe, Handtasche und Schuhe waren in Rosatönen gehalten. Ihre hellblonden Haare waren zu einem Knoten gezogen, an dem eine rosa Stoffrose befestigt war.

Als sie sich leicht umwandte, sah Nick, daß ihre Augen von einem unglaublichen Blau, ihre Lippen reif und köstlich und ihre Haut so weiß und makellos war wie eine vollerblühte Gardenie.

Nick warf sich selbst einen raschen Blick in dem Rokoko-Spiegel zu und entschied, daß er selbst auch ziemlich beeindruckend war. Er näherte sich dem Eingang mit vorgedrücktem Becken und zurückgezogenen Schultern und der ansprechendsten Miene, zu der er fähig war und die garantiert jede normale Frau vor feucht keuchender Leidenschaft zum Wahnsinn trieb.

Als er sich der jungen Frau näherte, hörte er den Pförtner sagen: »Tut mir leid, daß ich Sie warten ließ, Miss. Wen möchten Sie besuchen?«

Nick bückte sich und tat, als würde er seine Schuhe binden, um einen besseren Blick auf den Körper der jungen Frau zu bekommen. Obwohl das Kostüm konservativ geschnitten war, sah er deutlich die ansprechenden Linien ihrer kurvenreichen Formen.

Die Kleine war zum Fressen!

»Allison Van Allen. Sagen Sie ihr, daß Hillary Harding-Brown hier ist.«

»Sehr wohl, Miss.«

Nick entdeckte ein breites A in ihrer Sprache, genau wie bei Harry, einem der Kellner im Panache. Er erinnerte sich, daß Harry aus Boston war. Also war zu vermuten, daß das Küken auch von dort kam. Und er hatte genug von Roxanne über Allison Van Allen gehört, um zu wissen, daß sie das Sagen im Gebäude hatte. Dann mußte dieses saftige Fleischstück ziemlich wichtig sein, entschied er. Könnte sich lohnen, noch einmal in die Bücherei zu marschieren und genau zu überprüfen, wer sie war und wieviel sie wert war.

Die junge Frau bemerkte, wie Nick sie lüstern betrachtete. Er zeigte ihr sein Lächeln, von dem er wußte, daß es auch die widerstandsfähigste Frau zum Schmelzen brachte. Das Lächeln wirkte nicht. Sie verzog das Gesicht und blickte weg.

»Sie können jetzt nach oben, Miss«, sagte der Portier. »Das sind die Aufzüge zu Ihrer Linken.«

»Danke«, erwiderte sie und schwebte an Nick vorbei, ohne einen Blick in seine Richtung zu werfen.

Nick war nicht entmutigt.

Sie täuscht mich nicht. Sie wollte nur ihre wahren Gefühle nicht vor dem Pförtner zeigen, dachte er, während er aus der Tür in die drückende Augusthitze hinaustrat.

»Sie ist genau pünktlich.« Allison lächelte glücklich. »Das zeigt, daß dieses Zusammentreffen für sie sehr wichtig ist.«

»Das sieht so aus, Mrs. Van Allen«, erwiderte Alma.

Alma half Allison in ein Nachmittagskleid — ein Modell aus hellblauer Seide, entworfen von Balenciaga. Das Kleid hatte einen breiten Kragen, lange enge Ärmel, eine anliegende Taille mit einem breiten Stoffgürtel und einen ausgestellten Rock. Alma schloß den Reißverschluß am Rücken. Danach stieg Allison in Fiorentina-Pumps, die einige Nuancen dunkler als ihr Kleid waren. Bevor sie einen Blick in den Spiegel wagte, fragte Allison: »Wie sehe ich aus, Alma? Aber sagen Sie mir die Wahrheit.«

»Sie sehen wundervoll aus, Madam. Sie haben es wirklich geschafft, sich wieder perfekt zusammenzunehmen.«

»Mit ein wenig HIlfe von meinen Freunden bei Caruso und Klinger«, räumte Allison ein. Sie drehte sich um, damit sie sich im Spiegel betrachten konnte, und war trotz allem mit dem zufrieden, was sie sah. Sie wirkte sogar jünger und gesünder als seit Monaten. Mary, ihre persönliche Friseuse im Kenneth Salon, hatte ihr Haar frisch getönt, ehe sie es zu einer weichen, schmeichelhaften Frisur kämmte. Die Hautexpertin bei Georgette Klinger hatte Wunder vollbracht; die Gesichtsbehandlung hatte ihre Haut stimuliert und ihr einen frischen, jugendlichen Schimmer verliehen. Ihr Gesicht war so fachmännisch geschminkt, daß es so gut wie gar nicht geschminkt wirkte.

Die Klingel ertönte, und Allison sah betroffen drein. »Oh, mein Gott, Alma. Sie ist schon an der Tür. Öffnen Sie, bevor Effie es tut? Sie macht so einen schlechten Eindruck.«

»Sehr gern, Mrs. Van Allen.«

Nachdem Alma gegangen war, drehte Allison sich um und betrachtete ihr Porträt. Zum ersten Mal seit Monaten fand sie, daß sie nicht von der Frische und Jugend eingeschüchtert wurde, die auf dem Gemälde dargestellt wurde. Sie lächelte der jungen Frau auf dem Bild herzlich zu, als wäre sie eine liebe Bekannte aus längst vergangenen Zeiten.

Alma kehrte zurück. »Ich habe sie ins Musikzimmer geführt, Madam.«

Allison wirbelte herum. »Wie ist sie, Alma?«

»Sie ist ganz reizend, Madam. Jeder Zoll eine Lady.«

»Eine Lady«, wiederholte Allison. »Aber natürlich ist sie das.«

Plötzlich erinnerte sie sich an ihre Juwelen. »Alma, würden Sie mir meine Schmuckschatulle bringen, bitte.«

»Sofern es mir gelingt, sie hochzuheben«, erwiderte die Zofe trocken.

Allisons gewaltige Schmuckschatulle und ihr Inhalt waren zu einem Standardscherz zwischen ihnen geworden.

»Beruhigen Sie sich, Alma. Wenn Sie sich den Rücken verrenken, können Sie die Krankenversicherung kassieren.«

Alma lachte leise, währen sie zu Allisons geräumigem begehbaren Schrank eilte. Sie verschob mehrere in Plastik gehüllte Abendkleider, um an Allisons Wandsafe heranzukommen, und stellte automatisch die Kombination ein. Die Tür schwang auf, und sie griff nach der Schatulle, die Allisons wertvollste Juwelen beinhaltete. Mit rotem Samt überzogen, war die Schatulle so groß wie ein Picknickkorb und sehr schwer.

Mit einem übertriebenen Stöhnen stellte Alma die Schatulle auf einen freien Abschnitt des Schminktisches und drückte einen Knopf, der den Deckel aufspringen ließ. Sechs Tabletts, drei auf jeder Seite, erhoben sich stufenförmig. Das plötzliche Strahlen der glitzernden Schätze erzeugte Regenbogen von Licht im ganzen Raum und ließ beide Frauen blinzeln.

Allison begann, in ihrer Schmuckschatulle herumzuwühlen. »Das ist ein besonderer Anlaß. Ich finde, ich sollte etwas Festliches anlegen, meinen Sie nicht auch, Alma? Die Saphire, würde ich sagen, da ich das blaue Balenciaga trage.«

»Eindeutig die Saphire«, stimmte Alma ernsthaft zu. »Außerdem passen sie zu Ihren Augen.«

Allison holte einen Satz Juwelen aus Saphiren und Diamanten hervor, die David Webb für sie entworfen hatte. Das Kollier bestand aus zweihundertacht Saphiren und war mit drei gewölbten Reihen aus vierundsiebzig runden Diamanten verziert. Das Armband wurde aus hundertfünfzehn Saphiren im Smaragd- und Baguetteschliff gebildet, ebenfalls mit Reihen von Diamanten geschmückt. Beides war zu auffällig für den Nachmittag, entschied Allison. Doch da sie sich festlich fühlte, legte sie die Ohrringe an, die aus achtundzwanzig eckigen Saphiren mit Smaragdschliff bestanden, angeordnet um rundgeschliffene Diamanten und von solchen auch eingefaßt.

»Es kommt nicht alle Tage vor, daß ich mit Beth' Enkelin zusammentreffe. Ich freue mich ja schon so darauf. Es hat zu viele Abschiede in meinem Leben gegeben und nicht genug Wiedersehen. Und so viele von diesen Abschieden waren endgültig.« Sie griff nach Almas Hand und drückte sie. »Habe ich Ihnen je gesagt, wie sehr ich Sie schätze, Alma?«

»Oft, Mrs. Van Allen.«

»Wenn Sie jetzt so gut wären, mich zum Musikzimmer zu begleiten.«

Alma ergriff den Arm ihrer Herrin und führte sie aus dem Schlafzimmer und über den langen Korridor zum Musikzimmer. Bevor sie die Tür erreichten, flüsterte Allison: »Danke, meine Liebe, jetzt schaffe ich es schon von allein.«

Alma berührte sanft ihre Wange. »Überanstrengen Sie sich nicht, Madam.« Danach zog sie sich lautlos zurück.

Allison stand einen Moment ganz still und zwang ihr Herz dazu, langsamer zu schlagen. Sie fühlte sich besorgt und aufgeregt. Sie holte tief Luft und bereitete sich darauf vor, den Eindruck einer sprühenden, gesunden Frau in der vollen Blüte ihres Lebens zu verströmen. Allison fegte durch die offenen Türen und in das Musikzimmer mit dem ganzen Schwung einer jungen Debütantin, die ihren Auftritt auf ihrem Einführungsball hatte.

Die junge Frau erhob sich und lächelte warm in ihre Richtung. Ein Blick auf Hillary Harding-Brown reichte aus, daß Allisons Haltung ins Wanken geriet und ihre Augen sich mit Tränen füllten.

»Ach, meine Liebe«, rief sie mit heiserer Stimme. »Sie sehen genau wie Beth aus.«

Hillary lief zu Allison und schlang die Arme um sie. »Das sagen mir alle.«

»Sie sind genau so, wie ich erwartet habe.« Allison schniefte.

»Ja, Sie sind wirklich Beth' Enkelin. Ach, du meine Güte, ich habe kein Taschentuch.«

»Ich habe eines.«

Hillary zog ein rosa Leinentaschentuch aus der Brusttasche ihres Kostüms und reiche es Allison, die es anmutig annahm und sich vorsichtig die Augen trocknete.

»Macht es Ihnen etwas aus, wenn ich es vorerst behalte?« Allison lachte, als sie sich faßte. »Zweifellos werde ich noch einmal weinen, bevor unser Zusammentreffen vorüber ist.«

»Bitte, behalten Sie es.«

Umschlungen gingen die beiden Frauen zu der Sitzgruppe, die an einem Ende des Raums arrangiert war, und setzten sich einander gegenüber.

Allisons Musikzimmer war einer der am meisten fotografierten Räume in ihrem Apartment. Er war in *Architectural Digest, Town & Country, Elle* und sowohl in der britischen als auch in der amerikanischen Ausgabe von *House & Garden* erschienen. Zwei Stockwerke hoch und mit einer Kuppeldecke, besaß der Raum einen gewaltigen fünfreihigen Kristallüster, der einst in einem Schloß des verrückten Königs von Bayern gehangen hatte. Heute brach sich das Sonnenlicht darin und erfüllte den Raum mit glitzerndem Licht. Die Wände waren mit Leinen bespannt, das phantastische Blumenornamente in bunter Plattstichstickerei aufwies. Jedes Stück der Einrichtung stammte aus der Queen-Anne-Periode und war entweder mit smaragdgrünem Samt oder mit dem Wandstoff überzogen. Von großen Stöcken Boston-Farn umgeben, gruppierten sich eine Harfe, ein Cembalo und das modernste Stück in dem Raum, ein Steinway-Flügel. Der Teppich war von Allison in Auftrag gegeben worden und zeigte in zahllosen Quadraten, in einfallsreicher Handarbeit dargestellt, praktisch jedes Musikinstrument, das in der westlichen Welt bekannt war. Als letzter Touch stand auf jedem Tisch eine Vase mit rosa Nelken.

Die Frauen wurden unerklärlicherweise plötzlich förmlich zueinander.

Allison fragte: »Soll ich den Tee bringen lassen?«

»Ja, bitte«, erwiderte Hillary rasch.

Sie waren beide wegen ihrer Emotionen verlegen und benötigten Hilfsmittel, um ihre Nervosität zu mildern.

Hillary meinte: »Ich habe dieses Zimmer oft in Magazinen gesehen, aber es ist in Wirklichkeit noch viel schöner.«

»Danke, ich mag es sehr. Ich komme allerdings nicht oft hier herein. Der Raum enthält so viele Erinnerungen. Mein lieber Freund Cole Porter spielte einst auf diesem Klavier. Libby Holman sang in diesem Raum. Segovia saß auf diesem Stuhl und begeisterte uns endlose Stunden mit seiner Flamenco-Gitarre. So viele Menschen, so viele von ihnen schon dahingegangen.«

»Ich wünschte, ich wäre hier gewesen.«

»Das wünschte ich auch. Aber ich fürchte, diese Ära ist vorbei und wird nie wiederkehren.«

Alma erschien und schob vorsichtig einen schwer beladenen Servierwagen vor sich her. Sie nahm die Vase mit den Nelken von dem niedrigen Tisch und begann, die Utensilien für den Tee zu verteilen.

Hillary betrachtete das schwerbeladene Tablett und fragte: »Erwarten Sie noch andere Gäste, Allison?«

»Nein, meine Liebe, wir sind nur zu zweit.«

»So viele köstlich aussehende Sachen. Sie hätten sich nicht so viel Mühe unterziehen dürfen.«

»Unsinn, es war mir ein Vergnügen.«

Alma fragte: »Soll ich einschenken, Madam?«

Allison winkte ab. »Nein, danke. Alma. Das übernehme ich jetzt.«

Nachdem Allison den Tee serviert hatte, wartete sie, bis ihr Gast ein Erdbeertörtchen gekostet und für köstlich befunden hatte, ehe sie die Unterhaltung wiederaufnahm.

»Ihre Großmutter und ich pflegten Teeparties in unserem Zimmer im Studentinnenheim zu geben.«

»Ja, sie hat mir davon erzählt.«

»Ich wette, sie hat Ihnen nicht erzählt, daß wir unseren Tee mit Rum verbesserten, nicht wahr?«

Hillary lachte. »Nein, aber das überrascht mich nicht. Großmama nahm stets einen Rum-Toddy vor dem Schlafengehen, bis zu ihrem Ende. Ich habe sie sehr geliebt, müssen Sie wissen.«

Allison blickte auf ihre Teetasse hinunter. »Ich auch.«

»Es kommt mir so vor, als würde ich Sie kennen, Mrs. Van Allen. Zumindest kenne ich Sie so, wie Sie waren, als Sie und Großmama in ›Sweet Briar‹ waren.«

»Wie das, meine Liebe?«

»Jeden Abend stieg ich die Stufen zum Schlafzimmer meiner Großmutter hinauf für eine Gutenachtgeschichte. Wissen Sie, was sie mir erzählte?«

»Märchen?«

»Nein, nichts dergleichen. Wie Scheherezade spann Großmama ihre eigenen Geschichten. Sie nannte sie die »Beth-und-Allie-Streiche‹.«

Allison, erfreut und überrascht, bat: »Erzählen Sie mir davon.«

»Nun, sie begann immer gleich. ›Es waren einmal zwei kleine Mädchen, die waren sehr reich und die besten Freundinnen. Ihre Eltern beschlossen, daß die kleinen Mädchen, um zu wahren Ladies heranzuwachsen, von zu Hause weggeschickt werden mußten an einen fernen Ort namens Sweet Briar. Natürlich laufen die wohlgeschmiedeten Pläne von Eltern oftmals schief. Die kleinen Mädchen wollten keine Ladies werden, weil doch jedermann weiß, daß Ladies nicht viel Spaß haben!‹ Dann fügte sie immer diese Einschränkung hinzu: ›Die Geschichte, die du gleich hören wirst, ist teils Tatsache, teils Phantasie, und sollte sie nicht wirklich passiert sein, hätte sie aber passieren können. Dann erzählte sie mir eines Ihrer Abenteuer in Sweet Briar. Also, Sie sehen, ich habe Sie und Großmama sehr gut während der entscheidend formenden Jahre kennengelernt.«

Allison fragte behutsam: »Sie hat Ihnen doch nichts von dem Drahtseilakt und den Siamesischen Zwillingen erzählt, oder?«

»Oh, das war eine meiner Lieblingsgeschichten.«

Allison lachte, aber es war ein dünnes, klirrendes Lachen, das so klang, als könne es leicht brechen.

»Sie und Großmama waren meine Lieblingsmärchenfiguren. Ich mochte Sie auch lieber als die Hardy Boys. Wie sie es erzählte, waren Sie beide eine doppelte Dosis von Nancy Drew. Immer irgendein verrücktes Abenteuer. Diese Geschichten haben mich zu verwöhnt, als daß ich Fernsehen hätte genießen können.«

»Nun, das ist doch wenigstens etwas.«

»Sie beide waren für mich eine Inspiration. Ich lernte, Risiken auf mich zu nehmen. Etwas auszuprobieren. Träume zu träumen und sie wahrzumachen.«

Allison errötete. »Eine Inspiration. Nun, ich nehme an, Wagemut und Träume sind ein notwendiger Teil des Jungseins.«

»Sicher nicht nur des Jungseins, sondern des Lebens überhaupt. Man darf nie aufhören zu träumen.«

Allison fühlte sich unbehaglich bei der Wendung, die das Gespräch nahm, und fragte: »Möchten Sie noch etwas Tee, Hillary?«

»Ja, bitte, und noch ein Törtchen, wenn ich darf. Ich habe noch nie so wundervolle Erdbeeren gekostet.«

Allison war erfreut. »Die Köchin hat die Törtchen heute vormittag extra für unseren Tee gemacht. Das sind *fraises du bois*. Während der Saison lasse ich sie aus Frankreich einfliegen.«

Allison bediente ihren Gast und dann sich selbst, konnte nicht widerstehen und nahm ebenfalls noch ein Törtchen mit einem Klecks Schlagsahne.

Die Frauen schwiegen eine Weile, während sie den Tee und die Törtchen genossen. Endlich brach Allison die Stille.

»Natürlich weiß ich sehr wenig über Ihr Leben, Hillary, seit Beth verstorben ist. Nur Häppchen, die ich aus den Gesellschaftsseiten von *Town and Country* gepickt habe, oder Klatsch von Freundinnen. Ich habe gehört, daß Sie ebenfalls Sweet Briar besuchten.« Sie sah die junge Frau erwartungsvoll an, doch Hillary nickte bloß. »Haben Sie es nicht als Abenteuer empfunden?«

Hillary setzte ihre Teetasse ab. »Es war nicht so, wie ich erwartete.« Sie bemerkte die Enttäuschung auf Allisons Gesicht und fügte rasch hinzu: »Natürlich mußte es sich verändert haben, seit Sie und Großmama dort waren. Aber es gab keinen Abenteuergeist mehr. Nur Konformität. Keine Kameradschaft. Die Mädchen waren nur an sich selbst und an ihrem Image interessiert. Die Unterhaltung, wenn man das so nennen kann, drehte sich ständig um Geld und Macht oder darum, wie man den richtigen Ehemann findet. Jede brüstete sich damit, anders als die anderen zu sein, aber in Wahrheit waren sie alle so gleich wie Papierpuppen, die aus demselben Bogen glatten Glanzpapiers geschnitten waren.«

»Sie haben doch nicht . . . « Allison stolperte auf der Suche nach den richtigen Worten. »Sie haben doch Ihr Studium nicht abgebrochen?«

»O nein, ich wollte meine Eltern nicht enttäuschen. Aber ich zog mich von der gesellschaftlichen Ebene zurück und konzentrierte mich darauf, von dort wegzukommen. Ich nahm so viele Kurse, wie pro Semester überhaupt zugelassen waren. Ich besuchte die Sommerschule und graduierte in Rekordzeit — zweieinhalb Jahre, mit einem Diplom in Musik. Es hört sich hoffentlich nicht an, als wollte ich prahlen, aber ich graduierte summa cum laude.«

»Wie stolz Ihre Eltern doch gewesen sein müssen.«

»Ich fürchte, sie waren von meinen Leistungen nicht besonders beeindruckt. Sie interessierten sich mehr für die Organisation meines Einführungsballs.«

Allison lehnte sich in ihrem Sessel zurück in Erwartung der Schilderung dieses Ereignisses durch Hillary.

Hillary, Allisons Vorfreude nicht bemerkend, fuhr fort: »Ich hatte andere Pläne.«

»Ach, wie schade. Was konnte wichtiger sein als Ihr Debut?«

»Nun, viele Dinge, Mrs. Van Allen. Ich wollte reisen.«

»Bitte, nenne Sie mich Allison. Und konnten Sie reisen?«

»O ja, ziemlich viel.«

»Haben Sie gefunden, daß es den Horizont erweitert?«

Hillary lächelte rätselhaft. »Ja, *erweitert* ist richtig.«

Allison blinzelte. »Wo waren Sie denn überall, Hillary?«

»Ich war in allen Großstädten der Vereinigten Staaten. Montreal und Toronto, London, Paris, München und Rom. Und in diesem Herbst reise ich nach Japan.«

Allison hielt den Atem an. »Ich bin beeindruckt. Und das alles, seit Sie graduierten?« Hillary nickte. »Sind Sie durch Europa getrampt?« fragte Allison, wobei sie an die »Große

Tour« ihres Sohnes dachte, als er einundzwanzig war, die sich ganz sicher sehr von der behüteten Reise unterschieden hatte, die sie als junge Lady machte. Ein Produkt der Hippie-Generation, war David nach einer Abwesenheit von acht Monaten mit nichts mehr in seinem Rucksack zurückgekehrt als mit einem Ersatz-T-Shirt und zwölf Dollar in unterschiedlichen ausländischen Münzen. Das meiste von seinem Geld hatte er Armen geschenkt, denen er in Indien begegnet war, dem ersten Abschnitt seiner Reise. Wenigstens hatte er es nicht für Drogen ausgegeben, dachte Allison damals.

»O nein.« Hillary lächelte verstohlen. »Ich wohnte im Connaught, im Crillion, im Hansler. Und wenn ich in New York bin, steige ich natürlich im Plaza ab.«

»Wie wunderbar.« Allison nickte zustimmend. Offenbar schätzten doch noch einige der jungen Generation Kultur und Finesse. »Reisen Sie allein oder mit Freunden?«

»Mit einem bestimmten Freund. Sein Name ist Charlie McCafferty.«

Allison Miene veränderte sich nicht. Sie hatte ehrlich keine Vorurteile mehr wegen Sex. Immerhin hatten sich die Dinge geändert, seit sie ein junges Mädchen war. »Ist das ein besonderer junger Mann? Seid ihr verlobt?«

»Noch nicht.« Hillary seufzte. »Ich fürchte, ich bin mehr an einer Heirat interessiert als er. Oh, ich will damit nicht sagen, daß er mich nicht liebt. Das tut er. Da bin ich ganz sicher. Aber es scheint so, als wolle man sich heutzutage nicht sofort binden. Ich bin ein sehr hartnäckiges Wesen. Für gewöhnlich bekomme ich, was ich will.«

»Das sehe ich. Dieser Charlie McCafferty, ist er gut zu Ihnen?«

»Er kümmert sich um mich. Er löst Dinge für mich. Räumt Hindernisse aus meinem Weg. Versucht, mich vor Schmerz und Enttäuschung abzuschirmen, wenn er es kann.«

»Das klingt, als wäre er ein sehr netter junger Mann. Ich hoffe, ich werde ihn eines Tages kennenlernen.«

»Das werden Sie, sofern ich das Apartment bekomme.«

Allison winkte ab. »Keine Frage, daß Sie das Apartment

bekommen. Die Frage ist, ob es Ihnen gefällt oder nicht und ob Sie den Preis fair und angemessen finden. Ich bin die Präsidentin des Verwaltungsrats, und was ich sage, gilt. Sie werden neugierig sein, es zu sehen.«

»Ja, das bin ich.«

»Ich werde nach Alma klingeln. Sie soll Sie nach oben führen. Es macht Ihnen doch nichts aus, wenn ich Sie nicht begleite? Diese Hitze hat meine Energie völlig ausgelaugt.«

»Natürlich nicht.«

Allison fühlte die Anstrengung des Tages und erkannte, daß ihre Energie rasch schwand. »Wie ich Ihnen sagte, es ist ein ganz wundervolles Apartment, wenn auch nicht das größte. Es blieb leer seit dem Tod des berühmten oder berüchtigten Autors — kommt auf den Standpunkt an — Madison Flagg.«

»Ich habe mehrere seiner Bücher gelesen. Er war recht talentiert. Zu schade, daß er sein Leben von Alkohol und Drogen regieren ließ.«

»Wir hatten unglaublich viele Bewerber, aber bis jetzt entsprach keiner von ihnen unseren Vorstellungen.«

Alma klopfte und betrat den Raum, den baumelnden Schlüssel in der Hand. »Ist es das, was Sie wollen, Mrs. Van Allen?«

»Sie errät meine Gedanken im voraus«, lobte Allison. »Alma, Sie haben Miss Harding-Brown natürlich schon kennengelernt.«

»Ja, wir haben uns schon miteinander bekanntgemacht. Ich hoffe, Sie waren mit dem Tee zufrieden, Miss Harding-Brown?«

»Er war köstlich. Alma. Besonders die Erdbeertörtchen.«

»Alma, würden Sie Miss Harding-Brown in das Apartment hinaufführen? Ich denke, ich sollte hierbleiben und noch eine Tasse Tee genießen.«

»Sehr gern.«

Allison umarmte Hillary. »Lassen Sie sich soviel Zeit, wie Sie nur wollen. Und wenn Sie fertig sind, kommen Sie wieder herunter, und dann sprechen wir über das Geschäftliche.«

»Danke, Allison, für alles.«

Sobald Alma und Hillary den Raum verlassen hatten, schien Allison in sich zusammenzusacken. Sie sank zurück auf ihren

Stuhl und schloß die Augen. Obwohl sie erschöpft war, war sie begeistert von der Aussicht, Hillary in dem Gebäude zu haben. Hillary sah ihrer Großmutter so ähnlich, daß Allison sich allein schon in ihrer Gegenwart wieder jung fühlte. Allison hatte plötzlich eine wundervolle Idee. Sie würde ihre Dinnerparty zu Hillarys Ehren veranstalten. Das sollte ihr Debut in der New Yorker Gesellschaft sein. Das würde fast wieder so sein, als hätte sie Beth erneut als beste Freundin.

Mit meinem Ansehen und ihrer Jugend und Schönheit werden wir jede Tür öffnen, nahm Allison sich vor. Ich führe sie ins Theater, zu Modeschauen, Galerieeröffnungen...

Gott sei Dank, die Schönheit ist noch nicht tot, dachte Allison. Hillary Harding-Brown war eine reizende junge Frau; und Allison, die von ihrem Sohn seit seiner kürzlich erfolgten Heirat viel weniger zu sehen bekommen hatte, begann bereits, von Hillary als der Tochter zu denken, die sie nie gehabt hatte. Sie hatte nie zuvor bedauert, keine Tochter zu haben, aber in letzter Zeit war weibliche Gesellschaft für sie zunehmend wichtiger geworden. Ihre Freundin Rachel Pennypacker pflegte einen schwerkranken Ehemann, während sie gleichzeitig eine ganz neue Karriere als Künstlerin startete. Und Bobbie Jo Bledsoe war wirklich nicht die Art von Frau, mit der sie es länger als eine Stunde aushielt. Mit Jonathan auf Tour und David, der seine Aufmerksamkeit der Schwangerschaft seiner Frau widmete, hatte Allison sich in diesem letzten Monat besonders einsam gefühlt. Hillary war wie ein Hauch frischer Luft, der in ihr Leben hereinwehte, um ihre Seele wieder aufzurichten.

Davids Frau Anne war alles, was Allison sich von einer Schwiegertochter erhoffen konnte, aber sie hatte eine eigene Karriere, die sie sehr in Anspruch nahm. Und jetzt war Hillary Harding-Brown in ihr Leben getreten. Es gab nur noch wenige Frauen wie sie in der heutigen Zeit. Allison freute sich darauf, sie New York vorzustellen.

16

Obwohl die Sonne untergegangen war, blieben die Hitze und die Luftfeuchtigkeit unerträglich. Seit zwei Tagen sagten die Meteorologen Gewitter voraus, und die Menschen betrachteten hoffnungsvoll die massigen Wolken. Regen, so glaubten sie, würde Erleichterung von der schrecklichen Schwüle bringen. Es gab vereinzelte Blitze, und Donner grollte wie ferne Trommeln einer vorüberziehenden Parade. Doch der Regen kam nicht, und die drückende Hitze belagerte weiterhin die Stadt.

Die Temperatur interessierte die wohlbeschützten Bewohner der Park Avenue kaum. Sie waren in den Verstrickungen ihres Lebens gefangen. Mitternacht rückte heran, jene Zeit, zu der der Puls eines Menschen am langsamsten schlägt und die Hauptdarsteller des Dramas die Rollen spielten, die sie mit sich selbst besetzt hatten.

Elena Trekosis Radley, einen Drink in der Hand, wanderte rastlos durch die Korridore ihres Apartments. Ihre Schritte waren langsam und unregelmäßig, als würde sie in zu tiefem Wasser stromaufwärts waten, gegen eine zu starke Strömung. Sie wanderte von Zimmer zu Zimmer, rückte Bilder gerade, die gar nicht schief hingen, putzte Aschenbecher, die nicht benutzt worden waren. Sie tat alles, um sich zu beschäftigen, damit sie nicht dem brennenden Verlangen auszugehen unterlag. Sie hatte sich am vorherigen Abend in Gefahr gebracht, und sie hatte Angst, erneut die Kontrolle zu verlieren. Endlich nahm sie eine Seconal, spülte sie mit einem halben Glas Wodka hinunter und schaffte es kaum noch ins Bett.

Mike Garvey hatte eine bezahlte Begleiterin in seinem Apartment im Basement. Er stand mitten in seinem Wohnzimmer, und seine Augen waren glasig, sein Atem roch nach Alkohol, und seine Hose hing um seine Knöchel. Er beobachtete die

Bewegungen der Frau in einem mannshohen Spiegel, der an der offenen Schranktür montiert war. Während er aus einer Flasche Country Fair Bourbon trank, trieb er sie mit derben Bezeichnungen an, an die sie von ihm schon gewöhnt war.

Vor Garvey auf dem Boden kniete eine schwarze Prostituierte. Sie trug Hot pants, Strapse und eine gelockte blonde Dolly-Parton-Perücke. Obwohl ihre Hände vor ihr mit Garveys Gürtel gefesselt waren, schaffte sie es, einen Mückenstich an ihrem Schenkel zu kratzen, während sie bei dem Verwalter lustlos die Fellatio ausführte. Angesichts seiner Größe und ungebrochenen Kraft betrachtete die Hure die Sache als leichtverdiente fünfzig Dollar.

Bobbie Jo Bledsoe lag auf ihrem spanisch-mediterranen Bett, aß einen halben Liter Ben and Jerry's Cherry Garcia-Eiscreme und sah sich einen Horrorfilm über neuzeitliche Vampire an.

Zwischen Löffeln Vanilleeiscreme mit Kirschen und Schokosplittern beobachtete sie mit weitaufgerissenen Augen voll Interesse, wie der Protagonist des Films einen Pfahl durch das Herz des Vampirs trieb. Der Vampir stieß einen unmenschlichen Schrei aus, als sein Fleisch sich in etwas verwandelte, das Pfefferminzgelee ähnelte. Und Bobbie Jo überlegte, ob der gleiche Trick auch bei Allison wirken würde.

Allison Van Allen stand auf der Terrasse und suchte den Himmel nach einer Sternschnuppe ab, bei der sie sich etwas wünschen konnte. Es gab keine, aber natürlich brauchte sie keinen Stern. Ihr Wunsch war schon erfüllt worden. Sie stolperte leicht über die Keramikkacheln. Ihr Körper fühlte sich leicht und schwebend an. Sie hatte neue Kraft erhalten. Allison beugte sich über das Geländer und blickte auf die Straße hinunter.

Es gab einen Stau wegen eines Unfalls. Ein Fußgänger lag halb auf der Straße, halb auf dem Bürgersteig. Menschen schwärmten herum, und in der Ferne hörte man das Heulen von Sirenen. Allison sah nichts davon. Sie war damit beschäftigt,

Pläne für ihre eigene und Hillarys Zukunft zu machen. Man brauchte Charakter, um sich zu weigern, alt zu werden.

Roxanne Fielding und Nick Casullo lagen auf einem Bett in einem der Gästezimmer. Das eigentliche Schlafzimmer hatte für vierundzwanzig Stunden geschlossen werden müssen, nachdem ein Mann von *Insekten-Ex*, einer Ungeziefervernichtungsfirma, zu einem Noteinsatz dagewesen war.

Nick war schon vor Stunden gekommen, nachdem seine Aufnahme-Session von den drei Musikern abgebrochen worden war, die sich weigerten, für einen ›untalentierten Spaghetti zu spielen, der bei jeder Note danebenhaut‹. Wie gewöhnlich hatte Nick seine eigenen Mängel dadurch gerechtfertigt, daß er das Trio ›Amateure‹ nannte. Nach einem Streit mit dem Freund, der das Studio organisiert hate, war Nick allein ausgegangen und hatte ein halbes Dutzend Cabarets besucht.

Doch je mehr er trank, desto mehr wuchs seine Frustration. Jeder, der auf der Bühne erschien, wirkte jünger als er und, obwohl er das nie zugeben würde, talentierter. Nick, der normalerweise nicht viel trank, hatte Martinis hinuntergestürzt, nicht weil er sie mochte, sondern weil er sie für schick hielt.

Als er bei Roxanne eintraf, schwankte Nick. Er klagte und jammerte wie ein unglückliches Kind, und dann übergab er sich.

Roxanne putzte pflichtschuldigst hinter ihm, drängte ihn in eine Dusche und verabreichte ihm eine Dosis Alka Seltzer. Als Nick etwas nüchterner wurde, wollte er Sex. Er schien sich und Roxanne etwas beweisen zu müssen. Seine Versuche waren katastrophal, und endlich schlief er auf Roxanne ein. Sie stieß ihn von sich und lag wütend und frustriert da, starrte zur Decke und lauschte auf sein Schnarchen. Armer Nick, er dachte, er wäre ein Gottesgeschenk für Frauen. Nun, Geschenke konnte man umtauschen!

Taryn Tolliver, bequem im Bett liegend, fühlte sich so sicher und beschützt, als hätte ihr das Zimmer ihr ganzes Leben lang gehört. Im stillen gratulierte sie sich für ihre Überlebensinstinkte. Es war richtig gewesen, nach New York und zu Mabelle zu kommen. Schon nach einem Tag im Big Apple fühlte sie eine Wiedererstarkung ihres Selbstvertrauens.

Sie schloß die Augen und dachte an ihr zufälliges Zusammentreffen mit Jack Devlin an diesem Vormittag. So sehr Taryn sich auch bemühte, sie konnte sein Gesicht nicht heraufbeschwören. Sie schleuderte die Decken zurück und stieg aus dem Bett. Sie schaltete das Licht ein und begann, in ihrem Skizzenblock zu blättern, bis sie die Zeichnung aus dem Park fand.

Jack sah auf ruhige Art gut aus. Absolut nicht wie Coy Buchanan. Jack war einer von den Männern, die nicht auf den ersten Blick die Aufmerksamkeit fesselten, aber nach einem zweiten Blick sah man auch ein drittes Mal hin.

Wolken wanderten am Mond vorbei und veränderten das Licht, und Jack schien ihr zuzublinzeln. Taryn preßte ihre Hand auf ihren Mund und lachte leise. Es spielte für sie keine Rolle, ob die Illusion von dem Licht stammte oder von ihrer eigenen Phantasie oder vielleicht sogar von etwas Geheimnisvollerem. Sie konnte zumindest zugeben, daß sie sich auf das Wiedersehen mit Jack Devlin freute.

Mabelle Tolliver saß in einem Stuhl mit fächerförmiger Rückenlehne im Ballsaal und schilderte den beiden polierten Urnen, die die Asche ihrer Geschwister enthielt, die Ereignisse des Tages in farbigen Details. Sie war glücklich, daß Taryn zu Besuch gekommen war, und dankbar, daß die junge Frau sie mochte. Sie schätzte es auch, daß Taryn sie ins Vertrauen gezogen hatte. Mabelle wußte, daß sie der jungen Frau helfen konnte, mit ihren verletzten Gefühlen und ihrem vorübergehenden Mißtrauen gegen Männer fertig zu werden.

Mabelle erinnerte sich nur zu deutlich an mehrere ihrer eigenen Flirts, bei denen sich ihre Verehrer als Mitgiftjäger entpuppt hatten. Mabelle hatte den Betrug ertragen, und sie war nicht annähernd so hübsch gewesen wie Taryn.

Die rings um Mabelle verteilten Katzen waren stumm und zufrieden. Sie lagen zu ihren Füßen ausgestreckt, auf dem Kaminsims zu Knäuel zusammengerollt und über andere Möbelstücke drapiert.

Othello, die einzige fehlende Katze, befand sich am Ende von Mabelles Terrasse. Mit dem Schwanz hin und her schlagend, konzentrierte sich der Kater mit grünäugigem Interesse auf den braunen Lederstreifen, mit dem das Loch in dem Holzzaun repariert worden war, der die Terrasse seiner Herrin von der der Radleys trennte. Als er das Problem, wie er auf die andere Seite gelangen sollte, nicht lösen konnte, sprang Othello frustriert und gelangweilt auf einen bequemen Sessel und schlief ein. Vielleicht verstand er, was Menschen nicht begriffen — daß Geduld sich auszahlte.

Teil 3

17

Die Kinder langweilten sich mit ihren Sommerspielen. Ihre teuflischen Pläne hatten sich erschöpft; ihre schlimme Phantasie war am Ende. Sie hatten praktisch jedermann in der Nachbarschaft einen Streich gespielt und waren verdientermaßen ›das schreckliche Trio‹ genannt worden. Innerhalb weniger Monate hatten sie in die meisten Briefkästen Kirschbomben gestopft, in jedes offene Fenster gespäht und Ladenfronten mit ihrer speziellen Marke vulgärer Graffiti verziert: ›Stinkstiefel, Pißnelke und Wichser!‹ Die Kinder waren kein Produkt einer Park Avenue-Erziehung. Ihre Mutter war als Hausmädchen in 777 Park angestellt, und sie wohnten in einem kleinen Zweizimmerapartment, das nur ein Dutzend Blocks, geistig jedoch eine Welt entfernt war.

Die Jugendlichen hatten zwar dieselbe Mutter und ihren Familiennamen gemeinsam, waren jedoch das Produkt dreier verschiedener Väter. Fern Gillespie war, wie ihre Nachbarn sagten, ›vielleicht nicht besser, als sie sein sollte‹, aber anders als viele Frauen in ihrer Lage hatte sie alle ihre Kinder behalten und zog sie auf, so gut sie es konnte.

Das Trio bestand aus Margay Gillespie, zehn, einem schlaksigen Mädchen, das nur Arme und Beine zu haben schien. Margay hatte zerzauste karottenrote Haare, milchigblaue Augen, eine Haut so blaß wie Speck und unglaublich viele Sommersprossen. Sie besaß einen boshaften Humor und war als Anführerin des Rudels bekannt.

Jake Gillespie, neun, war ein muskulöser Junge mit einzigartig gutem Aussehen, großen bernsteinfarbenen Augen, einer rosigen Haut und einem Heiligenschein aus schimmernden braunen Locken. Er war ein unkompliziertes Kind, das für gewöhnlich Margays Aktionen zustimmte.

Emmaline Gillespie, sieben, war eine niedliche kleine Kugel aus Babyspeck. Ihr goldblondes Haar, die rosige Haut und die violetten Augen ließen sie wie eine Marzipanfigur aussehen. Emmy, glücklich darüber, eingeschlossen zu sein, folgte dankbar dem Diktat ihrer älteren Geschwister.

Beim Frühstück aus geklauten Cokes und Ring-a-Dings erinnerten die drei sich an ihre liebsten Streiche. Zu den Höhepunkten dieses Sommers hatte gehört, daß sie sich betranken und sich danach schrecklich krank fühlten. Zu ihrem zweitliebsten Scherz hatten sie es erkoren, vom Dach ihres Hauses wassergetränkte Ballen aus Toilettenpapier auf Fußgänger zuwerfen.

Den besten Scherz nannten sie ›Operation Scheißfuß‹, und er hatte sich so abgespielt: Einen Tag lang hatten sie die eindrucksvollsten Hundehaufen, die sie finden konnten, eingesammelt und in eine braune Papiertüte getan. Dann hatten sie die Tüte zugebunden und vor die Tür eines besonders verhaßten Feindes gestellt —eines gemeinen alten Mannes namens Albert, der in ihrem Haus wohnte. Albert, ein Fahrstuhlführer aus 777 Park, hatte ihretwegen schon mehr als einmal die Cops gerufen. Dann setzten sie die Tüte in Brand und klingelten bei Albert und versteckten sich, um den Spaß zu beobachten. Als der alte Mann an die Tür kam, versuchte er natürlich, das kleine Feuer auszutreten, wodurch er sich auf der Stelle den Spitznamen ›Scheißfuß‹ verschaffte. Sehr zu Alberts Bedauern wurde der Name rasch von allen in der Nachbarschaft übernommen, sowohl von Erwachsenen als auch von Kindern.

Margay verputzte das letzte Ring-a-Ding, stand auf und produzierte einen preisverdächtigen Rülpser.

»Ich hab's«, sagte sie. »Heute haben sie die Mittwochnachmittagsvorstellung. Gehen wir auf den Broadway und schleichen wir uns in *Oh, Calcutta!* und schauen wir uns die Nackten an.« Der Vorschlag entlockte den beiden anderen ein Stöhnen.

»Das haben wir schon getan«, protestierte Jake.

Emmy zog eine Grimasse. »Iii! Das war eklig!«

Margay ließ sich nie entmutigen.

»Dann machen wir unser eigenes *Oh, Kalkutta!*« Damit weckte sie Jakes und Emmys Interesse. »Wir machen unser eigene Nacktshow und zeigen uns den ganzen Kretins auf der Straße. Das ist dann ein Spaß für alle.«

Die anderen fragten: »Wo? Wo?«

Margay überlegte einen Moment. »Ich hab's. Die Yorkville Arms. Das ist perfekt für unseren Plan.« Obwohl Margay mehr Unterricht geschwänzt als besucht hatte, war sie hochintelligent.

Die Yorkville Arms waren das erste Anzeichen, daß der Fortschritt auch den Block erreichte, in dem die Gillespie-Kinder lebten. Drei aneinandergrenzende Brownstone-Häuser waren an Bauunternehmer verkauft worden. Die Mieter waren schrittweise zum Verlassen genötigt worden, und dann war jedes Gebäude schnell und billig renoviert worden. Räume waren halbiert, Verzierungen weggeschnitten worden. Dann war das gesamte Gebäude leuchtend weiß gestrichen worden und hatte grellgestreifte Markisen in Rot, Blau und Gelb erhalten. Exorbitante Mieten wurden für diese winzigen Verschläge verlangt, die praktisch über Nacht vermietet waren. Vor dem mittleren Gebäude hielt ein weißer Bogen von etwa drei Metern Höhe die Buchstaben, die jedermann den anmaßenden Namen verkündeten. Büsche zu beiden Seiten des Bogens ließen ihn wie eine miniaturisierte Bühne erscheinen, perfekt für die wilden Kinder.

Die Kinder eilten in ihr Apartment zurück, um sich auf den ihrer Hoffnung nach größten Streich von allen vorzubereiten. Die Gillespies wohnten in einem mietenkontrollierten Apartment im zweiten Stock eines schäbigen Brownstones auf der Neunundsiebzigsten Straße zwischen der Ersten und der York Avenue. Fern Gillespie hatte ihr Heim als Tribut an ihre Jugend dekoriert, die sie in den sechziger Jahren verloren hatte. Die Wände waren in Peter-Max-Art bemalt und mit psychedelischen Postern behängt, die Konzerte längst verschwundener Rockgruppen ankündigten. Fern umgab sich und ihre Kinder noch immer mit indischen Drucken, Räucherstäbchen und kratzenden Aufnahmen von Jefferson Airplane. Obwohl Fern in Philosophie ihren Magister gemacht hatte, waren ihre geistigen Fähigkeiten durch ein Jahrzehnt des Raubbaus – einschließlich schwerer Dosen Marihuana und LSD – beträchtlich vermindert worden. Sie lebte von der Wohlfahrt und arbeitete schwarz als Putzfrau in mehreren der nahen Luxushochhäuser, einschließlich 777 Park Avenue.

Margay, Jake und Emmy durchstöberten ihre überfüllten Schränke nach ihren Wintersachen, um die Eröffnungsnummer des Dauerbrenner-Musicals nachahmen zu können. Margay konnte ihre Sachen nicht finden, weshalb sie sich mit einem ausgebleichten Bademantel ihrer Mutter zufriedengab. Jake fand seinen eigenen ausgefransten Bademantel aus grünem Frottee, und Emmy wählte einen schwarzen Flanellhausmantel.

Sie eilten wieder die Treppe hinunter und über die Straße. Ihr Timing war perfekt. Es war fast Mittag, der Verkehr war dicht, und auf den Bürgersteigen hasteten viele Leute vorbei. Sie verschwanden blitzartig hinter den Büschen, zogen sich aus und verstauten ihre Sachen in einer großen Einkaufstasche, die sie für den Fall mitgebracht hatten, daß sie rasch fliehen mußten. Sie zogen ihre Bademäntel an und konnten kaum ihr Kichern unterdrücken, als sie auf die ›Bühne‹ tanzten. Sie nahmen ihrer Meinung nach verführerische Posen ein, begannen auf Margays Zeichen hin, mit ihren Körpern zu wackeln und zu schwingen und immer wieder *Oh, Kalkutta!* zu singen. Leute blieben stehen und betrachteten wohlwollend lächelnd die Darsteller, bis das Trio plötzlich die Bademäntel aufriß und sich nackt präsentierte. Das Publikum stöhnte betroffen auf und hastete rasch weiter.

Die Kinder zogen sich hinter die ›Bühne‹ zurück und brachen lachend zusammen. Als sie sich erholten, begannen sie, ihre Tanzschritte für den ›zweiten Akt‹ zu proben, bis Emmy auf etwas Hartes trat und schmerzlich aufschrie.

Jake fragte: »Was ist los, Emmy?«

»Ich bin auf einen Ast getreten.«

»Na, dann tritt runter und beweg dich«, grollte Margay.

Emmy hob ihren Fuß und blickte zu Boden. Sie blinzelte und blinzelte noch einmal und wollte nicht glauben, was sie doch so klar sah. »Oh, oh«, keuchte sie.

Margay und Jake sahen zuerst Emmy an und dann das grausige Objekt, auf das sie am Boden zeigte.

In dem verdorrten Gras und direkt zum Bürgersteig zeigend, der Nagellack heller als das getrocknete Blut, lag ein abgehackter Finger.

Jetzt waren sie die Dummen.

18

In ihrer besten texanischen Manier fluchend, strampelte Bobbie Jo sich aus dem engen, schmutzigen, heißen Taxi. Der puertorikanische Fahrer, der so tat, als würde er kein Englisch verstehen, hatte mit ihr einen Umweg von zehn Blocks gemacht und dann auch noch fast eine halbe Stunde in einem Stau festgesteckt. Das Innere des Taxis, etwa so groß und heiß wie das Innere eines Druckkochtopfs, roch kräftig nach schlechten Hot dogs, schalem Bier und dem Körpergeruch des Fahrers.

Der Pförtner war nicht auf seinem Posten, und da der Fahrer Bobbie Jo keine Hilfe mit ihren Päckchen anbot, mußte sie aus eigener Kraft aus dem Taxi klettern. Sie stapelte ihre Fracht auf dem Bürgersteig und begann, den Haufen nach ihrer Handtasche zu durchsuchen.

Bobbie Jo kam von ihrem ersten Meeting bei den Weight Watchers. Sie hatte sich nicht nur zum Abnehmen eingeschrieben, sondern auch, weil es vielleicht ein netter Ort war, um Leute kennenzulernen. Die Kursleiterin hatte Bobbie Jos Entschlossenheit, ihre Extrapfunde zu verlieren, unterstützt, gleichzeitig jedoch fühlte sich Bobbie Jo verunsichert. Nach dem Weggehen verspürte sie den gewaltigen Drang, sich den nächsten Dunkin' Donuts zu suchen und voll zuzuschlagen. Statt dessen war sie als Kompensation zu Saks gegangen. Dort hatte sie Dinge gekauft, die sie nicht brauchte, und ein Kleid, das sie nicht anziehen konnte. Das Kleid war für sie zwei Nummern zu klein, aber Bobbie Jo war entschlossen, vierzehn

Pfund in zwei Wochen zu verlieren. In ihrem Hinterkopf hoffte sie, daß Allison Van Allen sie zu ihrer Dinnerparty einlud, und sie wollte etwas Geschmackvolles und Zurückhaltendes tragen, das die elegante Präsidentin des Verwaltungsrats zufriedenstellte.

Das Kleid erinnerte Bobbie Jo an das Kleid, das Marilyn Monroe in *Das verflixte siebente Jahr* getragen hatte.

Der Fahrer schimpfte: »Hey, Lady, ich habe nicht den ganzen Tag Zeit.«

Der Fahrpreis machte 7.90 Dollar. Bobbie Jo reichte ihm einen Fünfzigdollarschein und drei Einer. Der Fahrer starrte finster auf das Geld.

»Oh, einen Moment, Fahrer. Ich habe noch was für Sie.« Er blickte erwartungsvoll auf und zeigte ein goldzahniges Grinsen. Bobbie Jo sagte todernst: »Right Guard.«

»Wie bitte?«

»Right Guard, ein Deo. Das habe ich für Sie. Einen guten Rat. Sie kriegen das Zeug in jedem Drugstore.« Bobbie Jo sammelte ihre Päckchen ein, zeigte dem Fahrer ein breites Grinsen und stieß die Türen auf.

Fred hastete durch die Halle, um ihr mit ihren Sachen zu helfen.

Sie fand, daß Fred mit jedem Tag besser aussah. Er nahm wohl ab.

»Miss Bledsoe, es tut mir wirklich leid, daß ich nicht hier war. Ich mußte den Technikern zeigen, welcher Aufzug ausgefallen ist. Letzte Woche haben sie den falschen repariert. Sieht so aus, als wären Sie Shopping gewesen, Miss Bledsoe.« Er nahm ihr die Einkaufstaschen und Kartons ab.

»Ach ja, Shopping — das Allheilsmittel für reiche, einsame Frauen.«

Fred sah sie überrascht an. »Das sollte nicht sein, Miss Bledsoe.«

»Welcher Teil, Fred? Der reiche oder der einsame?«

»Der einsame Teil. Wenn Sie mir verzeihen, daß ich es sage, aber Sie sind viel zu sehr Frau, um jemals allein zu sein.« Er wurde ob seiner Vermessenheit rot und blickte rasch weg, bevor sie antworten konnte. »Nun, dann helfe ich Ihnen, die Sachen zum Aufzug zu bringen.«

»Ich habe soeben eine Taxifahrt erduldet, die ein Mordmotiv liefern würde.«

»Apropos, Albert hat heute Dienst.«

Bobbie Jo stöhnte. »Bisher hatte ich diese Woche Glück und habe meine tägliche Dosis an Tod und Verderben verpaßt. Ich nehme an, er ist jetzt noch unmöglicher, seit er diesen neuen Bekanntheitsgrad erreicht hat.«

»Da haben Sie recht, Miss Bledsoe. Seit sie ihn wegen des Mordes auf Channel Two in den Nachrichten interviewt haben, ist er schlimmer als je zuvor. Er findet sein grausiges Vergnügen darin, jeden Hausbewohner in die Enge zu drängen und immer wieder die intimsten Details des brutalen Verbrechens zu schildern.«

Bobbie Jo seufzte. »Ich schätze, ich bringe es besser hinter mich.«

Sie erreichten die Aufzüge, und Fred drückte für Bobbie Jo den Knopf.

»Jetzt komme ich allein zurecht, Fred. Gehen Sie auf Ihren Posten zurück.« Sie rollte die Augen zu der Aufzugtür. »Und danke für die Warnung.«

Fred sah so aus, als wollte er etwas sagen, überlegte es sich dann aber doch. Statt dessen lächelte er warm, tippte sich an die Mütze und ging.

Bobbie Jo betrachtete Fred im Weggehen. Himmel, er hat wirklich O-Beine. Das ist das erste Mal, daß wir uns unterhalten haben. Er wirkt sehr nett, und wenn er auch nicht übermäßig klug ist, hat er doch wenigstens Sinn für Humor. Ich mag das bei einem Mann. Ich frage mich, ob er so einsam ist wie ich. Woran denke ich denn da? Er ist Portier, und ich bin eine Hausbewohnerin. Wir haben kaum mehr als Hallo zueinander gesagt, und ich spinne mir was zusammen.

»Ha!« Bobbie Jo lachte laut auf. Ich frage mich, was Allison Van Allen dazu sagen würde.

Das Surren des Aufzugs brachte Bobbie Jo zu dem aktuellen Problem zurück — wie sie zu ihrem Apartment gelangen sollte, ohne Alberts Schreckensgeschichte ertragen zu müssen.«

Sie sah sich gehetzt um in der Hoffnung, jemand würde sich zu ihr gesellen, aber die Halle war leer.

»Geht denn niemand von diesen Leuten tagsüber aus?« murmelte Bobbie Jo.

Wie aufs Stichwort glitt die Aufzugstür auf, und Albert entfleuchte wie ein Vampir aus einem aufrechtstehenden Sarg.

»Guten Tag, Miss Bledsoe.« Entdeckte sie da eine Spur von einem transsilvanischen Akzent?

»Guten Tag, Albert.«

Alberts Miene entnervte sie wie üblich, aber ihr fiel auf, daß er heute etwas anders aussah. Er lächelte — das war es — und das Lächeln ließ ihn noch mehr als sonst wie einen Ghoul aussehen. Seine Augen leuchteten, und sogar seine Leberflecken hatten einen Schimmer bekommen. Albert war glücklich.

»Aufwärts, Miss Bledsoe?«

Bobbie Jo warf einen letzten, hoffnungsvollen Blick in die Halle. Niemand. Zögernd betrat sie den Aufzug und wünschte sich, ein Kruzifix zu tragen.

Die Tür schlug mit einem hohlen, endgültigen Laut zu, und der Aufzug begann seinen langsamen Aufstieg.

Ein Moment verstrich, ein zweiter. Vielleicht mußte sie gar nicht ...

»Ich nehme an, Sie haben von diesem brutalen Sexualverbrechen gehört.«

Bobbie Jo stöhnte innerlich. Es hatte keinen Sinn abzustreiten, daß sie wußte, wovon er sprach.

»Ich habe etwas in den Zeitungen gelesen.«

»Die Zeitungen.« Albert grinste abfällig. »Die erzählen einem doch nicht die Hälfte. Sie hätten da sein müssen. Das Blut riechen müssen. Das geronnene Blut riechen müssen.

Bobbie Jo war fassungslos. »Sie haben gesehen, wie es passiert ist?«

»Nun, nicht direkt, aber ich habe den Mörder gesehen.«

Bobbie Jo hatte angebissen. »Tatsächlich?«

»Ja. Ma'am, ich habe gesehen, wie diese arme Frau, Millicent McAfee,ihn in ihr Apartment mitgenommen hat.«

»Wie hat er ausgesehen?«

»Männlich, Weißer, vierundzwanzig Jahre alt, einsfünfundsiebzig groß, einhundertsiebzig Pfund, stämmig gebaut, ansprechende Züge, mittellanges braunes Haar, blaßblaue Augen, ein Grübchen in der rechten Wange, keine anderen Erkennungszeichen. Er trug eines von diesen italienischen T-Shirts, enge Jeans, und solche Kopfhörer.«

»Ich bin beeindruckt«, sagte Bobbie Jo und war es auch wirklich.

»Ich habe einen guten Blick, Miss Bledsoe.«

»Wieso haben Sie den Mann gesehen, Albert?«

»Jeden Abend um halb elf nach den Nachrichten mache ich meine abendliche Körperertüchtigung. Fünf Runden um den Block in einem schnellen, kraftvollen Tempo.«

Alberts nächtliches Gewatschel muß den Block frei von Straßenräubern halten, dachte Bobbie Jo.

»Nun, bei meiner letzten Runde die Neunundsiebzigste hinunter sah ich das Opfer und seinen Mörder aus einem Taxi steigen. Miss McAfee wohnte im mittleren Gebäude der Yorkville Arms, ebenerdig nach vorne hinaus, und dorthin hat sie ihn für lustvolle Zwecke mitgenommen. Sie wissen, diese Sache mit dem Sex ist eine schmutzige Angelegenheit, Miss Bledsoe. Wahrscheinlich hat sie ihn in einer dieser Singlebars aufgerissen, wie sie das immer tat. Wenn Sie mich fragen, bei all diesen Drogen, Krankheiten und Verbrechen in der Welt, ist es die richtige Zeit, um enthaltsam zu leben.« Bobbie Jo betrachtete Albert, um herauszufinden, ob er es ernst meinte. »Wußten Sie, daß der August der Mordmonat ist? Ja, Ma'am, Verbrechen haben Hochsaison im August, besonders Sexualverbrechen.«

»Wie war sie?« fragte Bobbie Jo und fürchtete Alberts Antwort.

»Ich habe das Apartment im obersten Stock des Gebäudes direkt auf der anderen Straßenseite von ihrem Haus. Ich habe gesehen, wie sie nachts zu den unterschiedlichsten Zeiten mit immer wieder anderen Männern heimkam. Ich weiß, was da vor sich ging. Wenn Sie mich fragen, dann hat sie wahrscheinlich ein paar von den Kerlen bezahlt. Millicent McAfee hat weder gut ausgesehen noch war sie ein junges Küken, aber sie hatte einen guten Job in einer dieser Wall-Street-Sicherheits-firmen, und sie hatte immer Geld, das sie auf den Kopf hauen konnte. Tolle Kleider, auffälliger Schmuck, der ganze Aufzug. In der Nacht habe ich bemerkt, daß sie das Fahrgeld bezahlt hat, und sie war mehr als ein wenig beschwipst. Der junge Mann bemerkte, daß ich sie beide beobachtete, und er sah mich an, und mein Blut erstarrte zu Eis. Ich überquerte die Straße und sie gingen ins Haus. Ich konnte meinen Spaziergang nicht beenden. Ich hatte diese Vorahnung, daß etwas Schreckliches passieren würde, aber man kann nicht mit einer Vorahnung zu den Cops gehen. Also bin ich zurück in mein Apartment und habe ihr Apartment beobachtet, bis die Lichter ausgingen. Endlich sagte ich mir, ich wäre doch nur ein dummer alter Narr, und ging zu Bett.« Er blickte auf. »Ach, du liebe Zeit, ich bin an Ihrer Etage vorbeigefahren, Miss Bledsoe.«

»Spielt keine Rolle, Albert. Bitte, weiter.«

»Ich habe eine Theorie. Es ist diese mörderische Hitze. Die brät das Hirn der Leute und treibt sie zum Wahnsinn. Läßt sie dunkle und bestialische Akte ausführen.«

Der Aufzug erreichte Bobbie Jos Etage, aber sie wollte nicht aussteigen, bevor sie nicht das Ende der Geschichte gehört hatte. Albert drückte den Halteknopf, nahm seine Mütze ab und hielt sie über sein Herz. Sein drahtiges, graues Haar stand nach allen Richtungen ab und ließ ihn wie Mrs. Bates mit einer Dauerwelle aussehen. Er sagte klagend: »Man hat sie am nächsten Morgen gefunden. Sie war mit einem ihrer Küchenmesser auf Streifen geschnitten worden.« Bobbie Jo schauderte.

»Die Gillespie-Kinder haben vor dem Apartmenthaus gespielt, als sie ihre grausige Entdeckung machten.«

»Der abgetrennte Finger!?« flüsterte Bobbie Jo. Soviel hatte sie in den Nachrichten gehört.

»Der abgetrennte Finger«, wiederholte Albert genüßlich. »Er hat die kleinen Unschuldslämmer fast in Schockzustand versetzt. Die süßen Lümmel wohnen in meinem Haus zusammen mit ihrer reizenden Mutter, Fern, die zufällig hier als Putzfrau für mehrere Bewohner arbeitet – die Radleys, die Fieldings und Mrs. Van Allen.«

Bobbie Jos Augenbrauen schnellten hoch. »Wirklich?«

»Ich habe sie für die Jobs empfohlen. Sehen Sie, der Mörder hat Millicents Finger abgeschnitten, um an einen Jade-Perlenring zu kommen. Offenbar hat er den Finger mitgenommen. Im Freien gelang es ihm, den Ring abzuziehen, und den Finger warf er in die Büsche. Und da haben ihn die kleinen Lieblinge gefunden.«

»Wie schrecklich.«

Albert grinste. »Was die Polizei fand, nachdem sie die Tür aufgebrochen hatte, war schrecklicher.«

»Ich will es nicht hören.«

Albert ignorierte ihre Bitte und fuhr freudig fort: »Überall war Blut, sogar an der Decke. Er hat siebenundvierzigmal zugestochen.«

Bobbie Jo schluckte schwer. »Wie schauerlich.«

»Sie war nackt. Nach dem Bericht des Pathologen hatten sie Sex, bevor er sie umbrachte.«

»Die Polizei hat *Sie* in das Apartment gelassen?« Bobbie Jo betrachtete Albert mißtrauisch.

»Sicher, wo ich doch der Hauptzeuge bin. Außerdem hatten sie einen Anhaltspunkt. Sie wollten mir etwas zeigen, nachdem ich ihnen gesagt hatte, daß der Mörder Kopfhörer trug.«

»Was war das, Albert?«

»Ich darf das nicht sagen, Miss Bledsoe. Sie haben es nicht an die Zeitungen weitergegeben. Aber wenn Sie mir versprechen, kein Sterbenswort zu sagen ... «

»Ich verspreche es.«

»Offenbar hat er sich angezogen, nachdem er sie getötet hatte, und dann verwüstete er ihr Apartment. Die Kassette, die er sich angehört hat, muß aus seinem Walkman gefallen sein. Natürlich war es Rock-'n'-Roll-Musik. Diese Mörder mögen immer Rock 'n' Roll.«

»Wer war auf der Kassette?«

»Eine von diesen neuen Sängerinnen ... Medley, Melody, Harmony, so was in der Art.«

»Harmony.«

Der Summer ertönte, aber Albert schien ihn nicht zu hören.

»Die Polizei hat den Verlauf ihres Abends rekonstruiert. Sie hat im Panache zu Abend gegessen. Danach ging sie in eine dieser Singlebars drüben auf der Ersten Avenue. Dort ging sie gegen zehn Uhr weg, und zwar allein. Sie haben nichts über die Zeit zwischen zehn und halb zwölf gefunden, als ich sie aus dem Taxi steigen sah. Wo sie den Mann aufgerissen hat, weiß niemand. Seltsamerweise kam ihr Ring aus Mister Fieldings Laden. Sie kennen Mister Fielding?«

»Natürlich. Er und seine Frau wohnen gleich neben mir. Sie besitzen wirklich eine Menge beeindruckender Fakten, Albert.«

»Ich führe ein Tagebuch, und ich habe sogar selbst eine kleine Untersuchung durchgeführt. Ich möchte ein Buch über diese ganze blutige Sache schreiben. Ich werde es ›Schlachtfest auf der Neunundsiebzigsten Straße‹ nennen.«

»Das ist sehr einprägsam, Albert.«

Der Summer ertönte erneut und hörte nicht mehr auf. Jemand lehnte sich gegen den Knopf.

»Sie sollten lieber weitermachen, Albert.«

Albert wirkte benebelt. Zweifellos erfüllten Visionen von spektakulären Buchverkäufen seine Gedanken. *Schlachtfest auf der Neunundsiebzigsten Straße!* Nummer eins auf der *New York Times*-Bestsellerliste; das Feuerwerk an Publicity — die Johnny Carson Show! Die Phil Donohue Show! Dann die atemberaubende Ankündigung auf NBC: »Das Buch wird bald in einer großangelegten Mini-Serie verfilmt!«

Bobbie Jo sammelte ihre Päckchen ein. »Nun, Albert, ich bin Ihnen dankbar, daß Sie mir die Insiderstory erzählt haben.« Sich ein Lächeln verkneifend, fügte sie hinzu: »Ich hoffe, die Schilderung des tragischen Vorfalls war für Sie nicht zu unangenehm.«

Albert seufzte tief. »Das ist das Leben, Miss Bledsoe.«

»Nein, Albert, das ist der Tod.«

Die Türen schlossen sich, und Albert verschwand aus ihrem Gesichtsfeld. Bobbie Jo schaffte es, sich zu bekreuzigen, und stöhnte: »Ich habe eine Fahrt im Nekrophilen-Expreß überlebt und kann sogar den Nachwelt darüber berichten. Hmmm. Ob wohl der *National Enquirer* an meiner Story interessiert wäre?«

Begierig, hinter verschlossenen Türen in Sicherheit zu sein, eilte sie den Korridor entlang zu ihrem Apartment. Alberts Erzählung von Sex, brutalem Mord und gewaltsamem Tod hatte sie entnervt. Sie ließ die Päckchen im Foyer fallen, ging direkt ins Wohnzimmer und an die Bar, griff nach einem Glas, warf zwei Eiswürfel hinein und fügte einen großzügigen Schuß Tequila hinzu. Sie wollte das Glas schon an die Lippen führen, als sie sich an die Weight Watchers erinnerte. Mit einem lauten Seufzer stellte sie das Glas weg, öffnete eine Dose Tab, füllte ein frisches Glas bis zum Rand, nahm dann einen langen Schluck und sank auf einen Barhocker.

Gewisse Fakten in Verbindung mit dem Fall surrten durch Bobbie Jos Kopf wie ein Schwarm texanischer Moskitos.

Albert, offenbar der einzige Mann, der den Mörder gesehen hatte, arbeitete in 777. Ebenso Fern Gillespie, die Mutter der drei Kinder, die den abgetrennten Finger gefunden hatten. Das Opfer, Millicent McAfee, hat im Panache gespeist, einem Restaurant, das von vielen Bewohnern des Hauses besucht wurde, einschließlich sie selbst. Dann war da der Ring, gekauft im Sam Fieldings Laden, und er wohnte direkt hier auf dem Flur. Das schreckliche Verbrechen hatte sich zu sehr in der Nähe abgespielt, als daß Bobbie Jo sich wohl fühlen konnte. War es bloß eine Reihe von Zufällen oder besaßen die Ereignisse eine finstere Bedeutung? Sie verstand es nicht einmal ansatzweise.

Eine überwältigende und schreckliche Sorge sprang sie an wie ein eisiger Windstoß. Bobbie Jos Gesicht bedeckte sich mit Schweiß, und ihre Fingerspitzen wurden kalt. Trotz der Wärme im Raum konnte sie nicht zu frösteln aufhören, und ihr ganzer Körper begann krampfhaft zu schaudern.

Zufall oder schlimmes Vorzeichen?

19

Der junge Mann bog um die Ecke der Ersten Avenue und der Sechsundsechzigsten Straße. Er zog sich in den Schatten einer sterbenden Ulme zurück und holte die rosa Geschäftskarte, die ihm sein guter Freund Christo gegeben hatte, hervor, um die Adresse zu überprüfen.

Zufrieden darüber, daß er in die richtige Richtung ging, setzte er seinen Weg mit einem leichten, rollenden Gang fort, von dem er wußte, daß er Aufmerksamkeit erzeugte und auf ihn lenkte. Frauen starrten ihn offen an. Auch die Männer. Und wahrscheinlich auch die Hunde. Er war in sich selbst verliebt. Er hatte etwas zu verkaufen, und alle wollten es.

»Du mußt dort schmuck aussehend aufkreuzen, Junge«, hatte Cristo gesagt. »Sie stehen auf den College-Boy-Look. Keine Slippers, keine Sandalen, keine T-Shirts, und laß deinen Walkman zu Hause.«

Er klopfte sich auf die Seite. Die Kopfhörer und der Kassettenspieler steckten in seiner Jackettasche. Er hatte für den Anlaß einen marineblauen leichten Sommerblazer, ein schlichtes rotes Bill-Blass-Hemd, eine enge, weiße Hose und Strohschuhe angezogen. Er sah sich selbst in einem Spiegel, der an der Seite eines geparkten Lieferwagens einer Glaserei befestigt war, und blieb stehen, um sein Spiegelbild zu bewundern. Er gefiel sich in diesem Aufzug. Er war einer von vielen.

»Sei sorgfältig, Junge. Ich halte meinen Hals für dich hin. Und wenn alles klappt, erwarte ich irgendeine Kleinigkeit für den Gefallen. Du kannst nicht versagen. Du bist eine heiße Nummer – großartiges Gesicht, großartiger Körper. Noch dazu bist du gebildet, weißt etwas, hast Klasse, und danach sucht sie. Straßenpunks brauchen sich gar nicht zu bewerben. Du brauchst nichts anderes zu tun, als die alten Schachteln zu bezaubern und ihnen etwas Schweinefleisch zu bieten. Aber kein Betrügen oder Klauen. Ich warne dich, Junge. Halte deine Nase sauber. Sei vorsichtig mit Alkohol, nimm nur leichte Drogen, und keine von deinen komischen Stimmungen.«

»Kein Problem, Cristo. Kein Problem.«

»Und sag nicht ›kein Problem‹. Das Lokal wird von der Mafia betrieben. Wenn du es versaust, stapeln sie deine Hoden auf dem Fußboden, während du von nebenan zusiehst. Hast du kapiert, Skip?«

Skip unterdrückte den plötzlichen Drang, seine Beine zu überkreuzen, und schlenderte auf seine besondere Art weiter. Im Gehen nickte er zustimmend. Die Gegend gefiel ihm. Bäume und Blumen und Büsche und nirgendwo Müll. Die Häuser waren so sauber, daß sie fast nicht wirklich aussahen. Eher wie aus einem dieser alten Schwarzweißfilme mit George Brent und Bette Davis. Einem Film für Frauen.

»Du mußt daran denken, daß der Club nur an die wichtigsten reichen Schachteln der Stadt liefert. Er ist, mein Bruder, exklusiv. Du mußt fähig sein, über Filme und Theaterstücke und solches Zeug aus den Nachrichten zu reden.«

Einen Upper-class-Engländer nachäffend, sagte Skip laut zu einer Phantasiebegleiterin: »Ach ja, haben Sie schon das Neueste über Prinzessin Di und den lieben Prinz Charles gehört?« Eine Sekunde später wechselte er zu einem hochgestochenen New Yorker über. »*Les Misérables?* Ich habe es viermal gesehen. Meine Liebe, das ist das einzige, was man sich am Broadway ansehen kann.« Er wechselte zu einem näselnden Ivy League-Absolventen über. »Gütiger Himmel, nein. Ich könnte nie einen Film von Ingmar Bergman durchhalten. Zu öde, zu düster, zu ... ich weiß nicht ... schwedisch.« Mehrere Passanten warfen unbehagliche Blicke auf den jungen Mann und beschleunigten ihre Schritte.

Ich muß vorsichtig sein, dachte Skip. Es wäre nicht gut, würden die Leute denken, daß etwas mit mir nicht stimmt. Sein Freund Cristo hatte ihn gewarnt, irgend jemandem seine »unheimliche Seite« zu zeigen.

»Du mußt dich unter Kontrolle halten, Skip. Du kannst es. Ich habe es gesehen. Lady will mit so etwas nichts zu tun haben. Schau sie schief an, und du fliegst raus und landest auf deinem Arsch.«

»Lady? Heißt sie so? Was ist das für ein Name — Lady?«

»So läßt sie sich gern nennen. Und vergiß es nicht. Übrigens, wenn du die mündliche Prüfung bestehst, wird sie dich einem körperlichen Test unterziehen.«

»Du meinst, sie will eine Gratisnummer?«

»Nein, sie läßt sich auf nichts ein, bevor du nicht bei ihrem Arzt warst für einen Bluttest und bis sie sicher ist, daß du keinen Tripper, keine Syphilis oder Schlimmeres hast. Wenn der Arzt dir grünes Licht gibt, trifft sie sich wieder mit dir, und dann will sie eine Gratiskostprobe. Sie stellt nur ein, was sie befriedigt, und denk daran, daß eine ganze Menge nötig ist, damit bei ihr die Lichter angehen.«

»Ich werde es gut machen.«

»Du mußt es mehr als gut machen. Du mußt deinen besten Schuß liefern.«

»Meinen besten Schuß. Hey, das gefällt mir.«

»Ich mache keine Scherze, Junge. Sie will persönlich all ihre Jungs empfehlen können. Und laß dich nicht von ihren High-Society-Manieren täuschen. Sie ist härter als die Nägel, die sie in deinen Sarg schlagen, wenn du es versaust. Erinnerst du dich an Jimmie Joe Sowieso, diesen gutaussehenden blonden Aufreißer aus Atlanta? Also, er hat es versaut, und zwar königlich. Hat als Bartender und Gelegenheitsstricher für Lady gearbeitet. Hat den Fehler gemacht, daß er sich total mit Koks eingepudert hat, bevor er eines Abends zur Arbeit gegangen ist. Er hat ein paar von Ladys besten Kundinnen beleidigt und sich in der Kasse bedient, und dann ist er los, um sich noch mehr Kokain zu kaufen. Am nächsten Morgen haben sie ihn in einer Toreinfahrt gefunden, an einer Überdosis gestorben.«

»Was soll das beweisen?«

»Jimmie Joe hat sich nie was gespritzt. Er hat geschnupft. Ladys Mafiafreunde haben sich ihn gegriffen.«

»Ich werde vorsichtig sein, Cristo.«

»Mehr als vorsichtig, Skip. Sei cool.«

Der junge Mann blickte direkt in die glühende Sonne, die wie ein riesiges Auge in einem goldenen Nest wirkte. Ein Schweißtropfen lief über sein linkes Ohr und unter seinen Kragen.

Wer sollte cool bleiben an einem so heißen Tag?

Er erreichte sein Ziel und stieg die zierliche runde Treppe zu dem Hauptgeschoß des Kalksandsteingebäudes hinauf. Das Haus war fünf Geschosse hoch, einschließlich des Souterrains. Es unterschied sich in nichts von den übrigen guterhaltenen Gebäuden in dem Block, abgesehen von einem diskreten Schild über der Klingel — einer emaillierten Plakette in hellem Rosa, einem größeren Duplikat der Geschäftskarte. Der Schriftzug war in dunklem Rot ausgeführt, und der Name ›Astarte‹ war wie mit Lippenstift geschrieben. Darunter stand eine warnende Botschaft — ›Privatclub für Frauen, die wissen, was sie wollen‹.

Er fuhr sich mit der Zunge über die Lippen, um sie zu befeuchten, und setzte die Miene eines ernsthaften jungen Mannes auf, der eine ertragreiche Tätigkeit suchte.

Der Schlitz in der Mitte der Tür glitt auf. Ein Augenpaar spähte zu ihm heraus, und eine derbe Stimme fragte: »Was wollen Sie?«

»Mein Name ist Skip, und ich habe für zwei Uhr eine Verabredung mit Lady.«

Die Tür wurde sofort von einer großen schwarzen Frau in einer rosa Uniform geöffnet, die sich fest um ihren muskulösen Körper spannte. Sie begutachtete den jungen Mann vom Scheitel bis zur Sohle, war offenbar mit dem zufrieden, was sie sah, und trat beiseite, um ihn hereinzulassen.

Das Foyer stammte direkt aus einem dieser alten Filme, an die er gedacht hatte, nur daß dies hier in Technicolor und mit Lana Turner anstelle von Bette Davis in der Hauptrolle war. Der Fußboden war mit rosa Marmor eingelegt, die Wände waren in einem sehr hellen Rosa gestrichen, und eine geschwungene Treppe aus Marmor und Messing führte majestätisch zu den oberen Geschossen.

»Sie warten hier«, sagte das schwarze Hausmädchen in einem achtungsvollen Ton. »Lady will gleich zu Ihnen kommen.« Sie verschwand durch eine Tür, die fast im Schatten der Treppe verborgen war.

Es gab keine Sitzgelegenheit, weshalb Skip stehenblieb, die Hände vor sich gefaltet, und wartete. Ein paar Minuten später hörte er das Geräusch von Absätzen auf der Treppe und blickte hoch. Lana Turner vollzog ihr Comeback. In seinem Kopf rauschte plötzlich eine üppige Background-Musik auf, die von seiner eigenen Phantasie geliefert wurde.

Sie sah aus, als hätte sie die meiste Zeit ihres Lebens damit verbracht, eine Treppe hinunterzukommen. Sie war schlank, blond und uneingeschränkt schön. Ihr platinblondes Haar war kurz und in einem maskulinen Stil aus ihrem Gesicht nach hinten gebürstet. Ihr Profil war scharf, und ihre makellose Haut spannte sich fest über die Knochen.

Sie trug einen von einem Bodystock inspirierten Outfit, hellrosa, mit Silbermetallicfäden durchwoben, ihren gut trainierten Körper vom Hals bis zu den Knöcheln umschließend. Ein bodenlanger Überrock aus meterlangem Netzstoff in einem helleren Rosa öffnete sich vorne wie ein geteilter Vorhang und folgte ihr die Stufen herunter wie eine Brautschleppe.

Als sie sich ihm näherte, erkannte er, daß sie dickes Make-up trug und älter war, als sie auf den ersten Blick wirkte, doch das erhöhte nur ihren Filmstarreiz. Sie durchquert das Foyer, streckte ihre Hand aus und sagte mit einer tiefen, rauchigen Stimme: »Ich bin Lady.«

Skip ergriff ihre Hand und küßte sie impulsiv. Ihre langen, spitz zulaufenden Fingernägel waren in leuchtendem Rosa bemalt, aber ihre Haut war sehr kalt.

»Wo haben Sie Ihre Manieren gelernt?« Lady lächelte.

»Ich sehe mir viel alte Filme im Fernsehen an.« Skip lächelte unverhohlen und blickte ihr ruhig in die eisblauen Augen.

»Sehr gut. Die Filme dieser längst vergangenen Zeiten verkauften Träume. In gewisser Weise machen wir das hier im Astarte ebenfalls.« Sie trat zurück und betrachtete ihn. »Drehen Sie sich um . . . langsam.«

Er gehorchte. »Christo sagte, Sie würden gut aussehen, aber ich glaube, er hat untertrieben.«

»Mir gefällt der Name Ihres Clubs, Lady. Er stammt aus der Bibel, nicht wahr?«

»Das stimmt«, erwiderte sie mit Überraschung im Blick. »In der antiken Welt war Astarte die Göttin der Fruchtbarkeit.« Lady trat einen Schritt näher. »Sind sie fruchtbar, Skip?«

Skip senkte seine Wimpern und blickte ihr direkt in die Augen. »Sehr.«

»Kommen Sie mit mir. Wir setzen unsere kleine Unterhaltung in meinem Büro fort.«

Sie blieb vor einer Doppeltür stehen und wartete darauf, daß er sie für sie öffnete. Er folgte ihr durch die verdunkelte Bar. Selbst in dem schwachen Licht konnte er erkennen, daß sie luxuriös dekoriert war. Lady holte einen Schlüssel hervor und schloß die Tür am anderen Ende des Raums auf. Sie schaltete eine Lampe ein, und der Raum füllte sich mit rosa Licht, das ihrer Haut schmeichelte und sie fast real wirken ließ. Sie glitt lautlos über den dicken rosa Teppich und setzte sich hinter ihren Schreibtisch, der einer großen weißen Niere ähnelte.

»Sie haben sehr hübsche Zähne, Skip. Sind sie überkront oder falsch?

»Weder noch. Gute Zähne sind in meiner Familie erheblich.«

»Lassen Sie mich Ihren Körper sehen, Skip.«

»Sie meinen, ich soll mich ausziehen, Lady?«

»Entgegen den Gerüchten bin ich nicht Superwoman und besitze keine Röntgenaugen. Ja, ausziehen. Genau das meine ich.«

Skip zog sein Jackett aus und hängte es über die Rückenlehne eines Stuhls. Er schleuderte die Schuhe von den Füßen; er trug keine Socken. Als er begann, sein Hemd aufzuknöpfen, bemerkte er den angespannten Ausdruck in ihrem Gesicht, verlangsamte seine Bewegungen und führte sie so sinnlich wie möglich aus. Nachdem er sein Hemd aufgeknöpft hatte, öffnete er seine Gürtelschnalle, zog den Reißverschluß auf und ließ seine Hose zu Boden gleiten.

»Gute Beine«, murmelte sie.

Skip erkannte, daß Ladys Atem schwerer wurde. Er zog sein Hemd aus und war nun völlig nackt, abgesehen von einer bunten Shorts. Lässig ging er um den Schreibtisch herum und blieb neben ihr stehen. »Sie machen das, Lady. Sie ziehen sie mir aus.«

Sie blickte angenehm überrascht zu ihm auf, fuhr mit ihren Fingern über die Vorderseite der Shorts herunter und holte scharf Luft, als ihre Hände Skips dicken, fleischigen Penis und seine schweren Hoden ertasteten.

»Gute Ausrüstung«, murmelte sie.

Sie zog seine Shorts bis zu seinen Knien herunter, und Skip stieg heraus. Sie griff zu und umspannte sein heißes Rohr mit beiden Händen, schluckte und sagte: »Ich glaube, Sie werden sich hier gut machen, Skip.« Dann kehrte sie zu ihrer geschäftsmäßigen Art zurück. »Sie können sich wieder anziehen«, sagte sie und schrieb etwas auf ein Blatt Papier.

Skip war enttäuscht. »Was machen Sie damit?« fragte er und deutete auf seine Erektion.

»Absolut nichts, bevor Sie von unserem guten Dr. Rosenthal durchgecheckt wurden.« Sie reichte ihm das Blatt. »Hier ist seine Adresse. Ich rufe ihn an und sage ihm, daß Sie unterwegs sind. Ich bin sicher, Cristo hat Ihnen erzählt, daß ich ein strenges Regiment führe.« Sie warf ihm einen stahlharten Blick zu. »Ich erlaube keine Fehler — niemals.« Sie erhob sich hinter dem Schreibtisch. »Also, das Gespräch ist vorüber, Skip. Rufen Sie mich übermorgen an. Wenn Dr. Rosenthals Bericht günstig ausfällt, kommen Sie zum zweiten Teil des Gesprächs zurück.«

Sie reichte ihm die Hand. Diesmal küßte er sie nicht, sondern drückte sie bloß fest.

»Ich freue mich schon darauf, Lady.«

»Ich auch.« Er wollte bereits gehen. »Ach, noch etwas, Skip. Besorgen sie sich Slips. Diese hawaiianischen Shorts sind einfach zu schwul.«

Draußen vor der Tür steckte Skip sich eine Zigarette an, nahm einen Zug und stieß den Rauch zusammen mit einem erleichterten Seufzer aus. Er wußte, daß er Runde eins gewonnen hatte, und er machte sich wegen der ärztlichen Untersuchung keine Sorgen. Er wußte, daß er sauber war wie frisch gefallener Schnee. Sobald er den Bürgersteig erreichte, setzte er seine Kopfhörer auf und legte die Kassette ein. Motley Cur dröhnten gegen seine Trommelfelle. Er wünschte sich, Harmonys Band nicht verlegt zu haben. Sie turnte ihn wirklich an. Harmony war sein Lieblingsstar.

20

Die Bühnenscheinwerfer im Beacon Theatre gingen bei Harmonys letztem Ton langsam aus. Die junge Sängerin wurde in totale Dunkelheit getaucht, die so greifbar war, daß sie sich wie ein auf ihr lastendes Gewicht anfühlte. Die Stille des Publikums verstärkte ihr Unbehagen. Die Leute mochten ihren neuen Song nicht.

Harmony hatte den Song nach der Rückkehr von ihrem Gespräch mit Allison geschrieben, und er stellte einen ersten Schritt in den zahlreichen Veränderungen dar, die sie in ihrer Karriere plante. Der Song mit dem Titel ›There's Just Not Enough Love to Go Around‹ — ›Es gibt einfach nicht genug Liebe‹ — handelte über Vorurteile. Das Thema sowie der emotionale Text und die kraftvolle Rockmusik waren als Hommage an die Songs der sechziger Jahre gedacht, die soziales Bewußtsein schärfen wollten.

Die junge Rocksängerin war über ihr Werk so erregt gewesen, daß sie es vor Charlie geheimgehalten hatte, um ihn bei ihrem Beacon Theatre-Auftritt damit zu überraschen, dieser Benefizvorstellung für Phoenix House, ein Drogen-Rehabilitationszentrum. Sie war eine von mehreren Künstlern an diesem Abend und wußte, daß der Zuschauerraum voll von Entertainern, Musikern und Kritikern war. Anstatt für Tausende von kreischenden Teenis, würde sie für ein Publikum aus Profis der Rockwelt singen. Der Gedanke machte sie nervös — und entschlossen, ihr höchstes Niveau zu bieten. ›There's Just Not Enough Love to Go Around‹ war — wie sie hoffte — ihr Bestes.

Sie hatte ihre Band zusammengerufen, damit der Song arrangiert und die Partitur geschrieben werden konnte. Die Musiker liebten den Text und einigten sich auf einen kraftvollen Rockbeat, der im Kontrapunkt zu der klagenden Melodielinie gespielt wurde, so daß der Song in seinem Verlauf während des mehrmaligen Wechsels der Tonart die Macht von Gospelmusik gewann. Die Bandmitglieder nannten den Song eine ›Rock-Hymne‹ und prophezeiten, daß er nicht nur ihr nächster Nummer-eins-Hit, sondern vielleicht sogar ein Klassiker der Rockmusik werden würde.

Sie hatten sich getäuscht. Harmony zitterte jetzt auf einer dunklen leeren Bühne, fand sich einem schweigenden — vielleicht sogar feindseligen — Publikum gegenüber.

Wo war Charlie? Warum war er nicht hier, um sie vor öffentlicher Demütigung zu retten? Sie tastete um sich in der Hoffnung, er würde ihre Hand ergreifen und sie von der Bühne führen, wie er das immer nach einem Blackout tat. Aber niemand kam. Sie war verzweifelt allein. Harmony wußte nicht, wieviel Zeit vergangen war. Es mochten nur Sekunden sein, aber es wirkte wie ein ganzes Leben.

Dann durchschnitt plötzlich ein Geräusch die Dunkelheit. Das Klatschen stieg langsam an, beschleunigte seinen Rhythmus, wurde lauter und lauter, bis es wie Donnerrollen war. Hochrufe kamen dazu, Pfiffe, Trampeln und Schreie. »Harmony! Harmony!« Die ganze Bühne begann zu erzittern.

Die Lichter gingen an, und Harmony sah, daß das gesamte Publikum aufgestanden war. Sie streckte ihre Arme aus und verbeugte sich zum Dank für ihre Zustimmung. Der ohrenbetäubende Applaus spülte wie eine Flutwelle der Liebe über sie hinweg, und Tränen verschleierten ihren Blick.

Sie mochten den Song.

Sie mochten sie.

Die Lichter erloschen erneut. Charlie erschien neben ihr, ergriff ihre Hand und führte sie von der Bühne. Der Applaus schwoll zu einem Crescendo an und blieb gleich, bis klar wurde, daß Harmony keine Zugabe geben würde. In den Kulissen auf ihren Auftritt wartende Künstler drängten sich um Harmony, berührten sie, gratulierten ihr.

»Das ist das Beste, was Sie je gesungen haben!«

»Du wirst bestimmt einen Grammy gewinnen.«

»Linda Ronstadt würde für diesen Song morden.«

Harmony war von so viel Aufmerksamkeit überwältigt, besonders bei jenen Künstlern, die für sie bisher nicht mehr als ein flüchtiges Kopfnicken übrig gehabt hatten. Sie wollte noch bleiben und diese neugefundene Bewunderung durch ältere, erfahrene Leute im Busineß genießen, aber Charlie schlang seine Hand fest um Harmonys Taille und drängte sie durch den Raum hinter der Bühne zu einer Wendeltreppe.

»Charlie, du stößt mich weg. Hat dir der Song nicht gefallen?«

»Der Song hat mir sehr gut gefallen. Ich mag nur keine Überraschungen.« Seine braunen Augen glitzerten hinter seiner Hornbrille, und sein Mund bildete eine dünne, harte Linie.

»Du magst nicht, daß ich mein Image änderte. Das ist es doch, nicht wahr, Charlie?«

»Wir besprechen das in deiner Garderobe.«

Ein Fotograf und eine Reporterin vom *People*-Magazin vertraten dem Paar den Weg. Sie verlangten ein Foto und ein paar Worte über Harmonys ›neues Image‹. Harmony zwang sich zu einem Lächeln und posierte für mehrere Aufnahmen. Die Reporterin, eine kleine Frau mit einer flachen Stirn und breitem Kiefer, fragte: »Was ist mit dem blitzsauberen Image, Harmony?«

Harmony lächelte gelassen. »Eine Frau hat das Recht, ihre Ansichten zu ändern.«

»Ihr Song war hübsch, aber haben Sie keine Angst, er könnte Ihre Fans abschrecken?«

Harmonys Augen blitzten zornig, aber sie war entschlossen, Fassung zu bewahren. »Ich hoffe, einige neue Fans dazuzugewinnen.«

»Was hält Ihr Manager und Liebhaber von der ganzen Sache?«

»Warum fragen Sie ihn nicht selbst?« sagte sie süßlich, nutzte den Vorteil der Ablenkung, um ihren Weg fortzusetzen und Charlie die unverschämte Reporterin zu überlassen.

Als Harmony begann, die Stufen zu ihrer Garderobe hinaufzusteigen, berührte jemand sie am Arm. Sie drehte sich um, und ein sehr hübscher junger Mann mit einem ernsten Gesichtsausdruck sagte: »Ich wollte Ihnen sagen, wie gut mir Ihr neuer Song gefallen hat. Die Worte hatten für mich eine ganz besondere Bedeutung. Ich . . . ich weiß alles über Vorurteile. Menschen können sehr grausam sein.«

»Ja, das können sie.« Harmony war von der Intensität des Mannes und von seiner offensichtlichen Bewegung gerührt. Sie fragte sich unwillkürlich, was für eine Art von Vorurteil ein so attraktiver Mensch zu ertragen hatte. Impulsiv streckte sie die Hand aus und berührte seine Wange.

»Alles wird in Ordnung kommen.«

Er blickte zu ihr auf, und sie sah, daß seine Augen hellgrau und sehr schön waren, aber auch irgendwie Traurigkeit ausdrückten. Sie erinnerten Harmony an die Augen von gefallenen Heiligen auf mittelalterlichen Gemälden: Augen, die zu viel erfahren hatten. Doch dann bemerkte sie, daß seine Pupillen so geweitet waren, daß um sie herum nur noch ein schmaler Streifen der Iris zu sehen war.

Er hat irgend etwas genommen, dachte sie bei sich. Trotz ihres Mitgefühls wollte Harmony weg von ihm. Er jagte ihr Angst ein. Sie versuchte, das Beben in ihrer Stimme zu unterdrücken, als sie sagte: »Danke für Ihr Kompliment.«

Sie wollte die Treppe nach oben, aber er packte sie am Arm. Diesmal hielt er sie in einem fast schmerzhaften Griff.

»Noch eine Sache.«

Seine Stimme hatte sich verändert und klang jetzt befehlend.

»Ja?« Sie antwortete, ohne ihn anzusehen, aus Angst, er könne seinen hypnotisierenden Blick auf sie richten und sie könne verloren sein. Wo blieb Charlie?

»Würden Sie mir ein Autogramm auf meine Kassette geben?«

Harmony fiel vor Erleichterung fast in Ohnmacht.

»Aber natürlich«, sagte sie zu rasch.

Er holte die Kassette aus dem Walkman an seiner Hüfte, nahm einen roten Filzstift aus der Innentasche seines blauen Blazers, entfernte die Verschlußkappe und reichte ihr beides.

»Schreiben Sie ›Für Skip in Liebe, Harmony‹«, flüsterte er mit einem leichten Zischen. Der Effekt war sanft und tödlich, wie entweichendes Gas.

Harmony schrieb überhastet die vorgeschriebene Widmung. Als sie die Gegenstände zurückgab, bemerkte sie, daß der Stift ihre Hand befleckt hatte. In der Mitte der Handfläche befand sich eine leuchtende Linie, die einer offenen Wunde ähnelte.

Harmony murmelte: »Jetzt müssen Sie mich entschuldigen.«
Ohne ihn anzusehen, jagte sie die Stufen hoch. Sie hatte die
Treppe halb hinter sich gebracht, als eine Hand ihren Knöchel
umspannte. Ihr Blut erstarrte zu Eis, und sie trat nach hinten.

»Hey, Harmony! Was machst du!«

Sie drehte sich um. Es war Charlie.

»Charlie, tut mir leid, ich dachte, es wäre jemand anderer.«

Er machte ein finsteres Gesicht. »Ich habe mich nicht verändert. Das warst du.«

Sie erreichten den Treppenabsatz, der in die Garderoben
führte.

»Wer war der Kerl, den du gestreichelt hast?« fragte Charlie.

»Ein Fan. Ich weiß nicht, wie er hinter die Bühne gelangte,
und ich habe ihn nicht gestreichelt. Irgend etwas war mit diesem jungen Mann absolut nicht in Ordnung, und er hat mir leid
getan.«

Charlie öffnete für Harmony die Tür der Garderobe.
»Strecke deinem Nächsten die Hand entgegen, wie?«

»Ach, Charlie, darum geht es doch gar nicht. Du hast keinen
Funken Eifersucht in dir. Es geht um meinen Song.«

Harmony ging direkt zu ihrem Schminktisch, setzte sich und
begann, ihr Make-up mit Papiertüchern zu entfernen. Charlie
setzte sich auf einen Stuhl in der Ecke und beobachtete sie.

»Wann hast du beschlossen, dein Aussehen zu verändern?«
fragte er endlich und spielte damit auf ihr dramatisch anderes
Erscheinungsbild auf der Bühne an diesem Abend an. Verschwunden war all der Glitter, der Sexkätzchen-Glamour, die
Spitze. Sie hatte ein engsitzendes schwarzes Trägerkleid getragen und auf Glitzersteine, Gel und Farben in ihrem platinblonden Haar verzichtet. Statt dessen hatte sie es zu einer modifizierten Afrofrisur der sechziger Jahre gekämmt, was nur die
klassische Struktur ihres Gesichts betonte. Sie hatte ihr Gesicht
gepudert, bis es leichenblaß war, abgesehen von dem schwarzen Eyeliner und den dunkel nachgezogenen Augenbrauen. Der
karmesinrote Lippenstift, der ihre vollen, sinnlichen Lippen
hervorhob, war die einzige Farbe gewesen. Ihr neuer Look
besaß nicht direkt Klasse —sie sah aus wie der Geist von Mari-

lyn Monroe; es fehlte nur noch ein vorsichtig aufgetragenes Schönheitsmal – aber Charlie mußte einräumen, daß ihr neues Erscheinungsbild dazu beitragen konnte, daß die Leute sie ernster nahmen. Die neue Harmony wollte offenbar von ihrem schreienden Rocker-Image wegkommen. Charlie hoffte nur, daß ihr Plan nicht auf sie zurückschlug.

»Ich habe mein Aussehen nicht verändert, Charlie, ich habe es nur ein wenig gewandelt.«

»Jesus Christus! Bin ich dein Manager oder was? Du schreibst einen völlig anderen Song, aber du willst nicht, daß ich etwas davon weiß. Eine Überraschung.«

»Das Publikum mochte den Song«, entgegnete Harmony.

»Das Publikum bestand aus einer aufgeschlossenen Gruppe von Leuten, von denen die meisten in irgendeiner Weise im Showbusineß sind. Das sind nicht die irren Teenies, die deine Karriere gemacht haben.«

»Charlie, ich habe dir gesagt, daß ich wachsen will, daß ich nicht in derselben glitzerigen Schablone steckenbleiben will. Dafür bin ich zu talentiert.«

Charlie wurde sanfter. »Das weiß ich, Süße, aber ich möchte gern auf dem laufenden gehalten werden. Wenn du eine Kehrtwendung machen willst, geht das mit mir in Ordnung. Ich finde nur, es sollte schrittweise ablaufen. Ich will nicht, daß du beruflichen Selbstmord begehst.«

Harmony wirbelte herum. »Na schön, Charlie, ich werde keine Veränderungen mehr vornehmen, ohne mich vorher mit dir zu besprechen. Aber versteh, daß ich mein Image ändern werde. Ich will, daß meine Songs mehr Wirkung auf die Leute haben, die sie hören. Du weißt genauso gut wie ich, daß ich mich, sollte ich auf derselben Schiene bleiben, höchstens noch ein Jahr halten könnte. Ich will eine Karriere mit bleibender Intensität. Ich will keine Sternschnuppe sein.«

»Und ich werde dir in jeder Hinsicht helfen, wo ich nur kann.« Charlie meinte es ernst. Es gab nichts, was er für Harmony nicht tun würde.

»Aber du bist noch immer nicht davon überzeugt, daß es richtig ist.«

»Harmony, ich bin von deinem Talent überzeugt, aber das Publikum haßt Veränderungen, selbst wenn sie ihnen was Gutes bringen. Was glaubst du wohl, warum sie Reagan für zwei Amtsperioden ins Weiße Haus gewählt haben?«

»Ich dachte, wir würden über Talent sprechen.« Harmony stand auf, um ihr Kleid auszuziehen, und enthüllte ihre milchig weiße Haut.

»Manchmal erinnerst du mich an einen Satz chinesischer Schachteln, mit denen ich als Kind gespielt habe. Wenn man die größte öffnete, fand man eine kleinere darin, und darin war wieder eine kleinere, und so weiter. Was ist in der kleinsten Schachtel, Harmony?«

Ihr Lächeln war voll von Geheimnissen, als sie sich nackt wieder an den Schminktisch setzte. »Ich lasse es dich irgendwo wissen, Charlie.«

»Vertraust du mir nicht, Harmony? Du hast mir so wenig über deine Vergangenheit erzählt. Manchmal habe ich das Gefühl, daß ich dich nicht wirklich kenne.«

»Mußt du die Vergangenheit eines Menschen kennen, um ihn wirklich zu kennen?«

»Ich glaube schon. Wir sind das Gesamtergebnis von allem, was wir erlebt haben«

Harmony betrachtete Charlies Spiegelbild und fragte sich: Wie wird er reagieren, wenn er wirklich die Wahrheit über mich erfährt? Wird er wütend sein? Wird er verletzt sein? Möglicherweise beides. Es war ein Dilemma, von dem sie nie gedacht hatte, daß sie sich ihm stellen mußte, aber sie hatte auch nicht damit gerechnet, sich in Charlie McCafferty zu verlieben.

Sie bürstete ihr gekraustes Haar, bis es frei von Verfilzungen war. Dann rollte sie es glatt und steckte es fest. Sie stand vom Schminktisch auf.

»Ich bin in einer Minute bei dir, Charlie, sobald ich mir etwas angezogen habe.«

Sie verschwand hinter einem chinesischen Seidenschirm und kam kurz darauf in einem schlichten Etuikleid aus fliederfarbenem Leinen hervor. Sie bemerkte, daß Charlie sie anstarrte.

»Stimmt was nicht?«

»Ich habe noch nie gesehen, daß du dein Haar so trägst oder daß du dich so anziehst. Du siehst völlig anders aus.«

»Korrekt – würdest du sagen, ich sehe korrekt aus?«

»Ja, ich würde korrekt sagen.«

»Wie eine High-Society-Dame?« Harmony legte eine Hand an ihre Hüfte und schürzte die Lippen.

»Genau so.« Charlie lächelte.

»Gefällt es dir nicht, wie ich aussehe, Charlie?«

»Ich glaube schon. Es kommt mir nur so vor, als würde ich mit jemandem ausgehen, den ich nicht kenne.«

»Blinde Verabredungen können Spaß machen, Charlie.« Harmony streckte die Hand aus und zerzauste seine Haare.

Er hob ihr Schminkköfferchen hoch. »Bist du bereit?«

»Oh, mein Kleid.«

Harmony holte ihr Bühnenkleid, und sie verließen die Garderobe. Sie benutzten den Hinterausgang, um Fans und Fotografen zu vermeiden. Als Charlie die Tür öffnete, traf sie beide die heiße Luft wie ein Dampfstrahl.

Auf dem Weg nach unten sagte Charlie: »Du hast erwähnt, daß du mir nach der Vorstellung etwas Besonderes zeigen willst. Ist es ein neues Restaurant?«

»Nein, kein Restaurant. Warum? Bist du hungrig?«

»Nein, aber ich bin sehr neugierig. Nicht noch eine Überraschung.« Er stöhnte. Harmony antwortete nicht. »Ist es noch eine Überraschung?« fragte er.

»Sagen wir, es ist etwas, von dem du nichts weißt.«

»Werde ich es mögen?«

Harmonys blaue Augen richteten sich offen auf Charlies Augen. »Ich hoffe es sehr.«

Sie erreichten den nächsten Block ohne Zwischenfall und begannen mit der Suche nach einem Taxi.

Charlie sagte: »Du hättest mich den Wagen mitbringen lassen sollen« Er sprach von dem gelborangefarbenen 1934er Packard.

»Der ist zu auffällig, Charlie.«

Charlie lachte nervös. »Wohin bringst du mich? In eine Opiumhöhle in Chinatown?«

»Du wirst es schon sehen.« Ein Wagen jagte heran, und Harmony öffnete die Tür. »Steig ein, Charlie, und hör auf zu nörgeln.«

Charlie lehnte sich auf dem Sitz zurück und schloß die Augen.

Harmony, die ihr Ziel nicht verraten wollte, reichte dem Fahrer einen Zettel mit der Adresse. Sie hoffte, daß er lesen konnte.

»Beeilen Sie sich bitte«, flüsterte Harmony dem jungen, abgerissenen Fahrer zu.

»Mir soll's recht sein.«

Das Taxi jagte davon wie ein Teilnehmer am Rennen von Indianapolis, und in wenig mehr als fünf Minuten hatten Harmony und Charlie ihr Ziel erreicht. Harmony gab dem Fahrer ein großzügiges Trinkgeld. Er sagte: »Hey, Lady, hab' ich Sie nicht schon wo gesehen?«

»Das glaube ich nicht«, log sie. »Ich bin zum ersten Mal in New York City.« Sie rüttelte Charlie an der Schulter. »Charlie, wach auf, wir sind da.«

Ein überwältigendes Gefühl von déjà vu versetzte sie in der Zeit zurück an diesem ersten Montag im August, als sie Charlie zu 777 Park Avenue gebracht und ihre Absicht verkündet hatte, hier zu wohnen. Er hatte nicht geglaubt, daß dies möglich wäre.

»Charlie, wach auf.«

Charlies braune Augen öffneten sich blinzelnd. »Wo sind wir?« fragte er schleppend.

»Komm schon, Charlie, steig aus. Ich habe das Taxi schon bezahlt.«

Charlie blickte aus dem Fenster auf den grauen Baldachin von 777 Park. »Was geht hier vor sich?«

»Sag gar nichts, komm einfach mit mir.«

Harmony ergriff Charlies Hand und zog ihn über den Zugang. Er setzte mehrmals zum Sprechen an, aber sie brachte ihn zum Schweigen.

Turk Russel, ein attraktiver Pförtner Ende Zwanzig, hielt dem Paar die Tür auf. »Guten Abend. Mrs. Van Allen sagte uns, wir sollten Sie erwarten.« Er tippte sich an die Mütze. »Willkommen in diesem Haus.«

Harmony zerrte Charlie durch die Eingangshalle. »Was, zum Teufel geht hier vor sich? Wohin gehen wir?« fauchte er. »Du kennst Allison Van Allen?«

»Charlie, bitte, warte, bis wir in dem Apartment sind.«

»Welches Apartment? Wessen Apartment?«

»Mein Apartment, Charlie.«

»Oh, du lieber Gott.« Charlie rollte seine Augen gen Himmel. »Ist sie völlig ausgerastet?«

»Allison Van Allen war eine Freundin meiner Großmutter. Kennst du sie auch?«

»Nur vom Hörensagen. Harmony, sie ist die Königin der Snob-Leute, und Großmutter oder nicht, sie würde *nie* einen Rockstar nach Sieben-sieben-sieben hereinlassen.«

Harmony zuckte die Schultern. »Nun, sie hat es getan.«

»Noch mehr chinesische Schachteln?«

»Charlie, sei still, der Aufzug kommt.«

Die Tür glitt auf, und Albert blickte heraus. Charlie zuckte zusammen.

»Steig ein, Charlie.«

»Machst du Scherze?« flüsterte er.

»Charlie, steig ein.«

Zögernd betrat Charlie den Aufzug, und Harmony folgte ihm. Sie sagte zu Albert: »Ich bin die neue Bewohnerin von zwölf B.«

Albert schüttelte den Kopf und schnalzte mit der Zunge. »Und dabei sind Sie so jung.«

Dann schloß er die Tür, und der Aufzug begann mit der Fahrt nach oben.

Charlie fragte heftig: »Was meinen Sie denn damit?«

»Ohhh«, jammerte Albert, »das ist ein Unglücks-Apartment. Gehörte Madison Flagg. Sie wissen, der Schriftsteller?«

Harmony sagte: »Ich weiß alles darüber.«

Albert fuhr fort, als habe er sie nicht gehört: »Er war ein Perverser. Einer von denen, die junge Knaben mögen. Sie wissen, was ich meine.«

»Ja, aber . . . «

»Drogen und Alkohol verursachten seinen Absturz.« Albert

schlug den Ton eines Erweckungspredigers an. »Beging Selbstmord direkt hier in dem Apartment. Das hat er getan! Die Zeitungen behaupteten, es wäre ein Unfall gewesen — wo er doch
ein berühmter Schriftsteller war und so, aber ich weiß es besser.
Er hat Lügen geschrieben — hinterlistige Lügen, die eine Menge
Leute verletzt haben. Man kann Lügen nur eine begrenzte Zeit
von sich geben. Dann wacht man eines Tages auf und muß sich
der Wahrheit stellen. Ich glaube, daß ihm seine Lügerei zuviel
wurde und daß er sich deshalb genau hier in dem Apartment
umgebracht hat.«

Alberts Geschichte breitete Harmony Unbehagen. Sie sah zu
Charlie. Er verzog das Gesicht und nickte feierlich.

»Er war ein schrecklicher Mensch. Hat versucht, mich raus-
werfen zu lassen«, fuhr Albert fort. »Er sagte, ich wäre zu
deprimierend.«

»Man stelle sich das vor«, brummte Charlie.

Der Aufzug erreichte die zwölfte Etage. Albert öffnete die
Tür, und das Paar eilte davon, während Albert eine letzte Warnung von sich gab. »Die Portiers sagen, daß sein Geist noch
immer durch die Korridore seines Apartments schleicht.«

»Na, großartig«, murmelte Charlie.

»Komm, Charlie, hier entlang.«

Harmony deutete stolz auf die Tür — gehämmertes Messing
auf Holz — und schob den Schlüssel ins Schloß.

Charlie sagte: »Ich will eines wissen, bevor ich da hinein-
gehe, Harmony. Wie hast du dieses Apartment bekommen?«

»Ich habe es gekauft«, erwiderte sie glatt. »Bist du bereit?
Schließ die Augen.«

Harmony drehte den Schlüssel herum.

»Weshalb? Jetzt kann mich schon gar nichts mehr überraschen.«

Harmony öffnete die Tür und zog Charlie hinein, schloß die
Tür und warnte: »Halte die Augen geschlossen, Charlie.« Sie
schaltete die Lichter ein. »Jetzt kannst du sie aufmachen.«

Sie standen in einer kreisrunden Eingangshalle mit einer
hohen Kuppeldecke. Auf Harmonys Anweisung war das Foyer
in strahlendem Weiß gestrichen worden. Der ursprünglich von

Madison Flagg angebrachte Boden war mit hochglanzpolierten Rechtecken aus schimmerndem Malachit bedeckt.

»Ich habe es geschafft, die Wohnung streichen zu lassen, Charlie, aber ich fürchte, durch das Wohltätigkeitskonzert und alles andere hatte ich noch keine Zeit zum Dekorieren.«

»Ich will trotzdem noch immer wissen, wie du es geschafft hast, das Apartment zu kaufen.«

»Das erkläre ich dir später, Charlie. Ich möchte dir zuerst den Rest zeigen.« Charlie an der Hand, machte sie mit ihm die Runde durch das Apartment. Mit nur drei Schlafzimmern und einem Zimmer für das Hausmädchen war es keines der größten Apartments in dem Gebäude, aber Grundriß und Ausstattung waren bezaubernd. Die Böden aus Teak und Mahagoni befanden sich im ganzen Apartment in makellosem Zustand und verbreiteten zusammen mit kunstvollen Holzarbeiten, Nischen, Alkoven und Fensterbänken eine klassische Gemütlichkeit, die so häufig in New Yorker Eigentumswohnungen fehlte.

Der Wohnraum war hell und luftig; die Wände waren mit taubengrauem Wildleder bespannt, und überall hingen Art-deco-Lampen. Der kunstvoll geschnitzte Kamin war weiß lackiert und wurde von einer Reihe mauvefarbener und weißer Marmorsäulen getragen. Der Frühstücksraum wies Balken, Ziegelbögen und handgemalte Blumengirlanden auf, während das Arbeitszimmer wie eine chinesische Opiumhöhle wirkte.

Es war wirklich ein außergewöhnliches Apartment, das mußte Charlie zugeben, und obwohl er sich über die Gründe sorgte, aus denen Harmony das Apartment gekauft hatte, war er dennoch von ihrer Wahl beeindruckt.

Die letzte Station war das Schlafzimmer. Harmony blieb vor einer großen Doppeltür stehen und sagte in der Art eines Museumsführers: »Diese Türen wurden von dem berühmten Autor und *enfant terrible* Madison Flagg angebracht. Wie Sie sehen können, sind sie kunstvoll geschnitzt in der anmutigen Weise des Art Nouveau und wurden ursprünglich entworfen für eine bekannte französische Bordellbesitzerin . . . «

»Kennt Allison Van Allen deine wahre Identität?« unterbrach Charlie.

»Natürlich kennt sie meine wahre Identität, sonst hätte ich das Apartment nicht bekommen. Sie weiß allerdings nicht, daß ich auch eine Rocksängerin bin«, räumte Harmony ein.

»Oh, das wird aber viel vor Gericht zählen.«

»Nichts wird passieren. Ich habe das Beste für zuletzt aufgehoben, Charlie. Hier geht es ins Schlafzimmer.«

Harmony öffnete die Türen, und sie gingen hinein. Das Schlafzimmer war gewaltig und besaß Fenster an zwei Seiten. An den verbleibenden Wänden befanden sich vier Türen, die in ein weiteres Frühstückszimmer, eine kleine Bibliothek, das Bad und einen begehbaren Schrank führten. Das Schlafzimmer war völlig leer, abgesehen von einer brandneuen Kingsize-Matratze und einem Federkasten, der auf dem Boden stand.

Harmony sagte: »Das ist bisher meine einzige Neuerwerbng. Du kannst dir nicht vorstellen, welche Fäden ich ziehen mußte, damit es heute geliefert wurde. Ich fürchte, die Laken sind noch nicht gekommen.

Charlie räusperte sich. »Sieht sehr bequem aus.«

Harmony küßte Charlie auf die Wange. »Ich will, daß du mit mir ins Bett gehst. Ich muß dir eine Geschichte erzählen.«

»Eine Gutenachtgeschichte?« Er grinste.

»Das ist sie und noch mehr«, sagte sie ernst.

Charlie setzte sich auf das Fußende der Matratze und ließ sich nach hinten fallen. Er landete mit ausgebreiteten Armen mitten auf dem Bett.

»Mach es dir nicht so gemütlich, Charlie. Diese Geschichte erfordert deine ganze Aufmerksamkeit.«

»Und werde ich endlich die Wahrheit über das alles hier erfahren?« Er deutete mit den Armen auf das Apartment.

»Wahrheit ist relativ, Charlie. Du wirst meine Version bekommen.«

Harmony setzte sich auf die Kante der Matratze. Charlie veränderte seine Haltung, so daß sein Kopf in ihrem Schoß lag. Harmony zerzauste liebevoll seine Haare mit ihren Fingerspitzen. Dann räusperte sie sich und begann.

»Es waren einmal zwei kleine Mädchen, die sehr reich und beste Freundinnen waren. Ihre Eltern beschlossen, daß die kleinen Mädchen, um zu wahren Ladies heranzuwachsen, von zu Hause weg an einen weit entfernten Ort namens Sweet Briar geschickt werden sollten. Natürlich laufen die wohlgeschmiedeten Pläne von Eltern oftmals schief. Die kleinen Mädchen wurden keine Ladies. Aber jeder weiß, daß Ladies ohnedies nicht viel Spaß haben!«

Harmonys Boston-Back-Bay-Akzent brach automatisch durch, und sie begann, wie eine andere Person zu klingen als die Frau, die Charlie kannte.

»Die Geschichte, die du gleich hören wirst, ist teils Tatsache, teils Phantasie, und sollte sie nicht wirklich passiert sein, hätte sie aber passieren sollen. Eines dieser kleinen Mädchen war Elizabeth Harding-Brown. Das andere war Allison Van Allen. Nun, die kleinen Mädchen wuchsen heran, heirateten, bekamen selbst Kinder, und Elizabeth' Kind bekam wiederum ein Kind. Das Ergebnis dieser gesellschaftlich korrekten Verbindung war Hillary Harding-Brown.«

Hier legte Harmony eine Pause ein, um Charlie auf die Stirn zu küssen und ihm die Brille abzunehmen.

»Also, Hillary wurde in einem sehr konservativen Haus erzogen und wäre wahrscheinlich zu einem engstirnigen kleinen Tugendbold geworden, hätte es da nicht ihre Großmutter gegeben, die Hillary einen Sinn fürs Abenteuer eingab. Sie lehrte das kleine Mädchen, ganz sie selbst zu sein und nicht die Rolle im Leben anzunehmen, die ihr die Eltern ausgesucht hatten. Es war das größte Geschenk, das ihr jemand machen konnte.« Harmony räusperte sich, und Charlie dachte, Tränen in ihren Augen zu sehen. »Als Hillary sich für eine Karriere in der Welt des Rock 'n' Roll entschied, waren ihre Eltern und Tanten und Onkel sehr betroffen.« Charlie bewegte sich überrascht, doch Harmony hielt ihn fest. »Sie ließen Hillary versprechen, daß sie nicht ihren wirklichen Namen verwenden würde. Das verletzte Hillary sehr, aber sie respektierte die Wünsche ihrer Familie. Hillary ging nach New York City, um ihre Karriere aufzubauen, und nahm einen neuen Namen zusammen mit einer neuen Identität an. Sie nannte sich Harmony. Da sie glücklicherweise genug Geld hatte, um Arrangements und Musiker zu bezahlen, wurde Harmony bemerkt. Noch mehr Glück hatte sie, als sie das Interesse – beruflich und privat – eines gewissen Charlie McCafferty erregte. Harmony war überzeugt, daß sie auf ewig glücklich miteinander leben könnten, wenn sie nur ein Heim hatten.« Sie küßte Charlie auf die Nasenspitze. »Nun, jetzt haben sie eines.«

Charlie schlang seine Arme um Harmonys Hals. Er lachte, als er ihr Gesicht mit Küssen bedeckte.

»Du wildes, wahnsinniges, wunderbares Mädchen. Ich sollte lieber gleich morgen früh meine Anwälte anrufen. Der Verwaltungsrat wird dich nicht bleiben lassen, wenn man erst herausfindet, wer du wirklich bist.«

»Ich bin Hillary Harding-Brown. Harmony ist der Name einer Rolle, die ich für die Bühne erfunden habe.«

Charlie hörte zu lachen auf, setzte sich auf und legte seine Hände auf Harmonys Schultern.

»Du betrügst dich selbst, Harmony . . . oder sollte ich dich Hillary nennen?«

»Harmony in der Öffentlichkeit, Hillary privat. Verstehst du nicht, Charlie? Außerhalb der Bühne will ich nicht Harmony sein. Dies hier ist mein wahres Ich, und mein wahres Ich braucht Sicherheit, mein wahres Ich braucht ein Heim.«

Charlie hatte viel zu sagen, doch die Worte blieben ihm im Hals stecken, und er sagte gar nichts.

21

Alma stand in der Tür von Allisons Büro und beobachtete ihre Herrin bei der Arbeit. Allison saß an ihrem Schreibtisch – ein zierliches französisches Möbelstück, aus Magnolienholz gearbeitet mit vergoldeten Verzierungen. Die Terrassentüren waren geöffnet worden, um Luft hereinzulassen. Allison war seit dem Dinner hier, adressierte persönlich jeden Umschlag und fügte ein oder zwei Zeilen jeder Einladung hinzu. Nach dem Zusammentreffen mit Hillary hatte sie bei Tiffany's angerufen und eine Eilbestellung für die gravierten Einladungen zu der Dinnerparty aufgegeben, die sie eine Mittsommernachts-Gala nannte. Da sie eine alte und geschätzte Kundin des berühmten Geschäfts war, wurden die Einladungen umgehend gedruckt und an diesem späten Nachmittag durch Boten zugestellt.

Die Einladungen lauteten:

Missis Allison Van Allen in 777 Park Avenue
bittet um das Vergnügen Ihrer Teilnahme
an einer Mittsommernachts-Gala
zu Ehren von Miss Hillary Harding-Brown,
29. August 1987
U. A. w. g.

Allison blickte auf und entdeckte Alma.

»Was machen Sie denn da in der Tür? Entweder kommen Sie herein, oder Sie gehen hinaus.«

»Sind Sie bald fertig, Mrs. Van Allen?«

»In einer Minute.« Sie schrieb noch etwas auf die letzte Einladung und schob sie in den Umschlag. »So, die letzte. Kommen Sie, kommen Sie. Versiegeln machen Sie, bitte, Alma. Und rufen Sie den Botendienst an und lassen Sie diese Einladungen gleich morgen früh zustellen.«

Alma deutete auf den Stapel Umschläge.

»Arbeit für einen ganzen Abend, Mrs. Van Allen. Ich hatte keine Ahnung, daß Sie gleich alle vierhundert einladen.«

»Ich habe ein paar Leute extra eingeladen«, erwiderte Allison brüsk, »da die Einladungen ziemlich spät herausgehen und die meisten Leute im August klugerweise die Stadt verlassen haben. Aber ich bin sicher, daß genug Leute zu meiner Gala kommen werden. Ich hoffe nur, Jonathan wird rechtzeitig wieder hier sein. Und natürlich, daß David und Anne kommen können.« Ihr Sohn und ihre Schwiegertochter.

»Natürlich werden sie, Mrs. Van Allen.«

»Ich hoffe, Hillary weiß all die Mühe zu schätzen, die ich in diese Dinnerparty investiere. Sie wird sie in die richtige New

Yorker Gesellschaft bringen. Ich glaube, Beth hätte sich gefreut. Meinen Sie nicht auch?«

Alma nickte, aber sie wollte schreien: Beth ist tot, Mrs. Van Allen, und Sie werden es auch bald sein, wenn Sie nicht aufhören, sich zu überanstrengen.

»Nehmen Sie sich bitte einen Block und einen Stift. Ich möchte Ihnen einige Überlegungen zu der Speisekarte diktieren. Was meinen Sie, ist für einen warmen Sommerabend am geeignetsten? *Filets de poisson pochés au vin blanc* oder *Coquilles St. Jacques à la parisienne? Suprêmes de volaille à l'écossaise*?«

»Ich habe nicht die geringste Ahnung, was Sie gesagt haben, Mrs. Van Allen. Also, meinen Sie nicht, daß es für heute genug ist?«

»Alma, spielen Sie nicht Kindermädchen«, sagte Allison schroff und lenkte bei der verletzten Miene der Zofe ein. »Es tut mir leid, Sie haben recht. Ich bin ziemlich müde. Ich werde wie ein braves kleines Mädchen zu Bett gehen.«

Vielleicht sollte ich Hillary morgen zum Lunch einladen, dachte Allison. Es könnte ihr Freude bereiten, an der Planung der Gala mitzuwirken.

Elena saß nackt auf ihrer Bettkante und starrte auf den Fernsehschirm. Ihre schwarzen Augen waren ausdruckslos wie reife Oliven. Die Fernbedienung hielt sie fest in ihren Händen, während sie von Kanal zu Kanal wechselte, um etwas zu suchen, das sie interessierte. Sie entschied sich zuletzt für einen Ringkampf, weil einer der Gegner ein hübscher junger Mexikaner mit dem Körper eines Adonis war. Sein Gesicht und seine Gestalt erweckten ihr Interesse, und sie rückte näher an den Fernseher heran. Sie steckte sich eine Sobranie-Zigarette an und sog hungrig daran, während sie den Kampf beobachtete und lautlos ihrem neuentdeckten Helden zujubelte. Sie war sehr enttäuscht, als er den Kampf verlor.

Während einer Werbeeinschaltung ging Elena ins Arbeitszimmer, um ihren Drink nachzufüllen. Dann eilte sie ins Schlafzimmer zurück in der Hoffnung, in der nächsten Runde würde zumindest ein attraktiver Mann auftreten. Doch als die Ringer auf die Matte kamen, war einer ein fetter Orientale und der andere ein alternder Russe mit Haaren am ganzen Körper. Elena begann erneut, die Kanäle zu wechseln. Das Klingeln des Telefons bewahrte sie vor noch mehr Frustration. Sie sah auf ihre Uhr — es war zwanzig vor Mitternacht — und fragte sich, wer sie so spät anrief.

Es knackte in der Leitung, und sie wußte, daß es ihr Mann war, noch bevor er ihren Namen sagte. »Bill, du bist noch immer in der Schweiz.«

»Kannst du mich gut hören, Elena? Es gibt leichte Störungen.«

»Das geht schon. Ich dachte, du wärst bereits auf dem Heimweg.«

»Rad hat mich angerufen. Er und Cindy segeln um die griechischen Inseln. Sie haben mich überredet, mich ihnen anzuschließen. Ich dachte, du wolltest mich vielleicht dort treffen.«

»Bill, ich kann einfach nicht«, fauchte Elena. »Im Magazin geht es zu hektisch zu.«

»Dann fahre ich eben ohne dich, Elena.« Bills Ton verbarg seine verletzten Gefühle.

»Bill, versuch mich zu verstehen. Ich versuche, meinen Job zu behalten. Dovima hat alles auf den Kopf gestellt, und ich mußte ein völlig neues Konzept entwerfen, etwas, das auch die jüngeren Leser anspricht. Es hat ihr gefallen, Bill, und trotz meiner Vorbehalte glaube ich, daß es eine gute Ausgabe wird. Neue Layouts, neue Graphik, neue Models — es war eine gewaltige Herausforderung, aber ich habe es geschafft.«

»Nun, das freut mich für dich, Elena. Ich weiß, daß dir der Erfolg deines Magazins wichtiger ist als alles andere.«

»Bill, sei nicht so. Ich habe dich auch nicht gebeten, nicht in die Schweiz zu dem Kongreß zu fahren, oder?«

»Falls du dich erinnerst, du solltest mich begleiten.«

»Verdammt! Ich konnte nicht! Und ich kann jetzt auch nicht. Ich habe ein Magazin, das ich auf den Markt bringen muß. Wir haben nicht einmal bisher jemanden für das Cover der neuen Ausgabe gefunden. Cindy Lauper hat abgelehnt.«

»Wer?«

»Schon gut. Was glaubst du, wie lange wirst du wegbleiben?«

»Vermutlich spielt das keine Rolle, da du mit dem Magazin so beschäftigt bist.«

»Bill, du fehlst mir.«

Während sie die Worte aussprach, erkannte Elena, wie sehr ihr Mann ihr tatsächlich fehlte. Doch sie konnte ganz einfach nicht weg. Und selbst wenn sie es gekonnt hätte, wäre es sehr unklug für sie gewesen, in Gesellschaft ihres Stiefsohns und seiner letzten Flamme zu sein. Das wäre mehr gewesen, als sie ertragen konnte. Rad, ihren ehemaligen Liebhaber, zu beobachten, wie er glücklich mit seiner jungen Freundin am Strand fast nackt herumtollte, war ein Anblick, den sie sich ersparen wollte. Es fiel ihr schwer genug, vor Bill ihre Gefühle für Rad zu verbergen, aber vor seiner momentanen Freundin wäre es ihr unmöglich gewesen.

»Bill, bist du noch da?«

»Ja, ich bin noch da. Ich glaube, wir haben einander alles gesagt, was es zu sagen gibt. Ich lege jetzt auf, Elena.«

»Leb wohl, Bill. Und grüße Rad und diese . . . wie sie auch heißt«, fügte sie bitter hinzu.

Bill war weg. In der Leitung waren nur noch Störgeräusche zu hören. Als Elena den Hörer auf den Apparat knallte, fragte sie sich, warum sie auf Bill wütend war. Es lag nicht an Bill. Es lag an Rad. Rad und Cindy. So ein alberner Name – Cindy.

»Rad, wie konntest du!«

Elena leerte ihr Glas und stellte es hart auf den Nachttisch. Sie steckte sich noch eine Zigarette an, ehe sie bemerkte, daß sie noch eine in dem Kristallaschenbecher liegen hatte. Sie drückte sie aus, stand vom Bett auf und begann, hin und her zu gehen.

Sie war froh, daß Bill nicht sofort nach Hause kam. Jetzt brauchte sie sich nicht dafür zu entschuldigen, wenn sie Zeit für die erste Ausgabe der überarbeiteten *Elegance* aufwendete. Warum brachte er so wenig Begeisterung für ihre Arbeit auf? Niemals hatte sie ihn in den Jahren ihrer Ehe wegen der Zeit belästigt, die er im Krankenhaus oder in seinem Büro im Institut verbrachte.

Mit jedem Schritt kam Elena näher an ihren Schrank. Die Spannung in ihrem Körper stieg, bis sie zuletzt die Türen öffnete, in den begehbaren Schrank eilte und die Regale durchsuchte, bis sie fand, wonach sie suchte — eine schwarze Seidenhandtasche. Sie öffnete die Tasche und schob die Hand hinein.

Sie fand die Karte, lief zu ihrem Bett zurück und hielt sie ans Licht. »Astarte — ein Privatclub für Frauen, die wissen, was sie wollen.«

Nein, das war unmöglich. Es war schon nach Mitternacht, und sie hatte um zehn eine Produktionsbesprechung wegen des November-Covers.

Elena streckte sich aus und schloß die Augen. Sie strich mit der Karte über den Nippel ihrer linken Brust hin und her. Der Nippel war so empfindlich, daß sie die eingravierten Buchstaben auf der Karte fühlte.

Plötzlich warf sie ihren Arm über ihre Augen und stieß einen frustrierten Schrei aus. Ihre heißen Tränen brannten auf ihrem Unterarm. Sie preßte ihn fester gegen ihre Augen, um die Flut aufzuhalten, die in ihr hochstieg. Doch es war sinnlos.

Sie weinte um Bill und um Rad. Am meisten aber weinte sie um sich selbst.

Nicks sexuelle Kraftakte waren nicht angemessen gewesen. Roxanne war wütend, vor allem weil sie ihm gerade noch mehr Geld für seine neuen Arrangements gegeben hatte. Nachdem alles vorbei war und kurz bevor sie einschlief, fragte sie sarkastisch, ob ihrer beider neues Arrangement eine schlechte Darbietung im Bett einschloß.

Nick wartete, bis ihr Atem tief und gleichmäßig war, bevor er in seine Shorts schlüpfte und aus dem Bett stieg. Er ging in die Küche, um sich ein Bier zu holen.

Er öffnete eine Dose Budweiser, nahm einen Schluck und murmelte: »Wofür, zum Teufel, hält sie mich — für eine Maschine? Ich habe eine Menge im Kopf.«

Die Arrangements seiner Songs waren großartig. Sie waren von Wally Perrin gemacht worden — einem echten Profi. Es gab nur ein Problem. Nick hatte Schwierigkeiten, sie zu singen. Rockphrasierungen waren Nick fremd, und er mußte sich so sehr auf die Phrasierung konzentrieren, daß er oft völlig den Text vergaß. Mit Roxannes Geld im Rücken hatte er dreimal den Gesangstrainer gewechselt und jeweils den Lehrern die Schuld für seine Unzulänglichkeiten gegeben.

»Blutige Amateure«, murmelte er und nahm noch einen Schluck Bier.

Nick wußte, daß er Schwierigkeiten haben würde einzuschlafen. Vielleicht half ein wenig Fernsehen. Er wanderte durch das Apartment und verlief sich dreimal, ehe er endlich die Bibliothek fand, in der er einen Fernseher wußte.

Was für eine Behausung! Er könnte sich sogar an dieses ganze chinesische Zeug gewöhnen, falls Roxie sich von ihrem Alten scheiden ließ. Er sank in einen Sessel vor dem riesigen Fernsehschirm.

Wem mach' ich denn was vor? Roxie wird sich nie von Sam scheiden lassen und das alles hier aufgeben. Verdammt, mit ihrem Geld und ihrem Aussehen kriegt die noch jeden jungen Hengst, den sie haben will. Nick trank das Bier aus, zerdrückte die Dose und ließ sie auf den Orientteppich fallen.

»Und wer, zum Teufel, will gebunden sein?« fragte er laut. »Wenn ich ein Star bin, kann ich mir meine Küken aussuchen. Dann legen sie sich hin, wenn *ich* sage, leg dich hin. Dann wird nicht mehr auf Stichwort bedient, nur um irgendein mittelalterliches Miststück zu befriedigen. Scheiße! Ich habe auch Gefühle.«

Er sollte Ausweichpläne über seine Karriere hinaus machen. Wie seine Mutter immer gesagt hatte: »Nick, laß dich nicht in einem Haus mit nur einem einzigen Ausgang einsperren. Wenn es brennt, willst du mehr als einen Ausweg.«

Mama hatte recht. Er sollte sich nicht auf Roxie beschränken. Es gab noch andere Frauen — reicher, jünger und bereit, einem gutaussehenden Hengst eine helfende Hand zu reichen.

Er stand aus seinem Sessel auf und begann, nach einem TV-Guide zu suchen. Vielleicht lief irgendwo ein alter Film mit Dean Martin und Jerry Lewis. Dafür war er in Stimmung. Dieser Dino konnte wirklich singen. Nick summte ein paar Takte eines Dean Martin-Hits.

When the moon hits your eye,
like a big pizza pie — that's *amore*!

Sein Blick fiel auf gebundene Ausgaben von *Town & Country* auf einem Bord über dem Fernseher.

Nick hatte sich nicht die Zeit genommen, in die Bücherei zu gehen, obwohl die blonde junge Frau, die er vor ein paar Wochen in der Halle gesehen hatte, ihm noch oft im Kopf herumging. Seit er von Jack erfahren hatte, daß Taryn Tolliver nur eine arme Verwandte war, hatte er rasch das Interesse an ihr verloren, aber dieses andere Baby, das mit den blauen Augen und dem heißen Körper, das war eine andere Sache.

»Mal sehen. Nicht die letzte Nummer. Fangen wir mit zweiundachtzig an.«

Nick ließ sich in dem Ledersessel nieder und begann, wahllos in den Seiten zu blättern. Plötzlich stockte er, und ein breites Grinsen erschien in seinem Gesicht. Da war sie. Aber sie hatte etwas schrecklich Vertrautes an sich. Er starrte das Foto mehrere Minuten lang an, ehe er ein begeistertes Heulen ausstieß. Er schoß aus dem Sessel und jagte zu Sams rotlackiertem Schreibtisch und suchte in den Schubladen, bis er eine Box mit Filzstiften fand. Er riß die Seite aus dem Magazin, ging zurück zum Schreibtisch und schaltete die Lampe ein. Dann begann er, mit Hilfe der Filzstifte das Foto der jungen Frau zu verändern.

»Also, hol mich der Teufel!«

Er lehnte sich in dem Sessel zurück, legte seine Füße auf den Schreibtisch und begann, triumphierend zu lachen.

22

Die Mittagszeit war vorüber, und Wilhelm Rhinehardt, der schreckliche Maître d' des Panache, stand an der Bar und genoß ein Glas Schnaps und seine dreiundachtzigste Zigarette an diesem Tag. Taryn Tolliver betrat das Restaurant, und seine übliche ernste Miene verschwand. Er lächelte wissend. Die junge Frau hatte einen Flirt mit Jack Devlin und kam offenbar, um sich mit ihm zu treffen. Wilhelm drückte seine Zigarette aus und ging ihr entgegen, um sie zu begrüßen.

»Guten Tag, meine Teuerste«, sagte er und deutete eine Verbeugung an.

Taryn unterdrückte ein Lächeln und erwiderte den Gruß.

»Ihr und mein Lieblingskellner ist mit seinen täglichen Pflichten fast fertig. Möchten Sie mir bei einem Glas Schnaps Gesellschaft leisten, Fräulein Tolliver?«

»Danke, Herr Rhinehardt, gern.«

»In der Zwischenzeit informiere ich Ihren jungen Musiker, daß Sie warten.« Er gab dem Bartender ein Zeichen. »Eric, noch einen Schnaps, bitte.« Damit marschierte er davon.

Taryn hoffte, der Drink würde ihren Mut stärken. Sie war entschlossen, Jack an diesem Nachmittag die Wahrheit über sich zu erzählen.

Sie hatten sich täglich seit dem ersten Zusammentreffen gesehen, und ihre Beziehung hatte sich zu einer herzlichen Freundschaft entwickelt.

Taryn wollte die Luft klären, bevor irgendeine tiefere Emotion sich regte.

Trotz der kurzen Dauer ihrer Bekanntschaft hatte Taryn das Gefühl, daß sie Jack wirklich kannte, und sie vertraute ihm. Sie glaubte, daß er ein Mann von Ehre war, dessen hohes Niveau dem ihren nahekam. Aber wie hoch würde er ihr Niveau einschätzen, wenn sie ihm erst einmal ihre Irreführung gestand? Sie war keine arme Verwandte oder bezahlte Gesellschafterin, sondern eine sehr wohlhabende junge Erbin, die ungefähr zehn

Millionen Dollar wert war. Würde er wütend sein? Würde er eingeschüchtert sein?

Oh, warum hatte sie Jack belogen? Diese eine große Lüge hatte andere kleinere nötig gemacht, bis sie dahin gelangt war, daß sie erst alles überdenken mußte, ehe sie es zu ihm sagte.

Und das war keine Art, eine Beziehung am Leben zu halten.

Vielleicht konnte sie ihm einfach sagen, daß sie plötzlich ihren Reichtum geerbt hatte. Noch ein Stein in der Mauer aus Lügen, die sie zwischen ihnen errichtet hatte.

Nein, es mußte heute geschehen.

Die vier Kellner, einschließlich Jack und Nick, standen an ihren Posten und zählten ihre Trinkgelder, als der Maître d' näherkam. Sie sahen mürrisch drein.

»Nicht gerade einer von unseren besseren Tagen«, bemerkte Wilhelm. »Aber ich verspreche euch, nach dem Labor Day wird es wieder lebhafter.«

»Mist, Wilhelm«, klagte Nick, »ich könnte bei McDonald's mehr verdienen.«

»Das mag schon sein, mein Singvogel, aber könnten Sie dort auch auftreten?«

Jack sagte: »Da hat er recht.«

»Übrigens, Jack«, fügte Wilhelm hinzu, »die schöne junge Lady wartet auf Sie an der Bar.«

»Taryn ist schon hier?« Jacks Stimme wurde hoch und quietschte wie die eines Jungen im Stimmbruch, und sein Gesicht wurde rot wie ein kandierter Apfel.

Die anderen Kellner lachten und schlugen ihm freundschaftlich mit ihren Servietten auf die Rückseite.

»Die Saga von dem Kellner und der Kammerzofe wird fortgesetzt«, bemerkte Nick abfällig.

Jack explodierte. »Verdammt, Nick! Wie oft soll ich es dir noch sagen? Taryn ist keine Kammerzofe. Sie ist die Gesellschafterin ihrer Tante.«

Jack hatte Nick nichts von Taryn erzählen wollen. Er wollte nicht, daß Nick wußte, daß sie beide Freundinnen in 777 hatten. Aber als sie einander in der Halle des Gebäudes über den Weg gelaufen waren, war Jack keine andere Erklärung eingefallen als die Wahrheit.

»Werd' nicht sauer, Jack. Ich hab' nur einen Scherz gemacht.«

»Ja . . . du machst Scherze, wie du singst.«

Nick begriff nicht die Anspielung in Jacks Bemerkung.

»Ziemlich gut, wie? Da wir von Singen sprechen.« Er wandte sich an Wilhelm. »Sie haben mir versprochen, ich könnte heute nachmittag einen meiner neuen Songs ausprobieren.«

Wilhelm runzelte die Stirn. »Das habe ich getan.«

Er blickte über seine Schulter in den Speisesaal. Es waren nur noch fünf Gruppen von Gästen übrig, und sie waren schon bei Dessert und Kaffee. »Ich schätze, es wird niemanden vertreiben.«

Jack klagte: »Habe ich dabei gar nichts zu sagen?«

»Komm schon, Jack«, drängte Nick. »Nur ein Song, und es ist eines von meinen neuen Arrangements. Du hast mich immer gedrängt, ich soll mir was Neues besorgen.«

»Was ist es?« fragte Jack vorsichtig.

»›Better be good to me.‹ Und ich bringe es geradezu satanisch.«

»Darauf möchte ich wetten.«

»Komm schon, Jack. Du kitzelst die Tasten, und ich singe direkt deine Freundin an. Das macht sie garantiert scharf.«

»Tu mir bloß keinen Gefallen.«

»Es ist nur ein Song, um Himmels willen! Dann habe ich was Wichtiges vor. Es passiert was, das mich direkt an die Spitze bringen wird.«

»Ach, hast du einen Job als Kellner im Windows on the World gekriegt?« fragte er und spielte auf das Restaurant hoch oben auf dem World Trade Center an.

»Witzig. Wit-zig. Das Lachen wird dir schon noch vergehen, wenn ich meinen Plattenvertrag kriege.«

Die beiden anderen Kellner machten hastig ihre Rechnungen fertig in der Hoffnung, bei ihren Gästen kassieren und aus dem Restaurant verschwinden zu können, bevor Nick zu singen begann.

Jack seufzte. »Also gut, Nick. Zeig mir dieses neue Arrangement, damit ich sehe, worum es geht.«

Nick zog es aus der Besteckschublade und reichte es ihm stolz.

»Himmel! Das Ding muß ein Dutzend Seiten haben.«

»Wally Perrin hat das für mich gemacht. Er macht alle erfolgreichen Broadway-Musicals, weißt du.«

»Ja, ich weiß.«

Nick legte seine Hände auf Jacks Schultern. »Hör mal, alter Freund, ich gebe dir einen kleinen Rat. Weißt du, du siehst gar nicht schlecht aus. Ich meine, du bist hier nicht der italienische Hengst, aber du bist nicht schlecht. Du solltest dich mit einem Küken mit Geld treffen, mit einer Tante, die was für dich machen kann. Versteh mich jetzt nicht falsch. Ich finde, dein Mädchen ist wirklich hübsch und das alles, aber hübsche Mädchen gibt's haufenweise. Du mußt dir eine suchen, die dir den Weg ebnet. Meine Freundin hat die fünftausend Dollar hingeblättert, die mein neues Arrangement gekostet hat.«

»Das war wirklich großzügig von ihr, Nick.«

»Na ja, ist ja nicht so, als hätte sie nicht auch 'ne Kleinigkeit dafür gekriegt, das heißt, das war schon eher was Großes.«

Jack nahm sich das voluminöse Arrangement und setzte sich an einen der leeren Tische, um es zu studieren. Er mußte lächeln. Es war gut, aber Perrin mußte Nick leidenschaftlich gehaßt haben. Bei dem komplizierten Rhythmus und den Wechseln der Tonart wäre es schon für einen wirklich erfahrenen Sänger schwierig zu bringen gewesen, aber für Nick mußte es unmöglich sein.

Taryn wurde von ihrem Dilemma abgelenkt, als Wilhelm ankündigte, Nick Casullo würde singen, begleitet von Jack Devlin.

Jack nahm seinen Platz am Klavier ein, und Taryn begann zu strahlen. Er blinzelte ihr zu und verdrehte die Augen zur Decke, als Nick auf das Podium schlenderte. Nick warf Küsse und verbeugte sich, als habe er soeben die Bühne des London Palladium betreten. Taryn mußte einräumen, daß er eine gewisse Anziehungskraft besaß, die auf sein überwältigendes Selbstvertrauen, sein glutvoll gutes Aussehen und seinen wohlproportionierten Körper zurückzuführen war.

Nick hob die Hände, um die Stille zu bekommen, die er bereits hatte.

Die beiden Bartender hinter Taryn bemerkten gleichzeitig: »Himmel! Ich muß gleich kotzen!« und »Bei dem Kerl krepieren sogar die Kakerlaken.«

Nick schnappte sich das Mikrofon vom Ständer und verkündete: »Ich möchte diesen Song meinem Begleiter und guten Freund Jack Devlin widmen! Und seiner ganz besonderen Lady, Taryn Tolliver!« Er deutete mit einer weit ausholenden Geste auf Taryn.

O Gott, dachte Taryn, ich krieche gleich auf allen vieren zur Tür hinaus.

Jacks Gesicht wurde flammend rot, und er vermied es, Taryn anzusehen.

Nick stellte sich so auf, daß er Taryn direkt ansingen konnte. Sie packte ihr Glas und hielt es sich vors Gesicht. Nick öffnete seine Fliege, riß sie sich vom Hals und warf sie aufs Klavier.

»Spiel, Maestro!«

Dann stürzte er sich in seine Version von Tina Turners Hit ›Better be good to me‹.

Nick begann zu tief und blieb es auch. Er nahm den Song in Angriff, als wäre er ein Feind, der stimmlich erledigt werden mußte.

Jack spielte genau, was da geschrieben stand, und wurde für Nick, der zwei Taktschläge hinter ihm lag, nicht langsamer.

Die wenigen Leute, die an den Tischen saßen, fanden den Inhalt ihrer Kaffeetassen absolut faszinierend. Die Köche, Kellner und Bartender scharten sich grüppchenweise zusammen, um hinter vorgehaltenen Händen zu grinsen. Taryn konnte nur noch staunen. Jack hatte untertrieben, als er ihr von Nick erzählt hatte. Nick war noch viel schlimmer, als sie gedacht hatte.

Obwohl Nick absolut nichts von den Reaktionen seines

›Publikums‹ mitbekam, fühlte er irgendwie, daß er den Song nicht in den Griff bekam. Er versuchte, das Problem — was immer es war — dadurch auszugleichen, daß er seine Lautstärke steigerte und sich in seiner schlimmsten Tom-Jones-Manier wand. Jack wurde zuerst fertig. Nick beendete seinen Text mit einem laut ausgerufenen »Oh, yeah!« Er schwenkte Kopf und Becken zu Taryn, der nichts anderes übrig blieb als zu klatschen. Verlegener Applaus ertönte dünn in dem Restaurant und wurde auf der Stelle übertönt von dem Geräusch kratzender Stühle, scharrender Füße und Rufen nach der Rechnung.

Nick trat vom Podium herunter und ging zur Bar.

Taryn biß sich auf die Unterlippe und preßte die Augen fest zu. Bitte, lieber Gott, halte ihn von mir fern. Ich werde dafür in meinem ganzen Leben nie mehr lügen.

Sie wurde von Nicks Musk-Cologne umhüllt, das so kräftig war, daß ihr fast übel wurde. Zähneknirschend öffnete sie die Augen.

Nick schwärmte: »Das kam aus meinem Herzen, Baby. Wirklich.«

Er beugte sich vor, um sie auf die Lippen zu küssen, aber sie wandte sich ab. Sein feuchter Mund klebte an ihrer Wange wie ein Saugnapf. Taryn dachte flüchtig an den Film *Alien*, in dem sich ein krakenartiges Weltraumwesen an dem Gesicht eines Raumfahrers festsaugte. Dann sah sie Jack auf sie beide losstürzen und schickte ein Dankgebet zum Himmel.

Jack war wütend. »Taryn und ich haben eine Verabredung, Nick.«

Nicks saugender Mund gab Taryns Wange frei, und er sagte glatt: »Ich auch, Kinder, ich auch.«

Sie betrachteten beide Nick. Er verströmte eine fiebrige, unterdrückte Erregung.

»Barkeeper, gib meinen beiden Freunden hier Drinks und setz sie auf meine Rechnung.«

Das Paar protestierte.

»Das ist doch nicht nötig.«

»Danke, aber . . .«

Nick unterbrach sie. »Hört mal, ich muß losziehen und berühmt werden.« Er wollte weg, stockte und fügte satt grinsend hinzu: »Ganz besonders viel Spaß, ihr zwei.«

Sobald Nick nicht mehr zu sehen war, drehte Jack sich sofort zu dem Bartender um. »Eric, keine Drinks. Wir bleiben nicht.«

»Ich habe auch nichts eingeschenkt. Der Fiesling hat hier keinen Kredit.«

Jack und Taryn lachten noch, als sie das Restaurant verließen. Im Freien waren die Hitze und Feuchtigkeit benebelnd, und Taryn sagte: »Puh! Jack, nimm meinen Arm. Ich bin ein wenig schwindelig. Ich hätte nie gedacht, daß ein Schnaps so stark wirken könnte.«

»Bist du in Ordnung? Willst du irgendwo einen Kaffee?«

»Ich brauche nur ein wenig Luft, besonders nach Nicks Song.«

»Er ist der einzige Sänger, den ich kenne, der immer schlechter wird. Hey, hier ist ein Gristede's. Warum holen wir uns nicht zwei Becher Kaffee und gehen in unseren Lieblingspark?«

»Klingt perfekt.«

Während Jack den Kaffee besorgte, wanderte Taryn in die Tierabteilung und sah ein Produkt, das sie noch nicht kannte. Auf den Dosen stand Pounce, und es war Katzenfutter mit verschiedenem Geschmack. Taryn winkte den Angestellten zu sich und fragte, ob der Laden ins Haus lieferte. Als sie eine zustimmende Antwort erhielt, sagte sie: »Ich nehme zwanzig Dosen mit verschiedenem Geschmack.«

»Zwanzig Dosen, Miss?«

»Ja, ich habe eine sehr große Katze.«

Als sie an die Kasse ging, entdeckte sie, daß sie kein Geld bei sich hatte. »Nehmen Sie Kreditkarten?« fragte sie den Angestellten.

»Ja, Miss.«

Sie holte eine American Express Gold Card hervor, als Jack mit dem Kaffee kam. Er betrachtete die Karte überrascht, sagte jedoch nichts.

»Liefern Sie in frühestens einer Stunde, damit ich zu Hause bin und dem jungen Mann ein Trinkgeld geben kann.«

»Wie Sie wünschen, Miss.«

Im Bernice-Baumgarten-Park saßen sie auf ihrer Lieblingsbank im Schatten einer Trauerweide. Die hängenden Zweige ähnelten Streifen zerknitterter grüner Seide.

Jack reichte Taryn ihren Kaffee. »Wie, um alles auf der Welt, bist du an eine Gold Card herangekommen? Ich bekomme nicht mal eine Kundenkarte bei Macy's.«

Taryn erwiderte glatt: »Vermutlich ein Computerfehler.«

Noch eine Lüge!

»Nein, Jack, das ist nicht wahr. Ich habe eine, seit ich achtzehn wurde.«

»Womit hast du deinen Lebensunterhalt verdient — mit Banküberfällen?«

Taryn stellte ihren Kaffee weg. »Jack, ich muß dir ein Geständnis machen.«

»Was denn, Taryn? Hast du dich in Nick Casullo verknallt?«

»Ich meine es ernst, Jack. Ich habe dich belogen.« Jacks Lächeln nahm um eine Spur ab. »Zu dem Zeitpunkt schien es die einzige Möglichkeit zu sein, um mich zu schützen. Und Tante Mabelle hat mir recht gegeben. Aber Lügen haben es so an sich, daß sie sich immer wieder vervielfältigen. Die erste Lüge zieht eine zweite nach sich, und diese Lüge bringt wieder eine hervor.«

»Was ist das denn für eine schreckliche Lüge, die du mir gesagt hast, Taryn?« Er ergriff ihre Hand. »Was immer es auch ist, ich verspreche, daß es nichts daran ändern wird, wie ich für dich fühle.«

»Danke, Jack, aber hoffentlich war das nicht voreilig. Sieh mal, ich bin nicht Tante Mabelles arme Verwandte. Ich fürchte, ich bin eine sehr reiche Verwandte.«

»Wie reich?«

Taryn flatterte mit den Händen. »Ich bin so ungefähr zehn Millionen Dollar wert.«

Jack stand auf. »Zehn Millionen Dollar?« Er schlug sich mit dem Handrücken gegen die Stirn und begann, in einem engen Kreis herumzugehen. »Warum hast du mir das nicht erzählt? Ich hätte dich niemals zum Ausgehen eingeladen.«

»Jack, was soll das? Ich habe mich nicht verändert. Ich bin nicht anders.«

»Du bist doch anders. Die Reichen unterscheiden sich wesentlich von uns übrigen.«

Taryn fühlte, wie ihr die Farbe aus dem Gesicht wich. »Nein, Jack, das stimmt nicht. Ich bin genau wie du.«

»*Ich* habe keine Gold Card.«

»Jack, du kannst doch nicht gegen mich ein Vorurteil haben, weil ich Geld besitze. Das ist verdammt unfair.«

»Ich habe kein Geld, Taryn. Was glaubst du denn, warum ich im Panache arbeite? Um mich selbst durch die Schule zu bringen.«

»Ich weiß, Jack, und ich finde das sehr bewundernswert.«

»Bewundernswert!« explodierte er. »Das ist das Klischee, das die Reichen immer für jedermann benutzen, der sich gerade über Wasser hält.«

»Jack, hör mir bitte zu. Ich hatte einen Grund, dich zu belügen. Vielleicht keinen sehr guten Grund, aber zu dem Zeitpunkt wirkte er gut.«

Es dauerte ein paar Sekunden, bis sie ihre normale Stimme wiederfand. »Höre dir etwas über meine Vergangenheit an, damit du meine Motive verstehst.«

Jack lehnte sich mit ernster Miene gegen den Brunnen und hörte Taryns Geschichte zu. Als sie endete, war sie gefühlsmäßig ausgelaugt und hoffte auf Trost von Jack. Doch er betrachtete sie kalt mit harten, wütenden Augen, und sein Mund war so fest zusammengepreßt, daß er wie aus Beton gegossen wirkte.

»Jack, du verstehst doch jetzt, oder? Du verstehst, warum ich lügen mußte.«

»Ja, ich verstehe«, sagte er ruhig. »Du hast gedacht, ich wäre wie dein Freund Coy — oder wie Nick.«

»Jack, das habe ich überhaupt nicht gedacht.«

»Natürlich hast du das gedacht. Warum sonst hättest du mich belügen sollen? Himmel, ich hasse Lügen und Lügner!«

Taryn war verwirrt und betroffen. »Willst du damit sagen, daß du mich haßt, Jack? Mein Gott!« Ihre Augen füllten sich mit Tränen und flossen über. »Ich bin froh, daß ich dich belogen habe. So habe ich wenigstens herausgefunden, was für Vorurteile du hast. Wie kannst du es wagen, mich in die Schublade ›reiches Mädchen‹ zu werfen — oder in irgendeine andere Schublade! Und zum Teufel mit deinem Mangel an Mitgefühl! Jeder andere hätte mich verstanden. Aber du nicht. Reiche Mädchen haben keine Gefühle. Denkst du das? Willst du wissen, was ich denke? Du bist nicht einfach nur arm, du bist gewöhnlich.«

Er wollte auf sie zutreten, aber sie schwang die Fäuste gegen ihn. Er wich zurück, bis er von der Kante des Brunnens aufgehalten wurde. Taryn legte ihre Hände flach gegen seine Brust und schob mit ganzer Kraft. Jack kippte nach hinten und fiel mit einem gewaltigen Aufklatschen ins Wasser. Spuckend raffte er sich hoch. Ein Blatt einer Wasserlilie hing auf seinem Kopf wie ein verrutschter Partyhut.

»Taryn, m-meine Kleider«, stieß er hervor. »Ich bin klatschnaß.«

»Schick mir die Rechnung von der Reinigung!« schrie sie mit einer hohen, erstickten Stimme. »Ich kann es mir leisten!«

Damit wirbelte sie auf dem Absatz herum und rannte aus dem Park. Sie blickte nur einmal über ihre Schulter und hoffte, Jack wäre hinter ihr, aber er war es nicht.

Taryn erreichte das Apartmenthaus, wischte sich über die Augen und versuchte sich zu fassen, bevor sie hineinging. Sie schaffte ein freundliches »Guten Tag« zu Fred und eilte zu den Aufzügen. Sie fand Mabelle in der Küche, wo sie die Katzen fütterte, und brach erneut in Tränen aus.

»Taryn, was ist los?« Mabelle legte den Dosenöffner weg und breitete ihre Arme aus.

Zwischen Schluchzern erzählte Taryn ihrer Großtante alles über ihren Streit mit Jack.

Als sie geendet hatte, sagte Mabelle: »Ach, Liebling, es tut mir leid, aber dann war er wohl doch nicht so nett.«

»Gibt es denn überhaupt keine netten Männer mehr auf der Welt?«

»Sehr wenige.«

»Wann werde ich jemals einen kennenlernen?«

»Du bist sehr jung, Taryn. Du hast viel Zeit vor dir, um den richtigen Mann zu finden. Nichts ist endgültig. Du hast also einen oder zwei Freunde verloren. Du wirst andere finden. Und vielleicht wird der nächste der Richtige sein. Aber du darfst nicht bitter werden oder die Suche aufgeben. Siehst du denn nicht, was passiert ist? Coy hat dich mißtrauisch gemacht, und Jack hat dich zum Lügen gebracht. Du mußt einen Mann suchen, der dich einfach dazu bringt, ihn zu mögen. So einfach und so kompliziert ist das.«

Die Katzen beendeten ihren Nachmittagsschmaus. Während die anderen herumsaßen und sich putzten, schlich Othello sich auf die Terrasse, um dort das Abenteuer zu finden.

Er suchte jeden Zentimeter ab, aber es gab nicht einmal eine Taube, die er jagen konnte. Offensichtlich hatte es sich in der Vogelwelt herumgesprochen, daß diese Terrasse kein gastfreundlicher Ort war für alles, was Federn hatte. Othello schlug ungeduldig mit seinem Schwanz, während er zum Ende der Terrasse schlenderte, und verdrossen betrachtete er das Lederstück, das seinen Fluchtweg versperrte. Und dann begann er in plötzlich hochschießendem Zorn, an dem ärgerlichen Ding zu kratzen.

Starbright Unlimited war in dem aus der Zeit vor dem Zweiten Weltkrieg stammenden Bürogebäude auf der Fünfundvierzigsten Straße West untergebracht, gleich östlich vom Broadway. In der Halle fuhr Nick mit seinen Fingerspitzen über die Glasabdeckung des Mieterverzeichnisses.

Ich werde der hellste Star von allen sein . . .

Er beobachtete den ständigen Strom durchschnittlicher Leute, die in die Aufzüge stiegen oder herauskamen, und er fragte sich, ob einer von denen wußte, daß er berühmt werden würde. Eine Frau, Typ Sekretärin, hübsch und zierlich, bemerkte ihn. Unter dem Vorwand, die Schlagzeilen an dem Zeitungsstand in der Halle zu lesen, blieb sie stehen. Amüsiert beobachtete Nick sie aus den Augenwinkeln, während sie ihn mit unverhohlenem Interesse anstarrte.

Sie weiß es. Sie fühlt meine Star-Power.

Sie erinnerte Nick an Taryn — gleiche Haarfarbe, auch so duftig. Schade, daß das Tolliver-Küken eine arme Verwandte von irgendwem war. Nick fühlte sich sehr zu ihr hingezogen, und er wußte, daß dieses Gefühl auf Gegenseitigkeit beruhte. Er hatte es gewußt, als er sie zum ersten Mal sah. Sie hatte so hoheitsvoll getan. Frauen machten das oft bei ihm. Sie verbargen ihre wahren Gefühle, um sich Peinlichkeiten zu ersparen. Er hätte gern Jack abgelöst, aber es lohnte sich nicht. Er mußte seine Karriere in Gang bringen.

Stars sollten ihren Samen nicht unnötig verschleudern.

Hey, das gefiel ihm. Vielleicht ließ er sich mal den Spruch auf den Boden seines Swimmingpools malen.

Er verließ den Aufzug auf der neunzehnten Etage, betrat den Vorraum von Starbright Unlimited und fand sich einer strahlend lächelnden Empfangsdame gegenüber.

»Was kann ich für Sie tun?« fragte sie mit einer atemlosen Stimme, die sie von Harmony abgekupfert hatte.

Nick richtete sich zu seiner vollen Größe auf und verkündete mit seiner tiefsten Stimme: »Ich bin Nick Casullo, und ich möchte Charlie McCafferty sprechen.«

Die Empfangsdame sah in ihrem Terminkalender nach und wurde nervös.

»Ich sehe Ihren Namen hier nicht. Haben Sie eine Verabredung?«

Nick hörte die gedämpften Stimmen eines Mannes und einer Frau hinter der Tür im Büro.

»Er wird mich sprechen wollen.«

»Also, ich weiß nicht«, rief die Empfangsdame aus.

»Sagen Sie ihm, ich repräsentiere Hillary Harding-Brown.«

»Wen?«

»Hillary Harding-Brown, Sie Nulpe! Rufen Sie ihn schon an!«

Das Lächeln der Empfangsdame schwand. Sie preßte die Lippen aufeinander und drückte eine Taste am Sprechgerät. »Tut mir leid, Sie zu stören, Mr. McCafferty, aber hier ist ein Mann namens — äh...«

»Nick Casullo!« explodierte Nick.

»Nick Casullo. Er sagt, er repräsentiert... äh... Hillary Harding-Brown, wer immer das ist.«

Zuerst herrschte Stille im Lautsprecher, dann hörte man murmelnde Stimmen, endlich ein zögerndes: »Schicken Sie ihn herein, Marie.«

»Sie können hineingehen, Mr. Casullo«, murmelte die Empfangsdame atemlos.

Die Harmony-Kopie war wieder voll erwacht.

Nick blieb einen Sekundenbruchteil vor der Tür zum Büro stehen, bevor er eintrat. In den folgenden Jahren wollte er sich an den genauen Moment erinnern, in dem er diesen ersten Schritt zu Starruhm getan hatte.

Nick drehte den Türknauf und trat ein. Charlie McCafferty und Harmony sahen ihm entgegen. Harmony, schlicht gekleidet und mit wenig Make-up, trat als ihr anderes Ich, Hillary Harding-Brown, auf. Charlie, den Nick von Zeitungsfotos erkannte, stand neben ihr.

Erstaunen zuckte über Harmonys Gesicht, als Nick den Raum betrat. Sie kam ihm einen Schritt entgegen. »Ich kenne Sie«, sagte sie. »Ich habe Sie in meinem Haus gesehen.«

»Dieser Kerl ist ein Mieter?« fragte Charlie ungläubig.

Harmony schüttelte den Kopf. »Nein, nein. Er ist kein Mieter. Entweder ist er ein sehr alter Botenjunge, oder er kennt jemanden im Haus.«

Nick grinste. »Ja, ich habe Freunde in dem Haus.« Er reckte sein Kinn vor. »Ich habe sogar sehr viele reiche und mächtige Freunde.«

»Lassen wir den Mist«, sagte Charlie, »und kommen wir zum Kern der Sache. Was wollen Sie, Casullo?«

»Ich schätze, Harmony/Hillary versucht, ihre heiße Rockidentität geheimzuhalten. Sie will wohl nicht, daß die Leute in Sieben-sieben-sieben Bescheid wissen.«

Weder Harmony noch Charlie antwortete.

Nick fuhr fort: »Sieht so aus, als wäre ich der einzige, der Ihr kleines Geheimnis kennt.« Hastig fügte er hinzu: »Und ich habe es bisher noch niemandem erzählt.«

Harmony fragte: »Nur aus Neugierde, wie haben Sie es herausgefunden?«

»Dachte mir schon, daß Sie das fragen würden, kleine Lady.« Nick griff in die Innentasche seines italienischen Seidenjacketts und holte die Seite hervor, die er aus *Town & Country* gerissen hatte. Er knallte das Blatt auf den Schreibtisch. »Das Kunstwerk stammt von mir.«

Das Foto war 1982 bei einem Wohltätigkeitsball im Fairview gemacht worden, Bostons angesehenstem Country Club. Hillary Harding-Brown war auf der Tanzfläche in einer übersprudelnden Pose eingefangen. Ein Arm war senkrecht in die Luft gereckt, der zweite in rechtem Winkel von ihrem Körper weggestreckt. Diese Pose war eines von Harmonys Markenzeichen. Mit den Filzstiften hatte Nick farbige Strähnchen in Hillarys Haare und ein extravagantes Make-up hinzugefügt.

Harmony bemerkte: »Ziemlich gut. Sie sollten sich an den Zeichenwettbewerben beteiligen, die von allen Magazinen veranstaltet werden.«

»Ich interessiere mich mehr für die Gesellschaftsseiten.« Nick grinste. »Und das ist gut so.«

Charlie fragte: »Und was wollen Sie, um den Mund zu halten, Casullo?«

Ohne das geringste Anzeichen von Bescheidenheit erwiderte Nick: »Ich will, daß Sie mich zum Star machen.«

Harmony und Charlie sahen einander an. Ihre Gesichter waren ausdruckslos. Nicks Forderung hatte keiner von ihnen erwartet.

»Zum Star?« Charlie seufzte. »Was machen Sie noch außer Kritzeleien?«

Nick schluckte. »Ich bin ein Sänger, und ich will, daß Sie mich unter Vertrag nehmen, daß Sie mir einen Plattenvertrag verschaffen und Konzerte besorgen. Und ich will in die Johnny Carson Show.«

Trotz der Situation mußte Charlie lächeln. »Sie wollen gar nicht viel, nicht wahr, Casullo?«

»Nicht viel. Nur alles. Die ganze Maschinerie.«

»Sind Sie denn überhaupt gut?« fragte Harmony und wußte, wie seine Antwort ausfallen würde.

»Gut? Nein, ich bin nicht gut. Ich bin großartig. Ich sage Ihnen beiden, ich habe alles, was ein Star braucht. Mir fehlen nur noch die Chancen.« Er deutete mit seinem Finger auf Charlie. »Sie haben auch einen Star aus Harmony/Hillary gemacht.«

»Hören Sie auf, das zu sagen!« rief Harmony. »Das klingt wie Neil Diamonds letzter Hit.«

Charlie unterdrückte sein Lachen und sagte: »Ich fürchte, ich kann mir das Verdienst nicht anrechnen, Casullo. Sie hat die ganze Arbeit gemacht. Sie hat den Look, die Rolle, den Sound und die Songs geschaffen. Ich kam nur im richtigen Moment daher und habe sie zu meinem Glück unter Vertrag genommen.«

Nick fuhr sich mit der Zungenspitze über die Lippen. »Sowohl auf als auch hinter der Bühne, wie?«

Charlies Miene verdüsterte sich. Er ballte die Fäuste und tat einen Schritt auf Nick zu.

Harmony trat vor Charlie und fragte Nick: »Wieso glauben Sie, daß Sie alles haben, was man braucht?«

»Himmel, kleine Lady. Sehen Sie mich doch an.« Nick breitete die Arme aus und drehte sich langsam herum. »Bin ich scharf, oder bin ich nicht scharf?«

Harmony war absolut objektiv und gestand sich ein, daß Nick sexuell attraktiv war, solange er den Mund hielt. »Vielleicht sollten Sie es mit Pornofilmen versuchen«, schlug sie vor.

»Ich weiß, daß Sie nur einen Scherz machen, aber auf dem Gebiet hab' ich auch alles drauf. Verdammt, John Holmes hat mir nichts voraus. Aber das könnte ich nicht machen. Das würde meiner Mama das Herz brechen.«

Harmony wandte sich ab, um Nick nicht ins Gesicht zu lachen.

Charlie sagte: »Ich verstehe. Sie möchten Ihre Kleider nicht vor der Kamera ausziehen, aber für eine Erpressung sind Sie sich nicht zu schade.«

»Erpressung? Was reden Sie da von Erpressung? Ich will nur eine Chance, Mann. Das ist alles. Hören Sie, Sie nehmen mich unter Vertrag, und ich sage nie einer Menschenseele, daß Harmony in dieses scheißelegante Haus gezogen ist.« Er hob seine Hand wie ein schwachsinniger Pfadfinder. »Mein Wort drauf.«

Charlie sagte: »Ja, ich sehe schon, Sie sind ein Mann mit Charakter.«

Nick wurde nervös. Das lief nicht wie geplant. Sein Gesicht bedeckte sich mit Schweiß. Er griff in seine Tasche, zog eine Kassette heraus und winkte damit. Verzweiflung trieb seine Stimme in die Höhe. »Sehen Sie, ich bin nicht irgend jemand. Ich war im Channel Thirteen beim Telethon, und ich habe in den besseren Clubs in der Stadt gesungen. Schon was vom Panache gehört?« Charlie und Harmony schüttelten die Köpfe. »Also, das ist ein wirklich schickes Restaurant, und gar nicht so weit von da, wo Sie wohnen, kleine Lady. Ich singe da ständig. Ich bin die Zugnummer. Das Essen taugt nichts, aber die Leute kommen scharenweise, um mich zu sehen. Ich... ich habe ein Band von mir. Es ist im Restaurant aufgenommen worden, und der Sound ist nicht so toll, aber davon kriegen Sie eine Ahnung, wie ich mich anhöre.«

Er bot es erst Harmony, dann Charlie an. Keiner nahm es.

»Los, spielen Sie es. Hören Sie, Sie können einen Haufen Geld mit mir verdienen. Ich kann ein Star sein. Hören Sie es sich an, verdammt noch mal! Sie müssen hören, wie ich klinge.«

Charlie sagte ruhig: »Wir wissen schon, wie Sie klingen, Sie billiger Erpresser.«

Nick wandte sich an Harmony. »Sagen Sie ihm, daß er sich mein Band anhören soll. Sie wollen doch nicht mit einem Tritt in Ihren hübschen Hintern aus Sieben-sieben-sieben rausfliegen? Die machen das, wenn die rausfinden, daß Sie eine Rocklady sind.« Er hielt ihr das Band hin. »Hier, bitte«, winselte er. »Sie müssen es sich anhören. Sie *müssen*!«

Harmony richtete ihren festen, kalten Blick auf Nick. »Sie könnten mir fast leid tun, wären Sie nicht so lächerlich. Ich muß mir Ihr Band gar nicht anhören, um zu wissen, daß Sie nicht gut sind. Ihr ganzes Verhalten verrät das. Und selbst wenn Sie es wären, würde es niemand lange mit Ihrem Ego aushalten. Hier gibt es zu viele talentierte Leute.«

»Nein, nicht.« Nicks Ton wechselte von Schmerz zu Wut. »Sagen Sie das nicht, Sie miese Kreischtante!«

Harmonys Augen versprühten Feuer. »Wieso glauben Sie, ein Star zu sein wäre so sagenhaft, wenn man sich dann mit Abschaum wie Ihnen herumschlagen muß?« Mit der linken Hand fegte sie die Kassette aus Nicks Griff, und mit der rechten schlug sie ihm hart über den Mund. »Ihre Mama hätte Ihnen Benehmen beibringen sollen.«

Charlie warf sich auf Nick, packte ihn rauh am Jackett und drehte ihn zur Tür herum. »Sie verschwinden besser von hier.«

Nick war ehrlich verblüfft. »Sie hören sich mein Band nicht an?«

»Sie haben es begriffen, Sie Hohlkopf.«

Nick fühlte, wie ihm das Blut aus dem Gesicht wich. Er riß sich von Charlie los, reckte sich und glättete die nicht vorhandenen Falten an seinem Jackett. »Okay, Freund, wenn Sie's so haben wollen, dann verzieh' ich mich. Aber Sie verpassen die Chance Ihres Lebens, wenn Sie mich nicht unter Vertrag nehmen.« Er starrte Harmony wütend an. »Was glauben Sie denn, wie lang Sie sich noch mit dem Teenagerdreck halten werden, den Sie singen! Sie haben nicht die Dauerkraft von einem richtigen Star wie Connie Francis. Sie sind nur Flitter, und Flitter wird stumpf.« Er streckte die Hand aus und sagte großspurig: »Meine Kassette.«

Harmony wollte sie aufheben.

»Nein!« rief Charlie. »Er soll sich danach bücken.«

Als Nick zu seiner Kassette ging, verfing sich sein kubanischer Absatz im Teppich, und er fiel der Länge nach hin, landete hart mitten auf dem Boden, packte sein Band, raffte sich auf und versuchte, das Wenige zu retten, das von seinem Stolz noch übrig war.

Ein paar Zentimeter von dem Band hatten sich abgewickelt und verfingen sich an der Seitenlehne eines Stuhls, doch Nick bemerkte es nicht. Er schrie Charlie an: »Sie haben mir ein Bein gestellt! Ich werde Sie auf jeden Penny verklagen, den Sie haben!« Danach richtete er seinen Zorn auf Harmony. »Und Ihr Apartment ziehe ich Ihnen direkt unter dem Hintern weg, Miss Hochnäsigkeit. Euch beiden wird es noch leid tun, daß ihr mich wie einen Niemand behandelt habt. Man darf Nick Casullo nicht zum Narren machen.«

Charlie blinzelte Harmony zu. »Ich glaube, dabei ist uns schon jemand zuvorgekommen.«

Nick wich an die Tür zurück, ohne das sich abrollende Band zu bemerken. Er lehnte sich gegen die Tür wie ein Kissen, das man dagegen geworfen hatte. Seine Stimme war ein Krächzen, und er konnte kaum sprechen. Tränen schimmerten in seinen Augenwinkeln, und seine Lippen bebten. Er riß die Tür auf. »Das wird euch leid tun. Eines Tages werdet ihr alles über mich lesen.«

Charlie sprang mit einem Satz neben Harmony und rief in einer spöttischen Imitation einer Werbeansage: »Die neugierige Menschheit wartet bereits atemlos darauf!«

Harmony fügte fröhlich hinzu: »Unter anderem ich.«

Nick, der noch immer nicht ahnte, daß sich sein Band wie ein Faden von der Spule abwickelte, knallte die Tür so hart zu, daß sie klapperte.

Die Empfangsdame, die alles über die Sprechanlage mitgehört hatte, griff zu einer Schere und schnitt vor Nicks geschockten Augen das Band durch.

Sie lächelte süß. »Leben Sie wohl, Sie Nulpe!«

Drinnen im Büro hielt sich das Paar umklammert und lachte. Harmony sagte: »Ich weiß nicht, warum ich lache. Er läuft wahrscheinlich zu einer Zeitung. Charlie, was sollen wir machen?«

Charlie wischte sich mit dem Handrücken über die Augen. »Sieh mal, Süße, früher oder später mußte so etwas in der Art passieren. Was immer auch schiefgeht, wir werden es gemeinsam durchstehen, und wir werden siegen.«

Harmony legte ihre Arme um Charlie und küßte ihn zärtlich.

Noch immer ganz in seine eigene Realität versunken, erreichte Nick den Bürgersteig genau um fünf Uhr — zur Rush-hour. Er drängte sich durch die Menge, stellte sich an den Straßenrand und sah sich wild nach einem leeren Taxi um. Er sah eines in der Mitte der Straße. Mit den Armen winkend, stürzte er sich in den Verkehr, um es zu erwischen. Hupen gellten, und Fahrer fluchten auf ihn, aber er schaffte es, die Tür ohne einen Kratzer zu erreichen. Er kletterte hinein und erklärte dem Taxifahrer großspurig. »Fahren Sie mich zum Gebäude der *Daily News*, und steigen Sie mächtig aufs Gas!«

Der bullige Fahrer drehte sich um und sah Nick an, als wäre er verrückt. »Du Blödmann, das ist doch gleich um die Ecke.«

Zutiefst niedergeschlagen kletterte Nick aus dem Taxi.

23

Die drei Models in Pelzmänteln standen still wie Statuen, während sie geduldig mitten auf der Tanzfläche warteten. Ein Make-up-Experte schoß um sie herum wie ein nervöser Vogel. Der flatterige kleine Homosexuelle pickte an ihren Gesichtern mit Papiertüchern herum, tupfte glitzernde Schweißtropfen weg, ohne ihr kunstvolles Make-up zu zerstören.

Er trat von dem Trio junger Frauen zurück, hob eine gezupfte Augenbraue und zirpte: »Sie gehören alle dir, Tokio-Rose!«

Der Fotograf nickte und setzte seine Unterhaltung mit Elena Radley fort, die persönlich die Aufnahmen überwachte. Sie war nur noch selten bei Aufnahmen anwesend, aber diese hier war wichtig.

Der Fotograf war ein kleiner, untersetzter Mann japanischer Herkunft mit Namen Nobu, und er war eines der aufsteigenden Talente auf seinem Gebiet. Er war für seine innovativen, bizarren und manchmal schockierenden Fotos bekannt. Dies war sein erster Auftrag für *Elegance*, und natürlich wollte er Elena zufriedenstellen, um sich zukünftige Arbeit zu sichern. Doch die Chefredakteurin war eine schwierige Klientin. Sie hatte den ganzen Vormittag genörgelt, und alle waren mit den Nerven am Ende.

Die Aufnahmen sollten in einem vierseitigen Beitrag über Pelze verwendet werden. Als Setting hatte Elena das Palladium gewählt, noch immer einer von New Yorks heißesten Nightclubs. Die Sitzung hatte um neun Uhr vormittags begonnen. Jetzt war es fast Mittag, und Elena war mit allem unzufrieden, was Nobu bisher getan hatte.

Die Lippen geschürzt, die Augen geschlossen, fragte Nobu mit bemerkenswert ruhiger Stimme: »Was wollen Sie denn nun, Mrs. Radley?«

Elena, die von drei Stunden hämmernder Rockmusik höllische Kopfschmerzen hatte, fauchte: »Ich will etwas Originelles. Ich will ein wenig von der Einfallskraft sehen, die Sie angeblich besitzen. Was Sie mir bisher geboten haben, sind drei langweilige Models in langweiligen Posen in einer langweiligen Diskothek. Also, halten Sie sich ran, Nobu, sonst ist dies Ihr letzter Auftrag für *Elegance*, das kann ich Ihnen versprechen«, sagte Elena mit zusammengebissenen Zähnen. Sie steckte sich eine Zigarette an und nahm schnelle, kurze Züge. »Stellt diese verdammte Musik ab!« rief sie über dem Lärm. »Sie inspiriert offenbar niemanden, und sie ruiniert mir das Trommelfell!«

Das Band wurde sofort abgeschaltet.

»Das ist schon besser.« Sie sah auf ihre Uhr. Es war fünf Minuten nach zwölf, und der Club war nur bis halb zwei gemietet.

Denk, Elena, denk!

»Entspannt euch alle und macht fünf Minuten Pause.«

Verdammte Deadlines! Hörte das denn nie auf?

»Was, zum Teufel, sollen wir bloß mit diesen Aufnahmen machen?« sagte sie mehr zu sich selbst als zu sonst jemandem.

Sie drückte ihre Zigarette aus und dachte nach. Wortassoziationen. Pelze — Tiere — wild — *wild! Das ist es!* Alle sind zu zahm. Das verdammte Konzept ist zu zahm.

Sie rief dem Beleuchter zu: »Was können Sie mit diesen Lasern machen, Freddie?«

»Alles, was Sie wollen, Elena.«

»Dann geben Sie mir ein paar horizontale Lichtstreifen.«

»Vielfarbig oder einfarbig?«

»Einfarbig. Das leuchtendste Rot, das Sie haben.«

Innerhalb von Sekunden erschienen zehn horizontale leuchtend rote Lichtstreifen in der Mitte der Tanzfläche.

»Perfekt, Freddie.«

Elena ging zu den drei ungeheuer attraktiven jungen Frauen, deren Aussehen sich kaum voneinander unterschied.

»Jenny, Tanya, Didi, hört mir genau zu. Hat eine von euch Einwände gegen teilweise Nacktaufnahmen?«

»Also, nein, Elena.«

»Nicht im mindesten.«

Didi nickte zustimmend.

»Gut«, sagte Elena. Sie rief den Make-up-Mann, der in einer Ecke kauerte. »Philippe, kommen Sie her.«

Seine Stimme zitterte. »Ja, Elena.«

»Hören Sie, Darling, wie schnell können Sie diese Frauen in Tiere verwandeln?«

»Sie meinen wie in *Cats*?«

»Etwas futuristischer. Streifen, übertriebene Augen. Ich will, daß sie schön, sexy und gefährlich aussehen.«

»Überlassen Sie das mir, Elena. Ich weiß genau, was zu tun ist. Der Himmel weiß, ich war auf genug Tuntenbällen.«

Philippe arbeitete rasch, verpaßte einem Model einen schwarzen Streifen quer über die Stirn, einem anderen einen Streifen auf jeder Wange und dem Nasenrücken, dem dritten einen Streifen von Ohrläppchen zu Ohrläppchen über die Oberlippe.

Er fragte Elena: »Sie glauben nicht, daß das zu sehr wie ein Schnurrbart aussieht?«

»Nein, das sieht genau richtig aus.«

Die Frauen entledigten sich all ihrer Kleider ohne eine Spur von Befangenheit und trugen nur noch ihre Slips.

»Jetzt zieht eure Mäntel an«, sagte Elena.

Die Nacktheit der Models verlieh den Mänteln eine sinnliche Ausstrahlung. *Elegance* würde sich von den übrigen Modezeitschriften abheben. Elena lächelte zufrieden. Sie hatte es geschafft.

Elena blickte zur Soundkabine hinauf. »Sie da oben. Wie heißen Sie?«

Eine junge männliche Stimme rief zurück: »Jocko.«

»In Ordnung, Jocko, haben Sie irgend etwas Exotisches in Ihrer Sammlung? Irgend etwas von Yma Sumac?«

»Wie bitte?«

»Schon gut, die war vor Ihrer Zeit.«

»Ich habe Harmonys ›I want a primitive man‹. Wie wär' das?«

»Nie gehört.«

»Horchen Sie mal rein.«

Die Klänge des durchschlagenden Hits der jungen Rocksängerin drangen aus den Lautsprechern. Es war eine ungewöhnliche Mischung aus Rock 'n' Roll und Congo-Rhythmen. Elena war begeistert und machte Jocko in der Soundkabine das Victory-Zeichen.

Sie besprach sich mit dem Fotografen. »Sehen Sie, worauf ich abziele, Nobu?«

Anstatt von Elenas Veränderungen beleidigt zu sein, sprang der kleine Mann vor Begeisterung auf und ab. »Ich weiß genau, was Sie wollen, Mrs. Radley.«

»Gut. Dann bringen Sie es jetzt!«

Nobu postierte die drei Frauen hinter die schimmernden Lichtstreifen, arrangierte sie so, daß hier eine Brust, da eine Hinterbacke oder ein Stück Schenkel entblößt war. Dann begann er mit seinen Aufnahmen.

Elena lehnte sich zurück und beobachtete. Sie gratulierte sich zu ihrer Fähigkeit, die Situation umzukehren. *Elegance* würde ein aufsehenerregendes Layout bekommen.

Als sie sich zum Aufbruch vorbereiteten, meldete jemand: »Dovima Vandevere ist am Telefon. Sie sagt, es ist ein Notfall.«

»Lieber Himmel!« brummte Elena. »Was ist jetzt wieder los?« Sie ging ans Telefon. »Ja, Dovima, was ist das Problem?«

»Wie schnell können Sie ins Büro zurückkommen, Elena? Wir haben eine Krise.«

»Darf ich fragen, worum es geht?«

»Das Cover.«

»Was ist los? Hat sich die Streisand die Nase richten lassen?«

»Nein, schlimmer. Sie hat abgesagt. Sie findet, daß sie kein Magazin-Cover mehr braucht.«

»Können Sie sie nicht anrufen und wieder dazu überreden? Immerhin ist sie angeblich Ihre Freundin.«

»Das habe ich schon versucht. Sie bleibt eisern. Sie müssen sich jemand anderen einfallen lassen.«

»Aber wen, Dovima, wen soll ich so spät noch bekommen?«

Dovima sagte etwas, aber Elena konnte es nicht verstehen. Sie legte ihre Hand über den Hörer und schrie zu der Sound-Kabine: »Jocko, könnten Sie Harmony und ihre Dschungeltrommeln abstellen? Ich kann mein eigenes Wort kaum verstehen. Danke, so ist es besser. Also, was haben Sie gesagt, Dovima?«

»Ich habe gesagt, daß Sie meine Chefredakteurin sind. Es ist Ihr Problem.« Damit legte Dovima auf.

Elena knallte den Hörer auf den Apparat und schrie: »Hat jemand eine Handgranate?«

Roxanne saß am Küchentisch und starrte ins Leere. Obwohl es schon fast ein Uhr war, hatte sie sich noch nicht für den Tag angezogen, sondern trug noch immer ihr Nachtgewand aus Satin und Spitze. Sie nahm einen Schluck Kaffee. Er war kalt. Sie stand auf, goß ihn in die Spüle und spülte Tasse und Untertasse, als das Telefon klingelte. Zuerst dachte sie, daß es wahrscheinlich Nick war, und sie wollte sich nicht melden. Er hätte am Vorabend zu ihr kommen sollen. Er war nicht aufgetaucht, und er hatte nicht angerufen. Das Telefon klingelte wieder, und sie überlegte, daß Nick keine Zeit zum Anrufen haben konnte, wenn er das Mittagessen im Panache servierte. Es mußte Sam sein. Sonst rief sie niemand an.

Sie hob den Hörer mitten im dritten Klingeln ab.

»Hi, Nachbarin.«

»Wer ist da?«

»Also, jetzt hört doch alles auf! Erkennen Sie keinen texanischen Akzent, wenn Sie einen hören? Hier ist Bobbie Jo Bledsoe. Erinnern Sie sich an mich? Ich wohne gleich den Korridor hinunter, Darling.«

Roxanne war verlegen. »Oh, Miss Bledsoe — Bobbie Jo. Es tut mir leid. Natürlich erkenne ich Ihre Stimme. Ich bin nur gerade erst aufgewacht.«

»Gut. Dann haben Sie noch kein Frühstück und verteufelt sicher auch kein Mittagessen.«

»Also, nein«, erwiderte Roxanne und fragte sich, worauf sie hinaus wollte.

»Sind Sie heute nachmittag beschäftigt, Roxanne?«

»Ich habe nichts vor.«

»Wie lange brauchen Sie, um sich fertig zu machen?«

»Ich weiß nicht . . . halbe Stunde. Warum?«

»Weil ich Sie zum Lunch einlade, und sagen Sie nicht nein.«

Roxanne war begeistert. Es war erst das zweite Mal, daß sie jemand in dem Gebäude bat, mehr zu tun, als den Aufzug zurückzuhalten.

»Bobbie Jo, ich möchte gern mit Ihnen zum Lunch gehen. Sind Sie schon angezogen?«

»Nein, und ich brauche eine dreiviertel Stunde. An mir ist mehr dran. Sollen wir uns toll herrichten?«

»Toll, auf jeden Fall.«

»Ins Colony?«

»Ich war nie da. Hut und Handschuhe?«

»Hut und Handschuhe.«

»Ich klingle in einer dreiviertel Stunde bei Ihnen, aber bekommen Sie denn jetzt noch eine Reservierung, Bobbie Jo?«

»Sicher. Ich kann eine Menge Druck machen. Bis gleich.«

Roxanne lief durch den Korridor ins Schlafzimmer. Zum Teufel mit Nick. Wenn er anrief, war sie eben nicht daheim. Sollte er sich doch fragen, was mit ihr war.

Eine Stunde und zehn Minuten später trafen die beiden Frauen vor dem Colony ein. Roxanne konnte kaum ihre Erregung unterdrücken und war von dem berühmten Park Avenue-Restaurant begeistert.

Ohne zu überlegen, rief sie mit hoher Stimme: »Gottes Augen! Es sieht genau wie im Film aus!«

Bobbie Jo grinste über die Unbefangenheit ihrer neuen Freundin.

»Und Sie sehen aus, als sollten Sie im Film auftreten, Darling.«

Roxanne war ganz in Weiß gekleidet. Sie trug ein ärmelloses weißes Seidenetuikleid mit einem eckigen Ausschnitt. Die obligatorischen Handschuhe waren ebenfalls weiß, genau wie der kleine runde Hut mit einem gestärkten Schleier.

In einem nicht geplanten, aber bemerkenswerten Kontrast zu Roxanne war die Amazone aus Houston fast vollständig in Schwarz gekleidet. Ihr schwarzes Leinenjackett war im Stil der vierziger Jahre entworfen, mit breiten Schultern und Rüschen. Der volle schwarze Rock war mit weißen Punkten in der Größe von Silberdollars bedeckt. Ihre Handschuhe, mit Rüschen an den Stulpen, bestanden aus dem gleichen Stoff wie der Rock, der auch in einer großen, aufgeplusterten Schleife auf ihrem breiten schwarzen Strohhut wiederholt wurde. Bobbie Jos Schmuck — zusammenpassende Ohrringe, Halskette und Armbänder — bestand aus Ebenholz und Elfenbein und stellte verschiedene geheimnisvolle afrikanische Gottheiten dar.

Roxannes schlanke und schicke Erscheinung ließ Bobbie Jo plötzlich fragen: »Denken Sie, ich bin overdressed?«

Roxanne erwiderte: »Überhaupt nicht.« Um keinen Preis hätte sie Bobbie Jos Gefühle verletzt.

»Ich weiß, ich habe nicht mehr Geschmack als ein Laib Brot aus dem Supermarkt, aber wenn ich etwas sehe, will ich es kaufen und auch tragen, und wenn die ganze Welt untergeht.«

Als sie das Restaurant betraten, gestand Roxanne: »Ich bin nervös.«

»Nicht nötig. Das ist nur ein Haufen verkniffener Weiber mit zu viel Geld und zu wenig Menschlichkeit.«

Als der etwas aufgeschreckte Maître d'hôtel die Frauen an einen Tisch führte, wurde Roxanne sich der mißbilligenden Blicke der hier speisenden Damen bewußt.

Sobald sie Platz genommen hatten, fragte ein dünner, steifer Kellner mit säuerlicher Miene in geringschätzigem Ton, ob sie Drinks bestellen wollten.

»Ich nehme ein Tab und Tequila«, verkündete Bobbie Jo. Der Kellner zuckte zusammen. »Ich bin auf Diät.«

Roxanne wandte sich an ihre Freundin. »Helfen Sie mir. Was soll ich um diese Tageszeit bestellen?«

»Geben Sie meiner Freundin eine Bloody Mary.« Zu Roxanne sagte sie: »Das ist mit Tequila. Der beste Drink, um Ihre Abwehr zusammenbrechen zu lassen. Ich sollte es wissen — so habe ich meine Jungfräulichkeit verloren.« Der Kellner hastete davon. Bobbie Jo bemerkte: »Was für ein saurer Hering. Der sieht aus, als hätte er eine Zitrone ausgelutscht.« Roxanne kicherte, und Bobbie Jo fragte sie direkt: »Was machen Sie für gewöhnlich mit Ihren Nachmittagen?«

»Ich bemale mir oft meine Zehennägel.«

»Ha! Ich kann die meinen nicht erreichen. Ich muß zu Lizzie Arden's gehen und es mir von jemand anderem machen lassen.«

Die Drinks kamen zusammen mit den Speisekarten. Bobbie Jo flüsterte: »Ich glaube, er will uns möglichst schnell wieder loswerden.« Sie hob ihr Glas. »Auf neue Freundinnen.«

Während sie tranken, gab Bobbie Jo Roxanne einen laufenden Kommentar über jene Gesellschaftsgrößen, die sie erkannte.

»Dieses tiefgefroren wirkende Wesen da drüben mit dem Gartenpartyhut ist Mrs. Anthony Ford-Whitney. Sie reist einmal im Jahr nach Genf für ihr jährliches Facelifting und Injektionen aus Affendrüsen. Man sagt, sie kann an keinem Obststand vorbeigehen, ohne nach einer Banane zu greifen. Sehen Sie die kühl wirkende Blondine, die vom Waschraum zurückkommt? Das ist Caroline Hershberg. Hat vielleicht gerade schnell etwas geschnupft. Sie ist mit Myron Hershberg verheiratet, dem Mann, der diese häßlichen Häuser überall in der Stadt aufstellt. Ich habe gehört, das wäre alles, was er aufstellen kann. Sie ist eine so überzeugte Kokserin, daß sie die Auszeichnung besitzt, als einzige zum Verlassen der Betty-Ford-Klinik aufgefordert worden zu sein. Diese dunkelhaarige Schönheit da drüben ist Valencia Marcus. Sie ist Exilkubanerin. Früher machte sie in Havanna einen Akt mit einem Esel. Doch als Castro an die Macht kam, ging sie an Bord eines Fischerbootes nach Florida, wo sie einen von Miamis Multimillionären heiratete. Man sagt, sie hätte noch immer ihren Esel.«

»Sind das Freundinnen von Ihnen?« fragte Roxanne verwundert.

»Niemals. Laut Allison Van Allen bin ich zu schrill und zu derb für höfliche Gesellschaft. Übrigens, hat sie Sie zu ihrer Mittsommernachts-Gala eingeladen?«

»Niemals im Leben. Sie spricht nicht einmal mit mir. Sam und ich haben sie kurz bei einem Meeting der Hausbewohner getroffen, als die neue Dekoration der Eingangshalle besprochen wurde. Sam bot an, die Dekoration aus seinem Laden zu liefern, aber Allison hat ihn niedergestimmt. Sie mag dieses alte französische Zeug.«

»Ja, ich weiß. Sie hat's mit Louis Quatorze.«

»Mit wem?«

»Irgend so ein französischer König aus dem achtzehnten Jahrhundert.«

»Ich wußte nicht, daß sie so alt ist.«

Bobbie Jo stieß ein bellendes Lachen aus. Der Kellner warf ihr einen eisigen Blick zu, den sie ignorierte.

»Geben Sie uns noch was von dem Zeug, und zwar Doppelte.«

Eine Stunde später hatte der Alkohol die äußeren Schichten von Reserviertheit und Schüchternheit beseitigt und brachte die beiden dazu, leicht und oft zu lachen, bis sie endlich das Stadium der Geständnisse erreichten.

Bobbie Jo sagte: »Ich habe ein Auge auf jemanden geworfen, der in unserem Gebäude arbeitet.«

»Doch nicht Albert!«

»Hältst du mich für nekrophil? Nein, es ist Fred.«

»Oh, der ist wirklich nett. Ich mag Fred. Und er sieht gut aus auf eine wind-und-wettergegerbte Art.«

»Und er hat krumme Beine. Ich fühle mich zu O-Beinen sehr hingezogen. Ich stelle mir immer vor, daß es da ein gewaltiges Hindernis gibt, das sie so wachsen läßt. Und weißt du was? Ich hatte immer recht. Alle meine Ehemänner hatten O-Beine.«

Bobbie Jo zog den linken Handschuh aus und nannte den Namen jedes Ehemannes, der zu dem jeweiligen Ring gehörte. Roxanne setzte mit großem Gehabe ihre Sonnenbrille auf und untersuchte die Ringe. Der Tisch erbebte unter fröhlichem Lachen.

Als der Kellner zu ihnen eilte und fragte, ob sie bereit wären, Lunch zu bestellen, winkte Bobbie Jo ihn mit ihrer glitzernden Linken weg. Sie betrachtete einen Moment die Ringe und sagte: »Um die Wahrheit zu sagen, Roxanne, ich habe jeden dieser Klunker selbst bezahlt. Keiner meiner Ehemänner konnte sich solche Steinchen leisten. Ich weiß, daß sie mehr an meinem Geld als an mir interessiert waren, aber was soll's, zum Teufel? Ich habe sie alle geliebt, und ich habe mehr Erinnerungen an gute Zeiten als die meisten Leute.«

»Hast du jemals daran gedacht, dich wieder zu verheiraten, Bobbie Jo?«

»Him-mel! Jede Minute eines jeden Tages. Es ist schon so viel Wasser unter der Brücke durchgeflossen.«

Roxannes Augen weiteten sich vor Erstaunen. »Was machst du wegen Sex?«

»Sex? Ha! Was ist das? Ist schon so lange her, daß ich einen Mann hatte, daß ich mich wahrscheinlich nicht mehr daran erinnern würde, was ich tun soll.«

Roxanne beugte sich verschwörerisch vor. »Ich glaube, es würde dir wieder einfallen.«

»Da wir von Sex sprechen, ich habe etwas, das ich dir zeigen will.« Bobbie Jo faßte in ihre Handtasche und warf eine hellrosa Karte auf den Tisch. »›Astarte — ein Privatclub für Frauen, die wissen, was sie wollen.‹ Wirklich, Roxanne, jemand muß denken, ich hätte es schon sehr nötig.«

»Du wirst es nicht glauben, aber ich habe auch eine Karte bekommen.« Roxanne öffnete ihre Handtasche, und in ihrem Taschenschminkset steckte ein Duplikat der rosa Geschäftskarte. »Ich frage mich nur, wie sie unsere Namen auf ihre Adressenliste bekommen haben.«

»Sollte mich nicht überraschen, wenn Allison das irgendwie gedreht hat.«

»Irgendwann müssen wir hingehen.« Roxanne kicherte. »Nur zum Anschauen.«

»Also, ich gehe mit dir, wenn du willst, aber ich mache mir nichts aus diesen jungen, wohlgebräunten Nautilus-Typen. Für mich sehen sie alle gleich aus. Und ich vertraue keinen Strichern. Wenn ich Herpes kriege, möchte ich nicht auch noch dafür bezahlt haben. Außerdem mag ich richtige Männer.«

»Wie Fred?« fragte Roxanne. »Also, warum bittest du ihn nicht irgendwann auf einen Drink nach oben?«

»Das ist eine schwierige Situation, ich als Bewohnerin des Hauses und er als Angestellter.« Bobbie Jo lachte leise. »Was würde wohl Allison dazu sagen, wenn ich mich mit Fred verabrede?«

Roxanne betrachtete ihre Freundin. »Warum kümmert es dich einen Deut, was sie denkt?«

Bobbie Jo überlegte einen Moment. »Du hast absolut recht. Warum sollte es mich kümmern?«

»Darauf trinke ich.« Roxanne nahm einen tiefen Schluck, stellte ihr Glas hart ab und erklärte: »Ich muß auch ein Geständnis ablegen.« Sie rückte näher zu Bobbie Jo. »Ich habe eine Affäre. Erinnerst du dich daran, wie du mich für den Telefondienst bei der Wohltätigkeitsveranstaltung auf Channel Thirteen verpflichtet hast?« Bobbie Jo nickte. »Bist du dageblieben und hast dir die Teilnehmer angesehen?« fragte Roxanne.

»Mußte ich. Ich war eine der Organisatorinnen. Ich war da bis zum bitteren Ende.«

»Erinnerst du dich an den Italiener, der ›Feelings‹ sang?«

»Wie könnte ich den vergessen? Er war so fürchterlich. Aber, Himmel, war der sexy! Dem würde ich jederzeit Gesangsstunden bezahlen.« Begreifen zuckte über Bobbie Jos Gesicht, und sie rief: »Oh, mein Gott! Roxanne, du hast eine Affäre mit ihm?«

Alle Köpfe an den benachbarten Tischen wandten sich um.

»Ja, ich schätze, ich habe noch eine, aber sie geht zu Ende.«

Bobbie Jo röhrte vor Lachen, und der Kellner tauchte erneut auf. »Ladies, bitte«, zischte er. »Sie stören die anderen Gäste.«

Bobbie Jo betrachtete ihn eine volle Minute, ehe sie erwiderte: »Hören Sie, Sie langes Stück, wir sind auch Gäste, und das sollten Sie nicht vergessen. Und jetzt schwingen Sie Ihren knochigen Arsch an die Bar und bringen uns noch zwei von dem Zeug hier, bevor ich meine Brüste heraushole und auf den Tisch lege.«

Roxanne fügte hinzu: »Dann wären es schon vier.«

Der Kellner wich betroffen zurück. »Ihre Drinks kommen sofort . . . Ladies.«

Skip saß mit gekreuzten Beinen auf seiner Luftmatratze. Er stimmte sein Geheimwort an, wieder und immer wieder, bis der Klang den Raum erfüllte und die Wände verschwinden ließ. Eine Lichtaura ergoß sich aus dem Himmel, umhüllte seinen nackten Körper und trug ihn nach oben, bis er eins wurde mit dem Universum.

Er schwebte.

Mickey Mouse beobachtete teilnahmslos durch das runde Glas des Weckers. Die Sekunden vertickten, während Mickeys behandschuhte Hände sich langsam und fast unmerklich auf sechs Uhr zubewegten.

Der klingelnde Wecker brachte Skip zurück in die Realität seines gegenwärtigen Lebens. Es war Zeit, sich auf die Arbeit vorzubereiten.

Skips Apartment lag auf der Fünfundvierzigsten Straße West zwischen der Achten und der Neunten Avenue. Der Hauptraum, der zum Schlafen und zum Meditieren diente, war, abgesehen von der Luftmatratze und dem Wecker, völlig leer. Die Matratze und die Fenster waren mit weißem Leinenstoff bedeckt. Die einzige Farbe stammte von dem beige und braunen Klimagerät, das auf voller Kraft lief.

Skip sammelte das ordentlich gefaltete Bettzeug — ein weißes Laken, eine weiße Daunendecke — ein und trug es in den langen schmalen Raum, der sein Schlafzimmer mit Küche und Bad verband. Der Raum war ebenfalls weiß und wurde nur zum Aufbewahren benutzt. Eine Wand mit leinenverhangenen Schränken enthielt seine Kleider und die persönliche Habe, einschließlich Stereoanlage, Fernseher und Bücher, vorwiegend Werke über Gesundheit, Körperertüchtigung und Okkultes.

Die Küche war ebenfalls weiß, sowohl die Möbelstücke als auch die alten Geräte. Auf einer Seite der Küchenspüle führte eine kleine Tür zur Toilette. Auf der anderen Seite verhüllte eine mit Zeitungsausschnitten dekorierte Falttür eine altmodische Badewanne mit Klauenfüßen. Den Raum dominierte ein Gerät, Soloflex genannt, das Skip für sein tägliches Training benützte, um seinen Körper in Form zu halten.

Er wärmte sich zehn Minuten auf, bevor er sein Übungsprogramm begann. Dreißig Minuten später prickelte sein ganzer Körper, und er war mit Schweiß bedeckt.

Es war fast sieben Uhr abends, Zeit zum Frühstück, da er während des Tages schlief, weil seine Arbeit im Astarte meistens nicht vor der Morgendämmerung endete. Aus dem Kühlschrank holte er einen Karton Orangensaft, Joghurt, biologische Honigkleie und ein Tablett mit Behältern voll von unterschiedlichen Vitaminpillen. Skip glaubte, daß ihn sein Gesundheits- und Trainingsprogramm gegen die Auswirkungen der Drogen immunisierte, die ihn von Zeit zu Zeit in Versuchung führten. Er aß langsam und spülte zwischen den einzelnen Bissen die Vitaminpillen mit Orangensaft hinunter. Sein Frühstück veränderte sich genauso wenig wie seine Meditationen und sein Training.

Skip war ein Gewohnheitstier.

Als er fertig war, spülte er das Geschirr und verstaute es ordentlich auf dem Sideboard, nahm dann den Deckel von der Wanne und ließ sein Badewasser ein. Im Gegensatz zu der kühlen Raumtemperatur liebte Skip seine Bäder so heiß, wie er es gerade ertragen konnte. Als die Wanne halb voll war, fügte er einen Spritzer duftendes Badeöl hinzu und ließ sich in das Wasser sinken.

Während Skip seinen Körper methodisch mit einem Naturschwamm abrieb, wanderten seine Augen über die Schlagzeilen der Zeitungsausschnitte, die er an die Falttür geklebt hatte. Die meisten Ausschnitte stammten aus New Yorker Zeitungen, aber einige der älteren, vergilbten stammten aus anderen Staaten. Seine Augen registrierten die Buchstaben, aber sein Gehirn formte daraus keine Worte. Er kannte sie bereits auswendig.

Obwohl die Ausschnitte aus verschiedenen Zeiten und von verschiedenen Orten stammten, hatten sie eines gemeinsam — einen roten Faden der Gewalt. Jeder Artikel, jedes Bild und jede Schlagzeile beschäftigte sich mit der brutalen Ermordung von Frauen Mitte bis Ende Vierzig.

Die prahlende Zurschaustellung hätte eine Sammlung vernichtender Beweise gegen Skip sein können, aber niemand kam in diese Wohnung, Cristo ausgenommen, und Cristo konnte nicht lesen. Und selbst wenn er fähig gewesen wäre, die Bedeutung der Worte zu begreifen, hätten sie ihn nicht im geringsten überrascht oder gestört.

»Du bist sehr glücklich«, hatte Tante Doreen immer zu Skip gesagt. »Du bist Skorpion mit Löwe im Aszendenten. Du bist ein *sehr* glücklicher junger Mann.«

»Ich bin glücklich«, murmelte Skip zustimmend.

Doreen Flaherty war nicht wirklich Skips Tante, sondern seine Pflegemutter. Ihr Haus war ein Refugium für etliche unerwünschte Kinder, für die sie monatliche Zuwendungen vom County bezog. Ständig lebten sechs bis acht Kinder bei ihr, während sie auf ihre Adoption warteten. Sie wurde von allen Kindern, die ihr Haus durchwanderten, »Tante Doreen« genannt, und in der Nachbarschaft hielt man sie für eine Art Heilige.

Skip hatte als Ältester die schwierige Aufgabe, sich um die Jüngeren zu kümmern. Er diente als Ersatzbruder für die ständig wechselnde Brut. Doreen verließ sich darauf, daß Skip »die Kinder bei der Stange hält und für Harmonie in der Familie sorgt«.

Skips Gehorsam bedeutete, daß Doreen frei war, um ihren anderen »guten Werken« nachzugehen. Sie las aus den Tarot-Karten und weissagte aus fast allem – Kaffeesatz, Vogelstimmen, Wetterveränderungen. Sie war hochangesehen für ihre Vorahnungen und Weissagungen bei vielen Leuten in Uniontown, Pennsylvania.

Skip hatte es stets sonderbar gefunden, daß Tante Doreen ihren eigenen schauerlichen Tod nicht vorhergesehen hatte.

Tante Doreen wurde auf der Tür in Skips Apartment durch eine schreiende Schlagzeile auf dem ältesten Zeitungsausschnitt repräsentiert: FRAU BRUTAL ERMORDET – DOREEN FLAHERTY ERSTOCHEN – BIZARRES SEXUALVERBRECHEN.

Skips Mundwinkel hoben sich bei der Erinnerung. Er hatte sich selbst ein Alibi gebastelt und die örtlichen Behörden davon überzeugt, daß er nichts mit dem gräßlichen Verbrechen zu tun hatte. Darüber hinaus, wer hätte schon ahnen können, daß ein so unschuldig wirkender Vierzehnjähriger eine so grausige Tat begangen hatte?

»Deine Tarot-Karte ist der Tod«, hatte sie ihm einmal gesagt. Aber die Polizei wußte das natürlich nicht.

Skip zog den Stöpsel heraus, stieg aus der Wanne und trocknete sich mit einem überdimensionalen, luxuriös weichen Handtuch ab. Danach rieb er Bodylotion in seine glatte, perfekte Haut.

Er schaltete die Make-up-Lampen ein, die er rund um den Spiegel über der Küchenspüle angebracht hatte, und rasierte sich sorgfältig mit einem extrem scharfen, geraden Rasiermesser. Skip betrachtete das Gesicht im Spiegel, während er die Stoppeln entfernte. Er mochte sein neues Aussehen. Seine dichten Augenbrauen waren gezupft und in Form gebracht worden, was ihm ein unschuldiges Aussehen verlieh. Sein Haar hatte in einem exklusiven Herrensalon Strähnchen bekommen und war aufgehellt worden, nachdem es kurz geschnitten und zu etwas gestylt worden war, das Skip »akademischen Punk« nannte. Sein neues Aussehen ließ ihn noch jünger als seine vierundzwanzig Jahre erscheinen.

Skip hatte das Glück, diese besonderen Gesichtszüge zu besitzen. Er war hübsch, aber sein gutes Aussehen war so wandelbar wie seine chamäleonartigen grauen Augen, die ihre Farbe mit seinen Stimmungen wechselten. Es überraschte ihn nicht, daß die von der New Yorker Polizei veröffentlichte jüngste Skizze des Killers einen dunkleren, älteren, finster dreinblickenden Mann zeigte, der nur eine äußerst geringe Ähnlichkeit mit seinem jetzigen Aussehen besaß.

Während Skip seine perfekten Zähne bürstete und mit Zahnseide bearbeitete, floß Energie durch seine Adern wie Strom durch Drähte, und seine Aura war deutlich sichtbar. Sie umgab seinen Körper wie orangerotes Neonlicht.

Skip tappte zum Kleiderschrank und traf seine Wahl für die Nacht im Astarte. Alle Kleider waren, zu seinem veränderten Image passend, in teuren Boutiquen gekauft worden. Er konnte es sich leisten, sich mit dem Allerbesten auszustatten. Seit der Nacht seines Debuts war er rasch zum höchstbezahlten Miet-Mann im Club geworden. In ihrem Privatinterview war Lady ganz besonders von seiner sexuellen Darbietung erfreut gewesen und hatte keine Bedenken, ihn ihrer besten Klientel zu empfehlen.

Skip mochte es, begehrt zu sein.

Sex war seine Macht.

Sex war seine Waffe.

Er wählte eine gutsitzende weiße Hose, ein rosa Baumwollhemd und ein Sommerjackett aus genoppter Seide in Rosa, Blau und Weiß. Aber keinen Schmuck. Für den sollten die Ladies sorgen. Als er fertig angezogen war, bewunderte Skip sich in einem bodenlangen Spiegel. Er sah aus, als wäre er soeben aus den Seiten von *Gentlemen's Quarterly* gestiegen.

Trotz seiner guten Stimmung und seinen optimistischen Aussichten konnte Skip nicht ganz seinen hochfliegenden Gefühlen trauen. Sie gingen dem voraus, was seine Tante Doreen den

›teuflischen Blues‹ genannt hatte und Cristo seine ›komischen Stimmungen‹. Er beschloß, einen schnellen Umweg zu machen, bevor er ein Taxi zum Club nahm. Es gab eine Bodega auf der Neunten Avenue, gleich um die Ecke von seinem Apartment, wo sie unter der Theke alle Arten illegaler Substanzen verkauften. Er wollte zwei Phiolen Crack kaufen als Versicherung gegen sein sprunghaftes Temperament.

Er schob seine Kopfhörer und die jüngst mit Widmung versehene Harmony-Kassette in seine Tasche und bereitete sein Apartment für die Nacht vor. Zuerst stellte er das Radio auf einen Rocksender und kontrollierte alle Schlösser an den Fenstern, dann schaltete er den Einbruchsalarm ein und schloß und versperrte leise die Tür.

Skip stand auf der Schwelle des schäbigen Brownstones und blickte zum lavendelfarbenen Himmel hinauf. Der Tag starb, und er selbst erwachte zu Leben.

Astarte war für die Reichen und Ausschweifenden bestimmt. Es war ein Club, in dem Gesellschaftsdamen, Karrierefrauen, Hausfrauen und Touristinnen essen, trinken und tanzen und einen jungen Mann für einen goldumrahmten Beischlaf mieten konnten. Visa, American Express und MasterCard wurden akzeptiert.

Im Astarte war Befriedigung die Parole der Nacht, und jene Frauen, die hierher kamen, erwarteten und erhielten das Beste — die feinsten Weine und Liköre, exquisite französische Küche und hübsche junge Männer, die jedem noch so ausgefallenen Geschmack entsprachen. Parfum wurde stündlich in den üppigen Räumen versprüht, und die Champagnerkorken knallten bis zum Morgengrauen.

Elena hatte die meisten Räume im Astarte erforscht, und sie war beeindruckt, wenn auch nicht im geringsten überrascht. Der Privatclub war mit Stil dekoriert worden, darauf angelegt, die Sinne zu stimulieren. Die Beleuchtung schmeichelte den älteren Frauen, die den Großteil der Klientel stellten. Aber am attraktivsten von allem waren die jungen Männer, die hier arbeiteten. Jeder einzelne sah gut aus und war auf seine Art sexy. Elena fühlte sich wie das sprichwörtliche Kind im Bonbongeschäft, so überwältigt war sie von der unterschiedlichen Auswahl.

Sie war sehr froh, daß sie sich zum Kommen entschlossen hatte. Ihr Tag war besonders streßerfüllt gewesen. Nach der Fotosession war sie in ihr Büro zurückgekehrt. Dovima war nahe an einem Herzstillstand wegen Streisands Absage fürs Cover. Elena hatte eine Reihe von Alternativen vorgeschlagen, aber jeder Vorschlag traf auf Ablehnung.

»Was ist mit Prinzessin Di oder Fergie?«

»Was? Wir sind hier nicht bei *Dog World*«, grollte Dovima.

»Joan Collins ist heiß.«

»Habe ich gehört«, erwiderte Dovima kühl.

Elena war gereizt. »Was ist mit Mutter Teresa?«

»Nur, wenn sie sich mit Helm mit geschlossenem Visier fotografieren läßt. Ernsthaft, Elena, wir müssen jemanden finden — und zwar schnell. Jemanden, der noch nicht von jedem anderen Magazin zu Tode durchgekaut wurde. Nehmen Sie sich den Rest des Tages frei. Sehen Sie sich um. Kommen Sie mit jüngeren Leuten zusammen. Finden Sie heraus, worüber sie reden, wofür sie sich interessieren. Aber, um Himmels willen, kommen Sie mir mit einem Vorschlag!«

»Es gibt immer noch Bruce Springsteen.«

»Wollen Sie mit Bruce Springsteen aufhören! Er ist bereits überstrapaziert worden.« Dovima lachte. »Der einzige Grund, warum Sie ihn auf dem Cover haben wollen, ist, daß Sie ihn dann im Umkleideraum mit heruntergelassener Hose überraschen können.«

Elena lachte ebenfalls. »Sie haben es erfaßt.«

»Sehen Sie, Elena, ich habe absolutes Vertrauen zu Ihnen. Alles, was Sie bisher gemacht haben, war ausgezeichnet. Ich hätte mir keine bessere Chefredakteurin wünschen können, aber Sie müssen noch eine Runde überstehen und mit einer Persönlichkeit für das Cover anrücken. Denken Sie nach, Elena, denken Sie! Die Lösung haben Sie womöglich direkt vor der Nase.«

Elena fuhr heim und schlief den Rest des Nachmittags und in den Abend hinein. Als sie wach wurde, badete sie und — von Pillen stimuliert — beschloß, die Interessen des Magazins hintanzustellen und auszugehen. Elena zog sich unendlich sorgfältig an. Sie wand ihr schweres schwarzes Haar wie einen Turban um ihren Kopf, steckte es mit drei Haarnadeln fest, drei Kugeln, die mit calibré-geschliffenem schwarzem Onyx und mit Diamanten besetzt waren. Ihr Kleid war von Valentino entworfen worden, ein Corsagenkleid aus anschmiegsamem schwarzem Chiffon, am Saum besetzt mit Federn und Perlen.

Sie fand es zu warm für eine Strumpfhose. Abgesehen davon wiesen ihre Beine noch immer eine Sonnenbräune auf, die sie auf der Terrasse erneuerte.

Elena sagte sich, sie wisse nicht, wohin sie wollte, doch als sie sich auf dem Taxisitz zurücklehnte, kam die Adresse des Astarte automatisch über ihre Lippen.

»Genießen Sie es, Mrs. Radley?«

Elena drehte sich um und lächelte Lady zu, die in eine Meringue aus rosa Chiffon gehüllt zu sein schien. Elena gestattete sich einen Moment, bevor sie antwortete. Sie hatte Lady sofort beim Betreten des Astarte erkannt. Sie erinnerte sich allerdings nicht daran, welchen Namen sie gehabt hatte, bevor sie den in Elenas Augen falsch gewählten Namen Lady angenommen hatte, aber sie war in einen wohlbekannten Skandal Anfang der achtziger Jahre verwickelt gewesen. Lady war die Geliebte eines hochrangigen Mafia-Capos gewesen. Laut Presse hatte Lady den Mann erschossen, als er versuchte, sie loszuwerden. Weil sie jedoch ein Tagebuch mit Informationen über gewisse finanzielle Transaktionen geführt hatte und willens gewesen war, es dem Staatsanwalt zu übergeben, rückten die Reihen der Mafia eng zusammen und unterstützten Lady mit ganzer Kraft und bezahlten einen Spitzenverteidiger, der für sie einen Freispruch wegen Notwehr herausholte. Danach setzte die Mafia sie in einer Reihe zweifelhafter Etablissements ein, von denen das Astarte das vorerst letzte war.

Elena erwiderte heiter: »Es ist ein sehr unterhaltsamer Ort.« Sie brachte es nicht über sich, die Frau Lady zu nennen. »Man kann so viel unternehmen. Es ist schwer, eine Wahl zu treffen.«

Lady lächelte wissend. »Da ist jemand, den ich Ihnen vorstellen möchte, Mrs. Radley.«

Sie hob die Hand und winkte in den Hintergrund der Bar. Elena blickte über Ladys Schulter, und ein junger Mann tauchte aus den rauchigen Schatten auf und näherte sich ihnen. Elena fühlte, wie ihr das Herz stehenblieb. Sie wußte, daß es stehengeblieben war, weil sie deutlich den schnelleren Schlag spürte, als es wieder einsetzte. Er war der gleiche Typ wie ihr Stiefsohn Rad, nur jünger und sogar noch hübscher. Trotz seiner konservativen Kleidung strahlte er vor Sinnlichkeit, als verströmten seine Poren winzige Pfeile pulsierenden Lichts. Ein stattlicher Satyr in Designer-Kleidern.

»Skip, ich möchte, daß du Mrs. Elena Radley kennenlernst.« Er lächelte zurückhaltend, sagte jedoch nichts.

Lady sagte anmutig: »Sie müssen mich entschuldigen« und glitt davon.

Ein weiblicher Gast stieß gegen den jungen Mann, und er tat einen Schritt auf Elena zu.

»Skip?« murmelte Elena.

»Richtig. Darf ich Sie Elena nennen?«

Skip ergriff Elenas Arm und führte sie zu einem leeren Tisch. Ein Bodybuilder in einem Goldlamé-Posingslip nahm ihre Bestellung für Drinks auf. Skip verwickelte Elena geschickt in eine Unterhaltung. Er war charmant, er war klug, er war informiert, aber Elena konnte sich nicht auf die Unterhaltung konzentrieren. Sie mußte ihn haben. Nichts sonst zählte. Sie wollte den Druck ihres Lebens durch den Körper dieses jungen Mannes vergessen.

Skip unterbrach ihre Diskussion über einen neuen Film, indem er direkt fragte: »Sie tragen keine Unterwäsche, nicht wahr, Elena?«

Elena war überrascht, nicht schockiert. »Woher wissen Sie das?«

»Ich weiß viele Dinge«, erwiderte er rätselhaft und rückte mit seinem Stuhl näher. »Aber nur, um ganz sicher zu gehen . . .« Er schob lässig seine Hand zwischen ihre Beine und strich zu der Quelle hoch, von der die Hitze ihres Schoßes ausströmte.

Zehn Minuten später saßen Elena und Skip in einem über die Park Avenue rollenden Taxi. Seine Hand steckte wieder zwischen ihren Schenkeln, seine Finger erforschten ihre feuchten, warmen Tiefen.

Elena hastete durch die Halle von 777 und führte Skip mit sich wie ein Züchter, der einen Preisbullen vorführte. Mehrere Hausbewohner starrten hinter ihr her.

Nick merkte sich rasch die Anlage der Halle und die Zahl der Aufzüge und der Angestellten.

Einmal in dem Apartment, führte Elena ihn sofort ins Arbeitszimmer. Skip setzte sich in einen Sessel und streichelte das weiche glatte Leder, als wäre es die Haut einer Geliebten.

»Möchtest du einen Drink, Skip? Ich mache dir einen richtigen.«

Ohne Entschuldigung erklärte Skip: »Wir sollen bei der Arbeit nicht trinken. Entweder Tee oder Ginger Ale. Ich möchte Rotwein.«

»Kommt sofort.«

Elena mixte sich einen starken Wodka und Tonic und öffnete eine Flasche Rotwein. Sie reichte Skip ein Glas.

»Nun, Skip, worauf trinken wir?«

»Auf alles, was du an Spielen magst.«

Elena schloß die Augen und trank.

Skip nahm einen Schluck Wein. »Wie das Blut einer Jungfrau.«

»Ich möchte wieder eine Jungfrau sein, und ich möchte, daß du über mich herfällst«, flüsterte Elena heiser. »Ich will, daß du roh bist.«

Er lächelte dünn. »Du willst Schmerz?«

»Die häßliche Schwester der Lust. Ja.« Elena leerte ihr Glas in drei Zügen und knallte es auf die Bar. »Wenn du über mich herfallen willst, mußt du mich vorher fangen.«

Sie wirbelte auf dem Absatz herum, rannte zur Tür hinaus und durch den Korridor und blieb nur kurz stehen, um die Lichter zu dimmen, bevor sie ins Schlafzimmer lief.

Skip leerte das Glas Wein, ging an die Bar, griff nach der Flasche und trank direkt daraus. Er stellte sie erst ab, als sie leer war. Bei so schrankenlosem Benehmen hatte Elena bestimmt keine in der Wohnung lebenden Angestellten. Er wollte sie eine Weile auf ihn warten lassen. Sollte ihre Vorfreude wachsen. Außerdem reizte er gern, hielt sich zurück. Das stärkte seine Macht über *sie*.

Skips Augen funkelten vor Begeisterung über den Luxus, der ihn umgab und der alles übertraf, was er bisher kennengelernt hatte. Er schenkte sich einen doppelten Wodka in Elenas Glas ein und trank ihn, während er durch den Raum schlenderte und es zutiefst genoß, die teuren Gemälde und *objets d'art* zu betrachten. Nachdem er den Wodka getrunken hatte, stellte er das Glas auf den Tisch und begann sich auszuziehen. Er faltete seine Kleider ordentlich und legte sie über einen Ledersessel. Als er sich bückte, um Schuhe und Socken auszuziehen, bewunderte er sein Spiegelbild in den Scheiben der Terrassentüren.

Nackt stolzierte Skip durch den Raum wie ein verirrter Faun, der endlich in den Wald zurückgekehrt war. Er griff nach einem bronzenen Kerzenleuchter und rieb ihn gegen seine Brust. Er trat an den Tisch, ließ seinen fleischigen Penis in Berührung mit der exquisiten Vase kommen. Er schwang seine Hüften hin und her und bewegte die Blumenblätter und Kelche mit dem angeschwollenen Kopf. Dann lief er zu der schwarzen Ledercouch, sprang mit dem Gesicht nach unten darauf, drehte und wand seinen Körper auf dem glatten, kühlen Leder, bis er fast vollständig erigiert war.

Skip kehrte an die Bar zurück und griff nach dem Messer, mit dem Elena die Zitrone geschnitten hatte. Er preßte die scharfe Schneide gegen seine Wange. »Es möchte geschärft werden«, murmelte er und legte es auf die Bar zurück.

Schnüffelnd wie ein Tier, das seine Beute verfolgt, fand Skip mühelos das Schlafzimmer, indem er Elenas Duft folgte — einer

Mischung aus Obsession und den Sekreten ihrer Lust. Elena stand in der Ecke neben ihrem Bett und preßte eine rosa Spitzenüberdecke vor sich. Sie hatte ihr Haar geöffnet, und es fiel in Locken über ihr Gesicht. Ein Ausdruck von gespielter Angst lag auf ihrem Gesicht.

Obwohl sie vorsichtig genug gewesen war, die Lichter zu dämpfen, war die Beleuchtung in ihrem Schlafzimmer nicht so geschickt angelegt wie im Astarte, und Skip erkannte, daß sie viel älter war, als er gedacht hatte. Er kletterte auf das Bett und kroch auf Händen und Knien über die Satindecke. Seine Nasenflügel waren gebläht, sein Mund stand offen und enthüllte seine ebenmäßigen, perfekten Zähne. Elena zog die Decke zu ihrer Kehle hoch.

Skip kauerte auf der Bettkante, ließ die Arme seitlich herunterhängen und betrachtete sie eingehend mit seinen sich ständig verändernden Augen. Jetzt waren sie bernsteinfarben, die Augen eines Panthers.

Plötzlich sprang er sie an und riß an der Decke. Er packte Elena an den Haaren. Sie versuchte, ihn zu küssen, doch er riß ihren Kopf zurück. Seine flache Hand traf ihr Gesicht. Es klang wie ein Gewehrschuß. Die Wucht schleuderte sie gegen die Wand.

Blut sickerte aus einem Mundwinkel. Skip senkte den Kopf, schlug sie erneut, küßte sie und stieß sie zu Boden. Er verdrehte seine Augen weit nach hinten und erinnerte sich an einen von Tante Doreens Lieblingssätzen: »Ich tue dir nur weh, weil ich dich liebe.«

In einer plötzlichen zuckenden Bewegung bäumte Elena sich auf, bis ihre verhärteten Nippel über seine Brust strichen. Sie packte mit einer Hand seine Haare und mit der anderen sein pulsierendes Glied. Sie regnete Küsse über sein Gesicht, und als sie ihren Kopf zurückzog, war sein Gesicht blutverschmiert. In ihrer wilden Umarmung begannen sie, einander zu beißen, aneinander zu saugen und mit entflammten Zungen zu lecken. Schluchzend und stöhnend fielen sie beide zu Boden. Und mit einem harten Stoß drang Skip in sie ein, vereinigte sie beide. Elena lächelte das bittersüße Lächeln der Siegerin.

Als sie miteinander fertig waren, kletterten sie auf das Bett und lagen Seite an Seite, ohne einander zu berühren. Elena fühlte etwas Hartes unter ihrer linken Hinterbacke. Sie verlagerte ihr Gewicht, und der Fernseher wurde hell.

»Himmel, die Fernbedienung.«

Sie zog das Gerät zwischen den zerwühlten Laken hervor, zielte auf den Fernseher und wollte ihn schon abschalten, als die Worte des Nachrichtensprechers ihre Aufmerksamkeit erregten.

»Alles, nur keine Nachrichten«, klagte Skip.

»Ssst!«

Sie starrten beide auf den Bildschirm, während der attraktive blonde Nachrichtensprecher eine scheinbar spontane Story erzählte.

»Ist Harmony, der glitzernde Rockstar, wirklich eine Außenseiterin der High-Society? Eine heute in den *Daily News* erschienene Meldung behauptet, daß Harmony, das nachpubertäre Rockidol, in Wirklichkeit Hillary Harding-Brown aus einer von Bostons führenden Back Bay-Familien ist. Die *News* behaupten ferner, daß sie unter ihrem richtigen Namen in Sieben-sieben-sieben Park Avenue wohnt, der exklusivsten Residenz von New York Citys Oberschicht. Sie erinnern sich vielleicht, daß Paul McCartney in diesem Gebäude abgelehnt wurde, das dafür bekannt ist, daß es Rockstars von der Liste seiner Bewohner ausschließt.«

Zwei Filmstreifen flimmerten gleichzeitig über den geteilten Bildschirm — einer von Harmony während ihres letzten Konzerts, der andere von einer attraktiven jungen Frau, die vor 777 Park Avenue aus einem Taxi stieg.

Der Sprecher kam lächelnd auf den Bildschirm zurück. »Ist das dieselbe Person? Das müssen Sie selbst beurteilen, bis mehr Einzelheiten bekannt werden.«

Elena strampelte mit den Beinen und schrie: »Dovima, du Luder! Du hattest recht!«

Skip, verwirrt über Elenas Begeisterung, fragte: »Du meinst, Harmony wohnt in diesem Haus?«

»Ja, ja!« schrie Elena. »Genau in diesem Haus! Direkt unter meiner Nase!«

»Sie ist mein Lieblingsstar«, flüsterte Skip. Dann fuhr er mit seiner Zunge über das Satinlaken.

Allison hatte, im Bett sitzend, dieselbe Nachrichtensendung gesehen. Ein Kaleidoskop aus Rot, Gelb und Blau wirbelte vor ihren Augen. Sie schaltete mittels Fernsteuerung ab, stand benommen auf und rief nach Alma.

Schauer liefen über ihre Arme und Beine, und ein schlechter Geschmack von Galle stieg in ihrem Hals hoch. Allein der Gedanke, Hillary jemals wiederzusehen, ließ sie in Tränen ausbrechen.

Alma, die in dem Zimmer neben Allisons Schlafzimmer wohnte, wenn Jonathan weg war, hastete herein.

»Ich weiß. Ich habe es gehört, Mrs. Van Allen.«

Sie lief zu dem Bett und schlang ihre Arme um Allisons zuckende Schultern.

»Beruhigen Sie sich, bitte, beruhigen Sie sich.«

Allison warf ihren Kopf hin und her. Sie rieb sich die Schläfen mit den Fingerspitzen. »Ich will, daß sie meinen Anwalt anrufen.«

»Mrs. Van Allen, Sie dürfen sich nicht aufregen.«

»Rufen Sie ihn an!«

»Mrs. Van Allen, es ist nach elf.«

»Rufen Sie ihn in dieser Sekunde an, Alma.« Wie konnte Hillary ihr das antun?

24

Von den Medien angeheizt, verbreitete sich die Harmony/Hillary-Story im ganzen Land wie ein Virus — und jedermann wurde infiziert.

Jede große Zeitung und jede Fernsehstation brachten die Meldung. Sie machte Schlagzeilen in den *Daily News* und der *New York Post*, und sogar die konservative *New York Times* ließ sich zu einem Artikel auf der Titelseite herab, wahrscheinlich wegen der Macht, des Prestiges und der sozialen Stellung der berühmten Boston Back Bay-Familie, die dieses Phänomen hervorgebracht hatte.

Menschenschwärme stürzten sich auf die Park Avenue. Die Neugierigen, angelockt von dem Geruch des Skandals, scharten sich auf dem Bürgersteig vor dem Gebäude. Als ihre Zahl anwuchs, ergossen sie sich auf die Straße. Bald darauf mußte die Polizei den gesamten Block für den Verkehr sperren.

Trotz des Stakkato-Protests des japanischen Gärtners drängten die Leute an den Eingang heran und zertraten Büsche und Blumen. Sie wurden erst von der Sprinkleranlage zurückgetrieben. Ein Good-Humor-Wagen parkte nahe der Ecke, und bald kamen andere fahrbare Imbißverkäufer dazu. Der Geruch von Sabrett-Hot dogs, Souvlaki und gebratenem Reis hing in der Luft.

Im Verlauf des Vormittags trafen TV-Crews in leuchtend bunten Lastwagen ein und stellten ihre Kameras auf. Eine ältliche Witwe mit blauen Haaren und einem Stock mit Silbergriff näherte sich vorsichtig dem Herd der Aufregung, stolperte jedoch über die Kabel und brach sich den Knöchel. Kurz danach traf ein Krankenwagen mit heulenden Sirenen an der Szene des Geschehens ein.

Jedesmal wenn die Türen des angesehenen Gebäudes von Fred, dem diensthabenden Portier, geöffnet wurden, begannen die Kameras zu laufen und die Blitzlichter zu zucken, und über den Mob senkte sich Stille. Leute drängten vorwärts, mit hervorquellenden Augen und offenen Mündern.

Die meisten Hausbewohner machten angesichts des Aufruhrs sofort kehrt und zogen sich in ihr Apartment zurück, sofern ihre Angelegenheit warten konnte. Andere benutzten den Hinterausgang des Gebäudes, der sie auf eine schmale Zufahrt brachte, die zu einer Seitenstraße führte.

Einige Bewohner, die entsetzt die Szenerie von ihren Fenstern sahen, sagten sofort ihren Mädchen sowie Handwerkern ab und kippten ihre Verabredungen. Natürlich waren Lieferungen unmöglich, so daß zwei Pförtner des Gebäudes am Ende des Durchgangs eine Empfangsstation einrichteten, damit Waren, Lebensmittel und Wäsche zu den Hausbewohnern gelangten.

Eine Gruppe von Harmony-Doppelgängerinnen tauchte gegen elf Uhr auf und schrie kreischend nach ihrer Heldin. Eine Armee von männlichen Fans, die meisten unter zwanzig und mit Mohawk-Frisuren und Ohrringen, postierten sich am Rand der Menge, wo sie Hasch rauchten und jede Frau unter fünfzig anmachten.

Straßenbands aus der ganzen Stadt verließen in der Hoffnung, von der berühmten Rocksängerin entdeckt zu werden, ihre Standorte und drängten sich in den Block, der bereits von Menschen überquoll. Drogendealer, Taschendiebe und Bettler mischten sich unter die Menge. Da es keine Toiletten gab, benutzten die weniger Gehemmten schlicht und einfach die Eingänge und Durchgänge der umliegenden Gebäude.

Während der Tag voranschritt, brannte die sengende Mittagssonne auf die Menge herunter. Die Schwüle war gleichfalls unerträglich. Zwei Leute fielen in Ohnmacht und wurden auf Tragen weggebracht und ins nahe Lenox Hill Hospital eingeliefert.

Gerüchte schwirrten. An Ort und Stelle erfunden, zirkulierten sie unter dem Mob mit Lichtgeschwindigkeit.

»Ich habe gehört, sie ist schon aus dem Haus rausgeflogen.«

»Quatsch, sie kauft das ganze Haus und schmeißt alle anderen raus!«

»Ihre Familie hat einen Mafiakiller angeheuert, um sie umzubringen.«

»Sie hat Kehlkopfkrebs und kann nicht mehr singen.«

»Gary Hart läßt sich von seiner Frau scheiden und wird sie heiraten.«

Immer wieder kamen Gerüchte in Umlauf, erstarben und wurden genauso schnell in noch monströserer Form wiedergeboren.

Bürgermeister Koch erschien auf dem Schauplatz und erteilte dem diensthabenden Captain der Polizei eine Reihe von Befehlen. Fahrbare Toiletten wurden von einer nahen Baustelle abgezogen und an beiden Enden des Blocks aufgestellt. Für Straßenreinigung wurde gesorgt. Später posierte Koch glückstrahlend für Fotos und hielt vor Fernsehkameras eine kurze Rede, die in den Fünfuhrnachrichten gezeigt werden sollte. Er ermahnte die New Yorker, von 777 fernzubleiben, und warnte davor, daß niemand mehr an dem Polizeikordon vorbeikam, ausgenommen die Leute, die in dem Block wohnten oder beweisen konnten, daß sie hier einen besonderen Auftrag zu erledigen hatten. Er warnte auch die Versammelten, daß er kein ungebührliches oder illegales Verhalten tolerieren würde und sie die Konsequenzen tragen müßten. Und dann hieß er in typischer Koch-Manier sowohl Harmony als auch Hillary in seiner Stadt willkommen und sagte, er würde sich schon darauf freuen, entweder jede einzeln oder alle beide zusammen zu treffen. Erst nachdem die Kameras abgeschaltet waren und der Bürgermeister sich bei dem Sabrette-Verkäufer einen Hot dog kaufen wollte, bemerkte er, daß seine Taschen ausgeräumt worden waren. Er warf seinen Kopf zurück und lachte. »Trotzdem — ich liebe New York.«

Ein einmalig gutaussehender junger Mann schob sich durch die Menge. Er hielt den Kopf gesenkt, als suchte er auf der Straße eine verlorene Kontaktlinse. Leute stießen gegen ihn, murmelten eine Entschuldigung und gingen weiter, aber er hob nicht den Kopf und kümmerte sich in keiner Weise um sie. Er erreichte das Ende der Straße und kletterte die Stufen zu einem der Häuser gegenüber Nummer 777 hinauf. Als er auf der obersten Stufe anlangte, gut einen Meter über der Menge, hob er seinen Kopf und blickte direkt in das brennende Auge der Sonne. Er starrte in den glühenden Lichtball, bis die Geräusche und Gerüche der Menschen in Vergessenheit versanken.

Skip hatte Elenas Apartment verlassen, nachdem er am Vorabend die Elfuhrnachrichten gehört hatte. Er wanderte durch die Korridore des Gebäudes in der Hoffnung, Harmony zu sehen, aber nachdem ihn ein Fahrstuhlführer auf drei verschiedenen Etagen gesehen und ihn gefragt hatte, ob er sich verirrt habe, beschloß Skip, lieber zu gehen, als eine Szene zu verursachen. Er verließ das Haus durch einen Seitenausgang, fand ein Telefon und rief Lady an. Er log und behauptete, Elena wäre ein »Ganznacht-Job«. Er mußte natürlich das Geld zuschießen, aber das war es wert. Seine Gedanken waren so mit Harmony erfüllt, daß er seine euphorischen Gefühle nicht dadurch zerstören wollte, daß er eine andere alte Frau bedienen mußte.

Skip entdeckte den Baumgarten Park. Er saß allein auf einer Bank und verbrachte den Rest der Nacht damit, daß er Crack rauchte und sich die signierte Kassette seines Lieblings-Rockstars anhörte. In der Morgendämmerung verspürte er den Drang, sich zu bewegen. Skip wusch sich das Gesicht mit dem klaren Wasser des Brunnens und ging nach Westen zum Central Park. Er wanderte allein durch den geschlossenen Zoo, erinnerte sich abwechselnd an seine Vergangenheit, dachte über die Gegenwart nach und plante seine Zukunft. Zuletzt verschmolz alles miteinander. Er kehrte zu 777 Park Avenue zurück und war angewidert, weil sich so viele andere Menschen ebenfalls für Harmony interessierten.

Tante Doreen flüsterte ihm ins Ohr: »Skorpione sind Magier. Du kannst alles tun, wovon du glaubst, daß du es tun kannst.«

Plötzlich schwebte er hoch über der Menge und starrte auf die Leute hinunter. Skip machte sich unsichtbar und umkreiste das Gebäude, blickte in Fenster, suchte seine Angebetete.

Harmony!

Ein großer Schatten glitt über die Fensterscheibe und verdeckte für einen Moment das Sonnenlicht. Harmony wich von dem Fenster zurück. Ein Hämmern erfüllte plötzlich den Raum, und sie erkannte, daß es ihr eigener Herzschlag war.

Aus keinem erkennbaren Grund ängstlich, lief sie in die andere Ecke des Wohnzimmers, wo Charlie große Kartons auspackte, die einen Teil von Harmonys Einkäufen für das Apartment enthielten und gestern geliefert wurden.

»Charlie!«

»Was ist denn, Süße?«

»Charlie, was wollen all diese Leute von mir?«

»Eine Identität«, erwiderte Charlie. »Menschen wie diese können ihre Identität nur im Ruhm anderer finden. Sie beziehen ihre Aufregung stellvertretend aus deinem Dilemma. Das ist besser, als daheim zu bleiben und fernzusehen.«

»Ich fühle mich schrecklich. Denk an all die Menschen, die ich verletzt habe. Ich habe Allison einen Brief geschickt, aber sie hat ihn ungeöffnet zurückgeschickt. Und als ich heute morgen meine Familie anrufen wollte, informierte mich der Butler, den ich gar nicht kenne, daß meine Eltern meine Anrufe nicht entgegennehmen. Ich habe meine Nummer hinterlassen, aber sie haben nicht angerufen. Charlie, was soll ich machen? Ich habe versprochen, ich würde nie meine Familie in meine Karriere hineinziehen.«

»Du hast dein Versprechen gehalten, Harmony. Es war Nick Casullo, der alles verdorben hat. Mach dir keine Sorgen, die werden es sich alle noch anders überlegen. Aber lauf weder Allison noch deiner Familie nach. Es war falsch von ihnen, von dir zu erwarten, dich nach ihrem Bild formen zu lassen und deine natürlichen Talente zu verleugnen. Wenn sie dich wirklich lieben, werden sie dich so akzeptieren, wie du bist.« Er lächelte. »Deine beiden Ichs.«

Sie hob ihren Blick und begegnete seinem. »Du hast mich akzeptiert, Charlie.«

Er nahm ihr Gesicht zwischen seine Hände und war erneut von ihrer unverfälschten Schönheit bezaubert. Ihr Haar schien mit jedem Tag seidiger zu werden, und wann hatte ihre Haut diesen durchscheinenden Schimmer angenommen?

»Du weißt, ich war zuerst verwirrt. Ich habe mich gefragt, wen ich denn nun liebte. Aber jetzt weiß ich, daß ich zwar anfangs von deinem Talent und deiner exzentrischen Erscheinung angezogen wurde, daß aber die Person, die ich aufrichtig liebte, unter diesen Schichten von Farbe und Pailletten, Rüschen und Fransen verborgen war. Ich glaube, ich habe die letzte und endgültige chinesische Schachtel entdeckt, und darin ist eine wundervolle Frau, die immer da war und die ganze Zeit auf mich gewartet hat. Wäre es dir recht, wenn ich dich bei deinem richtigen Namen nenne — wenigstens, wenn wir allein sind?«

»Das würde mir gefallen.« Harmony gab ihm einen schnellen Kuß auf die Nasenspitze. »Ich habe meinen Namen vermißt.«

Charlie schob Harmony sanft in einen Sessel. »Also gut, Miss Hillary Harding-Brown aus Bostons Back Bay-Gesellschaft. Wohin soll ich deinen Sessel stellen?«

»An den Kamin natürlich.«

Charlie schob ein Stück Karton unter die Beine des Sessels, um nicht den Boden zu zerkratzen, und schob Harmony zum Kamin.

»Ich habe zwei Stück bestellt. Einen für jeden von uns. Sie hatten aber nur einen auf Lager. Der Himmel allein weiß, wann der andere kommen wird.«

»Wie ist es so, Herrin des Hauses?« fragte er und brachte sie vor dem Kamin in Position.

»Absolut perfekt. Ich glaube, ich werde dich einstellen.«

Charlie kam um den Sessel herum, so daß er Harmony ins Gesicht sah.

»Uh-oh, jetzt kommt etwas Ernstes.«

»Weißt du, Hillary, dieser ganze Aufruhr hat auch eine positive Seite.« Sie sah ihn zweifelnd an. »Wir könnten diese ganze Publicity niemals bezahlen, und sie kommt zu einem perfekten Zeitpunkt in deiner Karriere, da du gerade dabei bist, dein Image zu verändern.«

»Mir kommt es so vor, als würde ich in der Öffentlichkeit meine Kleider umziehen.«

»Ich bin froh, daß du mich überredet hast, ›Not Enough Love‹ als Single herauszubringen. Diese Publicity wird es wahrscheinlich in die Top Ten schießen.«

Harmony schob schmollend ihre Unterlippe vor. »Ich möchte, daß es aufgrund der eigenen Qualität dorthin kommt.«

»Süße, zerbrechen wir uns nicht den Kopf über die Mittel, die zum Ziel führen. Hast du mir nicht immer gesagt, daß man zuerst Aufmerksamkeit erregen muß? Diese Berichterstattung in den Medien wird den Song vielleicht an die Spitze der Charts bringen, aber es wird seine eigene Qualität sein, die ihn dort hält.«

»Du redest, als würdest du meinen Song mögen, Charlie.«

»Mögen? Ich liebe ihn. Ich war nur noch nicht für ihn bereit. Du mußt Geduld mit mir haben, Süße. Ich mag keine plötzlichen Veränderungen.«

»Ich werde immer Geduld mit dir haben, Charlie. Hey, noch etwas macht das Timing großartig. Mein Song handelt von Intoleranz, und genau der sehen wir uns hier gegenüber.«

»Manchmal glaube ich, du solltest die Managerin und ich der Klient sein, aber das kommt natürlich nicht in Frage. Ich kann nicht singen.«

Harmony lachte. »Du könntest immer Nick Casullo um Tips bitten.«

»Das ist gut. Dann sind wir uns einig, daß wir die Publicity ausnutzen. Ich möchte aber, daß du nichts tust, bevor wir herausfinden, was Allison und ihr Verwaltungsrat unternehmen.«

»Vielleicht gar nichts. Allison war eine enge Freundin meiner Großmutter.«

»Darauf darfst du jetzt nicht zählen. Sie werden versuchen, uns irgendwie hinauszubefördern, aber wenn wir unsere Karten richtig ausspielen, gewinnen wir die Presse für uns.«

»Du läßt doch nicht zu, daß man uns unser schönes Apartment wegnimmt?«

»Natürlich nicht. Mach dir wegen nichts Sorgen, Süße. Charlie ist hier.«

Er setzte sich auf die Armlehne des Sessels, und Harmony legte ihren Kopf in seinen Schoß, schloß die Augen und hörte zu, wie Charlie Pläne für ihre gemeinsame Zukunft schmiedete. Seine Stimme war tief und voll und beruhigend und erinnerte sie irgendwie an Apfelcreme — ihre Lieblingsschleckerei als Kind.

Das Telefon klingelte, und Elena riß den Hörer zu sich heran, um das durchdringende Geräusch zu stoppen. Es war Allison Van Allen, die sie wegen der Harmony/Hillary-Situation anrief. Falten der Ungeduld erschienen zwischen Elenas Augenbrauen so scharf wie Schnitte mit einer Rasierklinge. Sie hielt den Hörer von ihrem Ohr weg. Elena fand Allison immer schwer erträglich, aber vor ihrem Morgenkaffee sogar unmöglich.

Allisons Stimme war im ganzen Schlafzimmer zu hören, und Elena schaffte es, halb zuhörend in einen Morgenmantel zu schlüpfen und nach Sophie, dem Mädchen, zu klingeln.

»Es ist empörend, Elena. Der Betrug, der in unser Haus eingedrungen ist, hat nichts Vergleichbares in der Vergangenheit. Wir müssen zusammenarbeiten, um diese Rock-Person loszuwerden. Ich nehme Kontakt mit allen Ratsmitgliedern auf, um für heute abend um acht ein Treffen im Ratszimmer einzuberufen, damit wir unsere Handlungsweise diskutieren können. Da Bill noch immer verreist ist, agieren Sie selbstverständlich als seine Stellvertreterin. Natürlich erwarte ich, daß Sie im besten Interesse des Gebäudes handeln.«

Sophie kam mit Kaffee, und Elena trank eine ganze Tasse, während Allison weiterredete.

»Stimmen Sie mir nicht zu, Elena?«

»Das ist alles sehr ermüdend, Allison. Erst vor ein paar Wochen bestanden Sie auf meiner Stimme, damit diese junge Frau in das Haus ziehen konnte. Jetzt wollen Sie sie entfernen.«

»Aber ich wurde betrogen. Haben Sie die Menschenmenge vor unserem Haus gesehen? Das ist wie ein Zirkus.«

»Ich habe sie gehört.«

»Diese Rock-Leute ziehen eine Menge Publicity an — und Groupies. Sie werden bald das Gebäude stürmen. Wir müssen sie aufhalten.«

»Sie tun so, als wäre es die Französische Revolution, Allison — das Volk, das die Bastille erstürmt.«

»Genau das ist es. Elena, wir müssen zusammenhalten und den Pöbel zurückdrängen. Alle im Verwaltungsrat müssen da sein, Elena. Unser Anwalt, Jason Kitteridge, wird kommen und uns beraten, welchen Kurs wir in dieser Sache am besten einschlagen.«

»Ich finde, es wäre besser, die ganze Sache einfach abflauen zu lassen.«

»Sie meinen, wir sollten sie hier wohnen lassen? Fans würden überall in dem Gebäude herumschwärmen. Ich habe bereits Kontakt zu den anderen Mitgliedern aufgenommen. Alle sind sich absolut einig, daß Harmony gehen muß.«

Elena griff nach ihrem Make-up-Spiegel und überprüfte ihr Gesicht. Sie war noch immer ein wenig um den Mund herum geschwollen, aber etwas Eis würde das beseitigen. Das war ein kleiner Preis für eine so anregende sexuelle Erfahrung. Sobald die Sache mit dem Cover ausgestanden war, mußte sie sich wieder eine Nacht mit Skip gönnen. »Ich muß jetzt gehen«, log Elena. »Das Mädchen will hier drinnen staubsaugen.« Sie griff nach ihrem Haarfön, schaltete ihn ein und hielt ihn an den Hörer. »Ich rufe Sie später an.«

Verärgert an ihrer Unterlippe kauend, füllte Elena ihre Kaffeetasse nach und trug sie auf die Terrasse hinaus. Sie blickte zu dem Apartementturm hinauf, der jetzt von Harmony bewohnt wurde. Die Hitze ließ alles verschwimmen, als würde sie durch eine schmutzige Fensterscheibe blicken.

Wie sollte sie an Harmony herankommen und sie dazu überreden, das Cover für *Elegance* zu machen? Sie beschattete ihre Augen mit der Hand.

»Sie ist da oben, ich weiß es«, murmelte Elena.

Sie ging an den Rand der Terrasse und spähte über das Geländer auf den Mob hinunter.

Jeder einzelne von denen würde mein Magazin mit Harmonys Bild auf dem Cover kaufen. Aber wie, zum Teufel, erlange ich Zutritt zu dem Elfenbeinturm? Ich könnte ein Blech mit Plätzchen backen. »Hi, Nachbarin, ich wollte Sie in diesem Haus willkommen heißen.« Oder ein Einweihungsgeschenk schicken. Das ist es! Offen, leicht zu durchschauen und aufdringlich, aber das könnte mich direkt durch die Tür befördern. Warum nicht den Weg der freundlichen Nachbarin einschlagen? Der Himmel weiß, sie sollte froh sein, jemanden in diesem Gebäude auf ihrer Seite zu haben, besonders da Allison sich auf dem Kriegspfad befindet.

Elena nahm noch einen Schluck Kaffee. Er schmeckte bitter. Sie fragte sich flüchtig, ob Sophies schlimmes Gebräu Absicht oder schlicht Dummheit war. Sie schüttete den Rest in einen Redwood-Behälter, in dem die Begonien von der gnadenlosen Sonne braun verdorrt worden waren. Dann ging sie energisch in das Arbeitszimmer. Ihre Augen betrachteten forschend die Gegenstände im Raum.

»Mal sehen, was ich einpacken könnte.«

Plötzlich traf Elena eine Erkenntnis. Sie mußte Harmony etwas im Austausch für ihre Zustimmung zu dem Cover anbieten. Als Bills Stellvertreterin würde sie sich verpflichten, nicht für Harmonys Ausschluß aus dem Gebäude zu stimmen, wenn Harmony einverstanden war, das Cover für *Elegance* zu machen.

Ein einfacher Tauschhandel.

25

Ein gesellschaftlicher Krieg wurde erklärt, Klassenschranken wurden errichtet, und Drohungen und Gegendrohungen wurden ausgestoßen, als beide Seiten sich mit verbaler Munition versorgten. Die ganze Nation wurde zu einem aufmerksamen Publikum bei dem Machtkampf, der in 777 Park Avenue stattfand. Die Leute warteten atemlos auf jede neue Meldung und hofften auf eine stellvertretende Schlachterfahrung, als das Blut und die Eingeweide der Reichen und Berühmten in den Zeitungen und auf den Fernsehschirmen des Landes ausgegossen wurden. Es war schlicht und einfach die bestmögliche Unterhaltung.

Der Kampf hat begonnen! Die sieben Mitglieder des Verwaltungsrats von 777 Park Avenue, einer von New York Citys höchstangesehenen Adressen, will die Rocksängerin Harmony nicht als Nachbarin. Allison Van Allen, bekanntes Mitglied der Gesellschaft und Präsidentin des Rates, gab diese Erklärung durch den Anwalt des Hauses, Jason Kitteridge: »Der Verwaltungsrat hat mehrheitlich beschlossen, Harmony zu bitten, das Feld zu räumen. Wir geben ihr einen Monat Zeit und erstatten ihr voll das Geld, das sie für ihr Penthouse-Apartment gezahlt hat.«

Harmony, deren gesetzlicher Name Hillary Harding-Brown lautet, ist ein früheres Mitglied der Gesellschaft und Erbin des Harding-Brown-Vermögens aus Bostons Back Bay. Mrs. Van Allen behauptet, daß Miss Harding-Brown einen Betrug beging, als sie den Anspruch auf ihr Apartment erhielt, indem sie ihre Identität als Rockstar vor dem Verwaltungsrat geheimhielt. Sie behauptet darüber hinaus, daß die Anwesenheit des Rockstars unerträgliche Belästigungen für die anderen Hausbewohner mit sich bringe und daß sie nicht ihr normales Leben führen können. Falls Miss Harding-Brown nicht der Aufforderung des Rates nachkommt, wird laut Aussage des Rates eine Klage gegen sie eingereicht.

In der Vergangenheit wurden in 777 Park Avenue mehrere Rockstars, darunter Paul McCartney, abgelehnt, die sich um eine Wohnung bemüht hatten. Weder Harmony noch ihr Anwalt/Manager Charlie McCafferty waren für einen Kommentar erreichbar.

19. August
Aus der *New York Post*:
HARMONY SINGT FÜR DIE OBDACHLOSEN
Wird sie die nächste sein?

Harmony, ehemaliges Gesellschaftsmitglied, das sich zum hei-
ßen Rockstar gewandelt hat, riß gestern abend ihr Publikum
bei den Wohltätigkeitskonzert für New York Citys Obdachlose
im Madison Square Garden hin. Falls der Verwaltungsrat von
777 Park Avenue seinen Willen durchsetzt, wird Harmony
Mitte September selbst obdachlos sein. Oben auf dieser Seite ist
Harmony mit Bürgermeister Koch zu sehen. Der Bürgermeister
wurde mit den Worten zitiert: »Ich halte die junge Frau für
hübsch und talentiert und ein eindeutiges Plus für unsere Stadt.
Ich hoffe, sie bleibt.«

20. August
Aus Liz Smith' Kolumne,
New York Daily News:

Harmony, die Rocksängerin, deren wirkliche Identität Schlag-
zeilen in der ganzen Welt gemacht hat, bekam am Mittwoch-
abend im Madison Square Garden eine standing ovation, *noch*
bevor sie zu singen begann. Die öffentliche Meinung war ein-
deutig für sie, und hey, Leute, ich dachte, in New York City
gäbe es Gesetze gegen Diskriminierung bei der Wohnungsver-
gabe. Harmony sang ihren neuen Song »There's just not enough
love to go around«, der bereits in die Top of the Charts auf-
steigt. Ironischerweise handelt dieser Song von Vorurteilen. Ich
habe diese junge Frau bei mehreren Anlässen getroffen, und sie
wirkte auf mich immer wie eine ernsthafte, hart arbeitende
Künstlerin, die nie ihr glitzerndes Rock-Image zu ernst nahm.
Harmony hat sich stets gegen Drogen ausgesprochen und findet
immer Zeit für einen guten Zweck (drei Benefizkonzerte allein
in diesem Monat). Es sieht so aus, als wäre Harmony ein wert-

voller Gewinn für jedes Haus und für unsere Stadt. Wie wäre es, wenn man dem Mädchen eine Chance gibt?

21. August
New York Magazin:
TRUMP ERKLÄRT HARMONY
»MEINE TÜR STEHT DIR OFFEN«

Donald Trump, New York Citys größter Baumeister, schickte dem in Bedrängnis geratenen Rockstar Harmony (alias Hillary Harding-Brown) die Nachricht, daß sie in jedem seiner Apartmenthäuser willkommen ist. Trump, der den glanzvollen Trump Tower bauen ließ, sagte in einem Interview, seiner Meinung nach wäre es an der Zeit, damit aufzuhören, Berühmtheiten daran zu hindern, Eigentumswohnungen zu kaufen. Er rief Bürgermeister Koch auf, der Diskriminierung auf dem Markt der Eigentumswohnungen ein Ende zu bereiten, besonders bezüglich Rockstars. Trump findet, daß Berühmtheiten eine wertvolle Ergänzung New York Citys darstellen und daß jeder Verwaltungsrat stolz sein sollte, sie als Bewohner zu haben. Bisher kam keine Antwort von Harmony auf Trumps Angebot.

22. August
Aus den New York Daily News:
VORBEI MIT ROCK 'N' ROLL?
Harmonys Manager antwortet Verwaltungsrat

Charlie McCafferty, Anwalt, Manager und ständiger Begleiter des Rockstars Harmony, hat öffentlich auf einen Brief geantwortet, der seiner Klientin von Jason Kitteridge zugesandt wurde, dem Anwalt des Verwaltungsrates von 777 Park Avenue und engem Freund der Dame der Gesellschaft, Allison Van Allen.

In einem Exklusiv-Interview mit den News erklärte McCafferty: »Mr. Kitteridges Drohbrief, der meine Klientin einschüch-

*tern sollte, ist unverschämt. Meine Klientin kaufte rechtmäßig
ihr Apartment unter ihrem gesetzlichen Namen und unter-
schrieb ein gesetzlich verbindliches Dokument. Ihre Absicht
war, ihre Privatsphäre zu wahren, und nicht, irgend jemanden
zu betrügen.« McCafferty sagte, daß Harmony die Briefe zu
schätzen weiß, die zu ihrer Unterstützung eintreffen, sowie Liz
Smith' reizende Worte und Donald Trumps freundliches Angebot, aber »niemand packt«. Er sagte ebenso, daß Harmony zu
einem angemessenen Zeitpunkt Presse und Publikum eine
Erklärung zukommen lassen würde.*

23. August
Aus »Gesellschaft, beobachtet von Suzi«
New York Post:

*Elena Radley, Chefredakteurin von Elegance, hat den Dop-
pel-Coup der Herbstsaison gelandet, indem sie Harmony/Hil-
lary dazu brachte, auf dem Cover ihrer Oktoberausgabe zu
erscheinen und in einem tiefschürfenden Interview ihre Seite der
Geschichte zu erzählen. Klingt, als läge da irgendwo eine Verfil-
mung in der Luft.*

24. August
Aus dem ›Inquiring Photographer‹,
New York Daily News:

Finden Sie, Harmony sollte gezwungen werden, ihre Eigentumswohnung aufzugeben?

Yolanda Ritz, Empfangsdame:
»New York City ist noch immer ein Teil der USA, und die
Menschen sollten wohnen können, wo sie wollen, solange sie
niemanden umbringen.«

Frank Orlando, Speditionsangestellter:
»Keinesfalls. Wie kommen diese Leute dazu, ihr zu sagen,
daß sie dort nicht wohnen darf? Aber wenn es denen gelingt,

sie rauszuschmeißen, dann sollten Sie ihr sagen, daß ich bei mir daheim eine Menge Platz habe.«

Myrna Dollard, Harfenistin:

»Finde ich nicht. Sie hätte den Leuten sagen sollen, wer sie wirklich war, aber ich schätze, so was erzählt man nicht jedermann.«

Matt Gottlieb, Psychiater:

»Ich wüßte gern, aus welchen Motiven sie in einem Haus wohnen wollte, in dem sie nicht erwünscht ist. Dann könnte ich Ihnen eine klarere Antwort geben.«

Miguel Torres, Straßenverkäufer:

»Sind die denn wahnsinnig? Wollen eine so gutaussehende Lady rausschmeißen? Die sollten ein Neonschild aufstellen, auf dem steht: ›Harmony wohnt hier‹!«

Milo Fontaine, Friseur:

»Sie sollte bleiben. Sie ist eine großartige Künstlerin und ein wirklich nettes menschliches Wesen. Ich habe ihr einmal die Haare gemacht, und sie gibt großartiges Trinkgeld. Die Portiers werden sie lieben.«

25. August
Aus der *Village Voice*:
ZIMMER MIT ›BESCHRÄNKTER‹ AUSSICHT
Gesellschaftsgebäude setzt Rockstar auf Schwarze Liste
Vorurteil auf der Park Avenue

Wer ist der nächste? Schauspieler? Zahnärzte? Schriftsteller? Ist überhaupt jemand von uns vor Snobismus sicher? (Sehen Sie Bericht auf Seite 5) Nat Rosengard äußert seine Meinung über die Harmony/Hillary-Affäre und ihre Auswirkungen auf uns alle.

26. August
Aus USA TODAY:
HIGH SOCIETY KONTRA ROCK
Anwälte stecken Positionen im Harmony/Hillary-Fall ab

Jason Kitteridge, der Anwalt, der den Verwaltungsrat von 777 Park Avenue vertritt, gab eine Erklärung ab, die besagt: Falls die Popsängerin Harmony ihr Apartment nicht bis zum 15. September an das Haus zurückverkauft hat, wird der Rat eine Multimillionenklage gegen sie erheben. Über Kitteridges Drohung informiert, konterte Charlie McCafferty, Harmonys Anwalt und Manager: »Sollten sie diese lächerliche Angelegenheit mit Druck betreiben wollen, werden wir eine Gegenklage wegen Nötigung und Rufmord einreichen.« (Mehr über die amerikanische Prinzessin des Rock and Roll im Inneren des Blattes)

27. August
Aus dem National Enquirer:

ENTHÜLLT!
HARMONY'S DRITTE IDENTITÄT!
Von Society-Familie adoptiert
Bekannter Geburtshelfer enthüllt:
Rockstar ist heimliches Kind der Liebe zwischen
Marylin Monroe und Albert Einstein!
Plus — David Frederick, weltberühmter Astrologe,
sagt Harmonys Schicksal im kommenden Jahr voraus!
*Sie zieht nach Paramus, New Jersey!
*Sie färbt ihr Haar schwarz und verfilmt
Die Connie Francis Story!
*Sie wird von Außerirdischen entführt und
nimmt eine Platte im Weltraum auf!

28. August
Aus der *New York Post*:
ROCK-SINGVOGEL WIRD ENDLICH SINGEN!

Harmony, der Rockstar, dessen Kampf mit dem Verwaltungsrat ihres Hauses seit mehr als zwölf Tagen Schlagzeilen gemacht hat, wird ihr Schweigen brechen. Morgen um acht Uhr abends wird sie eine öffentliche Erklärung abgeben, und zwar vor dem Gebäude, das sie auf die Straße setzen will. Bürgermeister Ed Koch, dessen Sympathie für die Künstlerin bestens bekannt ist, hat grünes Licht für den Traum eines jeden Presseagenten gegeben. Für die Veranstaltung wird der gesamte Block vor 777 Park Avenue für den Verkehr gesperrt. Ordnungskräfte der Stadt New York werden die Menge, die in die Tausende gehen kann, unter Kontrolle halten. Der Bürgermeister beeilte sich zu versichern, daß ›ungesetzliches Verhalten nicht toleriert wird‹.

Für das Fernsehen wird Channel 5 das Ereignis live übertragen (Weitere Berichte und Fotos auf Seiten 4 und 5).

26

Die untergehende Sonne warf ein seltsam gelbes Licht, das die Straßen und Gebäude vergoldete und zeitweise Manhattan in eine goldene Stadt verwandelte. Obwohl die Temperatur noch immer fast dreißig Grad betrug, hatte die Schwüle abgenommen, und vom East River blies eine willkommene Brise herüber. Die Menge, die später auf annähernd fünftausend geschätzt wurde, war ungewöhnlich still, fast feierlich. Vielleicht war sie von der Warnung des Bürgermeisters eingeschüchtert oder von den Polizeikräften, viel davon beritten, oder vielleicht fühlten die Leute, daß dies mehr als eine Presseerklärung sein würde. Dies würde ein Ereignis werden.

Eine Plattform mit Stufen war über dem Bürgersteig vor 777 errichtet worden. Sie war etwa einen Meter hoch und mit schwarzem Mylar bedeckt. Sound-Equipment und Musikinstrumente waren um die Plattform angeordnet. Zahlreiche Fernsehkameras, die meisten auf die Plattform gerichtet, waren aufgestellt worden, und die Crews testeten die Ausrüstung. Verkäufer mischten sich unter die Menge und verkauften ruhig speziell für diese Gelegenheit hergestellte Waren. Am besten verkauften sich Luftballons und Buttons mit der Aufschrift: »NYC LIEBT HARMONY«. Jugendliche machten nur ein Viertel der Menge aus, und es schien so, als habe Harmonys Kampf zusammen mit der Popularität ihres letzten Songs für die Rocksängerin ein völlig neues Publikum gewonnen.

Der Himmel färbte sich purpurn und wurde von wirbelnden schwarzen Wolken marmoriert, als Mabelle Tolliver sich an Taryns Arm festhielt, die Luft einsog und prophezeite: »Merk dir meine Worte, Taryn, es wird bald regnen.«

»Es darf einfach nicht regnen, bevor Harmony keine Gelegenheit zum Singen hatte.«

»Ich weiß nicht, warum ich mich von dir habe hier herunter schleifen lassen«, klagte Mabelle. »Ich mag Rockmusik doch gar nicht. Und alle diese Leute machen mich nervös.«

»Uh-oh.«

»Was ist los, Liebes?«

»Ich habe Jack da drüben entdeckt. Suchen wir uns einen anderen Platz. O nein, zu spät. Er hat uns gesehen. Er kommt her.«

Mabelle betrachtete den näherkommenden jungen Mann und flüsterte: »Also, Taryn, er sieht viel besser aus als auf deiner Skizze.«

Taryn mußte zustimmen. Sie hatte während der letzten paar Wochen ständig an ihn gedacht. Rückblickend sah sie ein, daß ihr Streit albern gewesen war. Aber Jack war genauso albern wie sie gewesen, und so gern sie die Lage geklärt hätte, ihr Stolz ließ es nicht zu. Dennoch protestierte sie schwach: »Aber er ist arm.«

»Jetzt hör aber auf!«

In diesem Moment begrüßte Jack die beiden Frauen. »Guten Abend, Taryn. Ich hatte gehofft, dich zu treffen.«

Taryn tat, als wäre sie überrascht, und rief aus: »Ach, Jack, wie nett, dich zu sehen. Wir wollen gerade gehen.«

Mabelle streckte ihre Hand aus. »Ich bin Mabelle Tolliver.«

Jack ergriff ihre Hand und lächelte herzlich. »Ich habe Sie sofort erkannt.« Als Jack die ungewöhnliche Aufmachung der Tante betrachtete — roter Satin-Glockenhut und ein Partydreß aus dem gleichen Material, bedeckt mit einzelnen Lagen von Rüschen, die großteils von den Katzen abgekaut worden waren — verbreiterte sich sein Lächeln. »Vielleicht können Sie mir helfen, Miss Tolliver. Ich will mich schon lange bei Taryn entschuldigen, habe aber bisher nicht den Mut gefunden. Ich war grob. Ich war dumm, und vor allem war ich engstirnig.«

»Nun, ich denke, damit ist alles gesagt. Was meinst du, Taryn?«

Taryn bemühte sich, nicht zu lächeln. »Du hast stur ausgelassen.«

»Und stur auch«, stimmte Jack rasch zu.

»Dann muß ich dir wohl verzeihen.« Da, sie hatte es gesagt. Es war doch tatsächlich sehr einfach.

Mabelle warf ein: »Nachdem das nun geklärt ist, Jack, warum kommen Sie nicht in das Apartment hinauf? Ich mache uns Mint Juleps, und Taryn kann Sie allen Katzen vorstellen.«

»Da wir von Katzen sprechen, wo ist Othello?«

»Wir haben ihn zu Hause gelassen«, erwiderte Taryn. »Wir hatten Angst, er könnte zerquetscht werden.«

Die Musiker von Harmonys Rockband erschienen und begannen, ihre Instrumente zu stimmen. Vorfreude breitete sich in der Menge aus, und Erregung erfüllte die Luft. Jedes Gesicht war der Plattform zugewandt, während die Leute begannen, um eine ungehinderte Sicht zu kämpfen.

Roxanne und Bobbie Jo entschieden in letzter Minute, daß sie sich unter die Menschen wagen und die Aufregung höchstpersönlich einfangen sollten. Sie waren beide überrascht, Fred im Dienst zu sehen, da er für gewöhnlich tagsüber arbeitete.

Bobbie Jo flüsterte: »Sieht er nicht großartig aus in seiner Uniform? Und sieh dir bloß diese O-Beine an!«

»Jetzt hast du deine Chance, Bobbie Jo. Warum lädst du ihn nicht zum Dinner ein?«

»Ich glaube nicht, daß ich dazu den Nerv habe.«

»Denk an Allison Van Allen.«

Bobbie Jos Augen leuchteten auf. »Ich habe soeben den Nerv gefunden.«

Fred öffnete ihnen die Tür. »Guten Abend, meine Damen. Wollen Sie die Action direkt am Ring beobachten?«

»Das hatten wir vor«, erwiderte Roxanne.

»Ich wußte nicht, daß Sie abends arbeiten, Fred«, sagte Bobbie Jo.

»Das tue ich auch nicht. Ich bin nur Staffage. Miss Harmony hat mich gebeten, ob ich nicht auf der ersten Aufnahme mit drauf sein will. Ich soll ihr für das Fernsehen die Tür aufmachen, und ich bin nervös wie der Teufel. Sehe ich ordentlich aus?«

»Sie sehen wirklich gut aus, Fred«, strahlte Bobbie Jo. »Und da Sie nicht arbeiten, warum – äh – kommen Sie nicht nach der Sendung in mein Apartment auf einen Drink und vielleicht ein kleines spätes Abendessen?«

Fred blickte zu Boden. Er wußte nicht, was er sagen sollte. Wenn Allison Van Allen das herausfand, ließ sie ihn wahrscheinlich feuern. Andererseits mochte er auch für seine Rolle in der Sendung heute abend gefeuert werden. Und Bobbie Jo sah nicht nur toll aus – sie war auch eine wirklich nette Lady. »Nun ja, Miss Bledsoe, es wird mir eine Ehre sein.«

»Gut, dann sehe ich Sie später.«

»Ja, Ma'am.«

Als sie draußen waren, sagte Roxanne: »Siehst du, wie schnell er angebissen hat?«

»Ich weiß nicht, ob ich damit allein fertig werde. Warum leistest du uns nicht Gesellschaft?«

»Drei sind einer zu viel, Bobbie Jo. Außerdem kommt Sam heute abend nach Hause.«

»Du klingst, als würdest du dich auf ihn freuen?«

»Oh, das tue ich.«

»Was ist mit dem gutaussehenden Italiener?«

»Nick? Ich habe ihm endlich gesagt, daß ich ihn nicht mehr sehen will.«

»Du klingst nicht überzeugt.«

»Ich bin es aber. Ich bin es wirklich. Aber ich glaube nicht, daß er es ist.«

»Das ist dieser Typ nie. Das verträgt sein Ego nicht. Vielleicht mußt du ihn mit einem Revolver von deiner Wohnung wegscheuchen.«

»Hoffentlich kommt es nicht dazu. Mein Gott, sieh dir diese Menge an.«

Bobbie Jo trat vor ihre Freundin. »Ich bin größer. Ich spiele den Rammbock.«

Elena saß mit übergeschlagenen Beinen in einem großen Sessel in ihrem Schlafzimmer. Die zusätzliche Publicity von Harmonys Fernsehauftritt würde die Verkäufe von *Elegance* im Oktober noch höher treiben. Und die Abzüge von Harmonys Cover-Aufnahmen waren großartig und übertrafen sogar Dovimas Erwartungen. Elena eilte in das Arbeitszimmer und machte sich einen Drink, für den sie den restlichen, in der Flasche verbliebenen Wodka aufbrauchte. Sie sah den Vorrat der Bar durch, konnte jedoch keine weitere Flasche finden. Rasch rief sie im Getränkeladen an, um nachzubestellen.

»Ich weiß nicht, wie schnell ich einen Botenjungen zu Ihnen schicken kann, Mrs. Radley«, sagte der Angestellte. »Vor Ihrem Haus spielt sich eine ganze Menge ab.«

»Ich weiß das. Bringen Sie es nur sobald wie möglich!«

Elena entschied, daß sie sich nach den Nachrichten eine Nacht im Astarte gönnen könnte.

Allison hatte ihr Dinner beendet und nahm den Kaffee in der Bibliothek. Sie hatte Alma eingeladen, sich zu ihr zu gesellen. Sie blickte auf den dunklen Fernsehschirm, aber keine von ihnen sagte etwas.

Endlich rief Allison aus: »Ach, so schalten Sie schon ein, Alma.«

»Meinen Sie wirklich, Sie sollten zusehen, Mrs. Van Allen?«

»Eigentlich nicht, aber ich weiß, daß Sie darauf neugierig sind.«

»Ich kann es mir immer noch in meinem Zimmer ansehen.«

»Nein, nein. Wir sehen es uns gemeinsam an. Obwohl ich mir nicht vorstellen kann, was sie über diese unmögliche Situation sagen wird.«

Alma stand auf, schaltete den Apparat ein und stellte auf Channel Five.

Allison fügte grollend hinzu: »Außerdem gibt es ja sonst nichts.«

Die Fahrstuhlführer, die an diesem Abend Dienst taten, hatten einen tragbaren Fernseher im Besenschrank aufgestellt, damit sie Harmony sehen konnten, ihre neueste und berühmteste Hausbewohnerin.

Nachdem er einen Blick ins Freie geworfen hatte, hastete Alex zurück, um den anderen zu berichten.

»Gott im Himmel! Da müssen ein paar tausend Menschen draußen sein.«

Albert erwiderte in seiner typischen Art: »Ich hoffe nur, es erschießt sie keiner.«

Die sich zusammenballenden Wolken kochten und brodelten zornig, und gelegentlich zuckte ein Blitz am Himmel. Skip bahnte sich seinen Weg zu dem Podium, als wäre er hypnotisiert. Er sah alles durch einen farbigen Schleier, und seine Augen funktionierten nur, wenn er sich auf einen Punkt konzentrierte. In diesem Moment waren sie auf das mittlere Mikrofon auf der Plattform gerichtet.

Er sollte im Astarte sein, aber er hatte Lady angerufen und angekündigt, er könne sich verspäten. Anstatt ihn zu ermahnen, wie sie das mit den anderen machte, hatte sie ihn bloß gedrängt, so schnell wie möglich zu kommen. Er war immerhin ihr Spitzenverdiener.

Ein junges Mädchen, nicht älter als vierzehn, trat vor Skip und brach seine Konzentration, indem sie ihn zwang, sie anzusehen. Sie hatte einen bemitleidenswerten Versuch unternommen, wie Harmony auszusehen. Ihr Haar war gebleicht und gekräuselt, aber schwarz an den Wurzeln, und ihr extravagantes Make-up konnte nicht die verdorbene Haut verdecken.

»Haben Sie was dagegen, wenn ich Sie fotografiere?« fragte sie süß.

Skip erwiderte leise: »Geh mir aus den Augen, sonst bringe ich dich um.«

Die Farbe wich aus dem Gesicht des Mädchens und hob ihre Akne hervor. Sie drehte sich rasch um und verschwand in der Menge.

Leute traten automatisch beiseite, als Skip näherkam, und bald darauf stand er vor der Plattform, nur einen Meter von dem mittleren Mikrofon entfernt. Er zog eine Cartier-Damenuhr aus seiner Tasche und kontrollierte die Zeit. Es war drei Minuten vor acht. Hinter ihm regte sich die Menge und flüsterte erwartungsvoll. Skip streckte seine Arme aus und sog Kraft aus der geladenen Atmosphäre. Er fühlte die Energie der Massen in seine Adern eindringen und seine Macht vergrößern.

Er liebte Harmony. Das wußte er jetzt. Und sie würde seine Liebe erwidern. Sie waren Seelengefährten, zwei Seiten derselben Münze. Ihre Liebe war rein und würde die Anfeindung durch andere überstehen.

Doch bevor sie diese Freiheit genießen konnten, mußte er sich Tante Doreens entledigen. Erst dann konnte er wirklich die Fesseln der Vergangenheit abschütteln und geistig wieder ganz sein, frei, um sich vollständig Harmony zu schenken – die ihn nie, niemals wieder irgend etwas tun lassen würde, das er nicht wollte. Über dem Donnern in seinem Kopf hörte er Tante Doreens spöttische Stimme: »Deine Karte im Tarot ist der Tod.«

Irgend jemand hatte irgendwo einen Countdown begonnen. »Fünf, vier, drei, zwei, eins. Wir sind auf Sendung!«

Der musikalische Leiter gab der Band ein Zeichen, und sie

begannen mit einer ›Ouvertüre‹ — einem Zusammenschnitt von Harmonys Hits, den sie für das Fernsehen vorbereitet hatten.

Ein paar Sekunden später hörte Skip den Ansager verkünden: »Guten Abend, Ladies und Gentlemen. Heute abend präsentiert Ihnen Fox Television ein besonderes aktuelles Ereignis . . .«

Der Himmel verdunkelte sich plötzlich. Der Ansager beendete seine Aufzählung der bisherigen Vorkommnisse, und die Scheinwerfer wurden eingeschaltet und auf den Eingang von 777 Park Avenue gerichtet. Fred Duffy öffnete die Tür, tippte sich an den Mützenrand und lächelte befangen in die Kamera.

Dann eilte Harmony durch die Türen, als wollte sie ausgehen. Sie schien über den Zugang zu dem Podium zu schweben, die Musik schwoll an, und die Menge brach in spontanen Applaus aus.

Harmony sah strahlend aus. Ihr Haar ähnelte der silbrig-goldenen Mähne einer Löwin, und ihr Make-up war eher theatralisch als ausgefallen. Sie trug ein die Gestalt umschmeichelndes weißes Kleid mit einem tiefen Ausschnitt. Der schimmernde Stoff war mit Straß, Silberpailletten und weißen Pailletten bedeckt und ähnelte einer Konstellation aus Sternschnuppen.

Sie erreichte das Podium, als die Musik endete, und machte halb einen Knicks und halb eine Verbeugung zum Publikum, ehe sie ein umwerfendes Lächeln zeigte. Als sie gleich darauf nach dem Mikrofon griff, erstarb der Applaus rasch, damit man sie hören konnte.

»Hallo, Leute!« In ihrer Stimme schwang ein leichtes Beben mit.

»HALLO, HARMONY!« schrie die Menge zurück.

Die Erwiderung des Grußes erlaubte ihr sichtlich, sich zu entspannen. Dennoch begann sie: »Ich bin ein wenig nervös. Mein Manager, Charlie McCafferty, sagte mir, bevor ich hier heraus ging, ich sollte einfach ich selbst sein.« Der Hauch eines Lächelns spielte um ihre Lippen. »Aber das hat mich schließlich überhaupt erst in Schwierigkeiten gebracht.« Es gab herzliches Gelächter. »Mein ursprünglicher Name ist Hillary Harding-Brown, und ich wurde in eine privilegierte Klasse hineingeboren.«

Harmony sprach einfach, direkt und ohne Schnörkel und nahm sofort die Aufmerksamkeit der Zuhörer vollständig gefangen.

»Ich hatte das Glück, liebevolle und sehr einfühlsame Eltern zu haben, die mir beibrachten, welche Verantwortung mit Privilegien einhergehen. Sie glaubten an harte Arbeit und ein Leben ohne Exzesse. Als ich Interesse für Musik zeigte, waren sie entzückt. Und als ich ein Talent dafür zeigte, waren sie begeistert. Sie boten mir eine hervorragende Ausbildung, so daß ich lernen und wachsen konnte. Bestimmt träumten sie davon, ich würde in Konzerten in der Carnegie Hall auftreten oder mir die Lungen auf der Bühne der Met heraussingen.«

Harmony machte eine Pause und lächelte.

»Die Dinge haben sich nicht ganz so entwickelt. Ich interessierte mich mehr für Popmusik, oder, um genauer zu sein, Rock. Meine Eltern waren entsetzt. Ihre Ansichten über Rocksänger entsprachen dem stereotypen Image — Alkohol, Drogen, Selbstzerstörung, ein bunt zusammengewürfelter Haufen Leute. Natürlich spornten mich ihre Einwände nur an. Ich war noch entschlossener, in die Welt der Rockmusik einzubrechen und Erfolg zu haben. Und sie waren genauso entschlossen, daß ich es nicht tun sollte. Endlich kamen wir zu einer Art Waffenstillstand. Sie wollten mir nicht im Weg stehen, wenn ich nicht meinen Familiennamen benutzte. Ich wählte den Namen Harmony und begann eine Rock-Karriere. Ich fand rasch heraus, daß meine Eltern sich geirrt hatten. Die Welt des Rock war nicht mit den Leuten überlaufen, vor denen sie mich gewarnt hatten. Natürlich gab es auch diese Elemente, genau wie in jedem Beruf, aber die meisten Menschen, die ich traf, waren freundlich und hingebungsvoll und sehr ernst in ihrer Arbeit. Das Glück lächelte mir, und ich traf Charlie McCafferty, den hingebungsvollsten Menschen von allen. Charlie wurde mein Manager, und unter seiner Anleitung errang ich jenen Erfolg, von dem die meisten nur träumen. Aber eines wollte ich noch mehr — ein Zuhause. Nachdem ich drei Jahre in Hotelzimmern gelebt hatte, war ich entschlossen, einen Platz zu haben, an dem ich Wurzeln schlagen konnte, und von allen Städten der Welt konnte sich keine mit New York City vergleichen.«

Es gab lauten, lang anhaltenden Applaus und Hochrufe aus dem Publikum.

Harmony blickte über ihre Schulter auf das imposante Gebäude hinter ihr. »Ich habe mich in dieses Gebäude in dem Moment verliebt, in dem ich es sah. Seine Aura ruhiger Zurückhaltung paßte genau zu der Art, in der ich mein Privatleben führen wollte. Zufällig lebte eine sehr liebe Freundin meiner Großmutter in diesem Gebäude, und mit ihrer Hilfe konnte ich ein Apartment kaufen. Ich erzählte ihr nichts von meinem anderen Ich, der Rocksängerin Harmony. Ich stellte mich als Hillary Harding-Brown vor, weil ich wußte, daß sie das gleiche Vorurteil gegen Rocksänger hatte wie meine Eltern. Was ich tat, war nicht in Ordnung, aber wenn ich eine Sünde begangen habe, dann ist es eine Unterlassungssünde.« Harmony senkte den Kopf, und ihre Stimme brach. »Ich entschuldige mich bei dieser wunderbaren Lady für meine Täuschung und hoffe, daß sie mir eines Tages verzeihen kann.« Sie hob den Kopf wieder, und ihre Stimme wurde lauter, bis sie beinahe schrie. »Trotzdem lasse ich mich nicht durch Diskriminierung aus meinem Zuhause vertreiben!«

Die Menge schrie ihre Zustimmung. »Bravo, Mädchen!« »Weiter so!« und »Kopf hoch!« Harmony mußte eine volle Minute warten, ehe sie weitersprechen konnte.

»Ihr alle wart sehr freundlich, euch meine Ansprache anzuhören, und ich möchte euch auf die einzige Art danken, die ich beherrsche. Ich möchte für euch einen Song singen, den ich geschrieben habe und dessen Titel lautet ›There's just not enough love to go around‹.«

Harmony nickte ihrem musikalischen Leiter zu. Die Band begann zu spielen, und sie sang.

Habt ihr Kummer und fühlt euch allein,
reicht euch die Hände, helft im Verein.
Mildert den Schmerz mit Sanftmut und Mitleid, denn...
Es gibt nicht genug Liebe auf der Welt.

Skip versank völlig in den Worten, die Harmony sang. Es spielte keine Rolle, wie viele Leute hier waren. Er wußte, daß sie direkt für ihn sang, und dieses Wissen gab ihn den Antrieb, den er für das brauchte, was er tun mußte.

Harmony nahm ihre typische Pose ein, ein Arm hoch, der andere weggestreckt, und hielt den letzten Ton für eine atemberaubend lange Zeit. Als sie endlich endete, wurde das Publikum wild. Sie verbeugte sich und trat aus dem Scheinwerferlicht zurück, aber die Leute ließen sie einfach nicht gehen. Vereinzelte Rufe »Mehr!« wurden zu einem rhythmischen Sprechgesang.

Harmony kehrte an das Mikrofon zurück, und Stille senkte sich über die Menge.

»Ich singe es noch einmal, aber diesmal möchte ich, daß ihr mitsingt. Und wenn ihr den Text nicht könnt, singt einfach, was aus euren Herzen kommt. Denkt daran, es ist euer Song. Ich habe ihn für euch geschrieben.«

Harmony begann den Song noch einmal, und Tausende von Stimmen fielen mehr oder weniger zur selben Zeit ein. Am Ende des Songs wiegten sich alle gemeinsam in einem gospelartigen Rhythmus.

Alle außer Skip.

Direkt unterhalb und rechts von Harmony stehend, starrte er anbetend zu ihr auf.

Sie ist mein Engel. Sie kann mich retten . . .

Skip setzte seine ganze Konzentration ein, um Harmony dazu zu bringen, ihn anzusehen, wobei er nicht erkannte, daß die Scheinwerfer sie so blendeten, daß sie die Leute direkt vor dem Podium nicht sehen konnte.

Rette mich, Harmony! Rette mich . . .

Während des letzten Refrains trat Harmony aus dem Scheinwerferlicht, beugte sich vor und begann, die Hände der Leute vor dem Podium zu schütteln.

Skips Herzschlag beschleunigte sich, als Harmony sich ihm näherte, und er streckte seine Hand hoch, damit sein Engel ihn berührte.

Rette mich . . . !

Sie kam näher. Er war der nächste.

»Harmony!« schrie er ekstatisch und winkte ihr mit seiner Hand zu.

Harmony wollte schon Skips Hand ergreifen, doch als sie in seine Augen blickte, erkannte sie ihn und erstarrte.

Skips Augen schimmerten glasig wie die einer Leiche, und er bewegte seine Lippen in einer Imitation eines Kusses.

Die Menge drängte wie ein gewaltiger Riese vorwärts, und Skip wurde abgedrängt und verschwand aus Harmonys Blickfeld.

Leben kehrte in ihr Gesicht zurück, und während sie ihre Runde um die Plattform beendete, fragte sie sich, ob er wirklich hier gewesen war. Endlich kehrte sie in die Mitte der Bühne zurück und hob die Hände. Der Wind fegte um sie herum und drückte ihr das Kleid gegen den Körper wie die Blätter einer geschlossenen Blume. Das Publikum verfiel in respektvolle Stille, aber nicht so der Himmel.

»Danke, daß ihr alle gekommen seid. Und jetzt sollten wir uns beeilen, bevor das Gewitter losbricht . . .« Sie blickte über ihre Schulter auf das Gebäude hinter ihr und rief triumphierend: »Nach Hause!«

Charlie hetzte die Stufen hinauf, ergriff Harmony am Ellbogen und führte sie die Stufen hinunter und über den Zugang ins Haus. Ein Dutzend Polizisten bildete sofort eine lebende Mauer zum Bürgersteig und hielt die Menge zurück. Bevor sie das Gebäude betrat, drehte Harmony sich um und warf ihrem Publikum einen letzten Kuß zu. Die Menschen jubelten zurück, und während sie sich verstreuten, sangen viele von ihnen Harmonys Song a cappella.

Es gibt nicht genug Liebe,
es gibt nicht genug Liebe,
es gibt nicht genug Liebe auf der Welt.

27

Ein glitzernder Vorhang aus Regen fegte plötzlich die Park Avenue entlang und trieb das Publikum nach allen Richtungen auseinander. Manche suchten Zuflucht unter den Baldachinen der nahen Gebäude, manche sammelten sich in Eingängen, aber andere genossen den köstlichen Wolkenbruch. Es war eine Szene aus einem alten MGM-Musical — Menschen platschten die Rinnsteine entlang wie ein Ballett von Amateur-Gene-Kellys.

Skip kauerte unter der Plattform. Der Regen trommelte in einem ständigen Stakkato über ihm, und das um seine Füße dahinschießende Wasser durchnäßte seine Schuhe und seine Hose, aber er bemerkte es nicht. Seine Augen blinzelten rasend schnell, und ein Krampf ließ seine Mundwinkel zucken. Bilder seiner Vergangenheit sprangen ihn an, leuchtend und scharf und scheinbar so nahe, daß er das Gefühl hatte, leicht in eine Welt zurückkehren zu können, die er nie vollständig hinter sich gelassen hatte.

Das graue, zweigeschossige viktorianische Haus neben einem Bach, der stets ausgetrocknet war, erinnerte ihn an ein Schiff, das vom Kurs abgekommen und in den Brechern zerschellt war. Kinder spielten im Garten. Ihre Gesichter veränderten sich ständig, während ihre Körper in der ausgedörrten Erde verwurzelt blieben.

Tante Doreen. Ihre Augen — hellgrau und seherisch — richteten sich auf ihn, während sie sich gegen die Tür ihres Schlafzimmers lehnte. Ihr Unterkleid stammte aus dem besten Laden von Unionstown und war aus Seide und extravagant mit Spitze verziert. Ihre Haare waren tintenschwarz gefärbt; fließende Locken umgaben ein Gesicht, das nie etwas anderes als alt sein würde. Ihre zuckersüße Stimme war trocken und krächzte von zuviel Alkohol.

»Sind die Kinder gewaschen und abgefüttert und ins Bett

gesteckt?« Sie sang förmlich. Er nickte. Sie bewegte ihren Körper wellenartig in dem Unterkleid und fragte mit berechneter Scheu: »Es liegt an dir, für Harmonie in der Familie zu sorgen.«

Sie streckte die Hand aus, und kalter Nebel berührte sein Gesicht wie feuchte Finger.

»Skorpion ist Lust und Gewalt, Verwesung und Tod, Okkultismus und Astrologie. Du könntest ein Magier sein, ein Liebhaber oder ein Leichenbestatter.« Ihre Stimme sank um eine Oktave. »Was wird es sein?«

Skip preßte die Hände auf seine Ohren, um die schneidende Stimme auszuschalten, und wiederholte sein Geheimwort immer wieder, aber dennoch hörte er sie.

»Skorpion ist Lust.«

Es gab nur eines, womit er ihre Stimme für immer zum Schweigen bringen konnte.

Er schob sich an den Rand der Plattform und spähte ins Freie. Alles sah wäßrig aus, als wäre der gesamte Block überflutet worden. Er kletterte unter der Plattform hervor und ging langsam durch die schmale Zufahrt, die zum Hintereingang von 777 Park Avenue führte.

Der Regen berührte ihn nicht.

Er war wasserdicht.

Der Fernseher war ausgeschaltet, und der Raum war still bis auf das Geräusch des Regens, der gegen die Fenster schlug. Allison beobachtete Alma aus den Augenwinkeln, während die jüngere Frau eifrig strickte.

»Ich weiß, was Sie denken, Alma.«

Ohne aufzublicken, erwiderte Alma: »Woher wollen Sie wissen, was ich denke, Mrs. Van Allen? Sind Sie plötzlich Gedankenleserin geworden?«

»Meinen Sie, zusammen mit allem übrigen?«

»Hören Sie auf, mir etwas in den Mund zu legen, Mrs. Van Allen.«

»Ich habe mich getäuscht. Ich habe mich lange Zeit in vielen Dingen getäuscht. Man könnte denken, daß mich meine...« — sie machte eine Pause wegen der Wirkung — »... Schlaganfälle zu einer freundlicheren, weniger anmaßenden Frau gemacht hätten. Statt dessen ist das Gegenteil eingetreten. Ich wurde noch schlimmer. Ich könnte mein Verhalten vielleicht auf die Angst vor dem Tod schieben, aber das ist nicht ganz richtig. Es war die Angst vor dem Leben, die mich so sein ließ, wie ich bin. Glauben Sie, ich bin zu alt, um mich noch zu ändern, Alma?«

»Sagen Sie es mir. Sie haben heute abend alle Antworten.«

»Beth wäre so stolz auf sie gewesen. Sie ist wirklich eine zauberhafte Person, und so talentiert. Was für eine schöne Stimme, und was für ein wunderbares Lied. Sie hat den Text selbst geschrieben, wissen Sie?«

»Ja, ich weiß.«

»Nicht ihr übliches Rock-Gegackere. Alma, ich war eine Närrin. Glauben Sie, es ist zu spät?«

»Es ist noch nicht einmal neun Uhr.«

»Alma! Sie wissen, was ich meine. Ist es zu spät, um alles wiedergutzumachen?«

»Dafür ist es nie zu spät, Mrs. Van Allen.«

»Außerdem kann ich nicht die Augen vor meiner Verantwortung verschließen. Immerhin sind Beth und ich teilweise schuld. Zweifellos haben unsere Abenteuer Hillary dazu angeregt, Rockstar zu werden.« Allison stand auf. »Sitzen Sie nicht so einfach da, Alma. Helfen Sie mir beim Ankleiden. Ich werde meiner neuen Nachbarin einen Besuch abstatten.«

Fred zog seine Straßenkleidung an — ein rot-weiß-graues Plaid-Madras-Jackett, Hemd in einem dunkleren Rot und graue Hose — bevor er in Bobbie Jos Apartment ging. Auch sie hatte sich für den Anlaß umgezogen. Die großgewachsene Texanerin hatte sich nach dem Motto gekleidet »Wenn schon Gastgeberin, dann aber ordentlich« — ein Corsagenkleid aus violettem Samt, bestickt mit roten Zentifolien; eine rote Satinschärpe um die Taille, zu einer riesigen Schleife geschlungen, die bis zum Boden fiel.

»Ich fürchtete schon, Sie würden mich versetzen«, sagte Bobbie Jo, als sie die Tür öffnete.

»Unter gar keinen Umständen«, erwiderte Fred.

»Kommen Sie in die Küche, und wir nehmen uns was zu trinken, während ich alles vorbereite.«

Fred folgte Bobbie Jo durch den Korridor in die Küche.

»Ich versuche, eine Diät einzuhalten«, erklärte sie. »Deshalb nehme ich ein Tab und Tequila.«

»Hört sich gut an. Was machen Sie zum Abendessen, Miss Bledsoe?«

»Steaks, gebackene Kartoffeln und Salat. Unter den gegebenen Umständen finde ich, Sie können mich Bobbie Jo nennen. Hat sich die ganze Aufregung schon gelegt?«

»Der Regen hat alle vertrieben, und es sieht so aus, als würde alles für den Rest des Abends ruhig bleiben.«

»Da wäre ich nicht so sicher«, erwiderte Bobbie Jo, als sie Fred seinen Drink reichte.

Mabelle trug die Mint Juleps in den Ballsaal. Taryn und Jack saßen nebeneinander auf einem schmiedeeisernen Doppelsessel, umgeben von den Katzen.

Taryn sagte soeben: ». . . und diese verführerische Schönheit da drüben ist Carmen. Ich glaube, das wären jetzt alle.«

»Wo ist Othello?« fragte Jack. »Er scheint nicht hier zu sein.«

»Oh, er versteckt sich wahrscheinlich unter meinem Bett«, erwiderte Mabelle. »Othello hat trotz seiner zahlreichen anderen Talente Todesangst vor Donner und Blitz.«

Jack stand auf. »Lassen Sie mich helfen, Miss Tolliver.«

Er nahm ihr das Tablett ab, stellte es auf einen kleinen Tisch und führte Mabelle zu ihrem Rattansessel. Als sie nach den Juleps griffen, explodierte ein Donnerschlag, der die Fenster erzittern ließ. Ein gegabelter Blitz zuckte über den Nachthimmel und tauchte alles in Tageshelle.

Mabelle schauderte. »Das ist eine Nacht, in der man keinen Hund vor die Tür jagen würde.«

Othello hatte sich seinen Weg durch den Lederfleck, der das Loch zwischen den Terrassen der Tollivers und der Radleys verschlossen hatte, kurz vor Beginn des Regens gekratzt. Er fand Zuflucht unter einem Metalltisch, hatte jedoch Angst vor dem Lärm und den zuckenden Lichtern. Seine hellgrünen Augen suchten die Umgebung nach einer trockeneren, sicheren Unterkunft ab; falls Katzen Gelübde leisteten, schwor Othello sich höchstwahrscheinlich, nie wieder auszureißen, falls er es jemals nach Hause schaffte.

Als Harmony ins Wohnzimmer kam, standen Tränen in ihren Augen und ließen sie mit der Leuchtkraft von Juwelen strahlen. Charlie, der auf das Ende ihres Telefongesprächs gewartet hatte, eilte an ihre Seite und legte seinen Arm um ihre Schultern.

»Was hatten deine Eltern zu sagen?«

»Oh, Charlie, alles ist in Ordnung. Sie verstehen mich endlich, sie verstehen mich.«

Er fragte ruhig: »Und haben sie dir deine Sünden vergeben?«

»Sie haben mich gebeten, ihnen zu vergeben, weil sie mir nicht vertraut haben, was mein eigenes Leben anging. Dann sagte mein Dad, er würde meine Urteilsfähigkeit nie mehr in Frage stellen, selbst wenn ich beschließen sollte, in ein ›übelbeleumundetes Haus‹ einzutreten, und meine Mutter sagte, ihrer Meinung nach ginge das zu weit, und dann — beide haben zu weinen begonnen, und ich auch. Sie sagten, wie sehr sie mich liebten und wie stolz sie heute abend auf mich waren. Oh, und sie möchten, daß ich dich ihnen vorstelle. Mutter sagte, du wärst wohl ein sehr netter junger Mann. Sie schätzte es, wie du meine Anrufe kontrollierst und mich ›vor all den Verrückten da draußen‹ abschirmst.« Sie küßte die Hand, die auf ihrer Schulter lag. »Mein alter Beschützer.«

Charlie schlang seine Arme um Harmony und knabberte leicht an ihrem linken Ohrläppchen.

»Ich bin froh, daß du dich mit deinen Eltern ausgesöhnt hast, und ich bin froh, daß ihnen deine Fernsehsendung gefallen hat.«

»Sie ist gut gelaufen, nicht wahr?«

»Wunderschön. Und falls du jemals deine Stimme verlieren solltest, kannst du immer für den Präsidenten als Redenschreiberin arbeiten.«

»Trinken wir Champagner, Charlie. Wir sollten feiern.«

Es klingelte an der Tür, und Charlie grollte: »Also, wer, zum Teufel, könnte das sein?«

»Es muß Albert sein. Ich habe ihn gebeten, die Sunday *Times* zu bringen, sobald sie kommt. Du öffnest den Champagner, und ich hole die *Times*.«

Harmony drehte sich herum, küßte Charlie rasch auf die Lippen und lief dann durch den Korridor zur Wohnungstür.

Fast zur selben Zeit öffneten drei Frauen ihre Türen — Harmony, die Albert mit der Zeitung erwartete, Elena, die den Botenjungen mit dem Wodka erwartete, und Roxanne, die Sam vom Flughafen erwartete.

Roxannes Begrüßungslächeln verpuffte.

»Nick, was machst du hier, und wie bist du an dem Portier vorbeigekommen?«

»Ich habe ihm gesagt, daß du mich erwartest.«

»Du kannst nicht hereinkommen. Sam muß jeden Moment nach Hause kommen.«

»Nein, tut er nicht. Ich habe den Flughafen angerufen. Das Flugzeug hat eine Stunde Verspätung. Wir haben viel Zeit für eine kleine Unterhaltung, und, wer weiß, vielleicht sogar für einen Quicky.«

Trotz ihres Zorns war Roxanne über Nicks Aussehen schockiert. Er war immer so perfekt zurechtgemacht, aber an diesem Abend wirkte er derangiert. Seine Kleider waren zerknittert und naß, seine Augen waren blutunterlaufen, und sein Atem roch nach Alkohol.

Bevor sie ihn aufhalten konnte, drängte Nick sich herein und zog sie von der Tür weg, die er zuschlug.

Harmony öffnete die Tür und starrte Allison mit einer Mischung aus Erstaunen und Sorge an.

Allison holte tief Luft und stieß hastig hervor: »Ihr Telefon hat eine Geheimnummer. Ich hätte Sie über die Haussprechanlage anrufen können, aber ich fürchtete, Sie würden mich nicht heraufkommen lassen. Ich wollte Ihnen sagen, wie leid mir alles tut, und ich wollte Sie außerdem in unserem Haus willkommen heißen.«

Harmony umarmte Allison und rief: »Allison, das macht alles perfekt!« Dann trat sie zurück und ergriff ihre Hand. »Kommen Sie herein, kommen Sie herein! Charlie und ich wollten gerade ein Glas Champagner trinken. Jetzt, da Sie da sind, haben wir wirklich einen Grund zum Feiern.«

Da Elena nur ein Unterkleid trug, öffnete sie die Tür bloß einen Spalt.

»Ich komme gleich zu Ihnen. Ich suche nur ein Trinkgeld.«

Sie begann, in ihrer Handtasche auf dem Beistelltisch zu wühlen. Die Tür wurde aufgestoßen, und Elena blickte sich um. Ihre erstaunte Miene verwandelte sich in Freude.

»Skip, was machst du hier?«

»Ich habe mir die Fernsehübertragung angesehen und wurde vom Regen überrascht«, erwiderte er leise.

Sie ergriff ihn am Arm und zog ihn herein. »Du bist triefnaß. Geh ins Schlafzimmer und zieh diese nassen Kleider aus. Seltsam, ich wollte mich gerade fertigmachen und ins Astarte fahren, um dich zu sehen, aber jetzt bist du hier.«

Die Sprechanlage meldete sich, und Elena griff nach dem Hörer.

»Ja?«

»Ein Bote kommt zu Ihnen hoch, Mrs. Radley.«

»Danke.« Sie wollte gerade fragen, warum er sie nicht von Skips Ankunft verständigt hatte, doch der Pförtner hatte schon aufgelegt.

Sie wandte sich wieder an Skip. »Geh nur, und wenn du baden oder duschen willst, bediene dich.«

Skip folgte ihrer Aufforderung und ging langsam durch den Korridor. Er war von der Realität losgelöst und schritt nur halb bei Bewußtsein durch die physische Welt, während sein Geist durch dunklere Regionen wanderte.

Er wandte sich in die falsche Richtung und fand sich in Elenas Büro wieder. Die Architektenlampe brannte noch und beleuchtete das Zeichenbrett und die Korkwand dahinter. Dutzende von Abzügen in verschiedenen Größen waren an der Wand befestigt. Sie waren von den Dias von Harmonys Coverfotos gemacht worden.

Skip näherte sich dem Zeichenbrett und starrte auf das bearbeitete Cover, das Elena entworfen hatte, indem sie zwei unterschiedliche Porträtaufnahmen gleicher Größe in der Mitte durchgeschnitten, jeweils eine Hälfte entfernt und die verbleibenden Teile zusammengeklebt hatte. Die eine Seite war Harmony mit den zerzausten Haaren und ihrem gewohnt extravaganten Make-up. Die andere war ihr neuer, gesetzterer Look. Elena hatte ein geteiltes Bild von Harmony geschaffen.

Skip erstarrte in verständnislosem Gram. Für ihn erschien es so, als wäre Harmony entstellt worden. Er wollte aufschreien, aber der Laut blieb in seiner Kehle stecken. Er stolperte vorwärts, stürzte fast, fing sich aber an dem Aktenschrank neben dem Zeichenbrett ab. Seine Hand verkrümmte sich auf der Oberfläche, während seine Finger sich um das glatte Metall des Papiermessers schlossen, mit dem Elena die Fotos geschnitten hatte. Er hob es hoch und starrte auf die kurze, dreieckige, rasiermesserscharfe Klinge, die aus der Spitze ragte. Mit seinem Daumen zog er den Mechanismus zurück, und die Klinge verschwand. Skip verließ das Zimmer. Seine Hand mit dem Messer zitterte, als habe er einen Schlaganfall erlitten.

Es klingelte. Elena griff mit der Hand um die Tür herum, nahm die Wodkaflasche und gab dem Botenjungen einen Fünfdollarschein.

»Danke«, sagte er, als sie die Tür schloß.

Elena nahm die Flasche, durchquerte mit raschen Schritten den Wohnraum und betrat das Arbeitszimmer. Sie machte sich einen starken Drink, leerte das Glas zur Hälfte, füllte nach, machte dann auch einen für Skip. Sie trug die Drinks in ihr Schlafzimmer und sah, daß Skip seine Kleider über den Sessel neben dem Make-up-Tisch gehängt hatte. Die Badezimmertür war geschlossen.

Sie stellte ihr Glas auf das Nachttischchen, trug Skips Glas zur Badezimmertür und klopfte.

»Skip, möchtest du deinen Drink da drinnen?«

Sie lauschte, hörte jedoch nur das Wasser in die Wanne laufen.

Nach einem Moment antwortete er:; »Ja, bring ihn herein.«

Sie öffnete die Tür. Dampf quoll ihr unheimlich und langsam entgegen. Skip hatte sich in der Badewanne zurückgelegt. Ein feuchter Waschlappen bedeckte sein Gesicht.

»Mein Gott, du magst dein Wasser aber heiß, nicht wahr?«

Sie stellte den Drink auf den Wannenrand und hastete hinaus, bevor ihr Haar feucht wurde. Dampfwolken folgten ihr und trieben in das Schlafzimmer wie verirrte Wolken. Elena ging an die Terrassentüren und öffnete sie, um den Dampf abziehen zu lassen.

Auf dem Bett kauernd, konnte Elena Skips dunkle Reflexion in ihrem Schminkspiegel beobachten.

»Das nenne ich Service«, sagte sie mit selbstzufriedenem Lächeln. »Viel besser, als sich eine Pizza schicken zu lassen.«

Roxanne lehnte, vor Zorn siedend, an der Bar und sah zu, wie Nick sich einen Drink nahm. Er füllte ein großes Glas mit Bourbon und tat dann einen einzelnen Eiswürfel hinein.

»Nick, ich will, daß du das schnell austrinkst und dann von hier verschwindest, bevor Sam heimkommt.«

Achselzuckend schlenderte Nick zu der Couch und setzte sich so, daß er Roxanne ansah. Nachdem er einen betont kleinen Schluck genommen hatte, sagte er: »Weißt du was, Roxie, ich wollte schon immer deinen Alten kennenlernen.«

»Was ist das für ein Spiel, Nick?«

»Zur Hölle, Roxie, du sagst mir, daß du mich nicht mehr sehen willst, und das soll's dann gewesen sein? Weißt du, ich hab' so das Gefühl, als würde was auf mich zukommen.«

»Was denn?«

Er zuckte die Schultern und nahm noch einen kleinen Schluck.

»Das Glück hat sich plötzlich von mir abgewendet. Ich überlasse dieses gutaussehende Miststück meinem Kumpel Jack, der für mich das Klavier in dem Restaurant spielt, und jetzt rate mal. Stellt sich heraus, daß sie eine Erbin ist. Scheiße. Dann entdecke ich alles über Harmony. Wer sie wirklich ist und so. Also gehe ich zu ihr und ihrem fiesen Manager und will was aushandeln. Ich würde niemandem sagen, wer sie ist, wenn er mich dafür als Klient unter Vertrag nimmt. Aber nichts zu machen. Also gehe ich mit meiner Information zu den *Daily News* und denke, wenn ich mit einem Reporter rede, kommt wenigstens ein Foto von mir in die Zeitung. Aber er bedankt sich schön bei mir und schiebt mich dann zur Tür raus.«

Roxanne schüttelte angewidert den Kopf. »Dann warst du also die Ursache dieses ganzen Ärgers.«

Nick zuckte erneut die Schultern. »Dann sagt mir der Nazi im Restaurant, daß ich dort nicht mehr singen kann. Sieht so aus, als wollten die Gäste keine Unterhaltung, während sie ihr Fressen runterschlingen. Dann rufst du mich an und sagst mir, daß alles aus ist. Geht mir so, als würde es Scheiße regnen, und ich habe keinen Schirm. Also, ich will eine . . .« Er suchte nach dem Wort. ». . . Entschädigung.«

Roxanne nickte. »Mit anderen Worten, du willst, daß ich dich bezahle, sonst erzählst du Sam von unserer Affäre.«

»Du hast es kapiert, Baby.«

»Es gibt eine Bezeichnung für deinen Vorschlag, Nick. Das nennt man Erpressung.«

»Ach, Roxie, warum mußt du mit so einem schmutzigen Namen ankommen?«

»Weil es schmutzig ist, Nick. Und wie hoch setzt du den Wert deiner Dienste außer den Kosten für die Arrangements an?«

»Die ich nicht gebrauchen kann.«

»Das kommt daher, daß du nicht singen kannst.«

»Das meinst du nicht ernst, Roxie.« Er zeigte ihr sein – wie er meinte – ansprechendstes Lächeln. »Hör mal, Baby, das muß nicht das Ende sein. Sobald dein Alter die Stadt verläßt, wirst du den hier wieder haben wollen.« Er stand auf und rieb sich obszön im Schritt. »Schau mal, Roxie, er wird schon hart.«

»Ich fühle mich nicht geschmeichelt, Nick. Du könntest eine überreife Melone spalten, wenn du glaubst, daß es dir etwas einbringt. Weißt du, du solltest tatsächlich auf den Strich gehen – das ist das einzige Gebiet, auf dem du wirklich gut bist. Also, was meinst du, wieviel waren deine Dienste wert? Ich fürchte, ich kenne den üblichen Tarif nicht. Berechnest du stundenweise oder für die Nacht oder was?«

Nick stürmte durch den Raum und schlug mit der Faust auf die Bar.

»Verdammt, Roxie! Sprich nicht so! Ich bin kein Stricher, und ich bin kein Erpresser!«

»Und du bist auch kein Sänger, Nick. Wenn ich das zusammenrechne, kommt unten eine große dicke Null heraus.«

Er hielt ihr seine Faust vor das Gesicht und grollte: »Sag so was nicht.«

»Wie kommst du eigentlich darauf, daß ich *dich* bezahlen sollte? Ich bin auch nicht gerade schlecht, weißt du?«

Nick öffnete seine Faust und begann, Roxannes Wange zu streicheln. Doch sie zog sich von ihm zurück.

»Ach, Roxie, sei doch nicht so. Sieh mal, ich habe das alles, was ich gesagt habe, gar nicht so gemeint. Ich war nur verletzt, weil du gesagt hast, daß du mich nicht mehr sehen willst. Hör mal, ich halte wirklich eine Menge von dir. Wir haben doch was Feines laufen.« Er leckte sich nervös über die Lippen. »Der eigentliche Grund, warum ich hergekommen bin . . . ich wollte dich bitten, mich zu heiraten.«

»Dich heiraten?«

»Ja, ich hab's mir überlegt. Du könntest dich von deinem Alten scheiden lassen, und ich könnte hier einziehen und...«

»Und was?« fragte Roxanne kühl. »Dir ein feines Leben mit Sams Geld machen?«

»Zum Teufel, nein. Ich würde es schon gut nutzen. Mit so viel Geld im Rücken könnte ich ein Star werden, und dann könnte ich mich um dich kümmern.«

Roxanne warf den Kopf zurück und lachte schallend. Nick trat in dem Glauben, es wäre freudiges Lachen, mit ausgestreckten Armen auf sie zu und wollte sie umschlingen. Roxannes Lachen verstummte abrupt. Sie wehrte ihn ab.

»Gottes Augen! Du bist wirklich unglaublich, Nick. Du kommst ohne Einladung hier herauf, willst mich erpressen und verlangst ein Deckgeld. Dann machst du eine Kehrtwendung bittest mich, dich zu heiraten. Verzeih mir, daß ich vor Freude nicht auf und ab springe, aber ich habe hohe Absätze.« Roxanne schob sich an das andere Ende der Bar. »So unglaublich es dir auch erscheinen mag, aber ich gebe dir einen Korb.«

Nick war ehrlich geschockt. »Roxie, das meinst du doch nicht.«

»Ich fürchte schon. Ich wollte dir am Telefon sagen, daß ein paar verstohlene Momente der Lust nicht meine Ehe wert sind.«

»Erzähl mir nicht so einen Quatsch, Roxie. Du hast bestimmt schon einen anderen Hengst.«

»Du kannst denken, was du willst, Nick. Jetzt solltest du besser gehen.«

Nick kehrte zur Couch zurück und setzte sich. »Ich glaube, ich bleibe. Wie gesagt, ich wollte schon immer deinen Alten kennenlernen.«

Roxanne lächelte dünn. »Also, ich glaube, die von dir behauptete Zuneigung zu mir war nicht ehrlich, Nick.«

Sie griff unter die Bar, holte eine schwarze Lederschatulle hervor und öffnete sie. Auf schwarzem Satin lag ein Revolver mit Perlmuttgriffen. Sie hielt ihn in den Falten ihres Kleides verborgen, bis sie direkt vor Nick stand. Dann hob sie den Revolver und zielte auf seinen Schritt.

»Großer Gott!« schrie Nick. »Roxie, was machst du?«

»Du hast den Bogen überspannt, Nick«, sagte Roxanne ruhig. »Ich komme aus Oklahoma, und mein Daddy hat mir beigebracht, wie man mit einer Waffe umgeht. Mit zehn Jahren konnte ich schon einer Klapperschlange die Augen ausschießen. Es wird mir nicht schwerfallen, dir die Pillen vom Stiel zu schießen. Und jetzt trink aus!«

Nick schüttelte den Kopf. »Nein, ist schon gut, Roxie, ich werde nur . . .«

»Trink-das-Glas-aus!«

Mit zitternder Hand hob Nick das fast volle Glas Bourbon an seine Lippen.

»Trink es ganz aus«, befahl Roxanne.

Sein Gesicht wurde rot, und seine Augen beobachteten entsetzt den Revolver in ihrer Hand, während er den Whisky gewaltsam schluckte.

»Man soll nie von mir sagen können, ich wäre nicht gastfreundlich. Und jetzt, Nick, bringe ich dich wie jede gute Gastgeberin zur Tür.«

Sie winkte mit der Waffe. Nick stand von der Couch auf und ging aus dem Wohnzimmer. Roxanne folgte ihm, die Pistole auf seine Hinterbacken gerichtet. Nick öffnete die Tür, trat auf den Korridor hinaus und wirbelte herum.

»Es wird dir noch leid tun, Roxie. Du wirst zu mir gekrochen kommen, wie alle anderen vor dir.« Er rieb sich wieder im Schritt. »Der hier wird dir fehlen.«

Roxanne schlug die Tür zu und flüsterte: »Leb wohl, Nick.«

Sie wußte, daß sie Sam die Affäre beichten mußte, bevor Nick an ihn herankam. Sie hoffte, er würde ihr verzeihen. Er hatte sie schon einmal aus dem Dunkel gerettet. Würde er sie erneut retten?

Roxanne kehrte in den Wohnraum zurück, fand ein Päckchen Virginia Slims auf der Bar und schüttelte eine heraus, schob sie zwischen ihre Lippen und zündete sie an . . . mit dem Revolver.

Allison nahm ein zweites Glas Champagner an, warnte jedoch: »Ich werde schnell austrinken und dann gehen, damit ihr jungen Leute allein seid.«

Harmony sagte: »Bitte, beeilen Sie sich nicht, Allison. Sie sind unser erster Gast in unserem neuen Apartment.«

Allison strahlte. »Wirklich? Bin ich die allererste?«

»Die Zusteller rechnen wir nicht.« Charlie grinste. »Sonst wären Sie Nummer einhunderteins.«

Harmony lachte. »Ich habe viel eingekauft.«

Allison sah sich in dem Wohnraum um und nickte anerkennend. »Sie werden ein hübsche Wohnung haben. Sie haben einige exquisite Stücke gekauft. Sagen Sie, Charlie, haben Sie bei der Auswahl mitgeholfen?«

Charlie schüttelte den Kopf. »Ich fürchte, ich verstehe mehr von Art Garfunkel als von Art deco.«

Allison rief plötzlich: »Ich veranstalte für euch eine Einweihungsparty! Das ist eine sehr praktische Einrichtung. Die Leute bringen alle Arten von nützlichen Dingen wie Bettzeug und Handtücher.«

Die beiden sahen einander an, und ihre Augen vermittelten ihre Gedanken. Keiner von ihnen war an einer Party interessiert, aber gleichzeitig wollten sie Allison nicht beleidigen.

»Das ist ein ganz reizendes Angebot, Allison«, sagte Harmony. »Aber wollen Sie sich denn dieser Mühe unterziehen?«

»Sehr gern«, erwiderte Allison. »Wir laden eure Freunde und Familien ein, einige Leute aus dem Gebäude und natürlich Ihre Rockband.« Allison trank ihren Champagner aus. »Jetzt muß ich rasch nach Hause und mit den Plänen für die Party beginnen. Ich werde mich um alles kümmern — die Einladungen, das Essen, die Blumen und das Personal. Ich kann Alma sicher dazu bekommen, daß sie mitmacht. Sie liebt Parties. Nein, nein, bleibt sitzen. Ich finde selbst hinaus. Ihr zwei macht da weiter, wo ich euch unterbrochen habe.«

Allison umarmte beide und eilte davon. Ihr Gang war beschwingt und ihre Stimmung hochfliegend. Jetzt hatte sie etwas, worauf sie sich freuen konnte.

Als Charlie hörte, wie sich die Tür schloß, wandte er sich zu

Harmony und sagte: »Weißt du, ich finde, wir sollten uns an ihren Rat halten.«

Harmony ergriff seine Hand und legte sie auf ihre Brust. »Ich höre *immer* auf Leute, die älter sind als ich.«

Bobbie Jo und Fred betraten mit ihren Tabletts, beladen mit dem Abendessen, das Speisezimmer durch eine Doppelschwingtür.

Als er den Raum erblickte, konnte Fred nicht anders als stehenzubleiben und zu starren. »Oh, wow! Sehe sich mal einer das an!«

Bobbie Jo hatte den Raum als Replik eines Western Saloons eingerichtet. Lüster aus Wagenrädern hingen von der Decke, die Wände waren mit rauhem, verwittertem Holz verkleidet, und vorgetäuschte Fenster zeigten auf Kodachrome-Vergrößerungen von hinten erleuchtete Wüstenszenen.

Eine riesige Bar aus Walnußholz erstreckte sich über die ganze Länge einer Wand, komplett mit Messingstange und Spucknäpfen. Ein gigantisches Ölgemälde einer nackten Nymphe mit goldenen Locken und einer Rubens-Figur hing hinter der Bar. Anstelle eines einzigen großen Eßtisches hatte Bobbie Jo den Raum mit sechs Tischen und Stühlen ausgestattet, die dem Stil des Raums entsprachen. Sie und Fred setzten sich an den Tisch, den sie für das Essen gedeckt hatte.

»Wissen Sie was, Bobbie Jo?«

»Was denn?«

»Sie haben einen großartigen Geschmack.«

»Das finde ich auch«, erwiderte sie und betrachtete ihn voll Zuneigung.

Der Regen lief an den Fenstern des Ballsaals wie stumme Tränen herunter. Mabelle war zu Bett gegangen. Jack und Taryn hatten es sich auf dem Zweiersofa bequem gemacht. Sein Arm lag um ihre Schultern, und ihr Kopf ruhte an seiner Brust. Jeder hatte eine zusammengerollte Katze auf dem Schoß, und andere Katzen hatten sich zu ihren Füßen niedergelassen. Die übrigen lagen in der Nähe.

Jack seufzte zufrieden und stellte die Frage, die ihnen beiden im Kopf herumging.

»Wie geht es mit uns weiter?«

Taryn richtete sich auf, um Jack ansehen zu können. Ihre Worte kamen langsam, feierlich. »Ich finde, wir sollten vorsichtig vorgehen. Wir müssen uns selbst und unseren Zielen gegenüber ehrlich bleiben. Ich will nicht, daß wir zwei verliebte Turteltäubchen werden, die sich so ausschließlich füreinander interessieren, daß sie Freunde, Familie und sich selbst vernachlässigen. Ich möchte, daß wir eine gesunde Beziehung haben und Dinge finden, die wir zusammen erfahren und die nichts mit Leidenschaft zu tun haben. Wenn unsere Beziehung andauern wird, dann deshalb, weil wir uns die Zeit genommen haben, im Lauf der Zeit einige wertvolle Erinnerungen zu sammeln.«

»Und ich dachte, alle reichen Mädchen wären leichtfertig.«

»Manche sind es«, räumte Taryn lächelnd ein.

Jack streichelte das Fell der Katze auf seinem Schoß.

»Weißt du was, Taryn? Ich fange wirklich an, Katzen zu mögen.«

Der weiße, alles verhüllende Dampf wirbelte über der Badewanne wie Protoplasma. Skip starrte in den Dunst, und seine Gedanken drehten sich wie ein Kaleidoskop. Bilder aus seiner Jugend erschienen, verschwanden, erschienen erneut. Endlich formten alle Gespenster der Vergangenheit ein klares, unvergeßliches letztes Bild, das für immer in seinen Geist eingeätzt war: Tante Doreen, nackt auf dem Bett liegend, aus siebenundvierzig Wunden — eine für jedes Jahr ihres verdammenswerten Lebens — blutend.

»Wie lange bleibst du noch da drinnen?«

Er drehte langsam den Kopf und murmelte: »Tante Doreen?«

Durch den Dampfschleier sah er sie in der Tür stehen, in ihrem teuren Unterkleid, damenhaft kleine Schlucke aus einem zu großen Glas nehmend.

»Ich komme jetzt«, antwortete er schnell.

Aber er war nicht schnell genug. Sie kniete sich neben die Badewanne und tauchte ihre Hand ins Wasser. Ihre Finger schoben sich zwischen seine Beine. Er versuchte, sich ihrem Griff zu entwinden, aber sie hielt ihn fest. Sie begann, ihn zu streicheln, und mit dem seifigen Wasser als Schmiermittel bekam er eine Erektion.

»Der Körperteil des Skorpions sind die Genitalien.«

Othello starrte sehnsüchtig auf das helle Rechteck aus Licht, das in Elenas Schlafzimmer führte. Da drinnen war es warm und trocken, aber er zögerte. Die Frau mochte ihn nicht und würde sich über seine Anwesenheit nicht freuen.

Ein gefährlich naher Donnerschlag erzwang seine Entscheidung. Er jagte über die Terrasse und blickte hinein. Der Raum war leer. Rasch tappte er über den Teppich, sprang auf das Bett und sah sich heftig nach einem sicheren Versteck um.

Elena beugte ich vor und betätigte mit der anderen Hand den Griff. Das Badewasser rauschte durch den Abfluß und erzeugte ein dumpfes gurgelndes Geräusch wie jemand, der erstickte.

»Soll ich dich abtrocknen?«

»Nein, danke«, antwortete er mit der Stimme eines kleinen Jungen.

Sie stand auf, wischte sich ihre nassen Hände an dem Unterkleid ab und sagte: »Ich warte auf dich im Bett.«

Damit drehte sie sich um, schüttelte ihre Hinterbacken und wurde von dem weißen Dunst verschluckt.

Aber er wußte, daß sie nicht wirklich weggegangen war. Sie war im angrenzenden Zimmer und wartete auf ihn. Er trocknete sich ab und rieb extra hart, bis seine Haut prickelte. Er stieß die Tür langsam auf und ging zu dem Bett, hielt nur kurz an, um nach dem Papiermesser zu greifen, das in dem Sessel mit seinen Kleidern lag.

Sie wartete nackt auf dem Bett, die Augen geschlossen, der Mund offen, die Beine gespreizt.

»Beeil dich! Beeil dich!«

Skip stand da und betrachtete die Frau, die sich in Vorfreude auf Ekstase wand, und die Knöchel an seiner Hand, die das Papiermesser umklammerte, wurden weiß.

»BEEIL DICH!«

Er kletterte auf das Bett und kniete sich zwischen ihre Beine. Er ließ die Klinge des Messers herausschnellen, hob seinen Arm in die Luft und ließ das Messer auf ihre nackte Haut niedersausen.

»EINS!«

Die Klinge schnitt durch Elenas Wange und erzeugte einen warmen Blutstrom. Ihre Augen flogen auf. Der Alkohol hatte ihre Sinne benebelt, und einen Moment wußte Elena nicht genau, was mit ihr passierte. Dann fühlte sie eine verzögerte Reaktion auf den Schmerz und stieß einen tiefen, gutturalen Laut aus.

»ZWEI!«

Elena wandte rasch das Gesicht ab, und die Klinge traf ihren Kiefer und schnitt bis auf den Knochen. Diesmal fühlte sie voll den brennenden Schmerz und schrie, aber ihr Schrei wurde durch einen Donnerschlag ausgelöscht. Ihre Hände flogen schützend zu ihrem Gesicht hoch.

»DREI! VIER!«

Die Klinge schnitt kreuzweise über ihre Handrücken. Skip zog ihre Hände von ihrem Gesicht weg und klemmte ihre um sich schlagenden Arme mit seinen Knien fest. Er zählte jeden Schnitt mit dem Papiermesser.

»FÜNF! SECHS! SIEBEN!«

Elena kämpfte gegen Übelkeit an, versuchte sich hochzustemmen, zwang sich dazu, um ihr Leben zu kämpfen.

Skip hob erneut das Messer, doch bevor er es senken konnte, flog Othello vom Schrank herunter, landete auf Skips nackten Schultern und schlug seine Klauen in sein Fleisch. Skip schrie vor Schmerz, fiel auf die Seite und stieß mit dem Messer nach hinten, um das Ding loszuwerden, das an seinem Rücken hing.

Elena schleppte sich zu der anderen Seite des Bettes, fiel auf den Boden und landete mit dem Gesicht nach unten. Jeder Teil von ihr weinte, nur ihre Augen nicht. Sie wollte aufstehen, schaffte es nicht. Sie konnte nicht stehen. Mit letzter Kraft kroch sie unter das Bett, verschmierte mit ihrem Blut die Rüsche aus Seide und Spitze.

Skip kämpfte sich aus dem Bett. Er ließ das Messer fallen, bekam Othello in seine Hände, riß sich die Katze vom Rücken und schleuderte sie durch den Raum.

Othello landete an den Terrassentüren. Die schweren Vorhänge fingen die Wucht des Aufpralls ab, und Othello kam auf den Pfoten auf. Er wischte durch die offenen Türen in den Regen und hetzte durch das Loch im Zaun, ehe er die Sicherheit seines eigenen Zuhauses ansteuerte.

Skips Pupillen waren so geweitet, daß nur ein schmaler Rand der Iris übrig war. Als er sich umdrehte, sah er, daß das Bett leer war.

Tante Doreen war verschwunden!

Endlich hatte er seinen Dämon ausgetrieben. Es fühlte sich so sonderbar an, endlich frei von ihr zu sein. Glück und Freude und Sorge. Alles gleichzeitig. Es war, als würde die Welt sich plötzlich schneller drehen. Und er mußte sich wie alles festkrallen, um darauf zu bleiben.

Das Gewitter ließ plötzlich nach und wurde zu einem leichten Schauer.

Der Regen würde ihn rein waschen.

Als Skip zu der offenen Terrassentür ging, bewegten sich seine Beine, aber seine Füße schienen den Boden nicht zu berühren. Nebel hing in den Straßen. Die Gebäude verloren ihre Spitzen. Ganze Teile der Stadt verschwanden. Skip blickte zu dem Apartment hinauf, in dem Harmony lebte. Der Nebel, der sich mitten um das Haus wand, ließ es so aussehen, als würde es wie ein Turm in einem Märchen auf dem weißen Schleier schweben.

Er stieß gegen das Geländer, das sich über die volle Länge der Terrasse entlang zog. Skip schwang sich auf den oberen Rand der Metallschiene, die nicht ganz so breit wie sein Fuß war. Dann stand er auf und streckte seine Arme vom Körper weg wie ein Drahtseilartist und ging langsam über das Geländer.

Skip forderte die Schwerkraft heraus. Er wußte, wenn er fiel, würde er vom Erdboden wie ein Gummiball hochspringen.

Er blickte zu den Fenstern hinauf und sah Harmonys Gesicht zu ihm herunter blicken, und sie lächelte zustimmend.

Dann veränderte sich ihr Gesicht plötzlich. Es riß mitten durch und begann zu bluten. Und Skip verlor das Gleichgewicht.

»Gott helfe mir!« schrie er und bedeckte seine Augen mit seinen Händen. Er wirbelte durch die Luft, unbeholfen mit den Armen schlagend wie ein Vogel, der nicht fliegen konnte.

Epilog

Der September kam, und New York City unterzog sich einer subtilen Verwandlung. Der Morgen begann später und trug einen Mantel aus frischer, belebender Luft. Die Bäume waren beladen mit Spinnweben, die über Nacht gewebt wurden und mit Tautropfen geschmückt waren, die wie verlorene Perlenschnüre aussahen. Die Menschen waren, von der Änderung des Wetters stimuliert, freundlicher zueinander.

Fred Duffy stand auf seinem Posten, beobachtete die Parade auf der Park Avenue und lächelte selbstzufrieden. Er hatte sich endlich entschlossen, den Zorn von Allison Van Allen zu riskieren und den Vorfall mit Garvey zu melden. Er war überrascht und erleichtert gewesen über den warmen Empfang, und Allison Van Allen hatte ehrlich dankbar gewirkt. Er war zum fest angestellten Portier gemacht worden, und er trug eine brandneue Uniform, die zwei Nummern kleiner war.

Die Sprechanlage summte. Fred griff nach dem Hörer.

»Duffy.«

»Guten Morgen, Fred. Hier ist Allison Van Allen. Ich erwarte eine Lieferung von meinem Caterer. Bitte sorgen Sie dafür, daß die Sachen in Hillarys Apartment geschickt werden und nicht zu mir.«

»Sicher, Mrs. Van Allen.«

»Danke, Fred. Noch einen schönen Tag.«

Sie nennt mich Fred!

Er beeilte sich, um Taryn Tolliver die Tür zu öffnen, als sie mit der schwarzen Katze ihrer Großtante an der Leine kam.

»Guten Morgen, Miss Tolliver.«

»Guten Morgen, Fred. Ich mache mit Othello den täglichen Spaziergang.«

»Es wird ihm sicher gefallen.«

»Er braucht die Bewegung. Wissen Sie, Fred, Othello ist seit jener schrecklichen Nacht nicht mehr auf Entdeckungsreise gegangen. Übrigens, haben Sie gehört, wie es Mrs. Radley geht?«

»Gut. Sie muß jetzt jeden Tag nach Hause kommen, und ich habe gehört, daß ihr Mann sie so gut wie neu hingekriegt hat.«

»Das ist wunderbar. Sie war eine so attraktive Frau. Übrigens, haben Sie Othellos neues Halsband bemerkt?«

Fred kniete sich hin und untersuchte die glitzernden Steine an Othellos Hals. »Sind die echt?«

Taryn nickte. »Mrs. Radley hat es bei Tiffany's speziell für Othello anfertigen lassen. Sie meinte, Othello hätte ihr das Leben gerettet. Ach, Fred, falls Jack Devlin vorbeikommt, sagen Sie ihm, ich bin mit Othello im Park.«

»Ich werde es ausrichten, Miss Tolliver.«

Die Sprechanlage summte erneut. Es war fast Mittag, und er wußte, wer anrief.

»Hallo, Darling, kommst du heute zum Lunch herauf?«

»Ich zähle die Minuten. Ich komme, sobald Alex mich ablöst.«

»Gut. Ich probiere ein neues Rezept aus dem *Weight Watcher's Kochbuch* aus.«

»Soll ich etwas mitbringen?«

»Nur dein altes krummbeiniges Ich.«

Fred legte auf und öffnete die Tür für Roxanne und Sam Fielding, die mit Päckchen beladen den Zugang herauf kamen. Sam lachte über die Versuche seiner Frau, die Päckchen zu balancieren, und Fred dachte, daß er Roxanne noch nie so strahlend gesehen hatte.

»Sie sehen aus, als hätten Sie einen Laden leergekauft«, sagte Fred.

»Das haben wir auch fast getan«, erwiderte Sam gespielt ernst.

»Alles für Harmonys Einweihungsparty.« Roxanne lächelte glücklich. »Sie und Bobbie Jo kommen doch, nicht wahr?«

»Das würden wir um keinen Preis versäumen.«

»Bis heute abend, Fred«, sagte Sam, und das Paar eilte durch die Halle zu den Aufzügen.

Ein paar Minuten später löste Turk Russell Fred ab und sagte herzlich: »Laß dir Zeit. Ich habe es nicht eilig, zu den Aufzügen zurückzukommen. Albert treibt mich zum Wahnsinn mit seinen endlosen Spekulationen über die Identität des Irren mit dem Messer. Meinst du, die Cops finden je heraus, wer der Kerl war und wieso er ausgerechnet in das Radley-Apartment eingebrochen ist?«

Fred schüttelte den Kopf. Er kannte wahrscheinlich den Grund, aber nach allem, was Mrs. Radley durchmachte, sah er keine Notwendigkeit, ihre Geschichte zu erzählen.

»Ich mache mich auf den Weg, Turk.«

»Viel Spaß. Meine schlechtesten Grüße an Albert.«

Fred drückte den Kopf. Die Aufzugstüren öffneten sich, und Albert spähte wie das Phantom der Oper ohne Maske heraus.

»Nach oben zu Miss Bledsoe, Fred?«

Fred nickte und betrat die Kabine.

Albert wandte sich an Fred und erklärte feierlich: »Ich habe im *Inquirer* gelesen, daß zu viel Sex für einen Mann in deinem Alter tödlich sein kann.«

Die Türen schlossen sich, und der »Nekrophilen-Expreß« begann mit seiner Fahrt nach oben.

ENDE

Das Drama geht weiter in 777 Park Avenue...

Das privilegierte Leben und die skandalösen Geheimnisse der wohlhabenden Bewohner von 777 Park Avenue geraten erneut in Gefahr, als der Autor *J. B. Grandin* seine Absicht bekanntgibt, eine Biographie des verstorbenen *Madison Flagg* zu veröffentlichen, in welcher er den Inhalt von Flaggs bösartigen Tagebüchern enthüllt.

Die Bücher enthalten einige schockierende Wahrheiten über die Vergangenheit der zurückgezogen lebenden Schauspielerin *Gaby Junot* — einen Skandal, der ihre Zukunft mit dem einzigen Mann, den sie je geliebt hat, bedroht. In der Zwischenzeit will *Paul Endicott* die Tagebücher benutzen, um *Jim Beddingfield* zu diskreditieren und Jims Wahlkampf für den Posten des Gouverneurs zu beenden, während *Verushka*, müde der Publicity, die das politische Rennen umgibt, ihre Liebe zu Jim in Frage zu stellen beginnt. Und *Rachel Pennypacker* wird zerrissen zwischen Loyalität zu ihrem kranken Ehemann *Bart* und ihrer Leidenschaft für einen sagenhaften Fotoreporter, dessen gefahrvolles Leben ihr Glück beenden könnte.

PARK AVENUE

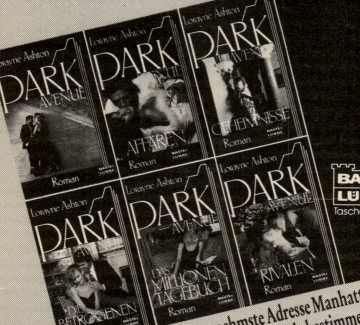

Park Avenue 777 ist die vornehmste Adresse Manhattans – aber hinter der glanzvollen Fassade bestimmen Machtgier und Leidenschaft das Leben der Menschen.